LOUPS BRUTAUX

DANIELA ROMERO

INTRODUCTION

Isabella est une métamorphe sans meute.

Arrachée à son foyer et forcée de vivre avec son père humain, Isa est devenue ce que tout métamorphe redoute.

Une louve solitaire en territoire inconnu.

Si elle veut survivre à l'année, elle devra se faire discrète.

Ce qui est plus facile à dire qu'à faire, surtout lorsque, dès son premier jour en ville, elle attire l'attention de Rafael Castillo — l'héritier Alpha de Hellbound High. Il est brûlant comme l'enfer, mais froid comme la glace. Et surtout, il est déterminé à faire de la vie d'Isa un enfer.

Mais si elle pensait que les loups locaux étaient tout ce dont elle devait se soucier, elle aura une mauvaise surprise en réalisant qu'être une louve solitaire ne la rend pas seulement une paria.

Ça fait d'elle une proie facile.

Ce roman complet est une romance paranormale autonome, sombre et intense, d'ennemis à amoureux. Il ne contient pas de tromperie, pas de

suspense insoutenable et votre fin heureuse est garantie !

"WOW!!! C'était de loin l'une de mes meilleures lectures de 2020... absolument fantastique." ★★★★★ — Lecteur Kindle

"Ce livre est captivant. J'ai commencé à lire et je n'ai pas pu m'arrêter." ★★★★★ —Lecteur Kindle

Loups Perfides et Vérités Emêlées a été initialement publié en tant que roman d'amour contemporain et a été repensé à la demande des lecteurs paranormaux de Daniela.

CHAPITRE 1
ISABELLA

— Isabella, tu vas être en retard à l'école, hurle Natalia.

Je soupire et décide de l'ignorer. Elle n'insistera pas. Elle a honoré sa tâche en m'informant de l'heure, comme mon père le lui a demandé, j'en suis certaine. Mon père. Penser à Brian Kline comme étant n'importe quoi de plus qu'un total étranger... me paraît terriblement mal.

Un père représente une famille. C'est quelqu'un vers qui l'on court lorsque l'on est blessé ou effrayé. Mais Brian ne me donne pas l'impression de faire partie de ma famille. Il ne me procure aucun sentiment de sécurité. Il n'appartient pas à ma meute.

Il sent... les cigares et le cirage noir. C'est loin d'être réconfortant.

Si vous m'aviez dit il y a trois mois de cela que je quitterais ma horde pour vivre avec des humains et me rendre à Hellbound High – une école publique dont le seul but est d'intégrer des étudiants surnaturels de différentes factions parmi les humains –, je vous aurais ri au nez et traité de menteur.

Pourtant, voilà où j'en suis.

Je me mords la lèvre inférieure avec inquiétude et observe mon reflet dans le miroir, tout en me préparant pour ce qui sera mon premier jour dans une nouvelle école, dans une nouvelle ville, avec une nouvelle famille et, pour la première fois de ma vie, sans le soutien d'une meute. Parce que, clairement, ma vie n'était pas assez dure jusqu'à maintenant.

Les larmes me montent aux yeux, et je cligne des paupières pour les chasser.

Allez, Isa. Ça va bien se passer.

Je refuse de pleurer. Pas aujourd'hui. Pas demain. Pas encore. Ma louve résonne comme une présence silencieuse au fond de mon esprit, m'abreuvant de réconfort et me rappelant que je ne suis pas seule. Pas complètement.

J'aurai toujours mon animal à mes côtés. Cette fraction de moi qui est plus forte et plus résiliente que ma partie humaine.

En inspirant profondément, je mets en place mon masque de façade. J'ai l'air d'aller bien, je suppose.

Sauf que la fille qui me renvoie mon regard n'a rien à voir avec l'Isabella Romero que j'ai été pendant ces dix-sept dernières années. Elle a l'air pétillante. Riche. Honnêtement, la jeune femme qui m'observe ressemble à une salope coincée du cul du monde humain, et je déteste ça.

Pourtant, c'est ma vie désormais.

Je porte un jean skinny blanc qui est tout sauf moulé sur mon corps, avec un haut floral dans les tons rose pastel. Il comporte des manches fluides et expose une fine bande de ma peau bronzée. C'est au-delà de la féminité. Si mon meilleur ami Josué pouvait me voir en cet instant, il ricanerait comme une hyène.

Ça ne me correspond pas. C'est bien trop léger. Trop féminin. Trop lumineux. Il n'y a aucun moyen que je puisse dissimuler de la crasse ou du sang avec une tenue pareille.

Personne ici n'a l'air de s'en soucier. Brian est humain. Il n'a pas la moindre idée de ce que c'est que d'être une métamorphe. Ce que c'est que d'être un loup. Si c'était le cas, il ne m'aurait pas forcée à venir vivre ici avec lui. Il aurait compris combien il était important pour moi d'appartenir à une horde. Surtout après...

Je secoue la tête pour repousser ces pensées.

Chez moi, j'étais essentiellement vêtue de noir. Des pulls larges, un t-shirt usé et délavé, et une paire de baskets noires. Du blanc si j'avais envie d'être chic de temps à autre. J'attachais mes cheveux en un chignon à l'arrache et je sortais sans mettre de maquillage. Personne ne se souciait de ce à quoi je ressemblais. Je faisais partie de la meute. C'était tout ce qui comptait.

Mais la semaine dernière, lorsque j'ai rencontré mon père biologique, il m'a contemplée dans son costume gris sur mesure et n'a pas été capable de masquer son dégoût. Être un garçon manqué ne semble pas acceptable à ses yeux. Je suis presque certaine qu'il n'approuve pas non plus que je sois une métamorphe, mais ce n'est pas comme s'il pouvait changer cela. Mon loup et moi, c'est un ensemble.

Tous mes effets personnels ont été laissés en Arizona. L'assistante de Brian, Natalia, a pris soin de me confectionner une garde-robe complète, en affirmant que j'avais besoin d'un nouveau départ, et Brian était heureux d'être en accord avec elle et a refusé de me laisser apporter quoi que ce soit au-delà de ce qui lui semblait essentiel. Ce qui signifiait les vêtements que je portais sur le dos et ma brosse à dents.

Je vis désormais au Texas. Je déteste le Texas. D'accord, je suis peut-être un peu rude avec l'État dans son ensemble, mais j'ai l'impression d'être comme un poisson hors de l'eau. Ou plus exactement, un loup sorti de sa forêt. La Forêt nationale d'Apache-Sitgreaves pour être exacte.

El Paso n'est rien de plus qu'un désert. C'est sec, aride et à huit heures de route de chez moi. De ma vraie maison.

Mais encore une fois, personne ici ne s'en soucie. Ils ne comprennent pas. Pire, ils ne s'en tracassent pas. Je n'ai plus de meute. Plus de maman. Pas d'endroit où courir et laisser ma louve vivre librement.

Je ne suis plus que la fille de Brian Kline, et je ne peux plus me comporter comme un sale animal dans les bois. C'est ce qu'il m'a dit lorsque j'ai parlé de mon besoin d'avoir un endroit pour me transformer et courir.

Je mords ma lèvre inférieure en luttant contre mon envie de crier.

Brian est un membre éminent de sa communauté. C'est un homme d'affaires. Il conduit une voiture tape-à-l'œil, se vante des sommes d'argent excessives qu'il gagne, et aime prétendre que sa petite vie parfaite ne comprend pas de magie ni de vampires, et encore moins une fille loup-garou.

C'était le cas avant la mort de ma mère.

Je frotte ma poitrine pour en chasser la douleur.

Pourquoi ne m'as-tu pas prévenue à son sujet, Maman ? Pourquoi en as-tu fait un secret ?

On pourrait penser qu'au vu de tout ce que j'ai traversé, il aurait pu ressentir de la compassion à mon égard. Il... Je ne sais pas, peut-être qu'il aurait pu essayer de me comprendre.

Je soupire et j'essaie d'étouffer la douleur dans ma poitrine. Ma mère ne peut plus répondre à mes questions. Elle est décédée et je me retrouve ici. L'émotion m'obstrue la gorge.

Merde ! Je ne devrais même pas me préoccuper d'être assez bien pour cet homme. Je suis ici. Ça signifie quelque chose, pas vrai ? Je veux dire, il s'est techniquement battu pour me faire venir ici. Brian aurait très bien pu me laisser à Star Valley, en Arizona. J'aurais pu passer le reste de ma dernière année comme pupille de la meute. Si je me montre parfaitement honnête avec moi-même, j'aurais préféré cela. J'ai besoin d'une horde. Là-bas, j'aurais Josué, Damien et Kai – mes amis –, des personnes qui se soucient honnêtement de moi. J'aurais mon Alpha. Ma meute.

Cependant, l'opinion des mineurs ne compte pas dans ce genre de situations. Mon Alpha – Emmett Quinn – s'est démené pour me garder. Il a essayé d'expliquer à Brian les raisons pour lesquelles je devais rester à Star Valley. Il lui a assuré que je serais bien soignée. Mais en définitive, Brian n'a pas écouté. Et je suppose que ce qu'ils racontent est vrai. Les liens du sang sont plus forts que tout. Emmett n'a rien pu faire à partir de la seconde où Brian avait décidé que je rentrerais avec lui.

Si Maman avait été présente, elle m'aurait dit de rester forte. D'être courageuse. Elle devrait être ici. Mais elle ne l'est plus, alors il faut que je trouve le moyen d'être brave par moi-même.

Très bien. Je peux y arriver.

Quelle autre solution ai-je ?

Natalia a choisi ma tenue pour mon premier jour de lycée. C'est bizarre.

Aller à l'école.

Je sais que c'est ce que font les humains, mais l'éducation de la meute a toujours été dispensée au sein de notre tanière. Je ne suis jamais allée ailleurs pour apprendre l'anglais ou les mathématiques. L'ensemble du concept me semble étranger. Quoi qu'il en soit, aujourd'hui sera mon premier jour à Hellbound High.

Super...

Je déteste ma tenue. Ma garde-robe. Le maquillage et le parfum qui irritent mon nez et mes sens de garou. Mais lorsque j'ai sous-entendu que ce n'était vraiment pas mon style, Natalia s'est mise à hurler comme si je l'avais offensée avant de me rappeler que je devais laisser mon passé derrière moi et embrasser ma nouvelle vie.

Elle n'avait pas l'intention de me blesser avec ses paroles. Du moins, je ne le pense pas. Natalia ne me semble pas être une personne cruelle. Toutefois, elle pense que mon quotidien d'avant est indigne de moi. Indigne de mon nom de famille. Ni elle ni Brian ne tentent de masquer le dédain qu'ils ressentent pour tout ce qui concerne le paranormal, et après qu'elle m'a dit à quel point j'avais de la chance d'être réunie avec mon père, tout en ajoutant combien mon enfance avait dû être horrible – à vivre dans une horde de loups –, j'ai décidé qu'il serait plus facile de simplement continuer à agir sans faire de vagues.

J'ai 17 ans, alors je commence l'école tardivement. J'aurai 18 ans bientôt et, après l'obtention de mon diplôme, je pourrai retourner à mon ancienne vie. Je pourrai quitter cette maison. Cette ville. Ces gens.

Je retournerai dans ma meute et je ferai mon deuil.

Je m'occupe de mes longs cheveux brun foncé, en utilisant le fer à lisser que Natalia m'a donné pour leur apporter un aspect uniforme et brillant avant d'appliquer un soupçon de maquillage.

J'ai besoin de laisser une bonne première impression. Argh. Comme si je me souciais réellement de ce que ces gens peuvent penser de moi. Ce n'est pas la personne que je suis, et, bien que je déteste ça, je sais aussi que je ne peux pas vraiment être moi-même en cet instant. Je n'ai pas envie d'être la fille qui a perdu sa mère à cause d'un truc bizarre avec un troll. La fille dont le petit ami l'a larguée la même nuit lorsqu'elle l'a surpris à partager des privilèges de peau avec un autre membre de la horde.

Oh, est-ce que j'ai mentionné qu'il a baisé avec ma seule et unique amie ? Ce crétin m'a trompée. Avec elle. Puis il a eu l'audace de me plaquer.

Maintenant, je dois aller dans une école hybride cheloue et vivre avec un père que je connais à peine et qui fait tout pour prétendre que ma louve n'existe pas. La cerise sur le sundae. Voilà ma vie.

Mes épaules s'affaissent. Je soulève mon nouveau sac à dos rose pâle – très loin de mes couleurs habituelles – et enfile une paire de sandales à lanières. Elles ne sont pas du tout pratiques. Aucune chance qu'elles durent dans le temps. Il suffit d'une seule transformation imprévue pour qu'elles soient détruites. Avec des baskets, je peux sortir rapidement mes pieds en cas de métamorphose. Elles ont tellement de boucles qu'elles me donnent l'impression de ressembler à Fort Knox.

Un soupir m'échappe. J'ai conscience que je devrais être reconnaissante. Ils sont gentils. Mais tout l'argent et les trucs haut de gamme me mettent mal à l'aise. Je n'ai jamais possédé ce genre de choses en grandissant. Maman était une mère célibataire. Elle cumulait deux boulots pour joindre les deux bouts, et, même si la meute veillait sur nous, nous étions responsables de nos propres finances. Nous avions un toit au-dessus de nos têtes et de la nourriture sur la table, mais nous n'avions pas d'argent à dépenser dans des frivolités comme des chaussures onéreuses facilement cassables.

Je sors de ma chambre et cours dans les escaliers. Deux des marches grincent, et, puisque je sais desquelles il s'agit, je les enjambe facilement. Natalia se tient près de l'îlot en marbre, un large sourire plaqué sur le visage. Brian n'est pas en vue. Elle me tend un mug à emporter.

— Tiens, chérie. Je t'ai préparé du café. Nous devons y aller avant que tu ne sois en retard pour ton premier jour.

J'accepte sa boisson en sachant qu'elle ignore que le métabolisme des métamorphes brûle la caféine bien trop rapidement pour que cela change notoirement ma matinée. De retour chez moi, je me ferai couler un café de olla. Un breuvage épicé sucré avec du piloncillo. Même si je n'en bois pas pour sa saveur.

Je la suis en observant la pièce, tandis que j'avale une gorgée de ce liquide bien trop sucré. Beurk. Je me serais satisfaite d'une tasse de café noir, et je suis tentée de le renverser pour m'en servir une. Toutefois, je m'abstiens. Ce serait impoli de ma part.

Natalia surprend mon regard et répond à ma question tacite.

— Ton père est déjà au bureau. Son emploi du temps est assez chargé, et ton arrivée n'était pas...

Elle marque un temps d'arrêt.

— Planifiée.

Je me pince les lèvres. Non, ce n'était certainement pas le cas. Je parie qu'il a apprécié l'appel des services sociaux. Je suis restée avec les parents de Josué durant la première semaine qui a suivi la mort de Maman, le temps que les services sociaux confirment sa paternité.

Mon cher vieux père voulait en être certain. J'avais espéré pouvoir rester avec mon meilleur ami Josué pendant ma dernière année, ses parents étant d'accord pour m'héberger, et, même si nous n'appartenions pas à la même meute, leur Alpha était prêt à faire une exception jusqu'à ce que j'atteigne mes 18 ans. Âge auquel j'aurais pu intégrer ma propre horde.

Mais dès que le test est revenu positif, cette option est devenue inenvisageable.

Brian souhaitait m'avoir à ses côtés.

Il faut que je me souvienne que je suis désirée. Quand bien même il ne le montre pas.

Dehors, je grimpe dans la petite voiture sportive blanche de Natalia. Elle est ridiculement rabaissée. Je ne sais pas combien Brian la paie pour être son assistante personnelle, mais ça doit être conséquent si elle peut se permettre de rouler dans une telle bagnole. Je ne serais pas surprise qu'elle soit plus que son bras droit, vu les quelques fois où je les ai vus ensemble. Il y a toujours une subtile attirance entre eux qui... beurk. Je ne veux pas y penser, il reste mon père après tout. C'est terriblement cliché. Parmi toutes les femmes... fallait-il vraiment qu'il choisisse sa secrétaire ? Il aurait au moins pu faire preuve d'originalité et opter pour sa comptable.

Brian a 52 ans et Natalia est suffisamment jeune pour être ma grande sœur. Mais qui suis-je pour juger ?

Jusqu'à il y a une semaine, j'ignorais même que j'avais un père. Évidemment, j'étais consciente que quelqu'un avait contribué à ma naissance, mais je ne savais pas qui c'était. Ni s'il était au courant de mon existence. Pour être honnête avec moi-même, j'ai en quelque sorte supposé qu'il était mort. Les métamorphes n'abandonnent pas leurs petits. Ça n'est jamais arrivé dans toute l'histoire du monde.

Maman ne m'a jamais parlé de lui, et je n'ai jamais été une de ces enfants qui sentaient qu'une part de moi me manquait sans la présence de mon père. Ma mère m'a toujours suffi, d'autant plus que j'avais ma meute.

Les larmes me montent aux yeux alors que je repousse mes vieux souvenirs.

Il faut vingt minutes pour se rendre à Hellbound High. Natalia divague sur des absurdités, et je l'écoute durant la plupart du trajet. Une fois sur le parking, sa voiture de sport détonne, et tous les yeux se tournent dans notre direction. Je déglutis fortement et me dépêche de me détacher. Elle se gare comme si elle avait l'intention de venir avec moi.

— Ça va aller, lui assuré-je. Je suis une grande fille.

Je prends mon sac, abandonnant délibérément mon café, et ouvre la porte.

— Mais c'est ton premier jour. Je peux t'accompagner. Je suis certaine qu'il y aura de la paperasse et...

— Ça va. Tout ira bien.

Je ne rate pas les regards des étudiants qui passent devant nous. Certains sont curieux, mais la plupart d'entre eux semblent ennuyés. Je ne souhaite pas que cette gêne se transforme en dédain. Et je ne veux pas être étiquetée comme étant une snob. Les apparences sont déjà contre moi puisque je suis transférée en cours d'année et que je suis une louve solitaire.

J'ai essayé de convaincre Brian de me laisser appeler la meute de Southwest pour voir s'ils m'accepteraient, mais il a refusé de m'autoriser le moindre contact avec la horde locale, en affirmant qu'il avait conclu un accord avec leur Alpha. Je n'ai pas la moindre idée de ce que cela implique. La plupart des groupes ne laisseraient jamais un loup solitaire si proche de leur territoire, ce que j'ai dit à Brian, mais il a été catégorique lorsqu'il a affirmé que c'était réglé.

Lorsque nous en avons parlé, j'ai dû supplier Brian de me permettre d'aller à Hellbound High. Il voulait que je me rende à Hillcrest. La meilleure école privée de la région. Un établissement réservé aux humains. Il pensait que je pouvais me fondre dans la masse. Réprimer ma louve. Je me suis assurée de lui donner tort à ce sujet. Je n'ai pas à cacher le fait d'être une métamorphe et je refuse même d'essayer. Je suis fière de la personne que je suis et de ce que je suis. Même si lui ne l'est pas.

Même en sachant ça, lui faire accepter cette stupide école, c'était comme lui arracher les dents. Il a même envisagé d'engager des tuteurs privés pour me dispenser l'école à la maison. J'en frémis. L'isolement me rendrait folle.

— En es-tu certaine ? Ton père ne sera pas heureux si…

— C'est promis.

Je claque la portière derrière moi, sans lui donner une chance de formuler d'autres commentaires, puis je traverse le parking menant jusqu'à l'entrée principale de l'école. Une grande mascotte du diable rouge m'observe fixement.

— Bienvenue à Hellbound High, la maison des Devils.

Je franchis les portes, tandis qu'un mauvais pressentiment me gagne. Je choisis de laisser tomber.

Tout ira bien pour moi.

Maman était forte. Je peux l'être moi aussi.

Je dois simplement me contenter de prendre les choses un jour à la fois.

CHAPITRE 2
ISABELLA

Le lycée a été averti de mon arrivée à la fin de la semaine dernière, alors tout a été préparé pour moi. J'ai reçu mon emploi du temps de la part du conseiller scolaire – un druide, M. Rourke – ainsi que quelques formulaires qu'il m'a demandé de rapporter à la maison pour recueillir la signature de Brian. On m'a donné un casier ainsi que sa combinaison, mais je n'ai pas l'intention de l'utiliser. Je me contenterai de glisser mes livres dans mon sac à dos pour gagner du temps.

L'établissement fonctionne avec un système de trimestres, donc je n'ai que quatre matières par jour : anglais, mathématiques, espagnol de niveau 4 et histoire naturelle du monde surnaturel. Les maths vont me botter les fesses. Ça n'a jamais été mon point fort. Mais les autres cours devraient être assez faciles à rattraper. Un mélange de banalités et de paranormal. En Arizona, l'école est différente. Il n'y a pas d'harmonie entre les factions, mais nous apprenons quand même les bases : l'anglais, les mathématiques, les sciences, l'histoire américaine, bien que du point de vue d'un métamorphe et non pas la version inexacte enseignée aux humains.

— Ta, euh, Natalia m'a informé de ta... situation, me dit M. Rourke en affichant un air sympathique. Si tu as besoin de parler à quelqu'un, la porte de mon bureau est toujours ouverte.

Forcément, il y a systématiquement un membre du personnel diligent. Quel cliché. Natalia s'est chargée de tout, y compris de révéler mon contexte familial. C'est merveilleux.

— Merci.

Je hoche la tête, quand bien même je n'ai pas l'intention d'accepter son offre. M. Rourke semble assez gentil. Il est plus jeune que la plupart des professeurs que j'ai aperçus jusqu'à maintenant. Il doit être dans la fin de la vingtaine, peut-être au début de la trentaine. Bien que l'on ne puisse en être certain lorsqu'il s'agit d'un druide. La magie parvient toujours à modifier l'essence même de son utilisateur. Parfois pour le meilleur. Parfois pour le pire.

Il a les cheveux auburn et les yeux bleu foncé. Il est assez attrayant et affiche un sourire facile. Toutefois, je n'ai pas besoin d'une épaule sur laquelle pleurer. Encore moins celle d'un étranger. Je n'ai même pas pris la peine de me livrer à mon père. Pourquoi me confierais-je à lui ?

La cloche sonne le début des cours. Je me lève pour partir, glisse mon emploi du temps dans la poche avant de mon pantalon. Avant que je ne puisse sortir de son bureau, un garçon s'introduit dans la pièce sans bruit, un sourire lupin plaqué sur le visage.

Il me suffit d'inhaler légèrement son odeur pour comprendre que c'est bel et bien un loup.

Je reste sur mes gardes.

L'élève incline la tête en direction de M. Rourke pour le

saluer avant de se laisser tomber dans la chaise que je viens de quitter, sans même prendre la peine de me jeter un regard.

C'est impoli. Mais ça va. Je suis la nouvelle. Peut-être qu'il ne s'est pas rendu compte que je suis moi aussi un loup. Non. C'est impossible.

Je l'ai su en quelques secondes à peine. Il ne peut pas manquer mon odeur.

Peut-être que Hellbound High est comme ces lycées à la télé où tout le monde possède son noyau d'amis et déteste les étrangers. Ou peut-être que ça a quelque chose à voir avec le fait que je sois une louve solitaire. Je n'en suis pas certaine. Hellbound High étant une école hybride – puisque la société tente de mélanger le monde humain et le monde paranormal –, on pourrait penser que les élèves s'y montreraient plus accueillants. Il y a quelques établissements comme celui-ci dans tous les États-Unis, mais en ce qui concerne la grande majorité, nous nous en tenons à notre propre espèce. Ce qui n'explique pas pourquoi ce loup m'ignore tout en sachant que j'appartiens à la même caste que lui.

Hellbound High est un melting-pot de factions. Une façon de voir à quel point il est probable que nous pouvons coexister. Je n'ai pas beaucoup interagi avec des gens d'autres groupes, je dois l'admettre. Du moins, pas de manière amicale. Mais l'alternative est de cacher ce que je suis et d'aller au lycée avec les humains. Il en est hors de question.

Ici, j'ai une chance d'interagir avec d'autres loups. Bien que je suppose que je devrais abandonner l'espoir d'une réception de bienvenue. Au moins, il me reste Josué, Damien et Kai qui attendent mon retour à Star Valley. Je ne compte pas m'éterniser ici une fois que j'aurai obtenu mon diplôme, donc si ce jeune homme et le reste des métamorphes ici souhaitent me snober, très bien.

— Monsieur Castillo. À quoi dois-je ce plaisir ? déclare M. Rourke d'un ton sévère.

Toutefois, je ne rate pas la légère courbure de sa bouche. Je comprends tout de suite que ce garçon, Castillo, est un de ceux qui passent énormément de temps dans ce bureau. Il émane de lui une attitude d'hostilité suffisante commune aux jeunes hommes métamorphes qui testent encore leur domination, mais M. Rourke ne semble pas ennuyé par cela. Il paraît même... amusé.

Lorsque le jeune homme observe enfin dans ma direction, il me jauge de haut en bas avec son air supérieur. Ses lèvres ne masquent pas son dégoût. Il murmure « Chiflada » dans sa barbe.

— Hé !

Je craque. Il ne me connaît pas, et, peu importe qu'il soit mignon, je ne suis pas une enfant gâtée. Il se moque de moi, en exposant ses crocs. Mon instinct me souffle que c'est plus une menace qu'un vrai sourire. Je me tourne vers M. Rourke qui affiche un regard contrarié.

— Rafael.

Sa voix laisse planer un avertissement, cependant le garçon ne semble pas s'en soucier. Le conseiller attend. Mes joues rougissent tandis que je vibre presque d'irritation.

— Quoi ? Regardez-la.

Rafael hausse les épaules.

— Elle pue le fric à plein nez.

Je me mords la lèvre inférieure pour ne pas le frapper avant de me tourner pour partir. Je n'ai pas besoin de ça. Tant pis pour mon idée de me lier d'amitié avec les locaux.

— Madame Kline, m'appelle M. Rourke.

Je me fige.

— Ce n'est pas mon nom !

Il y a une intonation mordante dans mon ton que je n'avais

pas prévue, mais ce que je dis est vrai. Kline n'est pas mon nom. Brian souhaite que je prenne son patronyme. C'est un gros bonnet en ville, et il pense que ça m'ouvrira des portes, mais je n'en veux pas. Je suis Isabella Romero – Isa pour faire court – depuis dix-sept ans. Je n'ai aucunement l'envie de changer cela.

Rafael fronce les sourcils, un intérêt soudain semblant l'attirer.

— Mes excuses. Isabella.

— Isa, le corrigé-je.

Il grimace et penche la tête de côté.

— Isa, je te présente Rafael. C'est un aîné et un métamorphe, comme toi. Il se trouve qu'il a également anglais en première heure.

Et je suis censée m'en soucier ?

— Il va te montrer ta première salle de classe et t'aidera à t'installer. Considère-le comme ton guide pour la semaine.

J'ouvre la bouche et ne rate pas le regard qu'il porte sur Rafael. Ce n'est pas une option pour lui. J'observe le conseiller avant de pouvoir trouver mes mots.

— Non merci. Ça ira.

Il laisse échapper un soupir et se penche sur sa chaise, en m'ignorant complètement. Ses yeux se posent alors sur Rafael qui affiche encore son expression ennuyée.

— Tu es ici parce que tu as encore semé la pagaille ?

L'élève hausse les épaules.

— Peut-être.

Je lève les yeux au ciel. C'est un de ces gars-là. Des épaules larges, des muscles. Je peux apercevoir le soupçon d'un tatouage à travers le col de sa chemise, et je grince des dents, en sachant ce par quoi il a dû passer pour obtenir que sa peau accepte l'encre. Il a dû utiliser de l'argent pour forcer son organisme pourvu de Lyc-V à l'accepter. C'est un mauvais garçon, et il s'assure que tout le monde le sait. Même ses professeurs. Je me demande comment l'école gère la violence ici.

Chez moi, tout le monde se tenait à carreau parce que nous avions la hiérarchie de la meute sur laquelle nous pouvions nous replier. Ici... je me contente de hocher la tête. Ça va être un vrai cauchemar de naviguer parmi tous ces inconnus, et je n'ai pas le temps de me frotter à un type comme lui. M. Rourke sourit.

— Eh bien, plutôt qu'une heure de colle comme habituellement, tu auras le plaisir de faire visiter Isa et de l'aider à se sentir la bienvenue. Elle est nouvelle dans notre lycée et ne connaît personne. Sois un élève modèle pour une fois et guide cette jeune femme.

— Tout bien réfléchi... réplique Rafael. Je vais accepter l'heure de colle.

Dieu merci !

Le conseiller scolaire croise les bras devant son torse et fronce les sourcils.

— Tu en es sûr ? Tu as signé le code de déontologie comme tous les autres étudiants ici. Il s'agit de ta troisième visite dans mon bureau ce mois-ci, ce qui signifie que tu auras une semaine complète de retenue au lieu de ta journée habituelle. Tu vas rater une semaine de tâches à accomplir envers ta meute...

Il s'éloigne en jetant un regard empli d'avertissements à Rafael. Ce dernier jure.

— Ce sont des conneries.

Il se lève de sa chaise, et, instinctivement, je me prépare au combat.

— Vous ne pouvez pas faire ça, monsieur R.

— C'est hors de mon contrôle, indique-t-il en levant ses mains en un geste apaisant. Tu es incapable de garder ta bouche fermée. Maintenant, je ne suis pas du genre à offrir des alternatives, mais je ne veux pas avoir à subir la colère de ton

Alpha, pas plus que toi. Alors, qu'est-ce que ce sera ? La fille ou la retenue ?

Rafael me jette un regard sombre, ses yeux marron foncé laissant entrevoir une lueur argentée.

— Attendez, n'ai-je pas mon mot à dire ?

Je n'ai pas besoin du genre d'attention que cela m'attirera. J'ai l'intention de me fondre dans la masse. Je ne souhaite devenir personne ici à Hellbound High. J'ai le sentiment que quiconque s'associe à ce Rafael ne peut pas passer inaperçu. Il est grand, beau et plus arrogant que tous les autres garçons avec qui j'ai eu le malheur d'établir un contact visuel en arrivant, ce qui ne peut signifier qu'une seule chose : il est populaire. Je ne fais jamais partie des gens estimés, même dans ma propre meute.

— Non, répondent les deux hommes en même temps.

Argh !

C'est tellement injuste. Pourquoi suis-je punie pour l'attitude de ce type ?

Après plusieurs secondes de tension, Rafael murmure quelque chose et passe devant moi. Comme je ne bouge pas immédiatement pour le suivre, il me regarde d'emblée et lance :

— Tu viens ou quoi ? Je n'ai pas toute la journée, Vanille.

Je me mords l'intérieur de la joue, mais je le suis.

Génial. On dirait que je suis bien partie.

CHAPITRE 3

RAFAEL

Rourke m'a accordé une faveur en m'épargnant la retenue. Ça ne signifie pas pour autant que je doive l'apprécier. Cette fille va me faire chier, je le sens déjà. Elle a un sacré tempérament. Elle va se défendre. Je n'ai pas manqué la lueur argentée dans ses yeux lorsque je l'ai traitée de gamine pourrie gâtée. Pour une jeune femme, elle n'a rien de soumise. Et pour une étrange raison, la simple idée de me battre contre elle m'apporte un grand sentiment d'anticipation et induit un sourire cruel sur mon visage. Ma bête griffe l'intérieur de mon esprit, désireuse de sortir. Il y a bien trop longtemps que je n'ai pas eu quelqu'un avec qui jouer et qui représentait réellement un défi.

Mon père m'a prévenu ce matin qu'il y avait une nouvelle venue. Mais il n'a jamais précisé qu'elle serait une louve. Seulement que le lycée recevait le transfert d'une métamorphe d'une autre meute, et que j'avais besoin de me tenir éloigné d'elle. Je n'y avais pas prêté attention à ce moment-là, mais j'aurais peut-être dû. Il n'y a pas moyen que je donne à cette fille une grande place dans ma vie. Je me sens presque désolé pour elle. Presque. C'est son premier jour ici, et je n'ai pas l'intention de lui faciliter la tâche. Comme tous les autres étudiants à Hellbound High, elle aura besoin de se faire sa place. En partant du bas de la hiérarchie.

Je dirige cette école. Moi, ainsi que les autres loups de Hellbound High – Desmond, Pierce et Jordy Salgado. C'est comme ça que j'ai conscience que, malgré ses paroles, Rourke se fiche bien que je me montre amical avec elle. Le druide reste en dehors des affaires qui concernent les métamorphes. Ce qui joue en ma faveur parce que, lorsqu'elle décidera qu'elle en a assez et qu'elle ira pleurer dans son bureau, il lui offrira son réconfort et rien d'autre. Tout ce qui l'intéresse – tout ce dont les enseignants de cette école se soucient –, c'est de savoir si ma horde va continuer à financer l'expérience menée dans ce lycée.

Hellbound High est subventionné par quatre factions locales. Les métamorphes, les vampires, les humains et les sorcières. Mon père est l'Alpha de la meute Southwest. S'il s'énerve, celle-ci se retirera du projet. Il n'en est déjà pas le plus grand fan. Il est de la vieille école et pense que nous devrions tous rester parmi notre propre espèce.

Quant à moi, j'aime penser que je suis au-dessus de toutes ces conneries mesquines. Le concept d'une école interespèce est censé permettre de futures collaborations entre les factions, en supposant que nous nous fassions des amis et que nous parvenions à nous tolérer. Ce que nous ne réussissons pas. Mais en théorie, cela pourrait aider notre meute dans le futur. C'est la seule raison pour laquelle j'ai accepté de me rendre ici.

Je ne souhaite pas tout gâcher. Ma horde passera toujours en premier. Je ne mettrai jamais en péril l'avenir de mon propre peuple. Toutefois, je ne suis pas au-dessus de cette menace qui plane sur Hellbound High. Ils ont besoin de moi s'ils veulent que mon groupe reste parmi eux. S'il se retire, il est probable que les autres factions l'imitent. Mis à part les vampires, nous sommes les plus grands joueurs en lice.

Nous possédons nos propres entreprises et intérêts. Nous n'avons guère besoin de travailler avec les autres clans pour assurer notre survie, tout comme les vampires qui sont ici pour les mêmes raisons que nous.

Les humains ont peur de nous. Nous sommes des animaux effrayants qui se transforment en monstres ou, dans le cas des vamps, en créatures de la nuit qui boivent leur sang. C'est un ramassis de conneries. Mais cela est censé contribuer à redorer notre image et, espérons-le, à lisser les préjugés. Nous n'avons pas besoin que les humains nous aiment. Cela aiderait cependant s'ils apprenaient à nous accepter. Les humains sont irrationnels face à leurs peurs qui se transforment souvent en haine et entraînent irrémédiablement la violence. Nous sommes déjà passés par l'Éveil lorsque les créatures paranormales ont indiqué leur présence au monde entier, et disons que ça ne s'est pas très bien passé.

La guerre a éclaté. Des gens sont morts de toutes parts, et, à la fin, le gouvernement des États-Unis s'est effondré puis le monde a sombré dans l'anarchie. Les choses vont mieux désormais, le temps a passé. Cela remonte à dix ans, et le monde a lentement repris la situation en main, même si elle n'est toujours pas comme avant. Et des endroits comme ce lycée sont censés contribuer à remettre le monde sur les rails.

Je viens ici depuis la première année. Lorsque mon père m'a inscrit, d'autres chefs de factions ont commencé à prendre le projet au sérieux et à y impliquer à leur tour leurs enfants. En tant que fils de l'Alpha, ils ont perçu ma participation comme un signe de bonne foi. C'est aussi la raison pour laquelle les loups bénéficient d'un traitement préférentiel et pourquoi, la plupart du temps, les enseignants ferment les yeux lorsque nous faisons des conneries ou que nous commençons une bataille. Ils ont besoin de ma meute. Pas seulement d'elle. De mon clan tout entier.

Et Mme Ford est la seule et unique prof qui a l'air de se foutre de qui est mon père.

Je ne sais pas pourquoi elle n'a pas encore été virée. C'est une fae, et c'est également la seule personne à essayer de s'en prendre à moi. Je ne la vois pas durer longtemps dans l'établissement, pas si j'ai quelque chose à dire à ce sujet.

Les pas d'Isa sont presque silencieux alors qu'elle me suit dans le couloir vers notre cours d'anglais en première heure. Elle a l'air si innocente en tenant son manuel contre sa poitrine et en observant le couloir avec ses grands yeux de biche que, tout ce que je souhaite, c'est salir son image parfaite. C'est tout le contraire de ce que je devrais ressentir pour elle. C'est une louve. C'est une femelle. Je devrais avoir envie de la protéger. De l'envelopper dans du papier bulle pour m'assurer que personne ne touche à un cheveu de sa tête.

Mais sous ses airs de première de la classe, je perçois un fauve fougueux qui attend simplement de sortir... ce qui attire la bête en moi. Mon loup souhaite la défier. La mordre, la prendre en chasse et la forcer à se soumettre.

Elle est jolie, si on regarde au-delà de cette tenue de merde qu'elle porte. Elle a de longs cheveux foncés. Des yeux bruns. Son jean blanc moule son cul à la perfection et met en évidence ses hanches. J'aimerais qu'elle marche devant moi plutôt que derrière afin de pouvoir mater ses fesses rebondissant à chacun de ses pas.

Elle est certainement d'origine latine. Rourke l'a appelée « Kline », et il n'y a qu'une seule personne qui porte ce nom dans la région. Ce n'est autre que le chef très blanc de la faction humaine. De toutes ces conneries de l'alliance humaine.

Je parie qu'elle est à moitié latine du côté de sa mère et, sachant que c'est une louve et que Kline est humain à 1 000 %, je me demande comment elle a fini par atterrir ici. Et pourquoi elle n'est pas avec une meute. Elle n'a pas été transférée dans la nôtre. Si ça avait été le cas, mon père ne m'aurait pas sommé de rester loin d'elle.

Les loups ne parviennent pas à vivre correctement en se tenant à l'écart de leur espèce. Plus que certaines autres races, nous avons besoin de la présence de notre horde. Sans elle, nos animaux peuvent nous faire basculer et perdre notre humanité. Nous devrions garder un œil sur elle.

Je peux déjà sentir s'élever en moi l'étincelle familière de l'intérêt. J'ai envie de m'amuser avec elle. De la considérer comme mon nouveau jouet scintillant. Je ne me mêle habituellement pas des autres élèves. La plupart me considèrent comme une pièce de haut grade, un moyen de grimper l'échelle sociale s'ils sont des métamorphes. Et si ce n'est pas le cas, alors je suis une méthode de rébellion. Une façon de voir ce qu'est un loup, ce que nous avons en nous, afin de pouvoir raconter des histoires sur l'insouciance de la jeunesse avant de retourner à leur ennuyeuse existence mondaine.

Isa ne ressemble en rien à toutes les filles que j'ai connues. Non. Chacune d'entre elles tenterait n'importe quoi pour attirer mon attention. Je suis certain que si je demandais à Isa de se mettre à genoux et de me sucer la queue dans le placard du concierge, elle rougirait avant de courir dans la direction opposée. Ou peut-être que cela me permettrait d'apercevoir un peu plus de ce feu qui brûle en elle, avant qu'elle ne me dise de m'éloigner en me sautant à la gorge.

Non. Isa n'est pas du genre facile. Et je doute qu'elle accorde des privilèges de peau sans y réfléchir.

Je me demande si je peux changer cela...

Mon pouls s'accélère, passant d'un rythme lent et régulier à un rythme rapide et implacable lorsque je songe à tout ce que j'ai envie de lui faire. Peu importe à qui elle est apparentée.

Brian Kline est peut-être important dans cette ville. Et je suis certain qu'il détesterait l'idée que je souille sa précieuse petite fille. Mais il est lui-même sorti avec une louve. Peut-être qu'il était secrètement un fervent appréciateur des métamorphes après tout, malgré sa haine très publique de notre espèce et de toutes les choses paranormales. Je parie que ça l'énerve d'avoir un fauve pour gamine. Non pas que je m'en soucie particulièrement.

Nous atteignons l'entrée de notre première salle de cours. La cloche retentit déjà, et la porte est fermée. Je montre un grand spectacle en l'ouvrant et en la laissant claquer contre le mur pour que toutes les têtes se tournent dans notre direction.

— Après toi, Vanille.

Je l'incite à entrer en me décalant pour lui laisser de l'espace.

Elle grogne et se fige lorsqu'elle se rend compte que nous avons attiré l'attention de toute la classe. Je souris.

— Tu comptes faire attendre tout le monde ?

Ses joues prennent une teinte rosée impressionnante lorsqu'elle s'avance. Je ne m'écarte pas de son chemin et la force à se frotter contre moi. Alors qu'elle s'exécute, chaque poil à l'arrière de mon cou se dresse comme si je venais d'être parcouru par un courant électrique. La pièce est plongée dans le calme, tous les yeux sont sur nous, et je lutte contre mon envie de la rejoindre. Qu'est-ce que c'était que ça ?

Elle essaie de se glisser dans le premier emplacement disponible. Il se trouve dans la rangée arrière la plus proche de la porte, mais la fille installée à cette place secoue la tête.

— Tu ne peux pas t'asseoir là, lâche-t-elle dans un murmure suffisamment fort pour que tout le monde puisse l'entendre.

— Pourquoi ?

Je renifle et la jeune femme détourne le regard.

— C'est sa place.

Isa se retourne pour m'observer par-dessus son épaule, en fronçant les sourcils à mon intention. Je lui offre une expression ennuyée, en me demandant si elle va se battre pour la chaise ou agir de manière intelligente en continuant sa route. Je suis presque déçu lorsqu'elle avance vers le fond de la salle. Elle doit faire le tour de la pièce pour atteindre la dernière place libre de l'autre côté, à trois rangées de moi. Au moment où elle s'installe, la salle est encore mortellement silencieuse, et ses joues arborent un écarlate brillant. Comme une rose. Je n'en peux plus d'attendre d'apercevoir ses épines.

— D'accord tout le monde, commence notre enseignante.

Elle invite Isa à se présenter, en la forçant à se lever. Elle lui demande d'où elle vient, si elle a des frères et sœurs, la faction à laquelle elle appartient. Comme si ce n'était pas évident.

Tous les trucs ennuyeux de base.

Je découvre qu'elle a déménagé de Star Valley, en Arizona, ce qui signifie qu'elle appartenait à la meute de Mountain Spring. Elle n'a pas de frères et sœurs. Elle vit avec son père. Ce que je savais déjà, mais cela me laisse encore légèrement perplexe. Jusqu'à aujourd'hui, j'ignorais que Brian Kline avait une fille. Non pas que je garde un œil sur ce type, mais j'ai conscience que c'est ce que fait mon père.

Je m'interroge sur le lieu où il l'a cachée durant toutes ces années. Kline est peut-être humain, mais il connaît la façon dont notre monde fonctionne. Papa m'a dit de rester à l'écart de cette nouvelle métamorphe, ce qui signifie que Kline et lui ont conclu une sorte d'accord. Mais pourquoi ?

Techniquement, le lycée est une zone neutre. Au moins autant que puisse être un endroit mêlant les quatre castes les plus puissantes, créant un minuscule aperçu de ce que l'enfer est censé être.

Lorsqu'elle a terminé son interrogatoire, Mme Brookes laisse Isa tranquille pour le restant de l'heure. J'ai l'avantage d'être en mesure de la surveiller sans qu'elle puisse me regarder en retour. Elle prend des notes et prête attention au cours. Elle est très sérieuse, ce qui rendra d'autant plus amusantes les choses quand je la détruirai. C'est exactement ce dont j'avais besoin. La terminale me semblait ennuyeuse, mais maintenant, elle va devenir intéressante.

Je me perds dans mes fantasmes, mon regard braqué à l'arrière de sa tête alors que j'imagine toutes les manières de pouvoir lui faire du mal. En la baisant. En la ruinant. C'est un sport, et il se trouve que j'excelle dans ce domaine. Si elle joue son rôle correctement, je pourrai apaiser une partie de la douleur que je lui infligerai.

Nous verrons.

Quand la cloche sonne, je l'attends devant la porte. Ses yeux sont baissés tandis qu'elle observe un morceau de papier dans ses mains. Elle ne m'aperçoit pas jusqu'à ce qu'elle finisse par écraser la feuille entre nos deux corps. Encore un contact. Et cette putain d'électricité.

— Fais gaffe, Vanille.

Je lui arrache le document du bout des doigts et scrute son emploi du temps. J'aurais pu simplement la questionner sur son prochain cours, mais où aurait été le plaisir dans tout ça ?

— Hé ! grogne-t-elle en essayant de s'en emparer.

Je lève la main au-dessus de ma tête et incline mon regard vers le haut pour terminer ma lecture. Il n'y a aucun moyen pour qu'elle le récupère à moins que je ne le veuille. Ou qu'elle n'essaie de m'escalader comme un arbre. Non pas que je ne serai pas d'accord avec ça.

Elle est minuscule en comparaison de mon mètre quatre-vingts. Ses mains se serrent en de petits poings sur ses flancs. Ses lèvres se pincent.

Ma queue se dresse face à sa colère évidente, mais au-delà de cette explosion initiale, elle reste silencieuse. Hmmm... je me demande ce qu'il faudrait pour qu'elle s'énerve vraiment. Pour sortir de son petit moule de manières impeccables et pour libérer sa louve.

Anglais, maths, espagnol... Hmmm.

Je l'observe. L'espagnol 4 est pour ceux qui parlent cette langue de naissance. J'avais raison quant à mes suppositions à son sujet.

— Mexicaine ou portoricaine ?

Je parie pour Mexicaine, mais j'ai déjà eu tort une fois ou deux dans ma vie.

— Mexicaine.

Je le savais. Je glisse son emploi du temps dans ma poche et j'emprunte le couloir.

— Hé, j'en ai besoin !

Elle se précipite pour me suivre, ses jambes plus courtes devant travailler deux fois plus vite pour rester à ma hauteur. Les étudiants l'observent avec un réel intérêt, et je décide de rendre les choses encore plus passionnantes. Nous n'avons pas beaucoup de femmes métamorphes ici. La plupart d'entre elles sont soumises, et ma meute n'est pas prête à risquer qu'elles soient blessées.

Sans ralentir, je lance un bras autour de son épaule et l'attire près de mon corps, tout en continuant à traverser les allées. Elle se crispe tandis qu'un grognement monte dans sa gorge.

— Calme-toi. Je t'accompagne en classe. Je ne fais qu'aider la nouvelle.

Sa bouche se pince de nouveau, ses narines gonflent. Je parie qu'elle a bien conscience de mon mensonge et qu'elle ne me combat pas uniquement parce que les couloirs sont bondés. Quelques secondes passent avant qu'elle n'opine du chef. Je décide alors d'agir comme un trou du cul complet, en ralentissant le pas. Pas vraiment pour son bénéfice, mais parce que j'ai envie de prolonger cette petite balade pour m'assurer que le plus d'étudiants possible nous voient tous les deux ensemble.

Les gars dans le hall l'observent avec un mélange de fascination et de confusion. Cependant, les filles la considèrent avec un dédain à peine voilé. C'est parfait.

J'aperçois un de mes meilleurs amis, Jordy, plus loin dans l'allée, qui m'attend à l'extérieur de notre cours suivant. Il fronce les sourcils. Le coin de ma bouche s'élève alors que je lui lance un regard. Il ne prend pas la peine de dissimuler son agacement. Jordy n'est pas du genre joueur. Il est l'un de ceux qui attirent les abeilles avec du miel, toutefois je sais qu'il ne va pas interférer. Ce n'est pas son style de s'opposer à moi.

Je m'arrête lorsque nous atteignons la prochaine salle d'Isa et lui ouvre de nouveau la porte, mais cette fois je la pousse à l'intérieur.

— Yo, Sabrina ? crié-je.

Celle-ci, étonnée, lève la tête. Ses yeux brun clair s'élargissent de surprise, et le début d'un rictus naît sur ses lèvres, jusqu'à ce qu'elle distingue Isa.

— Prends soin de ma nana.

J'adresse un clin d'œil à Isa et ferme la porte.

Je décide de laisser les choses suivre leur cours. Sabrina va très bien s'en sortir avec elle. La petite sorcière essaie de m'attraper dans ses filets depuis aussi longtemps que je me souvienne. Elle fera de la vie d'Isa un enfer si elle pense qu'elle représente une menace pour elle, et je viens de tracer moi-même une cible rouge vif sur le front de celle-ci. On verra comment notre petite louve gérera ça.

Un groupe d'étudiants s'est formé derrière moi, mais dès

que je me retourne, il se disperse, même s'il attendait d'entrer dans la classe dont je viens de m'éloigner. Je souris.

Je ne me lasserai jamais d'être le loup régnant sur ce tas de moutons.

Jordy m'attend à l'extérieur de notre cours d'économie, et il n'a pas l'air heureux.

— Est-ce la nouvelle fille métamorphe dont ton père parlait ?

Je hausse les épaules.

— Peut-être.

Son regard s'assombrit.

— Pourquoi ? Tu essaies de dire prem's ou une connerie du genre ?

Il secoue la tête.

— Est-ce qu'il faut toujours que tu agisses comme un con ?

Un autre haussement d'épaules.

— Ne fais pas comme si tu t'en souciais.

Il me frappe.

— C'est une louve, est-ce que cela ne t'importe pas ?

Je lui lance un regard dédaigneux.

— Elle ne dépend pas de la meute.

— Peu importe. Nous sommes censés rester loin d'elle. Nous ne sommes plus des gamins. Tu ne peux pas continuer à t'attirer des ennuis dans le seul but de te divertir. Nous avions un accord, *cabrón*. Plus de distractions.

— Arrête de stresser pour rien. Rourke m'a demandé de la guider cette semaine. Je m'exécute simplement.

Jordy n'a pas l'air convaincu, toutefois il laisse tomber en secouant la tête.

— Tu ne fais jamais ce qu'on te dit. Pas à moins que tu en tires parti ou que l'ordre vienne directement d'en haut. Si tes conneries bousillent ce qui se joue ici, tu entendras parler de moi, et tu sais que Desmond me soutiendra.

Ouais. Ouais. Peu importe.

CHAPITRE 4
ISABELLA

Les regards qu'on me lance n'ont rien d'amical. Je suis à peu près certaine que cette nana – Sabrina – souhaite me tuer. Je n'ai pas manqué la manière dont elle a considéré Rafael lorsqu'il l'a appelée. Elle a tout sauf attiré son attention. Jusqu'à ce qu'elle me voie.

Elle le désire. Je ne peux pas vraiment l'en blâmer. Avant de sortir avec mon ex, j'aurais pu le convoiter moi aussi. Il représente le loup dominant que chaque fille pense pouvoir apprivoiser. Mais j'ai bien appris ma leçon en empruntant cette voie une fois auparavant, et mon cœur en a suffisamment souffert.

Je ne suis pas masochiste, donc elle n'a rien à craindre de ma part.

Ça ne l'empêche pas pour autant de m'observer fixement tout en enfonçant un poignard dans la surface de son bureau. Presque comme si elle s'imaginait en train de me tuer, moi, à la place. Le professeur ne la somme pas de le ranger. Il ne reconnaît même pas son existence, et je me rends compte brusquement qu'elle n'est pas la seule à avoir une arme.

Plusieurs élèves portent des dagues à la taille ou une épée sur le dos.

Aucun des métamorphes que j'ai aperçus n'en possédait une. Mais encore une fois, nous sommes notre propre défense. Nous n'avons pas vraiment besoin d'une lame pour nous protéger. Rafael lui a demandé de s'occuper de moi, de « sa nana ». J'aurais pu le frapper sur-le-champ. A-t-il la moindre idée de combien ces deux petits mots m'ont royalement baisée ?

Heureusement, je n'ai pas à m'asseoir à ses côtés, et le cours se passe sans incident, mis à part quelques murmures et des ricanements me visant directement. Mais que puis-je y faire ?

Rien. C'est exactement ça. Ça ne vaut pas la peine de la défier ou de braver qui que ce soit d'autre. Je ne veux pas me bagarrer et ne souhaite pas diriger cette école. Hellbound High n'est pas ma meute.

Démontrer ma domination ici ne me servira à rien. Les filles comme elles ne comprennent pas la manière d'agir des métamorphes, et je sais reconnaître une bataille perdue d'avance lorsque j'en vois une. Je m'en veux de ne pas avoir considéré à quel point je ferais jaser en tant que nouvelle et à quel point les factions ici seraient divisées. Je ne suis jamais allée dans une école comme celle-là. C'est beaucoup de nouveautés à encaisser, et je dois lutter contre mon envie de m'en prendre à tous ceux qui me manquent de respect ou qui me regardent trop longtemps.

Je tire sur l'ourlet de mon chemisier. Personne ici n'est habillé comme moi. Natalia m'a fait croire que ce serait le cas, en parlant des choses populaires que les élèves ici aimaient, mais elle est complètement à côté de la plaque. Et je n'ai pas encore aperçu d'autres filles métamorphes. Où sont-elles ?

La plupart des étudiants ici sont humains. Plus de 60 % au moins, et tous portent des variations de jeans déchirés, de sweats à capuche et de chemises décontractées. Il y a un petit groupe de gens vêtus comme Sabrina, et j'ai l'impression qu'il s'agit d'enfants gâtés qui possèdent de l'argent ou dont les parents sont en position de pouvoir. Dans un coven ou comme chef de clan. Ou encore des propriétaires d'entreprises humaines éminentes.

Pourtant, ils sont les premiers à me jeter au visage des commentaires tels que « coincée », « salope ». Au déjeuner, j'ai un nouveau surnom : « la petite princesse de Daddy Kline ».

La réputation de mon père biologique m'a évidemment précédée, et je déteste ce pseudonyme encore plus que lorsque Rafael m'appelle « Vanille ».

Il m'attend en dehors de ma classe pour aller déjeuner, me prenant par surprise. Je ne me berce pas d'illusions en pensant que nous allons devenir amis. Les gars comme lui ne sont pas copains avec les filles. Je connais le genre. Tout ce que je représente à ses yeux, c'est sa punition, et il est évident qu'il n'est pas heureux à ce sujet, même s'il joue avec moi. Oliver avait l'habitude de faire des conneries similaires, lui aussi. J'essaie de le chasser de mon esprit. Cela semble être un droit pour les métamorphes dominants de passer par une phase « trous du cul » avant d'apprendre à devenir des protecteurs féroces en lesquels leur bête va les transformer. Ça ne veut pas dire que je dois pour autant supporter ses conneries.

Je suis Rafael jusque dans la cafétéria, et nous prenons chacun nos déjeuners avant de nous diriger vers une table dans le coin extrême droite. Deux autres garçons y sont déjà assis. L'un est un grand Noir avec un pantalon de survêtement gris anthracite, un t-shirt blanc uni et une paire de baskets rouge vif. Il a des lèvres charnues et les yeux marron foncé. Ses cheveux sont tressés sur le sommet de son crâne, et deux entailles barrent sa pommette gauche, des restes d'une cicatrice que le Lyc-V de son organisme n'a pas été en mesure de guérir complètement. Ce qui a laissé cette marque a donc dû être très brutal. Cela lui confère un aspect sévère et améliore son look de base déjà très attrayant.

C'est un loup comme Rafael, tout comme l'autre garçon à ses côtés.

Ce dernier est plus petit, mais il mesure toujours environ un mètre soixante-quinze. Il est hispanique comme Rafael et moi, seulement ses yeux sont un peu plus arrondis et ses pommettes un peu plus pointues. Je ne pense pas qu'il soit Mexicain. Peut-être Hondurien. Il est le plus mince des trois, mais je sais que ses bras seront bientôt recouverts de muscles comme la plupart des métamorphes. Il ne sera simplement pas aussi imposant.

Il porte un débardeur blanc, un jean qui expose le haut de son caleçon noir et une chaîne dorée autour du cou assez longue pour que, lorsqu'il se transforme, le métal ne l'entrave pas. Il est séduisant. Ils le sont tous les trois. Et un regard circulaire au cœur de la cafétéria me fait comprendre que ces trois-là représentent la crème de la crème. Toutes les filles les observent avec convoitise et un désir évident plaqué sur le visage. Je peux sentir leur excitation.

Peut-elle être plus évidente ?

L'autre hispanique me jette un coup d'œil alors que je suis Rafael. Une question naît dans son regard, mais ce dernier ne semble pas enclin à lui répondre.

— ¿ Por qué está ella aquí ?

Pourquoi est-elle ici ? demande-t-il lorsque nous arrivons enfin à la table. Rafael grogne sans lui offrir de réponse. Merveilleux.

J'ai envie de partir. Je peux aller à la bibliothèque pour déjeuner. Bien que Rafael me traîne comme un boulet derrière lui, les deux autres ne semblent pas décidés à se montrer aussi accueillants, et je ne peux pas dire que je les en blâme. Je suis une étrangère. Pourtant, je décide de me présenter. Ça ne sera sans doute pas du luxe d'être du bon côté de la horde locale, simplement au cas où.

— Me llamo Isabella. Isa, annoncé-je en espagnol.

Je refuse de paraître conne, mais je ne veux pas non plus qu'ils pensent pouvoir utiliser cette langue pour déblatérer derrière mon dos. Il sourit avant qu'un rire gras ne lui échappe.

— Oooh, j'adore quand une *chica* me parle espagnol !

Je lève les yeux au ciel en ignorant sa tentative de flirt. Il remue les sourcils et demande :

— Quelle est ton histoire, Vanille ? À quelle meute appartenais-tu ?

Lui aussi ?

J'essaie de ne pas le laisser m'atteindre.

— Je m'appelle Isa. Pas Vanille.

Je m'efforce de ravaler le mordant de ma voix. Aucun de ces gars n'a commis quoi que ce soit de répréhensible, et je n'ai pas envie de m'aliéner dès mon arrivée. Mais je ne suis pas vraiment du genre à supporter les surnoms.

— Et je n'ai pas de meute.

Plus maintenant. Il demeure calme un moment, mais puisque je ne me donne pas la peine de développer, il insiste :

— Quoi que tu en penses, Vanille...

Argh ! Je pourrais l'étrangler.

— Moi, c'est Jordy.

— Cet enfoiré silencieux, c'est Des, ajoute-t-il en désignant le jeune homme à ses côtés.

Ce dernier hoche la tête, mais ne semble pas très intéressé par les présentations.

— Il y a une raison pour laquelle tu viens te joindre à nous ? Sans vouloir t'offenser, nous ne nous mêlons pas vraiment à l'autre sexe.

Oh ! Oh !

— Je suis seulement... je veux dire... je ne juge personne.

Je lève la main en un geste apaisant. Je sais que certaines hordes peuvent avoir des attentes spécifiques à l'égard de ceux que leurs membres peuvent apprécier.

— Vraiment. Si vous aimez les hommes…

— Nous ne sommes pas gays, crache Des.

Je sens mes joues rougir.

Ils ne le sont pas ?

Hum…

Je mords ma lèvre inférieure. Je n'ai plus la moindre idée de quoi répondre. Des soupire et se tourne pour me faire face.

— Ce que Jordy essayait de dire…

Il s'arrête et le frappe derrière la tête.

— Hé !

Des grogne envers Jordy avant de poursuivre :

— C'est notre dernière année. Nous n'avons pas le temps pour les histoires de cœur. Nous nous concentrons sur notre meute. Donc, si tu essaies d'avoir Rafe…

— Oh, non ! Ce n'est pas le cas. Mon Dieu, ce n'est vraiment pas le cas !

Mes joues flambent désormais, mais je ne veux pas que quiconque ici se fasse de fausses idées.

— Je représente simplement sa punition. C'est littéralement la seule raison pour laquelle je suis ici en cet instant. Il doit me guider durant toute la semaine pour éviter d'être retenu.

Jordy siffle et me contemple de haut en bas comme si j'étais un morceau de viande avant de se tourner vers Rafael, un grand sourire sur le visage.

— Comment as-tu réussi à obtenir ce petit cul comme punition ?

Il l'énonce comme une blague, mais je perçois la préoccupation dissimulée derrière sa question.

— Rien de grave. C'est seulement Mme Ford qui m'a cassé les couilles.

Les deux gars gémissent. J'ignore ce qui se raconte ensuite puisque je décide de jeter un coup d'œil à mon portable. Il a vibré pendant la première et la deuxième heure de cours, mais je refusais de risquer de le sortir pour qu'il soit confisqué. J'ignore à quel point les enseignants sont stricts ici. Chez nous, Emmett ou l'un des autres Alphas me l'auraient pris en un clin d'œil.

Je fais défiler mes messages. J'en ai trois de mon ex, Oliver.

Oliver : Bébé, je sais qu'on a rompu, mais tu me manques.

Oliver : Essayons de nous voir bientôt.

Oliver : Tes baisers me manquent. Ton goût…

Putain ! Le dernier SMS comprend une photo. De sa queue. Merveilleux. Quel trou du cul ! C'est lui qui a rompu avec moi. Le jour où ma mère est morte. Qui fait ça ? En plus, il m'a trompée. Ce connard a même eu le culot d'essayer de prétendre que c'était une connerie normale pour un métamorphe de son âge. Que sa bête – un putain de coyote – l'a forcé à agir ainsi. Je ne suis pas aussi crédule, et aucun de ses messages ne comporte d'excuses. Même si c'était le cas, je ne lui aurais pas pardonné. Au lieu de cela, il me traite comme s'il avait encore le droit au privilège de peau, simplement parce qu'il vient de m'envoyer un stupide cliché de son membre.

Non merci.

Je supprime ses SMS sans même prendre la peine de lui répondre, et passe aux deux autres qui m'attendent.

Selena : Je sais que j'ai merdé. Je suis désolée. Parle-moi. S'il te plaît.

Josué : Si Selena t'envoie un message, ignore-le. Oliver et elle baisent toujours comme des lapins.

Je soupire. Au moins, il ne mâche pas ses mots.

Moi : Merci pour l'info.

Sa réponse est presque immédiate.

Josué : Je t'ai toujours soutenue. Tu me manques, chica.

Moi : Toi aussi, tu me manques.

Josué est mon meilleur ami depuis que nous avons 7 ans. Depuis que Raquel Johnson a dérobé mon cornet de glace dans les bois derrière notre maison en me traitant de stupide. Il m'a indiqué que c'était une hyène qui ne trouverait jamais de compagnon et que ma glace volée la ferait grossir. Nous sommes devenus meilleurs amis.

Josué me connaît par cœur, et je sais qu'il assurera toujours mes arrières. Seulement maintenant, il doit le faire à distance. Je déteste tous ces kilomètres entre nous, mais j'ai simplement besoin de survivre à cette année. Emmett m'a promis que je pourrais rentrer à la maison lorsque j'aurai 18 ans. Je dois uniquement attendre mon heure.

Avec un sourire plaqué sur le visage, je renfonce mon téléphone dans ma poche. Lorsque je lève les yeux, Rafael m'observe. Il ne dit rien, alors moi non plus. Les autres gars semblent m'étudier, puis Jordy me demande :

— Un petit ami sexy ?

Je renifle.

— Non. Seulement des personnes de mon ancienne meute, lui révélé-je.

Je n'ai pas la moindre raison de mentir. Il fronce les sourcils comme pour me prier d'approfondir. Comme je m'abstiens, il insiste :

— Tu reçois souvent des photos de sexe ?

Oh, mon Dieu ! Il a vu ça ?

— Quoi ? Non.

Je cache mon visage derrière mes mains alors qu'ils éclatent de rire tous les trois.

— Ce n'est pas ce que... non.

Je secoue la tête, ce qui redouble leur hilarité.

— Merde, Vanille ! On ne te juge pas. Tu as le droit de recevoir toutes les photos de queue que tu souhaites. Je peux aller dans les chiottes tout de suite et en prendre une pour toi. Donne-moi ton numéro.

La mortification me traverse de part en part.

— Ce n'est pas...

Je branle du chef de nouveau avant de pousser un soupir exaspéré.

— Mon ex essaie de me récupérer. En quelque sorte.

Je fronce les sourcils.

— Je suis presque certaine que ce qu'il espère vraiment, c'est un plan cul, mais ça n'arrivera pas. Donc, non, je ne reçois pas souvent des photos de sexe. C'est seulement un coyote stupide qui n'a pas compris que c'était terminé entre nous. Et non, je ne veux pas voir la tienne non plus. Merci.

— Putain, Vanille ! Ta vie est le prélude d'une *telenovela*. Qu'est-ce que tu peux nous raconter d'autre ?

Je renifle.

— Rien. Mon existence n'a rien de palpitant.

C'est un peu tragique, peut-être, mais personne n'a besoin d'être au courant. Les gars parlent affaires de meute pendant le reste du déjeuner. Tous trois appartiennent au même clan, ce qui n'est pas surprenant étant donné qu'ils sont des loups. Je suppose qu'il se passe quelque chose avec la caste vampire locale, mais je ne me donne pas la peine d'y prêter attention.

Ce n'est pas ma horde. Ce n'est pas mon groupe. Ce n'est pas mon problème.

Je choisis plutôt de me perdre dans mes souvenirs de Josué et moi. Lorsque l'on regardait des films et qu'on traînait ensemble. À quel point ma vie était sûre et confortable à ce moment-là. Oliver semblait quant à lui toujours avoir quelque chose à faire avec son clan durant nos soirées cinéma. Avec le recul, je me demande s'il ne sortait pas déjà avec Selena derrière mon dos. C'est peut-être pour cette raison qu'il était si occupé ces derniers mois.

Rien de tout ça n'a d'importance désormais.

Alors que les garçons discutent, j'apprends que Des est un chasseur né et qu'il suit une formation au cas où sa meute viendrait à perdre son chasseur actuel. Cela pourrait expliquer son comportement. Être un prédateur n'est pas le rêve d'un métamorphe. C'est un travail solitaire, où l'on est rongé par la culpabilité. Mais quelqu'un doit s'y résoudre, et seuls ceux qui naissent dans ce but en sont capables. Un chasseur est en dehors de la hiérarchie de la horde. Ils sont dominants, sans ressentir pour autant le besoin de diriger, ce qui les rend plus particulièrement capables de mettre fin à la vie de n'importe quel métamorphe qui deviendrait fou, y compris l'Alpha.

Rafael est le fils de l'Alpha, ce qui est complètement logique à présent. Il se comporte comme l'héritier d'un trône. La position d'Alpha n'est pas quelque chose que l'on peut hériter. Il est important de faire ses preuves. Mais Rafael est l'un des jeunes les plus dominants que j'ai jamais rencontrés.

Devenir le prochain Alpha de sa meute n'est peut-être pas uniquement basé sur sa parenté, mais je parie qu'il y a été préparé depuis qu'il est tout petit. Probablement dès sa première transformation.

Jordy est un Sentry, ce qui n'est pas surprenant. Les Sentry sont des sentinelles spécialisées au sein de la meute. Une sentinelle est chargée de la protéger dans son ensemble. Elle assure la sécurité du périmètre et monte la garde aux frontières au besoin. C'est la première ligne de défense d'une horde, comme une ligne de front.

Pour passer de Sentinel à Sentry, il faut démontrer une capacité à penser de façon critique et à prendre des décisions en une fraction de seconde. C'est une position de haute pression, difficile à obtenir avant d'atteindre la maturité.

Puisqu'en tant que juvénile, les hormones sont détraquées. Il est presque impossible de passer outre nos instincts avec raison face à la violence dans ces cas-là. Toutefois, le garçon souriant et charismatique à côté de moi en semble capable.

Je l'observe sous un jour complètement nouveau en me demandant quelles autres surprises il dissimule. Jordy est suffisamment gentil pour fournir l'effort de m'inclure dans une partie de leurs conversations. Il me pose des questions sur mon ancienne meute, mais je n'ai pas grand-chose à en dire.

Plus je contemple ces trois-là, en train de discuter des conflits récents et des stratégies pour renforcer leur clan, plus ils me semblent similaires à ce qui se passait chez moi. Rafael est un peu comme Josué. C'est le leader, bien qu'il soit plus arrogant et certainement plus joueur que mon meilleur ami. J'imagine qu'il est du genre à profiter des privilèges de peau avec toutes celles qui l'acceptent. Jordy quant à lui a une attitude insouciante comme Kai. Il est toujours le premier à blaguer et à afficher un sourire aimable. Des représente le type fort et silencieux, comme Damien jusqu'à ce qu'il se mette à discuter d'évaluation des risques et se transforme en une personne complètement différente.

Je commence à penser que cette journée ne craint peut-être pas complètement, mais je ne me berce pas d'illusions en pensant qu'une fois la petite punition de Rafael terminée, un de ces trois-là voudra toujours me parler. Jordy m'a déjà clairement fait comprendre qu'ils ne se mélangent pas avec les filles de cette école.

Ils ne peuvent pas se permettre de distraction. Et je n'appartiens pas à leur horde. À part ça, il est évident que nous venons de cercles sociaux différents. Ils sont ce que les jeunes femmes désirent et ce que les gars souhaitent égaler. Je peux le deviner dans la manière dont tout le monde les observe.

Moi, je suis la louve solitaire qui souhaite simplement survivre à sa dernière année.

Lorsque la cloche retentit, Rafael jette son plateau et se dirige probablement vers ma troisième heure de cours, sans même prendre la peine de m'attendre. J'envisage de l'appeler, mais je décide immédiatement de m'abstenir. Il paraissait devenir de plus en plus agité au fur et à mesure que le déjeuner avançait, son loup pouvant s'apercevoir dans la lueur argentée qui brillait dans ses yeux de temps à autre. Je ne lui ai rien fait, alors j'ignore pourquoi il agit ainsi.

Personne ne m'adresse la parole lorsque j'avance dans les couloirs en essayant de trouver ma salle. Rafael a toujours mon emploi du temps, et je n'ai pas la moindre idée d'où je vais. Je suivrais son odeur si je le pouvais, mais il y a trop de pistes olfactives dans ces couloirs pour réussir à me concentrer sur la sienne.

J'essaie de demander à quelques étudiants s'ils savent où a lieu le cours d'espagnol de niveau 4, mais tout ce que j'obtiens, ce sont des ricanements et des yeux qui se lèvent au ciel. Aucune aide.

Oui, je suis nouvelle.

Oui, je me suis assise au déjeuner avec les loups-garous populaires qui, je l'ai appris maintenant, appartiennent à une meute royale, au vu de qui est le père de Rafael.

Mais non, je ne souhaite pas perturber la stupide hiérarchie sociale de ce lycée.

En un seul jour, j'ai déjà l'impression d'avoir quitté le plateau de tournage d'un drame humain.

Je n'ai pas manqué le fait que les gars ne s'asseyent pas avec les autres métamorphes, qui sont assez faciles à repérer en fonction de leurs comportements turbulents et de leurs grognements occasionnels. Mais si on est un chasseur comme Des, et le fils de l'Alpha comme Rafael, il est évident que l'on peut agir comme on veut. Et si les gars souhaitent rester entre eux, ma présence ne va pas être bien perçue aux yeux du reste de l'école. Surtout pour les autres métamorphes qui sont probablement toujours à la recherche de la reconnaissance et de l'acceptation de ces trois-là.

Ce qui devient très clair dès l'instant où j'obtiens une nouvelle copie de mon emploi du temps à la réception et que j'entre dans ma salle de classe.

Le professeur ne m'oblige pas à me présenter, ce dont je le remercie. Je déteste être la nouvelle, et encore plus être mise sur le devant de la scène. Je ne me sens déjà pas à ma place avec autant d'humains autour de moi. Je n'ai pas l'habitude de me mêler à cette espèce ni aux sorcières, et leur attention et surveillance supplémentaires font que ma peau me démange. La fille qui est assise derrière moi met un point d'honneur à frapper le dos de ma chaise au moins quatre fois pendant l'heure de cours puis, lorsque cette dernière s'achève, elle me traite de salope stupide et fait tomber mon carnet de notes en passant devant moi.

Je grince des dents et ravale un grognement, en luttant contre l'envie de lui arracher la gorge.

Rafael est témoin de tout ça, mais sa seule réaction est de m'adresser un sourire. Ce garçon, c'est quelque chose. Une minute, il se montre gentil et aimable, et la minute d'après, il est ouvertement hostile et encourage ce genre de comportements à mon égard. Je commence à me demander s'il ne m'a peut-être pas appelée « sa nana » simplement pour me rendre la vie difficile. Comme s'il savait comment j'allais réagir.

Lorsqu'elle passe devant lui, il jette un bras autour de son épaule et l'accompagne en dehors de la classe.

Qu'il est con.

Cependant, je choisis de l'ignorer et me rends à ma dernière heure de cours de la journée. L'histoire naturelle du monde surnaturel. Après un rapide passage aux toilettes qui est une cacophonie d'odeurs en tous genres, je me dirige jusqu'à ma classe juste après la sonnerie. Je suis accueillie par une mer d'expressions confuses alors que je me tiens dans l'entrebâillement de la porte. Il y a peut-être une vingtaine d'étudiants dans la salle, qui semblent déjà avoir commencé, et je ne souhaite pas les interrompre. Toutefois, lorsque le professeur remarque ma présence, il s'enquiert :

— Est-ce que vous êtes perdue ?

Je secoue la tête.

— Non, lui dis-je en me rapprochant pour lui tendre mon planning. J'ai été transférée en cours d'année.

Son froncement de sourcils s'approfondit.

— Vous a-t-on demandé de venir ici à cause des problèmes d'espace ? me questionne-t-il en paraissant d'autant plus confus.

— Je n'en suis pas certaine. Mon emploi du temps a été défini avant mon arrivée.

— Qu'êtes-vous ?

— Une métamorphe. Une louve, ajouté-je à la dernière seconde.

— Très bien. Asseyez-vous. Nous faisons des révisions aujourd'hui, de toute façon.

Je me dirige vers la seule chaise disponible. Lorsque je m'assieds, un garçon se penche sur son bureau dans ma direction.

— Hé, tu es nouvelle, n'est-ce pas ?

J'opine du chef, en me préparant à tout ce qu'il dira ensuite, puisque mon odorat m'indique qu'il est un félin. Hmmm, je me demande de quelle espèce.

— Je m'appelle Zheng. Et toi ?

— Isa, lui annoncé-je avec surprise.

— Cool. Ravi de te rencontrer, Isa.

Il m'adresse alors un sourire étincelant. Il est mignon. Vraiment mignon. Ses cheveux noirs pendent devant son visage, et ses yeux sont presque aussi noirs. De larges pommettes hautes sculptent ses yeux bridés, soulignant sa belle allure asiatique. Vêtu d'un pantalon noir et d'une chemise à manches longues de couleur charbon, il dégage une certaine vibration emo. Mais c'est sympa, et ça lui va parfaitement bien.

Je lui rends son rictus avant de tourner mon attention vers notre professeur, tandis qu'une lueur d'espoir prend vie dans ma poitrine. Il est gentil, et c'est un métamorphe. C'est bien. Vraiment bien.

Je connais déjà la majorité de ce que notre enseignant raconte. Il ressasse l'histoire de l'Éveil. La raison pour laquelle les paranormaux se cachaient à l'origine et certaines des leçons de notre passé que nous devons porter dans notre avenir.

Il passe en revue le procès des sorcières de Salem, que j'ai entendu plus de fois que je ne peux les compter, puis il commence à radoter sur les traités de factions et pourquoi la plupart d'entre eux ont échoué. Pour être honnête, d'après mes connaissances limitées, c'est parce que les humains nous poignardent toujours dans le dos pour nous mettre en cage. Seul le temps nous dira si cela va changer.

La plupart des jeunes l'ignorent, mais je lui prête attention au cas où il ajouterait quelque chose qui varie de ce que j'ai appris auparavant. Mon éducation était entièrement basée sur la meute et le prisme des métamorphes, il y a donc de bonnes chances que je découvre quelque chose de nouveau, sinon aujourd'hui, à un moment donné dans ce cours.

Les sorcières ont été la première caste à tenter de rendre publique leur existence avec les humains, ce qui n'a pas fonctionné. C'est la raison pour laquelle il a fallu plus de quatre cents ans au reste des factions pour faire le grand saut. Pour atténuer les risques, lorsque l'Éveil s'est produit, pour la toute première fois de notre histoire, les trois plus grandes castes paranormales – les métamorphes, les vampires et les sorcières – ont choisi de s'unir et de sortir du placard en espérant que, dans une certaine mesure, ils obtiendraient de la sécurité dans leur nombre. Des factions plus petites comme les faes, les druides et les harpies sont apparues plus tard, une fois la poussière retombée, et certaines, sur l'existence desquelles des personnes comme ma mère avaient spéculé, n'ont pas encore révélé leur présence.

— Au cours du premier trimestre, nous couvrons toutes les merdes que nous connaissons déjà, m'apprend Zheng.

Ce n'est pas vraiment une surprise. L'enseignant – M. Meyer – nous explique notre devoir à venir pour la semaine prochaine... la rédaction d'un essai sur la façon dont notre caste en particulier s'en est tirée pendant les procès des sorcières et pour expliquer si nous croyons qu'elle a été aidée ou entravée par cette expérience. La cloche sonne, signalant la fin de la journée.

— Nous continuerons là où nous nous en sommes arrêtés demain, indique-t-il à la classe avant de tourner son regard bleu acier dans ma direction. Étudiez votre programme de cours pour savoir à quoi vous attendre.

Je hoche la tête. Je récupère mes affaires pour sortir, je sors mon téléphone de ma poche et je me rends compte que j'ai un SMS.

Natalia : La réunion de ton père a pris du retard. Appelle un covoiturage.

Je fronce les sourcils. De quoi est-ce qu'elle parle ?

Moi : Je ne sais pas ce que c'est.

Natalia : Télécharge l'application Ridez. Je t'ai créé un compte. Ton identifiant est IsaKline, et ton mot de passe Kline05.

Hum. D'accord. Je me mords la lèvre inférieure lorsqu'un

début de grondement m'échappe en voyant le nom d'utilisateur qu'elle m'a assigné, mais avant de laisser ma rage prendre le dessus, j'inspire profondément et maintiens mon dégoût sous contrôle. Ça n'en vaut pas la peine. Je suis certaine que je pourrai le modifier par la suite.

En plus, je trouve ça bien que la réunion de Brian ait pris du retard. Je n'avais pas vraiment hâte de rentrer avec lui. Je recherche l'application sur mon portable et lance le téléchargement. Je n'ai jamais fait de covoiturage, mais je suis certaine que ça n'a rien de sorcier. Zheng se glisse à mes côtés et désigne mon téléphone. Son parfum, un mélange de cardamome noire et de menthe, me chatouille les sinus.

— Quelque chose ne va pas ?

— Non. Bri... mon père est en retard, alors je vais prendre un Ridez.

— Je peux te déposer, dit-il.

— Tu ne me connais même pas.

Je lui adresse un regard incrédule. Il hausse les épaules en me souriant.

— Je sais. Mais j'aimerais apprendre à te connaître. D'ailleurs, les métamorphes doivent se serrer les coudes. Tu ne penses pas ?

Le rouge me monte aux joues, mais avant que je ne puisse répondre, Rafael se poste brusquement à mes côtés.

— Recule, Liu.

Il plaque Zheng contre les casiers. Ma bouche s'ouvre, et je tends le bras dans sa direction, mais un pas rapide vers la gauche le rend tout simplement hors de portée.

— Qu'est-ce qui se passe ?

Il fronce les sourcils en affichant un rictus de loup.

— Putain ! Vraiment ?

Je lui jette un coup d'œil, mes narines s'enflammant tandis que je me prépare à me défendre. La tension est palpable dans le hall, la circulation s'étant mise à l'arrêt alors que tous les regards se tournent dans notre direction. Zheng s'éloigne du casier, le visage rougi par la colère, et, pour une raison quelconque, je me place entre eux. J'ignore pourquoi je souhaite le protéger alors que je le connais à peine, mais j'agis par instinct. C'est peut-être parce qu'il a été gentil avec moi alors que presque tout le monde s'est comporté de façon contraire. Je n'en sais rien. Mais ce dont je suis certaine, c'est que Rafael n'est pas seulement le fils de l'Alpha du clan des loups, c'est également le fils de l'Alpha de la meute, ce qui signifie que Zheng ne peut pas se battre avec lui. Ça ne finirait pas bien pour lui.

En tournant le dos à ce dernier, je croise le regard menaçant de Rafael et le soutiens pendant cinq longues secondes simplement pour me prouver que j'en suis capable. Ses lèvres s'ouvrent sur son grognement.

— Les cours sont terminés. Tu n'as plus besoin de me chaperonner.

Non pas qu'il effectuait du bon travail.

— Va-t'en.

Desmond et Jordy l'encerclent, tous deux lançant des yeux menaçants en direction du garçon qui se trouve derrière moi. Ceux de Rafael se verrouillent sur les miens.

— Qu'est-ce que tu fais ?

Je craque sans comprendre d'où provient leur hostilité. Nous sommes tous des métamorphes. Nous appartenons tous à la même faction. Nous devrions veiller les uns sur les autres. Nous ne devrions pas nous battre dans les couloirs sans raison.

— Tu le connais ? me demande Jordy en inclinant le menton vers Zheng.

Je détourne mon regard de Rafael et hausse les épaules.

— En quelque sorte. Oui. Nous sommes ensemble en espagnol.

Je sens la colère qui émane de Rafael face à moi. Ses yeux se sont assombris, l'argent brille dans ses prunelles, ses mains sont serrées en poings à ses côtés, pourtant il ne pipe mot. Il observe le jeune homme derrière moi comme s'il pouvait le tuer en un seul regard. Celui d'un Alpha émergent, et même moi j'ai du mal à le soutenir.

— C'est un mauvais gars, Vanille. Tu ne peux pas avoir confiance en lui. Il n'a aucune loyauté. Donc, si j'étais toi, je resterais à l'écart, déclare Jordy.

Je retiens mon souffle. La loyauté représente tout aux yeux d'un loup. C'est comme ça que nos liens se forgent. Prétendre qu'un métamorphe en est dépourvu, c'est comme affirmer qu'il n'a aucune valeur. Je me mets immédiatement en colère au nom de Zheng. Il s'est contenté de se montrer gentil avec moi. Il s'est efforcé d'être aimable, quelque chose que personne d'autre dans cette école n'a pas pris la peine de faire.

— C'est un métamorphe. Pourquoi dirais-tu quelque chose comme ça ?

Il hausse les épaules sans me fournir d'explication.

— Obéis et ne t'approche pas de lui, s'écrie Rafael dans un grognement guttural.

— Je n'ai pas d'ordres à recevoir de toi.

Je sens la main de Zheng se poser sur ma hanche.

— Je te verrai plus tard, déclare-t-il en serrant les dents et en refusant de croiser mon regard.

Je lui adresse un sourire contrit ainsi qu'un signe de tête.

— Que puis-je faire d'autre ?

Les trois gars en face de moi observent Zheng battre en retraite avec divers degrés d'hostilité. Lorsque je me tourne dans la même direction, la main de Rafael m'agrippe et me presse contre les casiers.

— Liu n'est pas une bonne personne.

Je le repousse, mais c'est comme essayer d'ébranler un mur

de béton. Il n'est plus qu'à quelques centimètres de moi. La chaleur de son corps berce le mien. Ma respiration s'agite, j'ai du mal à trouver comment former une phrase cohérente.

— Suis-je censée te croire sur parole ?

La mâchoire serrée, ils opinent du chef. Je presse de nouveau son torse.

— Écoute. J'ignore ce que vous avez, mais Zheng est le seul dans tout ce foutu lycée qui s'est donné la peine de se montrer gentil avec moi. Je ne vais pas m'éloigner de lui simplement parce que vous me le demandez. Vous n'avez aucun droit de me donner des ordres.

Rafael me montre les dents.

— J'ai tous...

— Hé ! l'interrompt Jordy. Nous avons été gentils.

Rafael fait un pas en arrière. Mes épaules se détendent, et je respire profondément avant de me tourner vers les autres.

— Vous avez été aimables tous les deux, confirmé-je en le désignant ainsi que Des. Mais pas lui.

J'enfonce mon doigt dans le torse de Rafael.

— Lui et les autres étudiants de cette école ont été des abrutis avec moi.

Un tic prend vie dans la mâchoire de Rafael, mais je m'en contrefous. J'ai peut-être l'air d'une douce petite soumise, mais je n'en suis pas une.

Je me précipite vers la sortie, en l'ignorant lorsqu'il m'appelle.

Qu'il aille se faire foutre.

CHAPITRE 5

ISABELLA

La semaine se passe dans le flou. Après ce premier jour, Rafael a arrêté de jouer au guide, et je dois dire que je suis d'accord avec ça. Bien sûr, le semblant de camaraderie que nous avions partagé au déjeuner m'a manqué, mais ce n'est pas comme si je cherchais un clan de remplacement. Et puis, c'est un crétin de toute manière.

Je l'ignore royalement chaque fois que je l'aperçois en première heure de cours ou dans les couloirs, et les autres étudiants – mis à part Zheng – décident fort heureusement de m'ignorer maintenant qu'ils ont compris que traîner avec les loups était un événement unique.

M'adapter à la vie à El Paso est une nouvelle expérience, et cela me donne l'impression d'être piégée dans un purgatoire. Je vois l'assistante de Brian plus que ce que je ne le croise lui. Elle est là tous les matins à 7 h 30, impatiente et prête à me conduire au lycée, même si toute la semaine j'ai dû prendre un covoiturage pour rentrer à la maison.

Ce serait plus facile si je courais sur la distance me séparant de la maison, représentant 11 kilomètres. Je peux couvrir

1,5 km en quatre minutes avec un peu d'effort, pourtant l'expression sur le visage de Natalia lorsque je le lui ai suggéré a mis un terme immédiat à mon idée. Aucun humain ne tient sur une telle distance avec un jean et des sandales à lanières. Cela m'identifierait comme un métamorphe, ce qui apparemment est une mauvaise chose. Ben voyons.

Je sors de ma dernière heure de cours, les yeux rivés sur mon téléphone pour taper l'adresse de l'école à la recherche d'un covoiturage, lorsque Zheng m'interpelle.

— Hé !

Je ralentis l'allure pour qu'il puisse me rattraper.

— Hé ! lui lancé-je en souriant.

Il tire sur les sangles de son sac à dos, un sourire nerveux sur le visage.

— Tu as des projets pour la fin de semaine ?

Je hausse les épaules.

— Pas vraiment. Je vais probablement rester à la maison et faire mes devoirs.

Il hoche la tête, mais je peux voir ses yeux s'agiter nerveusement.

— Eh bien, il y a une fête ce week-end. Certains d'entre nous vont camper dans les bois avant les vacances. C'est une chance de pouvoir laisser nos animaux sortir. Et peut-être même de courir dans la forêt.

— Est-ce que c'est seulement réservé à la meute ?

Je lui pose cette question en lui adressant un regard spéculatif.

— Nan. C'est une sorte d'activité extrascolaire...

Il lève les épaules.

— Ils aiment que nous nous mêlions en dehors des cours. Pour tisser des liens et tout ça, tu vois ?

— Oh ! Cool, déclaré-je.

Je ne sais pas vraiment où il veut en venir, parce que l'idée d'une bande d'adolescents paranormaux non supervisés semble mener tout droit à des problèmes qui n'attendent que de se produire, de mon point de vue.

Il penche la tête, une question au fond des yeux, toutefois j'ignore quelle réponse il attend. Il se passe nerveusement une main dans les cheveux et branle du chef.

— Euh, tu voudrais y aller, peut-être ? Avec moi, je veux dire ? Je peux venir te chercher si tu es d'accord...

Il recule et scrute autour de nous, tandis que le rouge lui monte aux joues.

Oh ! Oh !

— Tu es en train de m'inviter ? couiné-je.

Dès que mes paroles franchissent mes lèvres, je ressens le besoin de me frapper. Les coins de sa bouche s'incurvent pour afficher un sourire narquois.

— Oui. Je crois que ce serait amusant. Si tu viens, je veux dire. Je suis sûr que tu pourrais beaucoup rigoler. Je suis conscient que tu n'as pas de meute ici, mais...

Il hausse les épaules.

— Cela pourrait t'aider, tu sais, de côtoyer d'autres métamorphes. Je te promets de ne pas te mordre.

Il y a une lueur malicieuse qui brille dans son regard, et qui m'informe que cette dernière information n'est peut-être pas vraie. Je me mordille la lèvre inférieure. J'ai envie d'y aller. Mon loup a désespérément besoin de courir.

L'incapacité de me transformer me pousse à grincer des dents. Ce n'est pas ça, mais je n'ai pas vraiment le choix. La simple pensée de pouvoir muter et gambader à travers les bois me fait haleter d'envie. Je peux déjà sentir la terre sous mes pattes. Le vent dans ma fourrure.

Zheng est la seule personne qui m'adresse la parole, et, d'après ce que je sais, c'est un tigre de Sibérie. Je compte sur lui pour être mon seul et unique allié durant tout le temps où je serai coincée ici, et ce serait vraiment génial si nous pouvions être amis. J'ai cherché des endroits pour laisser ma louve s'exprimer, mais je suis certaine qu'il connaît de première main des emplacements sûrs où je ne risque pas de traverser par inadvertance le territoire d'une autre faction.

Cependant, je ne peux ravaler mon inquiétude. Et si Brian refuse ? Je ne veux pas décevoir Zheng en me retrouvant obligée de décliner son offre. Si j'accepte, je ne pourrai pas revenir dessus. Comment pourrais-je même poser la question à mon père biologique ? Je ne l'ai pas vu de toute la semaine. Littéralement pas une seule fois. Il travaille tout le temps, et ses réunions ont l'air de s'éterniser tous les soirs.

— Hum.

Une sensation de picotements, comme si on m'observait, me force à jeter un coup d'œil dans le couloir. J'aperçois alors Rafael, Jordy et Des. Ils se tiennent tous les trois près de la sortie, les yeux rivés dans ma direction comme s'ils analysaient notre échange. Ils sont même probablement en train de nous écouter. J'ignore toujours quel est leur désaccord avec Zheng. Et pour être tout à fait honnête, je ne suis pas certaine de vouloir le découvrir.

Heureusement, cette fois, ils restent à distance. Zheng suit mon regard et les repère, son sourire se transformant rapidement en grimace.

— Est-ce que tu es intéressée par Rafe ?

Je suis légèrement surprise par sa question.

— Quoi ? Non ! m'empressé-je de répondre.

Il me dévisage un moment comme s'il peinait à me croire.

— Tu en es sûre ? Je pourrais comprendre. Tu es une louve. C'est un loup. Toutes les filles du lycée en ont après lui, d'autant plus que Rafael sera le prochain Alpha de la meute Southwest.

— Tant mieux pour lui. Mais oui, j'en suis certaine.

Ses narines s'enflamment, et je lutte contre mon agacement en constatant qu'il ressent réellement le besoin d'inhaler mon odeur pour savoir si je mens. Après quelques secondes, il pousse un soupir de soulagement.

— C'est bien. Rafael est habitué à obtenir ce qu'il souhaite, et il peut se montrer... intense. Je ne voudrais pas que tu sois blessée.

Je n'argumente pas parce que, eh bien, il est évident que c'est le cas, et que le fait que Zheng s'inquiète pour moi est un peu chouette. Je sors mon téléphone et envoie un SMS à Natalia.

Moi : Tu penses que mon père me laissera rester avec un copain ce week-end ?

Natalia : Date, heure, lieu ?

Je me tourne vers mon ami.

— L'assistante de mon père veut savoir pendant combien de temps nous serons partis, et où nous irons.

Il fronce les sourcils.

— Assistante ?

— Oui. J'ai conscience que c'est bizarre, mais j'obtiendrai une réponse plus rapide si je passe par elle plutôt qu'en essayant de joindre mon père.

Il hoche la tête comme s'il me comprenait.

— Shadle Creek. D'aujourd'hui jusqu'à dimanche matin.

Je lui donne l'information et observe les trois petits points qui m'indiquent qu'elle est en train d'écrire. Ensuite, ceux-ci disparaissent. Avant de réapparaître.

Argh ! Allez, réponds.

Natalia : Ami humain ou ?

J'observe l'écran, bouleversée par cette question. Mon instinct me pousse à lui mentir, même si j'ignore pourquoi.

Moi : Oui. Humain. Ça va ?

Natalia : C'est très bien. Ton père me dit de

t'autoriser à utiliser la carte de crédit qu'il t'a donnée si tu as besoin de quoi que ce soit. Il organisera un dîner avec toi à ton retour.

Moi : Super.

Je lève les yeux au ciel. J'adore l'idée d'un repas pour pouvoir passer du temps avec mon père. Il est tellement doué pour faire preuve de soutien. J'enfonce mon téléphone dans ma poche et me tourne vers Zheng.

— J'en suis.

Ses yeux sombres se mettent à briller.

— Vraiment ?

Je hoche la tête.

— Génial !

****

Zheng me raccompagne à la maison et me suit à l'intérieur. Il s'assied sur le bord de mon lit et m'observe alors que je me précipite pour préparer un sac contenant l'essentiel. Des sous-vêtements. Ma brosse à dents. Ma brosse à cheveux. Du dentifrice. Je ne sais pas de quoi j'aurai besoin, mais il ne me faut pas longtemps pour me rendre compte qu'aucun des vêtements que Natalia m'a achetés ne conviendra. Tout est blanc ou pastel et très certainement pas adapté pour du camping. Où sont les survêtements lorsqu'on les cherche ?

Je fouille dans mes tiroirs, dans mon placard à la recherche de quelque chose de passable. Zheng me contemple, en jetant un bref coup d'œil à mon couvre-lit rose floral. Il porte son pantalon noir habituel, mais aujourd'hui il a enfilé avec un t-shirt thermique à manches longues qui s'étire sur son torse et ses épaules larges, ainsi qu'une paire de baskets à carreaux. Ses muscles sont bien définis, même sous le tissu, et son haut expose un bout de peau lisse et pâle saupoudrée d'une légère toison de poils noirs.

Je me force à détourner mon regard de la courbe de ses

hanches qui, je le sais, mène à une ceinture d'Adonis que je prendrais plaisir à admirer. Comment les métamorphes réussissent-ils ça ? Mon corps n'est pas aussi bien bâti, pourtant je ne me goinfre pas. Zheng est pour sa part un broyeur à ordures, pourtant en l'observant, on ne pourrait pas le deviner.

— Je n'arrive pas à croire que tu vives ici, déclare-t-il, un soupçon d'émerveillement dans la voix.

— Oui, ben ça fait seulement une semaine.

Il penche la tête et je soupire, sans vouloir m'étendre, mais ne trouve pas pour autant un moyen de contourner sa question.

— Ma mère est morte.

Je ravale mes émotions et force mes mots à franchir mes lèvres, en refusant de les laisser m'avaler tout entière.

— Mon père est mon seul parent survivant, alors on m'a envoyée ici. J'ai emménagé il y a deux semaines, donc rien de tout ça...

Je fais un geste du bras pour englober tout ce qui nous entoure.

— Ne m'appartient ou ne ressemble à la vie dans laquelle j'ai grandi.

— C'est la raison pour laquelle ton odeur est encore très faible dans cette pièce ?

Il opine du chef pour lui-même avant de se mettre à froncer les sourcils.

— Merde ! Je suis désolé.

Je hausse les épaules.

— Tout va bien. Tu ne pouvais pas deviner.

Le silence s'élève entre nous.

— Est-ce la raison pour laquelle tu es désormais une louve solitaire ? Que tu n'as pas de meute ?

Je déglutis.

— En partie, oui. Brian est humain. Il ne sait pas à quel

point c'est important d'appartenir à une horde. Sinon, je ne serais pas ici.

Il hoche de nouveau la tête, compatissant.

— Oui, je comprends. Mon père est humain lui aussi. Ma mère et lui ne sont plus ensemble. Je suis son secret le mieux gardé. Tous ceux qui me connaissent et qui appartiennent à son cercle d'amis pensent que je suis humain. Je suppose que je suis devenu doué pour masquer ma bête intérieure. Mais seulement lorsque je suis avec lui, ce qui heureusement n'arrive pas trop souvent.

— Tu mènes une double vie ?

Il sourit.

— Je suppose que l'on peut dire ça.

Après avoir jeté un coup d'œil dans un dernier tiroir de ma commode, j'abandonne.

— Je ne crois pas que ça va fonctionner. Je n'ai vraiment rien d'approprié pour camper, soufflé-je avec résignation.

J'en avais besoin. Il me fallait un endroit sûr pour pouvoir me transformer. Pour pouvoir être moi-même. Ça fait des semaines que je n'ai pas pu arborer ma forme de louve. Si je ne trouve pas un moyen d'y parvenir bientôt, je vais devenir folle.

Zheng m'observe un moment avant de prendre ma main dans la sienne et de me relever du sol sur lequel j'étais assise.

— Tout va bien. Tu pourras m'emprunter des vêtements si tu veux. Mon sac est déjà dans mon coffre. Ou alors nous pouvons toujours passer par un magasin, non ?

— Je ne pense pas que je pourrais porter quoi que ce soit qui t'appartient, déclaré-je en observant son corps.

Zheng est grand et mince, probablement juste en dessous du mètre quatre-vingts.

— Y a-t-il, je ne sais pas, une boutique sur la route ?

Il ricane.

— Oui, il y en a.

Mes épaules s'affaissent tandis que je m'appuie contre le mur en poussant un soupir de soulagement.

— Je ne suis pas habituée à l'argent. Tout ça, c'est l'assistante de mon père qui me l'a acheté lorsque j'ai emménagé. Je suis vraiment du genre à me rendre chez Target habituellement.

Il m'adresse un sourire loufoque qui permet à mon loup de se détendre.

— Je crois que je t'apprécie encore plus maintenant que tu as fait cette révélation. Allons-y. Allons te chercher des vêtements et amusons-nous.

CHAPITRE 6
ISABELLA

Je n'ai jamais aimé faire du shopping, mais je réalise un rapide raid au Target dès que nous arrivons dans la section féminine. Je ne suis pas du genre pointilleux, alors j'attrape les basiques. Des pièces que je peux mélanger et assortir sans trop d'effort. Quelques chemises blanches, et des t-shirts avec des slogans amusants. Quelques jeans noirs. Un short, même si l'automne est passé et que l'hiver approche. Un maillot de bain, simplement au cas où. Ainsi que quelques survêtements en coton et un sweat à capuche surdimensionné pour faire bonne mesure.

Zheng est très serviable, il m'aide à porter les piles de vêtements tandis que je me promène dans les allées sans me plaindre. Lorsque j'en ai assez, nous nous dirigeons vers les caisses. Je me sens mal lorsque l'hôtesse m'annonce le total. Quatre cent treize dollars. Je déglutis en lui tendant la carte de crédit de Brian tandis que la culpabilité m'inonde, ce qui me rappelle que je dois trouver un emploi pour ne pas avoir à dépendre de lui. J'aurai bientôt 18 ans et je dois m'y préparer.

Ma meute va m'accueillir, mais je ne souhaite pas devenir un fardeau à leurs yeux.

Ça ne prend que quelques minutes après que la caissière m'a donné mon reçu pour me souvenir que ma mère est morte et que Brian n'a pas pris la peine d'être présent de toute la semaine. Quel genre de père agit comme ça ?

Ça aide à balayer toute once de honte quant à la somme que je viens de dépenser aujourd'hui. Je vais quand même avoir besoin de chercher un travail.

— Merde, Isa ! Tu es belle, déclare Zheng quand je sors des toilettes.

Après avoir payé, je me suis changée pour enfiler un pantalon de survêtement gris roulé à la taille et une chemise à col en V blanche. Ça n'a rien de très féminin ni de sexy, mais on pourrait considérer que c'est le cas au vu de la manière dont il me regarde en cet instant.

— Merci.

Je place une mèche de cheveux rebelle derrière mon oreille et je lui souris. Je suis à l'aise pour la première fois depuis mon arrivée à El Paso. J'ai l'impression d'être un peu plus moi-même. La fille métamorphe louve qui ne se soucie guère de ce que les gens peuvent penser d'elle. Qui a des amis incroyables chez elle et un clan qui l'aime.

Les bras chargés, Zheng m'aide à apporter mes affaires à sa voiture, et nous jetons tout à l'arrière de sa Subaru WRX. Alors que j'effectuais mes achats, il m'a parlé de la cabane dans laquelle nous allons rester. Elle se trouve sur le territoire de la horde, mais il m'a assuré que tout irait bien, même si je suis une louve solitaire. Il y a également une chance pour que je puisse rencontrer d'autres loups. Ceux qui ne viennent pas au lycée. Il m'a promis qu'ils ne sont pas tous des connards comme Rafael, ce qui est une bonne chose, même si je suis toujours anxieuse à cette perspective.

Durant le trajet d'une heure qui nous conduit à Shadle Creek, Zheng me parle des nombreuses fêtes qui seront organisées cette année. Faire la bringue n'est pas vraiment ma tasse de thé, et je suis un peu déçue en apercevant la cabane. Dormir avec mes compagnons de meute en un tas géant sous les étoiles me manque. Mais mon côté pratique se rend compte que c'est probablement pour le mieux. Je ne suis pas certaine de pouvoir me coucher dehors en sachant que des vampires pourraient se cacher dans l'ombre.

Plus il me parle, plus j'ai l'impression qu'il a de l'argent. Pas comme Brian. Un tout autre niveau. Cependant, le père de Zheng semble plus à l'aise dans le monde humain que dans le reste. La manière dont il évoque la vie qu'il a connue en grandissant ressemble beaucoup à celle que Brian mène au quotidien.

Ses parents partagent sa garde, donc il jongle entre les deux. D'après ce qu'il raconte, il ne reste avec son père qu'un à deux week-ends par mois, et ça semble lui convenir. La meute de Southwest est très vaste. Pas autant que celle de Nordwest du Pacifique, mais pas loin. Je suppose que, lorsqu'il est né, sa mère a impliqué les avocats de la horde pour se battre pour obtenir la garde complète, mais que son père a refusé de la lui céder sans se battre, et à la fin la garde partagée a été attribuée. Zheng a son mot à dire sur la fréquence à laquelle il le voit maintenant qu'il est plus âgé, mais il a toujours des obligations de visite.

— Est-ce que tu es proche de lui ?

Je lui pose cette question sans vouloir être indiscrète, simplement parce que je suis curieuse. Il secoue la tête.

— Je le connais à peine. J'aperçois parfois certains garçons de mon clan avec leurs pères et...

Il soupire.

— Ce serait bien d'avoir ça, tu sais ? Quelqu'un pour

m'apprendre à devenir un homme. Pour subvenir aux besoins de ma future compagne. Mon père est plus soucieux de manipuler les affaires et de garder mon statut de métamorphe secret aux yeux de ses investisseurs. Il n'a jamais vraiment fait de choses avec moi en grandissant. J'étais toujours avec une nourrice, ou je passais mon temps tout seul.

— Je suis désolée.

Il hausse les épaules.

— Tout va bien. J'ai l'habitude. Et il y a des avantages. Il m'a acheté cette voiture. Si je veux quelque chose, je n'ai qu'à le lui demander. Il dit rarement non.

— Ah, un papa gâteau, le taquiné-je.

Il renifle.

— Je n'irai pas aussi loin, mais en quelque sorte.

Nous passons le reste du trajet à chanter de la musique punk rock des années 90, et, pour la première fois depuis plus d'une semaine, je parviens à me détendre. Le vent souffle dans mes cheveux, et je ne peux m'empêcher de sourire alors que Zheng conduit le long des routes sinueuses, nos deux vitres ouvertes, le soleil filtrant à travers, et l'odeur des cyprès m'atteignant.

Il n'y a pas de pression ici. Pas de regards haineux. Zheng est étonnamment drôle, et, malgré sa voix horrible, il n'a aucun problème à entonner les paroles de *I Write Sins Not Tragedies* avec moi.

Avant même que je ne m'en rende compte, la route asphaltée se transforme en gravier, et nous arrivons dans une clairière entourée de cabanes. Des douzaines d'adolescents – dont certains qui sont au lycée et d'autres que je ne connais pas – se promènent, discutent et boivent de la bière. Certains montent des tentes, et un autre groupe se charge d'allumer un feu au centre de l'espace. Il y a une petite bande de garçons très pâles près de la limite des arbres, et je les soupçonne d'être des vampires, sans pour autant demander confirmation à mon ami. Pour être honnête, je pense qu'il vaut mieux ne pas savoir.

Dès que nous sortons de la voiture, je ferme les yeux et inhale l'odeur de la forêt qui m'entoure. Je parviens à sentir le sol, le feu, les traces d'un coyote naturel qui a dû passer par ici il n'y a pas longtemps. Les épaules relâchées, ma respiration ralentit. J'inspire profondément et j'ai l'impression que toute la tension accumulée cette semaine me quitte.

J'aperçois Zheng qui sourit dans ma direction par-dessus le toit de sa Subaru.

— Contente d'être venue ?

Je hoche la tête et récupère mes affaires, en le suivant alors qu'il se dirige vers la première cabane sur notre droite.

— Oui. Cet endroit est vraiment cool.

Il ouvre la porte et nous entrons. Il laisse tomber son propre sac dans l'entrée, j'entre dans l'abri rustique, mais très propre. Cet endroit est très certainement un squat à métamorphes au vu des canapés dépareillés et des gobelets rouges disposés sur la table à manger. Une partie de bière-pong se déroulera sans doute ce soir. Ce qui me laisse toujours perplexe, mais même mes compagnons de meute adoraient y jouer.

Les métamorphes ne peuvent pas se saouler. Le virus de la lycanthropie, Lyc-V en abrégé, brûle l'alcool à un rythme bien trop rapide pour que nous en ressentions les effets. Nous avons le même problème avec la caféine, même si je bois encore du café pour sa saveur. La bière... disons simplement que je n'en suis pas la plus grande fan, alors ça m'a toujours semblé inutile. Il y a un système surround installé dans tous les coins et une chaîne hifi old school sur une table. J'aperçois le coffret de CD posé à côté et j'ai hâte de découvrir ce qu'il contient. Les lecteurs MP3 et le streaming sont tellement surfaits. Les CD, au contraire, c'est génial.

— Le clan des félins est propriétaire de cette cabane. Celle juste auprès de nous appartient aux ours, alors reste à l'affût. Ils ont tendance à devenir chahuteurs. Oh ! et simple avertissement, nous aurons probablement quelques accidentés allongés sur les canapés plus tard ce soir. Habituellement, nous laissons nos cabanes ouvertes pour tous les membres de la meute qui décident de rester, mais il y a une chambre à l'arrière pour que nous ayons un peu d'intimité.

Oh !

Nous ?

Je mords ma lèvre inférieure tandis que Zheng poursuit la visite. J'essaie de faire taire mon malaise. Tout l'étage semble ouvert. Il y a une cuisine sur notre droite. Le salon se trouve sur notre gauche, et, entre eux, un large couloir mène vers l'arrière. Zheng m'y conduit, et je repère deux portes de chaque côté.

— Voici la salle de bain principale. Les gens vont entrer et sortir toute la nuit pour l'utiliser, mais ici...

Il ouvre la seconde porte qui mène à la chambre.

— Il y a une salle de bain attenante qui sera uniquement pour nous. Tout le monde sait qu'il faut rester à l'écart des chambres à moins de fréquenter le propriétaire du chalet et d'en avoir la permission. Tu n'auras donc pas à t'inquiéter que quelqu'un fasse irruption.

Je hoche la tête et observe le lit présent au milieu de la pièce. Un lit de taille queen size. Il n'y en a qu'un seul, et je ne connais pas Zheng si bien que ça. En sentant mon appréhension, il pose sa main sur mon épaule.

— Tout va bien ?

Il fronce les sourcils. J'opine du chef.

— Oui. Je me demande simplement... hum... où je vais dormir.

Je pourrais me transformer et choisir de me coucher sous ma forme de louve. Cela faciliterait probablement les choses. Il se racle la gorge et se dandine sur ses pieds avant de répondre :

— J'imaginais que tu allais rester ici, avec moi. Je veux dire, si tu es d'accord.

Je lui jette un coup d'œil, puis me tourne vers le lit, en tordant le bracelet tressé autour de mon poignet.

— Je ne m'attends pas à ce qu'il se passe quoi que ce soit entre nous, ajoute-t-il précipitamment. J'ai pensé que tu prendrais un côté, et moi l'autre.

Il se frotte la nuque.

— Désolé. Je suis tellement habitué à ce que tout le monde dans la meute se mêle comme si de rien n'était. Je n'ai pas vraiment réfléchi.

Ce qui est tout à fait logique. Je suis assez mature pour partager un matelas avec un garçon que je trouve mignon. Et il n'a pas tort, si j'avais été dans ma horde, en Arizona, avec quelqu'un y appartenant, je n'aurais pas sourcillé. Je peux y arriver. Pas vrai ? Ce n'est rien d'énorme.

En repoussant mon appréhension, je déclare :

— Oui. Je comprends. On agit également comme ça dans ma meute.

Il me sourit.

— D'accord, cool. Sortons boire une bière. Je ne sais pas pour toi, mais après ce trajet, j'en ai bien besoin.

CHAPITRE 7
RAFAEL

Je m'arrête sur l'aire de camping de Shadle Creek, je suis venu à bord de l'Escalade de Des. J'aurais préféré conduire ma bagnole, mais la sienne possède plus d'espace, alors nous y voilà. Jordy se trouve sur le siège passager tandis que Desmond est étendu sur la banquette arrière et ronfle plus fort qu'une tondeuse à gazon. Il ne m'autorise généralement pas à prendre le volant. Il a du mal à céder le contrôle. Mais il est fatigué. Nous le sommes tous.

Nous avons dû abattre le double de notre travail après le lycée aujourd'hui, en aidant à renforcer l'une des maisons du clan qui était témoin d'une activité vampire inhabituelle dans la région. Ensuite, nous avons dû assister à une réunion de deux heures avec nos chefs de clan afin de parler des relations entre les factions dans notre école et de ce qu'elles désiraient pour l'avenir. J'ai eu envie de frapper ma tête contre la table au moins une demi-douzaine de fois. Je ne sais pas comment mon père parvient à traiter avec tous les autres groupes. Ça me file un putain de mal de tête à chaque fois. Mais au moins nous avons réussi dans un temps raisonnable.

— Réveille-toi, *cabrón*. Nous sommes arrivés.

Desmond gémit avant de s'asseoir et de se frotter les yeux. Nous observons tous les trois le cercle de cabanes en face de nous avec des expressions variées. Jordy est chaud comme la braise et ouvre déjà sa portière. Ses cheveux sont encore mouillés. Nous avons tous pris une douche avant de quitter la meute, alors quand il sort de la voiture, des gouttelettes d'eau m'atterrissent sur le visage.

Trou du cul.

Des agit de sa manière impassible habituelle, toutefois je constate qu'il m'observe du coin de l'œil. Il ne me faut qu'une seule seconde pour comprendre pourquoi lorsque mon sang s'échauffe et que la colère grimpe dans ma poitrine. Un grognement atteint ma gorge, et je serre les dents pour le contenir.

Isa est ici, et elle vient de sortir de l'une des cabanes en compagnie de Zheng Liu. Putain de Liu ! La simple vision de ce connard fait bouillir mon sang. Je lui ai dit de rester loin de lui.

Je crispe ma mâchoire et m'agrippe au volant.

— Frangin, allez ! m'appelle Jordy, en claquant sa portière et en récupérant son sac à dos, tout en ignorant ce qui vient soudainement d'attirer mon attention. Des croise mon regard dans le rétroviseur.

— Tu comptes mater cette fille tout le week-end ? me demande-t-il.

— Va te faire foutre.

Je me tourne pour le frapper. Il finit par quitter la banquette arrière et attraper son sac avant de suivre Jordy jusqu'à la plus grande des cabanes, celle des loups. Je les scrute dans ma vision périphérique, sans pour autant quitter Isa des yeux. Elle est magnifique. Elle a changé de vêtements depuis la dernière fois que je l'ai vue à l'école, et a troqué son jean blanc et son haut moulant pour un pantalon noir et un t-shirt basique. Son haut est légèrement décolleté sur le devant, et je m'imagine déjà sa poitrine nue exposée pour mon plaisir et le mien seul. Mon loup gratte la surface de mon esprit. Je me passe une main sur le visage. Je dois arrêter de l'espionner comme ça. Cesser de laisser mon animal s'énerver à chaque fois que je la croise.

Jordy m'a tanné le cul toute la semaine pour me forcer à me concentrer sur les merdes du clan. Mon père m'attribue de plus en plus de responsabilités. Il me prépare à me passer le flambeau, même si c'est encore loin. J'ignore pourquoi il insiste pour le faire maintenant, mais je suis conscient qu'il a remarqué que j'étais distrait. Ce qu'il ne sait pas encore, c'est quelle en est la cause.

Je suis resté à l'écart ces derniers jours, en l'évitant dans les couloirs comme un putain de lâche. C'était risqué, surtout en considérant qu'elle aurait pu décider de s'en plaindre à Rourke, mais elle est restée silencieuse comme je m'y attendais. Ce qui la rend d'autant plus intrigante. Elle ne m'a pas balancé pour que j'aille en retenue. Elle n'a pas supplié pour obtenir mon attention comme la plupart des autres filles s'y seraient résigné après avoir subi un refus de ma part.

Non. Elle a gardé la tête baissée et a agi comme la soumise que je sais qu'elle n'est pas. Elle a agi comme si je n'existais même pas. Elle ne m'a pas adressé le moindre regard. Pas même un coup d'œil nostalgique.

J'ignore ce qu'elle m'a fait, mais je n'arrive pas à me la sortir de la tête, et ça m'énerve. J'ai pensé qu'en l'esquivant au maximum, cela diminuerait mon attirance envers elle, cependant je me rends compte en la voyant que c'est un putain d'échec. Au contraire, je la désire encore plus. Mon loup use de nouveau de ses griffes dans les confins de mon esprit, induisant des picotements dans ma peau en étant désireux de la poursuivre. Pour découvrir si elle est aussi amusante que je le crois.

J'ai envie d'absorber ses pensées, comme elle avec les miennes. C'est en train de tourner à l'obsession.

Qu'est-ce qui m'arrive ?

Je passe ma chemise par-dessus ma tête, me déshabille et jette mes vêtements dans le 4x4. Mes os craquent et se reconstituent sous ma forme de loup alors que ma fourrure se répand sur mon épiderme. Ma bouche et mon nez s'allongent, et mes lèvres se décollent pour révéler mes crocs, tandis que je combats la douleur allant de pair avec la transformation. Cette dernière prend moins d'une minute, avant que je ne parte en courant à travers la forêt environnante à la recherche de n'importe quoi qui pourrait me permettre d'oublier Isabella Romero.

Desmond va me prendre la tête pour être parti sans eux, mais j'ai besoin de garder les idées claires, et pour cela je dois être seul.

Je suis une piste olfactive à la recherche d'un repas. Je laisse mon esprit humain se reposer à l'arrière de mon cerveau et me concentre sur mon loup. Trente minutes plus tard, ma bête se rassasie et lèche les restes de sang sur ses babines après avoir aimé donner la mort. Je cours de nouveau pour retrouver Des et je me métamorphose, mon corps s'habituant rapidement au changement. Je sors un sac de bœuf séché de la boîte à gants, ouvre la bouche et en glisse une poignée entre mes lèvres. J'ai brûlé trop de calories avec les mutations successives et souffre désormais d'un appétit vorace. Mais je ne pouvais pas l'éviter.

Ma peau est recouverte d'un léger voile de sueur, mon torse se soulève à un rythme accéléré. La nourriture aide, mais je vais être à bout de force jusqu'à ce que je puisse dormir un peu. Je fouille à l'intérieur de la voiture pour trouver mes vêtements. Je les enfile à la hâte et récupère mon sac, avant de traverser la clairière menant à notre cabane.

Nous venons ici au moins une fois par mois. C'est bien de s'éloigner du reste. Ou ça l'aurait été si l'on n'avait pas eu à partager notre espace avec les autres factions, et si mon père n'avait pas décidé que l'on devait organiser des réunions scolaires de temps en temps. Mais encore une fois, c'est censé être pour le bien de la meute. Une façon de tisser des liens avec le camarade de classe. Construire des relations avec nos ennemis qui pourraient un jour les conduire à devenir nos alliés.

J'observe Liu et Isa une fois de plus avant de glisser mes lunettes aviateur sur mon nez. Je ne me soucie pas qu'il soit déjà tard. Personne ne me fera chier à leur sujet. La prairie est remplie de jeunes gens éclairés par un feu. La plupart se tiennent à côté de leur voiture, ou en petits groupes autour des flammes. Maintenant que le soleil s'est couché, les vampires ont décidé de sortir. Les trois que je distingue ressemblent à des adolescents, mais je ne suis pas dupe. On ne métamorphose pas un jeune en développement. Plus aujourd'hui.

C'était une pratique populaire à l'époque victorienne, donc je ne serais pas surpris que les trois vampires qui se font passer pour des ados aient une centaine d'années ou plus. Les humains et les sorcières ne semblent pas s'en soucier. Trop de filles stupides ont des étoiles dans les yeux, en souhaitant probablement que les vampires brillent au soleil ou quelque chose comme ça.

Je suis heureux de constater que les membres de ma horde leur laissent une large place. Les sorcières et les humains sont une nuisance, mais les vampires sont la vraie menace, et je sais qu'ils peuvent faire preuve d'une haine profonde.

Personne ne me parle, et tout le monde me donne de l'espace pour que je puisse me rendre à la cabane. Quelques types du clan des félins que je reconnais hochent la tête dans ma direction. Je ne leur rends pas leur geste. Je peux parler à certains de ces connards à l'école quand j'y suis obligé, mais je ne suis pas forcé de les tolérer ici. Je ne suis pas l'un d'entre eux. Je ne suis pas un félin. Ni un ours. Et encore moins un putain de coyote. Je suis un loup. J'ai commis l'erreur de me lier d'amitié avec quelques-uns en dehors de mon groupe, et cette merde m'a explosé au visage à cause d'un foutu tigre.

Je n'ai pas l'habitude de répéter mes bévues.

Dans une bataille de vie ou de mort, ma meute passera toujours avant le reste. Mais à moins que leur vie ou celle d'un autre membre de la horde soit en jeu, je m'en tiens à ma propre race. Un groupe de filles vêtues de bikinis s'avance vers moi, et je ravale un gémissement. Deux d'entre elles sont des sorcières. Elles sont assez faciles à repérer à cause de l'odeur distincte de la magie qui les suit partout. Les autres sont humaines, sauf celle qui... je ne sais pas ce qu'elle est, mais elle sent... bizarre. Elle est éteinte. Comme des lilas et d'autres choses mortes.

Jordy se tient sur les marches du porche de notre cabane, un sourire aux lèvres, et Des est appuyé sur la balustrade à ses côtés. Des bières à la main et de grands rictus plaqués sur leurs visages, les filles balancent leurs hanches et m'offrent des regards taquins, en poussant des rires stupides tandis que je réduis la distance entre mes potes et moi.

J'étouffe un grognement. À l'école, ces nanas m'observent avec un air louche tout en me foutant la paix à moins que je ne les approche, mais je me rends compte qu'elles ont déjà bu et que le métabolisme d'une magicienne n'est pas meilleur que celui d'un humain. Si elles ne se sont pas encore attiré d'ennuis, ce sera bientôt le cas.

L'une des sorcières décide d'être particulièrement courageuse et dépasse son groupe d'amies.

— Hé, Rafe ! Tu vas faire la fête avec nous ce soir ? me

demande-t-elle. Ma mère est à la tête des sorcières de Stone Crest. Ton père est l'Alpha de la meute Southwest. Nous devrions probablement apprendre à mieux nous connaître. Ne penses-tu pas ?

À la mention de mon nom, je vois la tête d'Isa se tourner dans ma direction.

Eh oui, belle gosse. Je suis là.

Je ne me donne pas la peine de dissimuler mon sourire narquois.

— Peut-être.

Je parle fort exprès pour pouvoir jauger la réaction d'Isa. Elle râle, mais se détourne pendant que la fille en bikini glousse. Putain de rire. Je jure que ces nanas deviennent plus stupides chaque année, pourtant je me force à la considérer. Idiote ou pas, elle a une belle poitrine.

Peut-être qu'une baise rapide me permettra de me sortir Isa de la tête. Je ne suis pas du genre à discriminer. Si je dois déconner, ma devise a toujours été qu'il vaut mieux aller avec quelqu'un en dehors de la meute qu'en dedans. Ça cause bien moins de problèmes, ce qui suppose d'avoir à mettre en laisse mon loup. En outre, je sais que je suis un bâtard possessif. Je ne peux pas risquer de me prendre la tête avec une de mes semblables, parce que mon animal pourrait perdre la tête en découvrant qu'une de mes conquêtes regarde quelqu'un d'autre.

C'est du déjà-vu. Je l'ai déjà expérimenté. Je ne compte pas me répéter.

— Viens me trouver plus tard, m'invite-t-elle.

Je lui offre un grognement sans engagement. J'ai besoin de niquer, mais l'idée de le faire avec elle ne semble pas titiller mon intérêt. Isa, d'un autre côté...

Merde !

L'homme et le loup la désirent tous les deux. Ce qui est un putain de gros problème.

À l'intérieur de la cabane, Des allume toutes les lumières, et nous jetons nos sacs dans nos chambres respectives.

— Tu aurais pu nous attendre pour aller courir, murmure-t-il.

Je ne prends pas la peine de répliquer, sachant qu'il oubliera même si je ne m'excuse pas. Notre abri est interdit à tout le monde en dehors du clan des loups, et, étant donné que nous en sommes les seuls membres à nous rendre au lycée, nous aurons probablement cet endroit pour nous tout seuls. Nous sommes connus pour ramener quelques filles pour la nuit, mais notre case n'est pas l'une des plus ouvertes. Nous ne nous intégrons pas vraiment. Nous préférons superviser. Nous assurer que nos compagnons de meute ne commettent rien de stupide et que personne ne meure.

— Je vois que ta nana est ici, commente Jordy avec un rictus.

J'accepte la bière qu'il me tend, et mes yeux suivent Isa alors qu'elle traîne derrière Liu jusqu'à une bande de métamorphes. Ma main se serre autour de ma canette, je grince des dents. L'enfoiré lui sourit en se penchant pour lui murmurer quelque chose à l'oreille avant de saluer le groupe qui l'entoure. N'est-ce pas gentil ? De présenter une solitaire à sa horde ?

— Je n'ai pas de nana, riposté-je.

Cela me vaut un grondement de la part de Des.

— Alors, pourquoi tu la reluques comme ça ?

Je croise son regard.

— Tu ne peux pas voir mes yeux, connard. Je ne scrute même pas dans sa direction.

— Menteur, ajoute Jordy. Tes pupilles brillent à travers tes lunettes. Baise-la et sors-toi-la de la tête.

Je lève les yeux au ciel.

— Je ne veux pas la sauter. Je...

— D'accord. Tu veux jouer avec elle ? Tu as besoin d'un nouveau projet, d'un nouvel animal de compagnie ?

— C'est quoi ton problème, mec ?!

Je retire mes lunettes, et mes yeux brillent dans sa direction. Jordy ricane.

— Rien. Débrouille-toi. Va au diable. Baise-la. Ou pas. Je m'en fiche. Mais prends ta décision pour qu'on puisse profiter du week-end. Je suis fatigué par tes conneries, alors peu importe ce que tu as prévu, laisse-moi en dehors de ça. Je ne foutrai pas la merde au sein de ma propre espèce.

— Ne compte pas sur moi non plus, ajoute Des.

Il s'enfonce dans l'un des sièges en bois se trouvant sur le porche, les jambes écartées, une bière à la main, en prétendant ne pas se soucier du monde extérieur.

— Nous avons convenu de nous concentrer sur la meute cette année, et Jordy a raison. Déconner avec un autre loup ne semble tout simplement pas correct. Baise. Ne baise pas.

Il hausse les épaules.

— Je m'en fiche. Mais tu étais distrait aujourd'hui, et tu le sais. Elle est dans ta tête, alors fais ce qu'il faut pour la sortir de là. Si ça signifie que tu doives jouer à l'un de tes jeux d'esprit avec elle, qu'il en soit ainsi. Mais nous ne te soutiendrons pas cette fois.

Je grince des dents.

— D'accord.

Quelle bande de connards !

Nous avons tous merdé avec les filles par le passé. Ça rendait les choses commodes, mais peu importe. Je n'ai pas besoin de leur aval pour obtenir ce que je souhaite de la part d'Isa. Jordy descend sa bière avant d'en prendre une nouvelle.

— Je vais me trouver un petit cul. Je crois que je l'ai mérité. Je vous retrouverai plus tard.

Il descend les marches et se dirige droit vers les sorcières, avant de jeter ses bras autour de deux d'entre elles. Je ne serais pas surpris si elles finissaient dans son lit ce soir. Jordy a toujours été connu pour apprécier sa juste part de plans à trois et même quelques quatuors occasionnels. Le plus souvent, il couche avec des sorcières. Il semble apprécier ce côté légèrement bizarre qui se cache sous leur forme humaine. Comme je l'ai dit, je préfère baiser avec quelqu'un que je n'ai pas peur de briser, et, puisque je suis un connard possessif, je dois parfois faire des compromis.

— Je suis surpris que sa queue ne soit pas encore tombée vu le nombre de trous dans lesquels il l'a enfoncée, déclare Des.

Je ricane.

— Il a de la chance que les métamorphes ne peuvent pas attraper de MST. Mais tu n'es pas très bien placé pour en parler.

Il hausse les épaules.

— Je prends cette année à la légère. Je me concentre sur ce qui est important.

Je suis son regard et remarque qu'il est en train de fixer Meiying Liu. Il suit le moindre de ses mouvements comme un loup traquant sa proie. Exactement ce qu'il est.

— Tu convoites la petite sœur de Liu ?

Il lève les épaules sans pour autant la quitter des yeux.

— Tu plaisantes, pas vrai ? Sais-tu à quel point ça foutrait la merde ?

Meiying est déjà promise à un métamorphe d'une autre meute, malgré le fait qu'elle n'a que 14 ans. Ce sont des conneries de la culture chinoise, je crois. Je n'ai jamais vraiment pris la peine d'y prêter attention, mais sa mère s'est assurée que tous les garçons sachent que sa fille est hors d'atteinte et que Yenay Liu n'est pas quelqu'un que l'on veut se mettre à dos.

Je hausse les épaules.

— Peu importe. Si tu la désires, fonce. Mais je te suggère d'agir rapidement et de t'assurer que sa mère ne soit pas au courant, sinon tu le paieras très cher.

Cette dernière peut se montrer effrayante pour une si petite bonne femme. Il sourit.

— Je suis toujours prêt à relever un défi.

CHAPITRE 8
ISABELLA

Il est ici. J'ignore pourquoi j'ai supposé le contraire. Peut-être à cause de tout ce qu'il a dit sur la concentration sur les affaires de sa meute ? Il ne me semble pas être du genre social, à part envers Des et Jordy. Ils représentent un trio effrayant. Ils sont toujours ensemble, et je n'ai pas manqué le fait que tout le monde semble leur laisser une marge de manœuvre. Ils sont populaires, bien sûr, mais c'est presque comme s'ils étaient des participants peu disposés dans le jeu que représente le lycée à leurs yeux.

Tels des dirigeants qui ne veulent pas vraiment gouverner.

Je ne me suis liée d'amitié avec personne au lycée, du moins à part Zheng, mais j'ai entendu les murmures dans les couloirs lorsque ce trio est présent. Tout le monde semble vouloir mettre la main sur l'un d'entre eux. Je ne pense même pas que les filles ont une préférence entre les trois. Elles veulent simplement accomplir quelque chose qu'elles perçoivent comme étant un peu dangereux. Je suppose que coucher avec un métamorphe lorsque l'on n'en est pas un soi-même doit tomber dans cette catégorie.

Zheng me tend une autre bière que j'accepte avec une grimace avant de repérer Jordy qui se dirige vers moi, un rictus de loup plaqué sur son visage bien trop beau. Ses bras sont enroulés autour de deux adolescentes. L'une est blonde et porte un bikini rouge vif, l'autre est brune avec un bikini noir et un short. Ne se rendent-elles pas compte du froid qui règne ici ? Il ne doit pas faire plus de 10 °C, et, même si mon côté métamorphe me permet de supporter les chutes de température, ces deux nanas ne peuvent pas s'autoriser ce luxe génétique. L'automne touche à sa fin et l'hiver approche à grands pas, toutefois elles ne semblent pas avoir reçu la note de service.

— Yo, Vanille. Comment ça va ? s'enquiert Jordy.

Je déteste ce surnom et je suis presque certaine que Rafael et lui s'en servent simplement pour m'énerver. Je me force à sourire et lève ma bière pour le saluer.

— Ça va, indiqué-je en espérant qu'il détournera son attention de moi.

Les deux filles à ses côtés le caressent, et l'une d'entre elles essaie activement de lui suçoter le cou, mais elle semble être trop petite de quelques centimètres pour l'atteindre, et il ne semble pas enclin à cette idée.

— Ce soir, passe chez nous.

Il se tourne et pointe sa bière vers une énorme cabane derrière lui.

— Seule. D'accord ?

— Pourquoi veut-il que tu ailles dans sa case plus tard ? me murmure Zheng à l'oreille. Je croyais que tu n'aimais pas les loups ?

— Ce n'est pas ce que j'ai dit. Et qui sait. Je ne comprends pas ce type.

Avant que je ne puisse répondre à Jordy, Zheng décide de le faire à ma place.

— Elle a des projets pour ce soir, déclare-t-il en balançant son bras autour de mes épaules.

Il agit de manière possessive, ce qui me hérisse le poil. Je l'aime bien. Il est gentil et mignon, mais je sors tout juste d'une relation. Je ne cherche pas à plonger dans une autre, et Zheng semble vouloir chercher ce type de liaison. Le regard de Jordy s'assombrit et se focalise sur son bras. Je tremble.

— Peut-être plus tard, dans ce cas ?

Son ton mordant ne m'échappe pas, mais je ne sais pas s'il s'adresse à Zheng ou à moi.

— Bien sûr.

— Nan. Désolé, mec. Elle est occupée pour le reste du week-end.

Sans rien dire d'autre, il fait de nombreuses insinuations dans cette seule et unique phrase. Je me tourne dans sa direction avec une expression confuse, mais il ne semble même pas me prêter attention. Ses yeux noirs sont étrécis, tandis qu'il affiche un regard de triomphe. Comme s'il venait de gagner quelque chose. Comme s'il m'avait conquise, moi.

Je ne suis pas un prix dans le concours de qui pisse le plus loin entre ces types. Quel que soit le problème entre eux, je refuse d'y être mêlée. Aussi modeste que je puisse être, je glisse sous le bras de mon ami et m'écarte.

— Je vais aller explorer un peu. Je te rejoindrai plus tard.

Il grogne, mais hoche la tête, et je me tourne alors vers Jordy, désireuse de laisser ma louve courir. Je trouve un endroit tranquille loin de tout le monde et me déshabille, en pliant soigneusement mes vêtements et en les posant au pied d'un arbre. Ensuite, je me transforme.

Ma colonne vertébrale craque, et je ravale un cri de douleur. Mes jambes éclatent et se remodèlent pour devenir des pattes. Je tombe vers l'avant, me rattrapant à peine sur mes mains alors qu'elles mutent à leur tour. La fourrure jaillit sur ma peau, alternant des bandes de fourrure pâle et de couleur fauve. Mon cœur se serre, ma cage thoracique se rétrécit pour se métamorphoser en celle de mon animal. J'ai du mal à reprendre mon souffle. La souffrance est vive et intense, mais elle est terriblement familière et je m'en réjouis.

Alors que ma vision s'aiguise, ma transformation désormais achevée, je file à toute allure. Mes pattes s'enfoncent dans le sol tandis que je pousse mes sens vers l'avant, tout en restant prudente puisque je ne connais pas mon environnement. Mais jusqu'à présent, il semblerait que je sois seule.

Les bois représentent une symphonie de sons et de couleurs. Les oiseaux gazouillent, les serpents glissent, et quelques créatures du désert indiquent leur présence, toutefois je ne suis pas d'humeur à chasser. J'ai simplement besoin de courir. Donc, durant les trente minutes suivantes, c'est tout ce que je fais. Je fonce.

Lorsque ma louve est satisfaite de ce moment de répit et que notre respiration se fait forte et laborieuse, nous retournons à l'endroit où j'ai laissé mes vêtements. Reprendre forme humaine est plus lent et plus douloureux. Mon corps est déjà fatigué par ma première métamorphose et par la course que je viens de lui imposer, pourtant je pousse au-delà de ma souffrance et prends une minute pour m'asseoir sur le sol froid avant d'attraper mes habits. Après m'être assurée d'avoir récupéré toutes mes affaires, je me dirige vers la cabane avec l'intention de me rafraîchir, lorsque mon téléphone sonne dans ma poche.

Je consulte l'écran, surprise d'avoir une couverture réseau ici, et je laisse échapper un grognement lorsque je vois de qui provient le message.

Oliver : Allez, Isa. Tu me manques. Arrête de me repousser pour quelque chose d'aussi stupide.

La colère prend vie en moi et, avant de pouvoir me maîtriser, je réponds.

Moi : Tu as rompu avec moi le jour où ma mère est morte !

Les trois petits points apparaissent, et je les regarde en attendant qu'il réponde. Mais au lieu d'un autre message, mon téléphone sonne et vibre dans ma main. C'est lui.

— Chingada madre !

Est-ce que j'ai vraiment envie de m'occuper de lui maintenant ? J'observe l'écran en essayant de prendre ma décision, mais la sonnerie s'arrête, ce qui m'évite d'avoir à prendre une décision. Toutefois, ça recommence immédiatement après. Je dois être masochiste, parce qu'à la quatrième tonalité, je réponds.

— Qu'est-ce que tu veux, Ollie ?

Je marche vers l'arrière de la cabane de Zheng et grimpe sur le porche. Heureusement, il n'y a personne d'autre ici. Je revendique ma place sur un banc de bois et m'y avachis, en attendant qu'Oliver réponde. Il demeure silencieux pendant une seconde, et c'est comme si je parvenais à entendre les engrenages tourner dans son esprit. Oliver a toujours été doué pour ça. Pour trouver les bons mots afin de me calmer. Avec du recul, je peux songer à au moins une demi-douzaine de fois où il m'a manipulée pour que je lui pardonne pour une chose ou une autre. Il n'a jamais été un bon petit ami. J'ignore pourquoi j'ai mis autant de temps à m'en rendre compte.

Puisqu'Oliver n'a toujours rien dit, je me glisse dans la cabane par la porte arrière à la recherche de quelque chose pour atténuer le mal de tête lancinant que je sens poindre. Mon estomac se manifeste, avide de nourriture après ma transformation, mais je l'ignore. Peut-être que si j'essaie vraiment fort, je pourrai supporter la conversation que je suis sur le point d'avoir.

— Bébé, souffle-t-il.

Je lève les yeux au ciel et aperçois une bouteille de tequila abandonnée. Je m'en verse une quantité généreuse dans un verre en plastique rouge avant d'ajouter un peu de Tampica.

— Ne m'appelle pas « bébé », craqué-je.

J'avale une gorgée.

— Je ne peux pas croire ce que tu as fait, Ollie. Je ne peux pas...

Je m'étouffe sur mes mots, incapable de les prononcer. La tequila brûle mon œsophage, ce qui me fait tousser. J'aurais probablement dû en prendre moins d'un coup. Je m'octroie quelques secondes avant d'en boire de nouveau, parce que, oui, j'ai vraiment envie d'être bourrée. Les humains ont tellement plus de facilité que nous. C'est injuste. Ils peuvent échapper à leur douleur avec de l'alcool ou des pilules, alors que nous, nous sommes obligés d'en ingurgiter des quantités astronomiques simplement pour ne plus être entièrement sobres l'espace de quelques instants à peine.

— Tu m'as blessée.

J'ignore pourquoi je déclare ça. Peut-être qu'une partie de moi désire qu'il comprenne ce qu'il m'a infligé. Peut-être qu'alors il finira par me laisser tranquille.

— Tu m'as blessée alors que je souffrais déjà énormément.

— Merde, murmure-t-il. Je sais, bébé. Je sais. Je suis désolé. D'accord ? J'ai déconné. Je n'avais pas les idées claires. Merde.

J'entends les bruissements de ses vêtements alors qu'il marche à l'autre bout du téléphone. Je recule et reprends ma place sur le banc tout en observant le ciel nocturne dépourvu d'étoiles.

— Que veux-tu que je dise ?

— La vérité. Pour une fois dans ta vie, Ollie. Peux-tu être honnête avec moi ?

Je ne connais toujours pas toute l'histoire. Je suis au

courant qu'il m'a trompée avec Selena, mais je n'ai eu accès à aucun détail. J'ignore pourquoi il a rompu de cette manière. Oliver a toujours été un connard, mais jusque-là, il ne s'était jamais montré cruel.

Un autre juron.

— Bébé, ce n'est pas si simple. C'est Selena qui est venue vers moi, et, au début, j'ai pensé qu'elle était toi.

Il se précipite pour ajouter :

— Tu dois me croire. Je n'aurais jamais...

— Tu te fous de ma gueule, c'est ça ?

Pense-t-il vraiment que je suis aussi stupide ? Je vois.

— Ollie, je ne suis pas idiote.

Il gémit.

— Je sais. Je sais. Mais c'est la vérité. Je sortais d'une patrouille. Je me suis transformé bien trop de fois à la suite. Je n'étais pas dans le bon état d'esprit. Merde ! J'étais à peine conscient, bébé. Je ne t'aurais jamais sauté dessus comme ça.

Il marque un temps d'arrêt comme si ses mots le faisaient souffrir.

— Et je ne voulais pas rompre avec toi. Vraiment pas. Je ne le souhaite toujours pas.

Je renifle. Je ne crois pas une seule seconde à son récit. Je suis persuadée que s'il était ici en ce moment même en train de me raconter tout cela en face, je pourrais sentir son mensonge.

— Alors, qu'insinuais-tu lorsque tu m'as envoyé un SMS, le jour où ma mère est morte, devrais-je ajouter, qui disait : « je pense que nous devrions voir d'autres personnes » ? Hein ? En quoi est-ce différent de rompre avec moi ?

Il y a une détonation à l'autre bout du fil comme s'il avait frappé dans quelque chose. J'entends un grognement s'élever de sa poitrine, ce qui fait se dresser les poils à l'arrière de ma nuque. Ollie a toujours eu un caractère colérique.

— Écoute, je ne suis pas fier de moi, d'accord. Et je ne

savais même pas que ta mère était morte quand je t'ai envoyé ça. Selena m'a expliqué que tu avais découvert pour nous. Que tu allais rompre avec moi. J'ai simplement...

Il soupire.

— J'étais stupide et je voulais en finir avant que ce soit toi qui me largues à la place.

Waouh ! Seulement waouh !

Quel connard ! Qu'est-ce que j'ai pu lui trouver ?

Il n'ajoute rien pendant un moment, j'avale une autre lampée. L'alcool me brûle et je savoure cette douleur. Ma gorge se resserre, alors je bois une nouvelle goulée, désireuse de chasser la douleur qui se forme dans ma poitrine... parce qu'elle est très intense et que je hais ça. Je déteste qu'il ait encore une sorte d'emprise sur moi. J'ai perdu trois ans de ma vie avec Oliver. Il était mon premier tout. C'est ce qui me fait le plus de mal.

— Je t'aimais, lui annoncé-je, la voix dénuée de toute émotion.

Je suis fière de moi.

— Bébé, je t'aime. Tellement. Putain !

Je secoue la tête même s'il ne peut pas me voir.

— Non, Ollie. Je t'aimais. Je ne t'aime plus. Pas après ce que tu as commis.

— Isa, bébé. S'il te plaît. Ne réagis pas comme ça. On peut arranger les choses. Je sais qu'on en est capable. Toi et moi, nous sommes bien ensemble.

— Non.

J'avale une autre gorgée et ma tasse se retrouve vide. Je la pose sur le côté et me penche en arrière, en savourant le fait que ma tête tourne légèrement. J'ai envie d'en profiter pour les cinq minutes que ça va durer.

— J'aurais pu surmonter ta tromperie si tu t'étais montré honnête avec moi. J'étais très investie dans notre relation.

Il a été mon premier baiser. Mon premier amour. Le gars avec qui j'ai perdu ma virginité. Je pensais sincèrement qu'il deviendrait mon compagnon. C'est peut-être pour cette raison que j'ai supporté toutes ces conneries pendant si longtemps. J'ai été terriblement naïve. Je pensais qu'en vieillissant, nos animaux se choisiraient l'un l'autre. Que nous serions ensemble pour toujours.

Je mérite mieux.

Je le sais maintenant.

— Mais Ollie, tu m'as laissé tomber quand j'avais le plus besoin de toi. Il ne peut y avoir de retour en arrière désormais. Arrête de m'envoyer des messages. Cesse de m'appeler. Je ne vais pas te pardonner. Pas pour ça.

Les paroles de Rafe plus tôt cette semaine résonnent dans mon esprit. La loyauté. J'aurais dû savoir depuis longtemps qu'Ollie en était dépourvu.

Un mouvement à ma gauche attire mon attention, et, bien évidemment, ce n'est autre que le prince loup de Hellbound High. Il est appuyé contre un arbre sous le vent. Je me demande depuis combien de temps il est là. Son visage est dénué de toute émotion, mais il a retiré ses lunettes, m'offrant ainsi un aperçu de ses yeux marron foncé. Une lueur argentée brille dans son regard, et je frissonne. Lorsqu'il voit que je l'ai repéré, il se tourne vers l'avant et réclame la place à mes côtés. Une odeur de terre titille mes sens.

Un mélange de soleil, de coriandre et de musc qui est unique et appartient à Rafael. Cette senteur appelle mon loup.

Il tend la main et me demande silencieusement mon portable. Je fronce les sourcils. Qu'est-ce qui se passe ? Je le lui donne. Il glisse le téléphone à son oreille et déclare d'une voix grave :

— Écoute-la. Ne l'appelle plus. Ne lui envoie plus de message. C'est terminé. Tu as compris ?

— Putain, t'es qui toi ?!

J'entends Oliver grogner.

— Ton remplaçant, crache Rafael.

Il me rend mon portable après avoir raccroché. Ça sonne presque immédiatement, mais je le fais taire en le glissant dans ma poche arrière. En voyant que ma tasse est vide, il m'offre sa bière. Je l'accepte et incline la bouteille vers mes lèvres, laissant le liquide frais glisser dans ma gorge soudainement desséchée.

Ma vision s'estompe pendant une seconde, mais je cligne rapidement des yeux pour chasser ce sentiment et je lui rends sa bière. La chaleur monte en moi sous l'effet de l'alcool. Bien.

Je n'ai pas envie d'être sobre. Pas ce soir. Pourtant je sais qu'il n'y a pas assez de boissons dans cette cabane pour me maintenir dans cet état suffisamment longtemps.

Aucun de nous ne prononce quoi que ce soit après cela. On se contente d'observer le ciel et de s'imprégner des bruits de la forêt autour de nous. Rafael soulève sa bouteille, et j'observe sa pomme d'Adam s'élever à chaque gorgée qu'il avale.

Lorsque les secondes se transforment en minutes, je sens mes joues chauffer, et ma tête se met à tourner. Mais aussi vite que les sensations me frappent, elles commencent à s'estomper. Rafael me donne un petit coup d'épaule, et je croise son regard. Son masque est toujours en place. Son expression est illisible. Une mèche de cheveux tombe devant son visage, alors je tends les doigts pour l'écarter.

Sa main se lève et agrippe mon poignet avec des réflexes rapides. Je soupire, mais plutôt que de serrer son emprise sur moi, il trace de petits cercles de son pouce sur ma peau alors qu'il abaisse ma main entre nous. Il ne me libère pas. Il continue à frotter paresseusement mon épiderme, et la chair de poule s'élève sur mon bras.

Ses yeux croisent de nouveau les miens et, cette fois, je le distingue. Je vois le désir qui brûle dans ses prunelles. Je ressens le même. Je soutiens son regard plus longtemps que je ne le devrais, en sachant qu'il percevra cela comme un défi, mais en étant incapable de m'en empêcher. J'ai besoin qu'il comprenne que je ne suis pas soumise. Si c'est ce qu'il cherche, il ne le trouvera pas avec moi.

Je déglutis fortement. Mon estomac se noue. Je détourne finalement les yeux.

— C'est ton ex ? me demande-t-il.

Sa voix est douce tandis qu'il dessine toujours ces fichus ronds le long de ma peau. Je ne peux pas réfléchir correctement lorsqu'il me touche comme ça. Ma louve est pratiquement en train de me forcer à supplier pour en obtenir davantage. J'éprouve le besoin de me frotter contre lui comme un chien le long de la jambe de son maître, avide d'affection. J'essaie de repousser ce comportement, en me rappelant que je me sens uniquement ainsi parce que ma meute me manque. Ça me manque de me sentir connectée à quelque chose ou à quelqu'un.

— Oui.

Ma voix semble plus faible que prévu, mais tout à coup, c'est comme si je ne parvenais pas à avoir suffisamment d'air.

Éloigne-toi, Isa. Tu n'as pas besoin de tomber amoureuse d'un autre connard.

— Il t'a trompée ?

J'opine du chef.

— Et ta mère est morte ?

Un autre hochement de tête.

— Oui.

Il serre les dents et semble réfléchir, avant d'ajouter :

— C'est la raison pour laquelle tu es ici ? Tu as emménagé avec ton père ?

— Oui. Mon père biologique.

Il penche la tête sur le côté et déplace nos corps pour que

l'on se retrouve plus près l'un de l'autre. Il enroule son bras autour de mon épaule, pose le second sur mon poignet, et je peux sentir la chaleur qui irradie de son corps. Et comme un papillon de nuit devant une flamme, je me penche dans sa direction.

— Je, euh... je ne veux pas vraiment parler.

Être si proche de Rafael me met sur les nerfs. J'ai si bien réussi à l'éviter durant toute cette semaine que j'ai presque failli croire qu'il m'avait oubliée. Clairement, c'était une pensée stupide puisqu'il est là, en chair et en os.

— Isa ?

Sa voix est basse, mais elle est en quelque sorte emplie de nombreuses émotions refoulées. Je déglutis et m'écarte de sa prise. Le silence plane encore entre nous, je me relève.

— J'ai besoin d'un autre verre, dis-je.

En réalité, j'ai besoin d'une raison de m'échapper. Il y a quelque chose chez Rafael qui me prouve qu'il est dangereux, mais je suis tout de même attirée par lui. Est-ce parce que c'est un loup et que je n'ai plus de horde ? Ou y a-t-il un détail en plus ? Quelque chose d'autre chez lui qui m'attire à ce point ?

Il se passe une main dans les cheveux, ses narines gonflent, toutefois il n'émet aucun bruit et n'essaie pas de m'arrêter. Je m'immobilise au niveau de la porte, m'offrant ainsi une dernière seconde pour le contempler avant de m'échapper à l'intérieur, en me maudissant d'avoir été aussi stupide.

Rafael est un problème avec un P majuscule.

Je ne vais pas prendre les mêmes mauvaises décisions deux fois de suite.

CHAPITRE 9
ISABELLA

— Isa ! s'écrie Zheng dès que j'entre dans le salon.

Il a dû rentrer après que j'ai quitté le feu de joie.

— Viens jouer avec moi.

Il est debout devant la table à manger. Les gobelets rouges ont été placés de sorte à former des triangles à chaque extrémité. Je souris, mais c'est forcé.

— Je me demandais quand les parties de bière-pong allaient commencer.

Je me dirige vers lui. La cabane est bondée, et je dois me faufiler à travers la mer d'individus – faes, sorciers et humains – pour arriver à sa hauteur. Personne ne prend la peine de s'écarter de mon chemin, mais lorsque je l'atteins finalement, il passe un bras autour de mes épaules et lève une bière en l'air.

— J'ai trouvé ma partenaire. Qui est assez courageux pour nous défier ?

Des acclamations s'élèvent, et je parviens à sentir l'alcool qui irradie de lui comme s'il sortait de ses pores. Combien en a-t-il bu ?

Je m'éloigne de sa prise et secoue la tête.

— Je ne suis pas vraiment d'humeur à jouer ce soir, mais je vais regarder.

Il pince les lèvres.

— Allez, Isa.

Je secoue la tête.

— N...

La blonde aux jambes élancées de tout à l'heure s'approche de lui.

— Hé, Zheng ! Je veux bien être ta partenaire, ronronne-t-elle.

Il l'observe, et je suis son regard pendant qu'il contemple son corps à peine couvert. Ses lèvres se pincent de nouveau, mais ses yeux ne la quittent pas. Je suis à même d'affirmer de là où je suis qu'il est intéressé, alors je décide de donner un coup de pouce dans la bonne direction.

— Cool. Merci. J'apprécie que tu prennes ma place.

Elle se moque de moi.

— Je ne t'accorde aucune faveur, salope. Pourquoi es-tu là ?

J'inspire profondément en étant surprise par son hostilité. J'ouvre la bouche, puis la ferme. J'ignore comment répondre. Ce n'est pas une louve. Elle est fragile, elle peut facilement se briser. Je ne peux pas m'en prendre à elle. Quelques autres nanas à côté d'elle commencent à rire à mes dépens, et je me force à reculer d'un pas, mon animal vibrant de colère.

— C'est bon, Georgia, fait remarquer une fille.

La blonde, Georgia, s'en prend à ses amies, avant de se tourner vers moi avec un mépris évident.

— Vraiment. Personne ne veut de toi ici. Pourquoi ne retournes-tu pas d'où tu viens ? Je suis sûre que Daddy Warbuck peut t'aider.

— Ce n'est pas cool ! s'exclame Zheng pour me défendre.

La jeune femme lève les yeux au ciel.

— Allez, Zheng. Tu es conscient qu'elle n'a rien à faire ici.

Si c'était le cas, la meute l'aurait réclamée, mais même eux la rejettent.

Eh bien, putain. Sa remarque m'atteint en pleine poitrine parce que je me pose exactement la même question. Je sais que Brian a un arrangement avec la horde, mais n'avoir aucun contact avec eux ou même avec le clan des loups m'est très étrange. Ils savent tous à quel point c'est difficile d'être solitaire pour un métamorphe.

Elle enroule ses bras autour de son cou et plaque ses seins contre son torse.

— Éloigne-la pour que toi et moi puissions nous amuser, se plaint-elle.

Sa voix me fait grincer des dents. Pense-t-elle sincèrement que les hommes aiment ça ?

Le regard de Zheng passe entre nous avec incertitude. Sérieusement ? C'est lui qui m'a invitée. Va-t-il vraiment choisir une stupide sorcière plutôt qu'une autre métamorphe ? La colère s'élève de nouveau dans ma poitrine, et la blessure révélatrice de mes griffes en train de s'allonger appuie au bout de mes doigts.

En voyant mon expression, il s'écarte d'elle.

— Désolé, Georgia. Isa est mon amie. Et ça me dérange que tu lui parles comme ça.

Elle écarquille les yeux et ouvre grand la bouche avant de la fermer.

— Excuse-moi ?

Il hausse les épaules et se passe une main sur la nuque.

— Écoute, c'est un truc de métamorphe. Je sais…

— Va au diable ! Tu vas causer ta perte. Ne t'attends pas à avoir une seconde chance.

Elle me frôle pour quitter la pièce et me jette un coup d'œil en même temps. Je me mords l'intérieur de la joue pour ne pas m'en prendre à elle, en me rappelant que, malgré la cruauté de ses paroles, ses os peuvent facilement se briser.

J'adresse un regard reconnaissant à Zheng.

— Merci. Tu n'étais pas obligé de faire ça, murmuré-je.

Il hausse les épaules.

— Si. Je t'ai invitée. Georgia n'est pas toujours aussi mauvaise. On a quelques cours ensemble, mais elle peut être une vraie garce lorsqu'elle s'y met.

Tu m'en diras tant.

— Eh bien, merci.

Je me ronge la lèvre inférieure pour l'empêcher de trembler.

— Est-ce que tu craques pour elle ?

Je lui pose la question parce que je n'ai pas envie de me dresser en travers de sa route. Oui, il m'a conviée, et je lui suis reconnaissante d'avoir pris ma défense, mais s'il veut aller faire amende honorable, je ne l'en empêcherai pas. Je sais comment les gars peuvent être parfois. S'il était Kai, il serait allé après elle, pour s'amuser, et se serait excusé auprès de moi plus tard.

Pourtant, il secoue la tête.

— Non. Pas vraiment. J'ai conscience de quel genre de fille elle est, et ce n'est pas ce que je recherche. Je pense qu'entre la vodka que j'ai bue et la poitrine qu'elle m'a agitée sous le nez, mon esprit a été un peu embrouillé.

Je lève les yeux au ciel, sans pouvoir m'empêcher de sourire. Zheng affiche une expression penaude en ajoutant :

— Alors, y a-t-il une chance pour que je puisse te faire changer d'avis et te convaincre de devenir ma partenaire ?

Je commence par branler du chef, mais ensuite je remarque la présence de Jordy, Des et Rafael. Le rictus de Jordy est mauvais lorsqu'il pose son regard sur moi et qu'il dit :

— Allez, Vanille. Je suis persuadé que nous pouvons rendre le jeu intéressant.

Génial. Encore ce surnom. Je rougis, mais je suis curieuse.

— De quoi tu parles ?

— Si nous gagnons, indique-t-il, tu porteras un bikini pour le reste du week-end. Jour et nuit. Sans exception.

Je renifle. C'est typique, et loin d'être quelque chose qui me dérange. En tant que métamorphe, je suis très à l'aise avec mon corps.

— Et si je gagne ?

Il hausse les épaules.

— Qu'est-ce que tu veux ?

J'y réfléchis. J'ignore s'ils sont doués et si Zheng l'est. S'il n'est pas trop mauvais, il y a de bonnes chances que l'on puisse gagner. J'ai toujours été très talentueuse dans ce domaine. Josué et moi avons remporté énormément de parties lorsque nous nous rendions dans des soirées qui nous étaient interdites. Mais c'est la première fête où je me rends dans laquelle il y a autant de personnes présentes, et je ne sais pas quelles sont les attentes ici.

Je ne me sens plus du tout ivre, alors je décide d'y aller et de changer les choses ce soir malgré l'appel de mon ex et le comportement étrange de Rafael.

— Si je gagne, vous devrez porter tous les trois un bikini pour le reste du week-end. Jour et nuit. Sans exception non plus.

La foule applaudit mon idée, et le sourire de Jordy s'élargit tandis que des grognements échappent à Des et Rafael. Je ne me donne même pas la peine d'essayer de ravaler mon rire.

— D'accord. D'accord. Je peux accepter ça.

— Non, réplique Des. Bande d'enfoirés. Mon cul ne portera pas de bikini.

Jordy ricane.

— Mais Des, tu n'as pas à avoir honte de ton corps, et tu le sais !

Son air renfrogné s'assombrit encore plus, alors qu'une lueur argentée brille dans ses yeux. Je me tiens le ventre en m'esclaffant et en imaginant Desmond en bikini.

— Tu obtiens un passe-droit, déclaré-je lorsque je parviens à retrouver mon souffle. Mais seulement parce que les équipes doivent être égales. Deux contre deux.

Je me tourne vers mon ami qui m'adresse un sourire rassurant. Il me soutient, même si je suis presque sûre que si nous perdons, je serai la seule à me retrouver en bikini. Heureusement que j'en ai acheté un aujourd'hui.

Je pivote en direction de Rafael et fronce les sourcils. Je suis quasi certaine qu'il refusera comme Desmond, toutefois il me surprend en attrapant une balle de ping-pong et en disant :

— Je ne suis pas du genre à tourner le dos à un défi.

CHAPITRE 10
RAFAEL

Je vais buter mon meilleur ami pour m'avoir impliqué là-dedans. Isa et Liu nous bottent le cul. Ils sont à deux points de me forcer à porter un putain de bikini. Le regard d'Isa est vitreux. La vodka que nous avons ajoutée dans nos boissons la gagne rapidement, mais avec un sourire plaqué sur le visage, elle lève la main, tire et atteint sa cible.

Putain !

Elle saute sur place, ses seins rebondissant avec le mouvement, et Liu lui tape dans la main. Jordy saisit son verre. Il le descend d'un trait. Ce connard rate ensuite sa cible, et je ravale un grognement. Comment a-t-il pu échouer ? Les métamorphes ont une excellente coordination œil-main. Je jure que c'était délibéré.

— Je vais te tuer, lui dis-je suffisamment bas pour qu'il soit le seul à m'entendre.

Toutefois, je ne peux manquer le rire sombre que pousse Desmond derrière nous. Il apprécie toute cette merde. Il espère sûrement que l'on perdra.

— Non, mec. Tu ne le feras pas, m'assure Jordy. Parce que

je suis en train d'aider un frère en te plaçant au premier plan à ses yeux. Tu détestes peut-être perdre, mais tu souhaites attirer l'attention de cette louve.

— Bien sûr que non, grommelé-je. Elle n'est personne pour moi. C'est une putain de louve solitaire.

Jordy ignore mon commentaire, c'est désormais à Liu de tirer. Il vise le dernier gobelet de notre côté, et, à la dernière seconde, ses yeux étincellent vers les miens pour ajouter un effet supplémentaire. Il vacille sous le poids de mon regard, et je laisse échapper un sourire lupin, exposant mes dents. Tout ce que je vois désormais, c'est lui. Ses iris presque noirs s'assombrissent, ses pupilles se dilatent, et je suis conscient que tout ce qui se trouve autour de nous s'estompe. La foule l'encourage.

— Vas-y !

— Tire !

— Allez !

J'obscurcis mon regard. Sa mâchoire se crispe, la sueur scintille sur son front. Il tire sans même viser les gobelets. Il me dévisage encore comme s'il était à deux secondes de se pisser dessus. Il rate. Je le vois déglutir et perçois les palpitations de son cœur dans son pouls qui s'agite dans sa gorge. Je peux l'entendre également battre à tout rompre malgré la foule et repérer la perle de sueur présente sur sa lèvre supérieure.

C'est toujours agréable de rappeler aux gens que je suis quelqu'un avec qui on ne veut pas s'embrouiller. Je souris en clignant des yeux, rompant ce maudit défi entre nous. Je l'entends jurer.

C'est vrai. Tu as merdé.

C'est mon tour, donc je prends la balle et, sans faire le show, je la lance dans l'un de leurs trois gobelets restants. Il peste de nouveau, attrape son verre et tend une balle à Isa. Elle m'adresse un rictus – je suis conscient qu'elle est parfaitement dans son élément – et tire la balle dans notre dernier verre. Jordy gémit à mes côtés, mais je sais que c'est uniquement pour le spectacle. Il se fiche bien de savoir si nous gagnons ou si nous perdons. Tout est une question de jeu pour lui. Il vit pour ce genre d'embrouilles même s'il prétend le contraire.

Lentement, en m'assurant de garder les yeux rivés aux siens, je lève le gobelet et descends le reste de l'alcool.

— Vous avez perdu, lance-t-elle, très satisfaite d'elle-même.

— Oui. Tu ferais mieux d'aller me chercher ton bikini.

— Le mien ?

Je hoche la tête.

— Oui, Vanille. Je veux porter le tien.

— Tu peux avoir le mien, déclare l'une des filles à côté de moi.

Je fronce les sourcils.

— Et tu es ?

Elle a l'air surprise que j'ignore qui elle est, mais pourquoi le saurais-je ?

— Sabrina. Sabrina Hampton. Je suis en deuxième heure avec elle, me rappelle celle-ci en tournant la tête en direction d'Isa.

Je me souviens alors que je lui ai demandé de faire attention à ma nana. Je suppose que je connais son nom après tout. Je hausse les épaules.

— Eh bien, Sabrina Hampton. Merci. Mais non merci. Je veux celui d'Isa.

Elle fait la moue et Isa lève les yeux au ciel. Son agacement est très sexy.

— Peu importe. *Andale pues.*

Je ne pense pas qu'elle se rende compte qu'elle vient de me dire de me dépêcher en espagnol, mais j'aime ça. J'adore l'accent qui roule sur sa langue comme si c'était naturel. Ça l'est probablement. Et je jubile en pensant que Liu ne doit pas avoir la moindre idée de ce qu'elle a prononcé. Ça n'avait rien de sexy. Il n'y avait aucun sens caché. Mais il n'en sait foutrement rien, et putain c'est jouissif.

Je m'assure de le surveiller tandis que je m'avance pour suivre Isa.

— Fais gaffe, Liu, déclaré-je si doucement qu'il est le seul à pouvoir l'entendre. Ne te mets pas en travers de mon chemin.

Je le vois serrer les dents et j'attends, pour m'assurer qu'il comprenne bien ce que je sous-entends. Cela prend plus de temps que ce que j'aimerais, mais finalement, il acquiesce. Bien.

J'accompagne Isa à travers l'attroupement, en bousculant ceux qui se rapprochent trop. C'est la raison pour laquelle nous n'ouvrons pas notre cabane. Je n'aime pas avoir trop de monde dans mon espace. Ça énerve mon loup et exacerbe ma colère. Elle me conduit dans une chambre, et, dès que j'entre dans la pièce faiblement éclairée, je ferme la porte. Je laisse échapper un soupir de soulagement et Isa ricane.

— Tu n'aimes pas la foule ?

— Pas quand elle est composée d'idiots, rétorqué-je.

Elle sourit et fouille dans son sac jusqu'à récupérer un maillot de bain noir deux-pièces. Le bas est un peu plus fin au niveau des fesses, comme pour faire dépasser les hanches, et le haut représente une seule bande épaisse qui s'attache dans le dos. Intéressant.

— Pas de string ?

Elle secoue la tête.

— Ce n'est pas vraiment mon style.

Elle le tient dans ma direction, mais avant de l'accepter, je retire ma chemise et la fais tomber au sol avant d'ouvrir mon pantalon. Elle inspire profondément.

— Qu'est-ce que tu fabriques ?

Je ne peux m'empêcher de sourire en percevant sa panique.

C'est une louve. Elle devrait être habituée à ce genre de choses. Lorsque je lève les yeux et que j'aperçois son regard fixé sur mes abdos, un sentiment de chaleur prend vie dans mon torse, et ma queue tressaute. Ses yeux me bercent d'un intérêt flagrant et mon rictus s'élargit. Je retire mon pantalon, je laisse mon caleçon, je vire mes chaussettes et mes chaussures dans un même ensemble.

— Est-ce que tu aimes ce que tu vois ?

J'ouvre grand les bras avec un sourire carnassier plaqué sur le visage. Je sais que j'ai fière allure. Son expression ne fait que me le confirmer. Une main délicate s'avance comme si elle désirait toucher mes tatouages, et je m'immobilise, impatient de la sentir sur moi sans parvenir à m'expliquer pourquoi. Qu'est-ce qui m'attire autant chez cette fille ?

Mon bras droit arbore une manchette représentant un totem aztèque complexe pour chacun des clans de notre meute. Les loups, les chats, les félins, les muridés, les canidés et les ours. En dessous, on peut lire les mots suivants : « Perdono al que roba y al que mata, porque quiza lo hacen por necesidad, pero nunca perdono al traitor ».

Je pardonne à celui qui vole et à celui qui tue, parce qu'ils le font peut-être par nécessité, mais je ne pardonne jamais au traître.

Isa trace chaque lettre du bout des doigts, ses lèvres bougeant à peine alors qu'elle murmure :

— La famille par la loyauté.

Je hoche la tête parce que j'ai grandi en entendant les mêmes mots.

— C'est ce qui forge les obligations d'une horde.

Son rictus faiblit et me semble triste, je dois lutter contre mon envie de la réconforter. Elle ne m'appartient pas. Elle n'est pas membre de ma meute. Je pousse mon instinct de côté et ne fais rien d'autre qu'attendre qu'elle tourne son attention vers mon autre tatouage. Un masque de diable aztèque sur ma clavicule gauche, qui remonte dans mon cou et descend sur le dessus de mon biceps et de mon pectoral.

Mon regard se réchauffe tandis que j'observe ses yeux en train me dévorer, et mon loup éprouve le besoin de courir vers elle. Ce n'est pas strictement pour obtenir du contact physique, bien que je puisse comprendre qu'elle en a envie elle aussi. Mais c'est surtout pour un besoin d'appartenance. Ses doigts parcourent mon tatouage en une douce caresse. Je ne suis pas certain qu'elle se rende compte qu'elle est encore en train de me toucher.

J'inhale son parfum, catalogue ainsi chaque odeur individuelle. De la vanille, de la cannelle et du chili. C'est une senteur douce, mais séduisante, avec une petite touche épicée. Elle lui convient parfaitement. Dès que la pensée m'effleure l'esprit, mon animal me sourit pour montrer son accord. Je peux sentir l'attention qu'il porte sur elle. Un intérêt évident et un insatiable sens de la curiosité. Il met à mal mon contrôle, désireux de se rapprocher de la louve qui se tient debout devant moi.

Un grognement remonte dans mon torse, et elle se détourne, sa main tombant sur son flanc comme si elle venait de saisir qu'elle s'était trouvée intimement proche de moi. Une jolie rougeur naît sur ses joues. Je m'avance dans son espace vital avant qu'elle ne puisse reculer et enveloppe ma main autour de son poignet délicat.

— Tu vas me donner le maillot de bain ?

Je laisse mon loup affleurer dans ma voix. Elle frissonne. Isa est plus petite que moi. C'est une chose minuscule, ce qui la force à lever la tête pour pouvoir croiser mon regard qu'elle soutient pendant les plus brèves secondes. Tout ce qu'il faudrait, c'est que je penche ma tête de quelques centimètres pour pouvoir capturer ses lèvres avec les miennes, mais je résiste. Ses yeux se voilent en se posant sur ma bouche. Son rythme cardiaque s'accélère, mes sens aigus de métamorphe me permettent de percevoir son staccato rapide. Elle se lèche les lèvres, et je suis le mouvement des yeux.

— Q... quoi ?

Je fronce les sourcils, maintenant le contrôle sur mon corps malgré la convoitise que je ressens à son égard.

— Le maillot de bain, répété-je en tirant sur le morceau de tissu qu'elle tient entre ses doigts.

— Oh ! Oh !

Elle le relâche comme si elle venait de se brûler et recule, son visage encore plus rouge qu'il ne l'était auparavant. En récupérant le haut du bikini, je l'étire sur mon torse et me rends compte qu'il est à peine capable de se nouer dans mon dos au vu de la largeur de mon thorax. Ensuite, je soulève le bas et croise ses yeux.

— Je ne suis pas certain que cela passera sur mes jambes, mais si tu veux que j'essaie, je le ferai. Ou...

Je m'écarte et attends. Elle déglutit de nouveau en se léchant les lèvres.

— Ou quoi ?

Je soutiens son regard.

— Ou je peux y aller comme ça. Mon caleçon n'est pas beaucoup plus couvrant que ce machin.

Je hausse les épaules.

— C'est à toi de décider.

— Oh, oui ! Bien sûr. Ça ira comme ça.

CHAPITRE 11

ISABELLA

J'ignore pourquoi je me soucie du fait que Rafael a enfilé mon haut de maillot de bain. C'est seulement un stupide haut de bikini qui ne porte même pas mon odeur. Mais il l'a revêtu, et il m'appartient. Mon estomac se serre, je joue avec le bracelet autour de mon poignet. En le suivant hors de la chambre de Zheng, j'essaie d'apaiser les battements de mon cœur, tout en sachant qu'il les a probablement entendus. C'est embarrassant. La foule nous oppresse, nous forçant à faire quelques pas en arrière jusqu'à ce que Rafael pousse un des humains en dehors de sa route d'une pression des deux mains. Il porte un maillot de football comme d'autres garçons, ce qui les rend faciles à repérer. Je sais sans même avoir à demander que les métamorphes ne pratiquent pas d'activités parascolaires.

Le gars tourbillonne vers Rafael en levant son poing, puis s'immobilise soudainement avant de laisser retomber son bras à ses côtés.

— Hé, Rafe ! Mon gars, euh...

Il se frotte la nuque.

— Navré, mec. J'ignorais que c'était toi.

Rafael ne répond rien. Il se contente de l'observer fixement, en assombrissant le regard. Le type recule, les mains levées en signe de reddition.

— Oui. Désolé. Permets-moi de m'écarter de ton chemin.

Rafael ricane lorsqu'il se déplace. Je m'attends à ce qu'il me laisse derrière lui, mais à la place, il pivote, m'attrape par le poignet et me traîne. Je me frotte à quelques-uns des joueurs, mais dès que j'entre en contact avec eux, ils reculent en affichant une expression méfiante.

— Je suis parfaitement capable de me frayer un chemin toute seule, dis-je en tirant sur mon bras.

Soit il ne m'entend pas, soit il choisit de m'ignorer. Son emprise est douce, mais ferme. Je n'irai nulle part à moins qu'il ne décide de me libérer. Nous sortons de la maison et retrouvons Jordy qui porte désormais un haut de bikini rose fluo sur son torse et un bas en forme de string par-dessus son caleçon bleu foncé. Je n'ai pas la moindre idée de la manière dont il s'y prend pour faire bonne impression vêtu ainsi. Pourtant, c'est le cas.

Jordy possède également des tatouages. Un portrait gothique d'une femme avec les cheveux relevés en arrière, et un imbroglio de moineaux et de corbeaux qui volent autour d'elle en soulevant des mèches de ses cheveux dans leur bec. C'est étonnamment beau. Lorsqu'il me surprend à l'observer fixement, il se frotte le torse et se mord la lèvre inférieure. Ses yeux brillent tandis qu'il fronce les sourcils de manière suggestive.

Rafael s'avance devant moi avec un grognement, et Jordy laisse éclater son rire. J'aperçois Desmond à ses côtés, les épaules tremblantes. Sa bouche est pincée, et je suis certaine qu'il se bat pour masquer son propre esclaffement, mais au bout du compte, il échoue.

— Rafe, si tu pouvais voir ton visage.

J'essaie d'évaluer son expression, mais le masque qu'il porte habituellement est fermement en place.

— Eh bien, je vais vous laisser à vos occupations.

Je me rapproche de Rafael et me dirige vers le feu, mon regard partant à la recherche de Zheng. Lorsque je l'aperçois, il y a une fille sur ses genoux qui lui embrasse le cou. Je ne distingue pas son visage, mais...

Mes pas faiblissent.

Je jette un nouveau coup d'œil, et oui, il s'agit bien de Georgia. La garce de tout à l'heure. C'est génial.

Son souffle chaud sur ma nuque me prend par surprise, avant que sa voix ne s'élève :

— On dirait que ton copain est occupé ce soir.

Sa voix est basse, son ton suggestif.

— Imbécile. Il a fait le mauvais choix.

Ses doigts frôlent ma colonne vertébrale, ce qui me conduit à frissonner involontairement.

— Il est libre de ses actes.

Je déteste ce que mon intonation insinue.

— De plus, nous ne sommes que des amis. Il peut sortir avec qui il veut.

Une autre caresse, celle-ci à l'arrière de ma hanche.

— Ah oui ?

— Oui.

Les doigts de Rafael se referment sur ma taille.

— Et si je décidais que je te désire ?

Mon souffle se meurt. Il est toujours derrière moi et fait traîner ses lèvres le long de ma gorge exposée. Ce n'est pas un baiser. Sa caresse est légère, mais on dirait qu'il me marque, qu'il souhaite me considérer comme sienne.

— Je te demanderais de te barrer.

— Menteuse.

Je m'éloigne de son corps, sa chaleur me manquant instantanément.

— Viens avec moi.

Il entremêle mes doigts aux siens, et, bien que je sache que c'est une mauvaise idée, je lui permets de me conduire vers la plus grande cabane.

— Où est-ce que tu m'emmènes ?

Il m'adresse un sourire par-dessus son épaule.

— Est-ce que tu as peur, Vanille ?

Je renifle, mais je continue à le suivre, mes pas se précipitant pour soutenir le rythme de ses longues enjambées.

— À peine.

L'abri est vide en dehors de nous deux. Tout comme l'extérieur, elle ressemble plus à une maison ordinaire qu'à une cabane. Une grande section en cuir occupe la majeure partie de la pièce devant une cheminée à bois. Et la salle à manger ainsi que la cuisine semblent tout droit sorties d'un magazine.

Rafael me laisse le temps de tout observer, en jugeant ma réaction bien que je ne sois pas certaine de savoir ce qu'il espère. Tout à l'intérieur de cette case pue le fric, mais c'est de bon goût, et on peut affirmer que la décoration de chaque pièce a été soigneusement réfléchie. Contempler cet endroit me donne envie de profiter de la télévision devant la cheminée en étant blottie contre mes amis. Josué, Selena et moi le faisions parfois. Et à d'autres moments, Damien ou Kai nous rejoignaient. Avant que ma meilleure amie ne me plante un couteau dans le dos. Avant que ma mère ne meure.

Nous regardions des films stupides en mangeant du pop-corn. Josué versait toujours des surprises sucrées dans mon bol. Nous nous battions pour savoir qui allait avaler le dernier, et la nuit se terminait presque systématiquement avec Selena étendue sur notre seul canapé, Josué et moi sur le sol. Il s'appuyait sur le divan, et je posais ma tête sur ses genoux.

Je pense à ce que j'éprouverais en étant blottie ainsi à côté de Rafael devant l'âtre, et un sentiment de chaleur se répand dans ma poitrine. Ça n'aurait rien à voir avec les moments où nous mations des films avec Josué. Ça n'aurait rien de facile et d'insouciant.

— À quoi est-ce que tu penses ? me demande-t-il en se rapprochant de moi.

— À rien.

— *Mentirosa.*

Menteuse. Peut-être que oui, mais je sais pertinemment qu'il ne vaut mieux pas que je lui avoue mes vraies pensées, alors je réplique :

— Je songeais simplement que cet endroit est charmant. Accueillant. Je me doute qu'il a dû coûter une fortune, mais c'est agréable.

Comme mes nouvelles conditions de vie. Chose que je n'avoue pas à voix haute.

— J'aime bien.

Il hoche la tête avant de se diriger vers la cuisine, en me forçant à le suivre. Il ouvre le frigo et commence à en sortir des ingrédients. Des carottes, des courgettes, du bœuf. Puis il ouvre les placards et récupère des oignons, de l'ail, des pommes de terre, des épices, quelques boîtes de conserve... du maïs, des tomates, d'après leur apparence... avant de récupérer un sac de riz.

— Qu'est-ce que tu fais ?

— Je cuisine.

Un rire m'échappe.

— Je vois bien, mais pourquoi ?

— Je me suis transformé plus tôt. J'ai besoin de reprendre des forces.

Il me répond en haussant les épaules, ses muscles se fléchissant dans ce mouvement. Je lutte contre mon envie de tracer chaque contour de son corps de mon regard. Il devrait avoir l'air ridicule dans mon maillot de bain. Mais ce n'est pas le cas. C'est déconcertant.

Je n'ai toujours pas décidé s'il était mon ennemi ou non. Il agit de manière chaleureuse l'espace d'une minute et se montre très froid celle d'après. Je ne parviens pas suffisamment à lire en lui.

— Je prépare des *albondigas*.

Mon cœur se serre dans ma poitrine en me remémorant ces moments où ma mère et moi en cuisinions ensemble.

— Tu... vraiment ?

Je me détourne pour dissimuler les larmes qui me montent aux yeux et réussis à peine à capter son hochement de tête. Heureusement, il ne détourne pas les yeux de sa tâche. Il épluche un oignon et, avec une efficacité à toute épreuve, le coupe en petits carrés nets et précis.

— Tiens.

Il me tend une seconde planche à découper ainsi qu'un couteau bien aiguisé.

— Taille-les en dés.

Ensuite, il me donne les courgettes, les pommes de terre et les carottes. Je m'en empare et fais ce qu'il me demande, en ignorant l'émotion soudaine qui m'obstrue la gorge.

— Tu es conscient qu'il faut au moins deux heures pour préparer des *albondigas*, pas vrai ?

Et même après autant de temps, les saveurs ne se seront pas complètement exprimées. Ma mère préparait la soupe et la laissait mijoter sur notre cuisinière pendant plusieurs heures en s'assurant que tous les goûts se mariaient à la perfection. Le repas ne sera pas prêt à temps pour être mangé ce soir. Il opine du chef.

— Je sais. Je triche.

Je lève les yeux et repère un bouillon de poule sur le comptoir. Je ne peux m'empêcher de ricaner.

— Ma mère serait mortifiée.

Il affiche un rictus lupin.

— La mienne aussi. Et ma grand-mère me renierait probablement, alors ça doit rester top secret. Tu ne dois en parler à personne, Vanille.

Il m'adresse un clin d'œil.

— Je n'ai pas envie de manger un hamburger ou un hot dog. Je veux de la vraie nourriture. De la nourriture que je peux manger chez moi.

Il hausse les épaules.

— Une fois que nous aurons tout préparé, nous aurons une soupe fraîche qui donnera l'impression d'avoir cuit toute la journée en moins de quinze minutes.

Je souris.

— Tu n'es pas comme je m'y attendais.

Il me contemple de haut en bas, et il m'est impossible de manquer la lueur de désir qui brille dans ses yeux avant qu'elle ne disparaisse.

— Toi non plus.

CHAPITRE 12
RAFAEL

Elle sourit. Un vrai rictus. Pas un faux ni un de ceux forcés qu'elle adresse à tout le monde au lycée. Celui-ci est authentique, et je ne manque pas les larmes au coin de ses yeux avant qu'elle ne les chasse d'un geste de la main. Cette fille a ses démons. Ils sont peut-être pires que les miens.

J'ai un père autoritaire à qui je n'arrive jamais à plaire. Sa mère est morte et son ex a été infidèle.

Quels autres dommages se cachent derrière ce sourire ?

C'est peut-être ce qui m'attire vers elle. J'ai envie de la blesser. De mordre ses délicieuses lèvres jusqu'à ce qu'elles saignent. De caresser son corps jusqu'à ce qu'il en finisse meurtri. Je ne suis pas un amant doux. J'embrasse brusquement et je baise encore plus violemment. Mais j'ai également envie de la protéger. Quelque chose en moi désire la tenir dans mes bras. La marquer comme étant mienne et la préserver du monde tout en détruisant ses protections et en l'exposant à mes yeux et aux miens seuls.

L'anticipation s'élève en moi.

Je n'aurais jamais dû l'amener ici. Garder le contrôle sur mon loup devient un vrai défi. Il aurait fallu que je m'en rende compte dès que j'ai commencé à rapatrier la nourriture. Mon satané animal souhaite l'alimenter. Ce n'est pas une volonté que je devrais avoir en ce moment, c'est pour cette raison que je lui ai offert quelques ingrédients à couper par elle-même. Cela doit être un effort conjoint. Je ne dois pas cuisiner pour elle.

J'ai tout placé dans la casserole et j'ai programmé le temps de cuisson avant de nettoyer rapidement le désordre que nous avons mis tous les deux.

— Laisse-moi laver ça, me dit Isa, en me prenant la planche à découper des mains tout en se dirigeant vers l'évier.

Elle la range ensuite dans le tiroir dont je l'avais sortie plus tôt. Lorsqu'elle est de retour vers moi, j'entre dans son espace vital et pose mes mains sur ses hanches. Je plonge mon visage vers le bas, inhalant son parfum vanillé en faisant courir mon nez le long de sa gorge. Elle respire fortement, mais ne bouge pas. Je l'attire en arrière jusqu'à ce que nos corps se fondent l'un dans l'autre avant de poser mes lèvres sur son cou. Elle incline la tête sur le côté, m'accordant ainsi un meilleur accès à sa peau lisse. Je pince et mordille sa chair tendre.

Elle siffle sous le poids de la douleur, mais ne s'éloigne pas – ce qui me surprend –, alors je recommence. Cette fois-ci, je mords suffisamment fort pour laisser une petite ecchymose. Je chasse sa souffrance avec un baiser tout en suçotant son épiderme sensible, en souhaitant qu'elle porte ma trace, quand bien même je suis conscient qu'être une métamorphe rend cela presque impossible. Une de mes mains glisse sur sa hanche pour remonter sur son ventre jusqu'à ce que je puisse tenir un de ses seins entre mes doigts. Un éclair de positivité me gagne.

— Rafael... ?

Sa voix est basse, hésitante. Je perçois sa question, mais je suis incapable de lui répondre. Je n'ai pas les mots pour ça parce que je n'ai pas la moindre putain d'idée de ce que je suis en train de faire, et je ne suis pas certain de vouloir l'admettre. Elle se tord le cou pour pouvoir me regarder, et je vois le même désir et le même besoin que j'éprouve moi-même se refléter dans ses yeux. Je ne me suis jamais soucié de ce qu'une fille peut penser de ses sentiments, mais avec Isa, je ne peux pas m'empêcher d'avoir envie de la comprendre.

Son ancienne meute lui manque-t-elle ? Son ancienne vie ? Que compte-t-elle faire une fois qu'elle aura obtenu son diplôme ? Est-ce qu'elle partira ?

Elle est devenue mon obsession, et, même si je m'efforce de me dire qu'elle ne représente rien ni personne, je plonge la tête vers le bas et capture ses lèvres avec les miennes, désespéré à l'idée de la goûter. Elle soupire et j'en profite pleinement, en insinuant ma langue pour m'abreuver de ses doux gémissements.

Mon autre main se déplace vers le haut et se referme à l'arrière de sa nuque, afin d'incliner sa tête pour que je puisse approfondir le baiser, tout en pressant ses magnifiques seins. Pleins et ronds. Suffisants pour remplir ma main. Je les soupèse, tandis que la satisfaction s'élève en moi lorsqu'elle cambre le dos, pressant davantage sa poitrine entre mes doigts avant de se trémousser dans mon étreinte.

Elle est si réactive. Tellement sexy. Ses bras se dressent pour s'enrouler autour de mon cou. Ses seins s'appuient contre mon torse, et je suis à deux secondes de la déshabiller pour pouvoir la baiser ici et maintenant sur le comptoir de la cuisine quand des voix à l'extérieure se rapprochent.

Elle arrache sa bouche de la mienne.

— Rafe.

Sa respiration est lourde. Sa poitrine monte et descend à toute vitesse, et je me rends compte qu'il en va de même pour mon torse. Je désire cette fille, et je n'ai pas la moindre putain d'idée du pourquoi. Je suis dur et je ressens le besoin de m'enfoncer en elle. Je sais également que j'affiche une expression ennuyée lorsque nos regards se croisent.

— Je...

Ses sourcils se froncent lorsqu'elle aperçoit ma mine. La confusion transparaît sur ses traits.

Les voix se font encore plus fortes, Isa recule en essayant de mettre de la distance entre nous, mais je ne suis pas encore prêt à la laisser partir. Je m'accroche à ses hanches avec une force meurtrière, en refusant son mouvement de recul. Ce n'est pas elle qui contrôle les choses ici. C'est moi.

La porte de la cabane s'ouvre et Jordy s'avance, Des sur ses talons.

— Je lui ai précisé que tu serais occupé, déclare Desmond en guise de salutation.

Je plisse les sourcils comme pour leur signifier que leur interruption est sans conséquence. Jordy est encore avec deux nanas, une sous chacun de ses bras. La jeune femme de tout à l'heure à sa droite et Sabrina à sa gauche. Je me rends compte qu'il est sobre, malgré l'attitude joyeuse et stupide qu'il affiche pour le bien des filles. C'est sa façon de les mettre à l'aise face au grand méchant loup.

— Hé, Vanille ! Tu as l'intention de te taper mon frangin, Rafe, ce soir ?

Je prends sur moi pour ne pas le frapper au visage. Les yeux de Sabrina se posent sur Isa, et elle se crispe. Je m'avance, me positionnant devant Isa, et Desmond frappe Jordy à ma place en marmonnant « imbécile ».

— Hé ! s'écrie Jordy en se frottant la tête comme si Desmond lui avait fait mal.

Nous savons tous les deux qu'il n'en est rien.

— C'est pas cool, mec. Qu'est-ce qui se passe ?

Desmond désigne le couloir.

— Emmène tes nanas dans ta chambre ou renvoie-les chez elles.

Il prend une profonde inspiration avant qu'un rictus ne naisse sur son visage, ce qui me surprend, car Des n'est habituellement pas du genre à sourire.

— C'est Rafe qui cuisine ce soir.

Jordy sautille comme un enfant de 5 ans qui s'apprête à recevoir un cornet de glace ou quelque chose du genre en tournant son regard vers moi.

— C'est vrai ?

J'opine du chef.

— Qu'est-ce que tu as préparé ?

Il a presque oublié les deux jeunes femmes qui l'accompagnent. Sabrina et l'autre nana dont je ne connais pas le nom, et qui n'a aucun intérêt à mes yeux, se tiennent juste derrière lui avec des expressions inquiètes sur le visage. On dirait que les choses ne se passent pas exactement comme elles l'avaient espéré.

— Des *albondigas*.

Son sourire s'élargit tandis qu'il se retourne.

— Mesdames, ce fut un plaisir.

Il les conduit alors jusqu'à la porte d'entrée malgré leurs protestations. Sabrina est clairement en train de ralentir, n'appréciant pas qu'on la fiche à la porte.

— Mais Jordy, je pensais que nous allions faire la fête, se plaint-elle.

— Désolé, euh...

Il s'immobilise et lui adresse un regard d'excuse. Sa bouche s'ouvre, et ses yeux s'assombrissent avant qu'elle ne prononce son prénom. Il l'écarte comme si c'était évident.

— Bien sûr. Sabrina. Désolé. Quelque chose est arrivé. Je te contacterai plus tard, d'accord ?

Ses joues rougissent.

— Tu ne m'as même pas encore demandé mon numéro.

Il affiche un grand sourire.

— Je l'obtiendrai. À ma façon. Ne t'inquiète pas pour ça.

Avant qu'elle ne puisse répondre, il pousse son amie et elle une dernière fois puis referme la porte. Ensuite, il se tourne vers moi.

— Je viens tout juste de tirer un trait sur deux chattes de première qualité, alors tu ferais mieux de me nourrir convenablement, enfoiré.

Nous ricanons tous alors qu'un sentiment de fierté me submerge. Je ne suis pas Alpha. Pas encore de toute manière. Mais je ressens un sentiment de satisfaction chaque fois que je m'occupe de ces deux connards. Mon père me dit que c'est normal. Cela relève de ma domination et de la présence de mon loup.

— Tu as dix minutes. Va chercher quelque chose à regarder tandis que je prépare des tortillas.

Il hoche la tête en se dirigeant vers Isa. Je grogne.

— Hé, mec. Je vais simplement faire visiter à ta copine. Détends-toi.

Il se fout de ma gueule. Il n'a pas besoin de lui montrer quoi que ce soit. Connaissant Jordy, le premier endroit où il a l'intention de l'emmener n'est autre que sa chambre. Desmond en est conscient, lui aussi, et l'interrompt avant que la situation ait une chance de s'échauffer. Je peux prétendre ne pas m'intéresser à Isa, mais ce n'est pas le cas, et je ne partage très certainement pas mes jouets avec les autres. J'ai envie de tout savoir d'elle. De posséder tous ses secrets et de découvrir tous ses désirs. J'ai besoin d'avoir des armes contre elle. Elle a déjà bien trop d'emprise sur moi.

— Tu veux m'aider à choisir le film ? lui propose Des.

Elle fronce les sourcils et nous jauge tous du regard. Je suis persuadé de savoir à quoi elle songe. C'est écrit partout sur son visage. Nous sommes les connards de catégorie A du lycée. Les loups. Alors, pourquoi restons-nous enfermés dans notre cabane alors qu'il est à peine minuit, au lieu de faire la fête dehors avec tout le monde ? Et ce qu'elle souhaite probablement encore plus connaître, c'est la raison pour laquelle nous sommes gentils avec elle alors que toute la semaine nous nous sommes comportés comme si elle n'existait pas.

Desmond répond à sa première question implicite.

— Nous avons été submergés par nos devoirs envers la meute aujourd'hui. Et là-bas...

Il désigne la porte d'entrée.

— Ce n'est pas notre scène.

Elle se mord la lèvre inférieure.

— N'est-ce pas tout l'intérêt du lycée de se mêler aux autres factions ?

— Bien sûr.

Jordy ricane et lui lance un regard suggestif.

— Mais nous le faisons à nos conditions, et c'est à Shadle Creek que nous venons pour nous détendre. Ce n'est pas notre faute si le père de Rafe a décidé de partager notre lieu de villégiature habituel. D'ailleurs, Rafael est un bâtard avide qui ne cuisine pas souvent pour nous. Nous devons en profiter lorsque cela arrive.

— Oh, d'accord !

Elle suit Desmond jusqu'au canapé, et celui-ci m'adresse un signe de tête avant de lui montrer notre collection de DVD. Nous n'avons pas le Wi-Fi ici, donc le streaming n'est pas une option. Alors qu'ils épient notre sélection de films, Jordy se rend dans sa chambre et revient en jogging. Il porte encore son bikini ridicule par-dessus, et ça lui confère une allure étrangement sexy. Je ris sous cape. Il n'a honte de rien.

Isa dissimule son sourire derrière sa main lorsqu'elle le remarque.

— Tu n'as pas besoin de le garder.

Elle a enroulé une couverture autour de son corps. Est-ce qu'elle a froid ? Est-ce que je m'en soucie ? Je fronce les sourcils sans vouloir examiner mes sentiments en ce qui concerne son bien-être. Jordy affiche une expression suffisante.

— Je suis tout à fait d'accord pour me promener dans mon costume d'anniversaire, mais je ne pense pas que ces deux-là apprécieraient.

— Je parlais du maillot de bain, réplique-t-elle.

Je peux discerner la chaleur qui lui monte aux joues. Elle a le plus beau des rougissements.

— Quoi ? J'ai l'air très bien dans ce truc.

Il se pavane.

— Le rose semble être ma couleur. De plus, un pari est un pari.

Elle lève les yeux au ciel en se tournant vers moi.

— Il n'y a que nous quatre. Tu n'as pas à le porter toi non plus. Mais je vous demande de le mettre chaque fois que vous sortirez de cette cabane au cours du week-end.

Elle affiche un rictus satisfait, m'indiquant qu'elle est du genre à aimer la compétition. Je vais devoir classer ce peu d'informations pour une utilisation ultérieure.

— Je peux très bien survivre à ça.

Je détache le haut noir et le jette sur le comptoir au moment où la sonnerie m'indique que la cuisson est terminée. J'allume le comal – une sorte de plaque chauffante en fonte – et je réchauffe les tortillas avant de répartir la soupe. Normalement, je les laisserais se servir par eux-mêmes, mais je n'ai pas envie que ces imbéciles dévorent tout d'un coup. Chaque fois que j'ai cuisiné pour eux, ils ont tout englouti comme s'ils étaient affamés.

Ma mère vit pratiquement dans les cuisines du clan des loups, et il y a tout le temps quelque chose de chaud et de prêt dès que mon père et moi rentrons à la maison. Les parents de Des sont rarement à leur domicile, et le dîner est presque toujours une aventure solitaire pour lui, à moins qu'il ne vienne chez nous. C'est la raison pour laquelle Jordy et moi essayons de l'inviter à se restaurer dès que nous le pouvons. Personne ne devrait avoir à manger seul. La nourriture est faite pour être appréciée en famille, en meute, et ces deux crétins sont comme une famille pour moi.

— Servez-vous, dis-je aux gars tout en prenant de bols et en en donnant un à Isa.

Ensuite, je retourne récupérer les tortillas et en pose sur une serviette sur la place vide à ses côtés. Je m'assieds et tire un peu de la couverture sur mes genoux. Je n'en veux pas vraiment, mais je cherche une excuse pour être près d'elle. J'ai envie de mémoriser chacune de ses expressions pour savoir exactement ce qu'elle ressent à chaque instant.

— Hé !

Son regard s'assombrit, et ses épaules se crispent.

— Je suis en sous-vêtements. Il fait froid.

Je mens, parce que ce n'est très certainement pas le cas, mais je souhaite vraiment être sous la couverture en cet instant. Elle lève les yeux au ciel sans plus objecter.

Desmond démarre le film alors que nous dévorons notre repas. Isa pousse un gémissement et je résiste à afficher un sourire narquois. Il y a quelque chose de satisfaisant à remarquer qu'elle aime ma nourriture. Qu'elle apprécie un truc que j'ai fait pour elle.

— C'est tellement bon. Je n'ai pas mangé d'*albondigas* depuis...

Elle s'interrompt. Je me tourne vers elle. Elle cligne rapidement des yeux et observe son bol comme si elle tentait de ravaler ses larmes. Je la vois se mordre la lèvre inférieure lorsqu'elle vacille. Des taches rouges apparaissent sous ses yeux comme si elle avait déjà pleuré.

Une illumination me serre le cœur. Merde ! Elle n'en a pas goûté depuis la mort de sa mère. C'est ce qu'elle s'apprêtait à dire.

Jordy est témoin de sa réaction et me lance un regard empli d'inquiétude. Je hausse les épaules suffisamment pour l'informer que je n'ai pas la moindre idée de ce qui lui arrive, parce que je suis certain qu'elle ne souhaite pas que je partage ses secrets avec lui. Ils m'appartiennent.

Jordy étant Jordy, il sauve la situation en racontant une blague de cul.

— Merde, Isa ! Tu ne peux pas gémir comme ça en mangeant de la soupe. Ma tête va dans toutes les directions maintenant que je t'ai entendue laisser échapper ce bruit sexy.

Elle ricane même si ça sonne faux.

— Tu es vraiment incorrigible.

Elle lui envoie une tortilla au visage avant d'en attraper une autre pour elle-même. Je fais semblant de ne pas le remarquer.

— Ne m'en veux pas. Je ne peux pas m'empêcher de dire que je suis né pour porter ce genre de vêtements.

Il s'agrippe à son bikini rose vif avant d'avaler une grosse bouchée de la tortilla qu'elle vient de lui jeter à la figure. Elle geint de nouveau, mais cette fois en feignant d'être agacée.

— Je ne sais même pas quoi faire de cette déclaration.

Cette fois, sa voix n'est plus aussi crispée, et une partie de sa douleur a déserté son visage.

— Yo ! Taisez-vous. Le film commence, annonce Desmond.

Nous reportons tous notre attention vers l'écran au moment où Norman Reedus et Sean Patrick Flanery apparaissent à l'écran et passent devant le prêtre pour embrasser les pieds de Jésus. Jordy râle en secouant la tête.

— *Les Anges de Boston.* Encore ?

Ce à quoi Desmond répond :

— Ne te plains pas. Ce n'est pas moi qui ai choisi. La fille a bon goût. Ce n'est pas notre faute si ce n'est pas ton cas.

Jordy grommelle, mais il laisse tomber et se concentre sur la nourriture, alors que nous-mêmes regardons la télévision. Dès qu'Isa a terminé de manger, je rapporte les bols dans la cuisine. Le film en est presque à la moitié, au moment où ça devient intéressant.

Je reprends ma place et tire sur sa couverture une fois de plus. Elle grogne avant de l'attirer en arrière, alors je recommence. Là, elle croise mon regard.

— Qu'est-ce que tu fais ? murmure-t-elle.

— Chut ! s'écrie Jordy, absorbé par le film.

Il a beau protester au sujet de la fréquence à laquelle nous le visionnons lorsque nous venons ici, il l'aime tout autant que nous. En ignorant Isa, je soulève le plaid et je me rapproche jusqu'à ce que nos flancs soient pressés l'un contre l'autre. J'enroule un bras autour de ses épaules et l'attire plus près de mon torse tout en ajustant la couverture jusqu'à ce qu'elle nous recouvre tous les deux.

Son corps se crispe un instant avant de se détendre contre le mien, et un petit sentiment de plaisir me traverse de part en part. Une de ses mains se pose sur mon thorax, juste au-dessus de mon cœur, et je me demande si elle peut le sentir battre. Cette fille me fait ressentir des choses que je ne suis pas tout à fait sûr de vouloir éprouver.

Mes yeux se posent sur le bracelet turquoise présent sur son poignet. Elle le porte à tout instant. Représente-t-il quelque chose de sentimental à ses yeux ? L'envie de la questionner à ce sujet est forte, mais je me retiens, peu disposé à exposer à quel point elle m'intrigue.

Isa n'est certainement pas comme les autres. Les filles

veulent toujours s'approcher de moi ou de mes potes parce que nous pouvons faire quelque chose pour elles. Si elles appartiennent à une autre faction, elles souhaitent obtenir des informations qui pourraient les aider. Ou elles désirent simplement fricoter avec le danger en passant une nuit débridée avec un loup.

C'est quelque chose qui ne nous dérange pas tous les trois, mais au bout d'un moment, ça devient lassant. Et dans mon cas, si les femmes sont des métamorphes, elles espèrent s'assurer une position à côté du futur Alpha que je suis.

Isa quant à elle ne semble pas se soucier de tout cela. Elle ne paraît pas s'intéresser aux statuts ou au pouvoir.

Et savoir cela m'attire encore plus vers elle.

Je ne sais pas ce qui se passe entre nous. C'est comme si quelque chose avait changé, que l'air était chargé et que la tension était épaisse. Le torse musclé de Rafael est chaud contre ma joue, et je me retrouve à caresser le tatouage sur sa clavicule.

Il soupire de contentement et me rapproche de lui. Je suis certaine que c'est une réaction inconsciente, parce qu'il n'y a rien de sexuel dans mon toucher. Et malgré les sonnettes d'avertissement qui résonnent dans mon esprit, je ne suis pas mal à l'aise dans ses bras. En réalité, je suis même très bien. Comme si ma place était ici. Juste là, dans son étreinte.

Ce n'est pas un sentiment platonique que j'ai pour lui, comme ça a toujours été le cas avec Josué. Je ressens de stupides papillons dans le ventre, et mon cœur s'élève alors que j'éprouve le besoin de serrer les cuisses. Je ne me souviens pas d'avoir été autant attirée par Oliver. C'est comme si j'avais envie de me fondre dans sa peau, de partager l'air qu'il respire.

Peut-être que c'est un désir sexuel.

Tout est tellement confus. Je connais à peine Rafael

Castillo, et ce que je sais le décrit comme un loup arrogant qui pense beaucoup trop à lui-même. Je ne devrais pas être ici avec lui. Je ne devrais pas l'autoriser à me tenir ainsi. Pourtant c'est le cas et, peu importe combien de fois je me dis qu'il faut que je parte, je reste.

Le film se termine, et Desmond s'en va tranquillement dans sa chambre. Jordy hésite comme s'il désirait traîner un peu plus, mais un seul regard de la part de Rafael le fait s'en aller. D'accord. Tant pis pour le tampon qu'il y avait entre nous.

Je me lève une fois qu'ils sont partis, me sentant mal à l'aise. Je n'ai pas la moindre idée de l'heure qu'il est, mais je remarque que l'agitation au-dehors s'est calmée. On peut donc supposer que la plupart de mes camarades de classe se sont couchés ou en ont l'intention. Je replie la couverture que nous avons utilisée et je la pose sur le canapé avant de glisser mes pieds dans mes baskets. Peut-être que je pourrais courir avant de retourner dans la cabane de Zheng ?

— Où est-ce que tu vas ? me demande-t-il en croisant les bras devant son torse.

Il a l'air très sûr de lui. J'aimerais connaître à quoi il pense en cet instant. J'ai l'impression d'être sur le point de pratiquer la marche de la honte lorsque je traverserai sa cabane, pourtant nous n'avons rien fait. Sauf nous embrasser.

— Je me préparais à partir.

Je hausse les épaules. Rafael serre ma main et m'approche de lui.

— Pourquoi ?

Je me mords la lèvre inférieure. Il tire de nouveau sur ma main, plus fortement cette fois, et je trébuche vers l'avant. Il m'attrape et me pose sur ses genoux. Je me retrouve à cheval sur ses cuisses, son visage à quelques centimètres du mien. Son odeur atteint mon nez. J'inspire profondément, l'inhalant. Je suis attirée par son regard brun foncé et les bouffées de chaleur qui s'élèvent entre mes jambes. Ses narines gonflent lorsqu'il perçoit mon excitation. J'ignore si je dois en être aguichée ou mortifiée.

Mon cœur rate un battement lorsque je sens sa queue durcir sous moi. Je suis tentée de me déplacer et de basculer contre lui, mais je m'abstiens. Je ne devrais pas le faire. J'en suis incapable.

— Pourquoi as-tu l'intention de t'en aller, Vanille ?

Avec ce seul mot, c'est comme si un seau d'eau glacée venait d'être déversé sur moi.

— Pourquoi est-ce que tu m'appelles ainsi ?

Je déteste qu'il continue à me surnommer comme ça. Je pensais... je ne sais pas. Mais je n'aime pas qu'il se moque de moi ainsi. Il glousse, ce qui ne contribue qu'à redoubler mon irritation.

— Parce que...

Il s'éloigne avec un sourire. J'appuie contre son torse, mes griffes piquant le bout de mes doigts pour venir effleurer sa peau nue. Son rictus s'élargit et devient diabolique, comme à son habitude. Il se penche vers l'avant, sa voix est basse et rauque lorsqu'il me murmure à l'oreille :

— C'est ma saveur préférée.

Son souffle chaud effleure le lobe de mon oreille, et je ne peux lutter contre les frissons que cela fait naître le long de ma colonne vertébrale.

— Ta saveur préférée ?

Je suis confuse. Il me caresse en ajoutant :

— Hum... de la vanille mexicaine. Le goût le plus sucré qui existe.

Oh ! Mon dieu ! Mon dieu !

Il disperse des baisers le long de ma nuque et enfonce ses mains dans mes hanches avant de s'écarter.

—Je...

Je déglutis.

— Il est tard. Je suis censée être dans la cabane de Zheng.

Lorsque je mentionne son nom, Rafael grogne, un bruit de gorge profond qui fait s'élever une nouvelle bouffée de chaleur entre mes cuisses.

Son regard se verrouille sur le mien l'espace de quelques secondes avant que ses lèvres ne s'écrasent sur les miennes. Je me noie en lui. Je savoure ses caresses, son goût. Je n'arrive pas à comprendre. Tout ce que je sais, c'est que je le veux. Non. J'ai besoin de lui. Mes griffes de loups saillissent, comme si elles étaient également désireuses de le savourer. Je les laisse remonter à la surface, consciente que ce sont ses yeux qui brillent à travers les miens.

Mes hanches sont poussées vers l'avant, et je me frotte contre lui. Il gémit et, puisque j'ai envie d'entendre ce son de nouveau, je recommence. C'est mal. Je presse mon cœur contre le sien et bouge la taille. Ses doigts s'enfoncent en moi suffisamment violemment pour me meurtrir lorsqu'il s'agrippe fermement à ma poitrine.

— Qu'est-ce que tu me fais ?

Sa voix est rauque.

Je n'ai pas de réponse à lui apporter, alors je me contente de l'embrasser de nouveau. Je bascule contre lui, en avalant ses geignements tout comme lui avec les miens. La probabilité que l'un des autres puisse revenir et nous surprendre à tout moment n'a pas d'importance. Tout ce à quoi je songe, c'est à quel point tout ceci est délicieux.

Il me retire brusquement mon pull et tire mon soutien-gorge vers le bas. Il pince durement un de mes tétons. Je hurle. C'est comme si mon bouton de chair et mon clitoris étaient connectés. Je parviens à sentir mon orgasme se rapprocher, planant juste hors de ma portée.

— Putain, soupiré-je en tentant de m'éloigner.

C'est trop, trop rapide, pourtant Rafael me poursuit de ses lèvres, et je lui cède. Je suis trop faible pour le repousser. Je fais courir mes doigts le long de son torse nu, me délectant de la sensation de ses muscles.

Il me dévore du regard. Ses yeux affamés se posent sur ma poitrine désormais nue.

— Putain... tu es magnifique, murmure-t-il juste avant que sa bouche ne se pose sur moi.

Ses lèvres s'enroulent autour de mon mamelon, et sa langue me caresse, tandis que sa seconde main pétrit mon autre sein. Je n'en peux plus. Je me tortille contre lui, me pressant plus près de son corps. Je souhaite qu'il n'y ait plus rien entre nous. J'ai besoin de le sentir en moi. D'éprouver quelque chose pour de bon. Qui pourrait faire fuir mon chagrin et ma douleur.

Je suis consciente de mes actes en cet instant, et, pendant un moment, la culpabilité me gagne avant que je la rejette.

Je suis en train de l'utiliser. Mais n'en fait-il pas de même avec moi ?

Alors que je me trouve encore sur ses genoux, Rafael s'agrippe à mes fesses et se relève. J'enroule mes jambes autour de sa taille et lui permets ainsi de me porter le long du couloir plongé dans l'obscurité. Je lui embrasse le cou. L'épaule. Je n'arrête pas de le toucher.

Lorsque nous atteignons une porte fermée, il tâtonne pour l'ouvrir, puis entre en me trimbalant jusqu'au grand lit situé au centre de la pièce. Il me pose dessus avec un soin surprenant et se tient là, à me contempler avec émerveillement tandis qu'une lueur argentée brille dans ses yeux.

L'émotion me prend à la gorge. J'ai besoin de tout ce qui se passe maintenant, mais je suis également consciente qu'il est important de poser des limites.

— Rafe ?

Je me dresse sur mes coudes, et il penche la tête de côté, son regard plongeant dans le mien. Je me lèche les lèvres.

— Ça... peu importe ce que c'est... c'est seulement pour nous amuser. D'accord ?

La lueur argentée étincelle pendant une fraction de seconde dans ses yeux, avant de disparaître comme si elle n'avait jamais existé. Un sourire lupin étire sa bouche alors qu'il s'approche de moi, et il pose sa paume sur ma joue avant de s'agripper à ma mâchoire, pour pouvoir caresser ma lèvre inférieure de son pouce.

— Je te désire.

Je perçois son loup dans sa voix. Il ne m'en faut pas plus pour vouloir l'atteindre, le rapprocher de moi. Ses mains se déplacent jusque dans mon pantalon.

— J'ai envie de te baiser. Que tu cries mon nom. Et que tu jouisses autour de ma queue.

Je laisse échapper un souffle tremblant.

— Mais je ne souhaite pas de relation, Vanille, alors ne te méprends pas. Je ne suis pas un type bien. Pour l'instant, je ne veux qu'une seule chose de toi, c'est l'accès à ta chatte.

Il glisse une main dans ma culotte avant d'enfoncer deux doigts en moi.

Je siffle.

Mon côté rationnel sait pertinemment que c'est une mauvaise idée. Il va me blesser. Il va m'utiliser et me jeter, et, peu importe combien de fois je peux me persuader de le manipuler à mon tour, en croyant que c'est un échange équitable, j'ai parfaitement conscience que ce n'est pas le cas. Pourtant, je refuse de m'en inquiéter pour le moment.

Rafael est comme une drogue, et je suis désespérée à l'idée d'obtenir ma dose, tout en priant pour ne pas développer une dépendance après une seule prise.

Il se retire de moi avant de me débarrasser de mon pantalon

et de ma culotte en un seul mouvement. Je me retrouve nue en face de lui. Il laisse échapper un gémissement tandis qu'il s'abreuve de la vision de mon corps.

Une de ses mains se pose sur ma cuisse afin de me forcer à écarter les jambes, exposant ainsi ma chair la plus intime à son regard affamé. Au lieu de grimper sur le lit comme je m'y attends, il s'agenouille sur le bord du matelas et reporte son regard sur ma poitrine.

Instinctivement, j'essaie de refermer les jambes, mais ses mains m'en empêchent et me maintiennent ouverte pour lui.

— Je vais t'embrasser, me dit-il.

Il commence alors à laisser une traînée de baisers chauds et humides à l'intérieur de ma jambe. Il mord la peau sensible de ma cuisse, ce qui me pousse à me crisper et à hurler face à ce geste inattendu. Mais alors, il passe sa langue sur la blessure qu'il vient de m'infliger, faisant taire ma douleur, et je me détends de nouveau dans sa prise. Lorsqu'il se rapproche de mon intimité, il répète les mouvements sur mon autre cuisse, en prenant son temps. Ses dents effleurent mon épiderme. Je halète désormais plus que de raison. Une flaque humide s'étend entre mes jambes tandis que mes membres se raidissent sous les affres de la passion.

Lorsque son visage revient au niveau de ma chatte, ses yeux s'assombrissent, ivres de besoins. Il prend une profonde inspiration, inhalant mon odeur avant que sa langue ne me touche. Mes hanches se soulèvent du lit et je crie face à ces sensations.

Putain !

Après ça, Rafael enterre son visage entre mes cuisses. Il me lèche, il me suce, il me mord. De nombreuses émotions me traversent, trop pour que je puisse les compter et les analyser. Et la prochaine chose que je sais, c'est que ma jouissance monte en moi à une vitesse folle. J'en suis si proche. Je peux sentir ma libération me tendre les bras. Puis, comme pour briser un barrage, elle me ravage. C'est comme un tsunami auquel je ne peux échapper, c'est l'orgasme le plus rapide et le plus intense que j'ai jamais connu.

Je hurle ma délivrance en criant son nom :

— Rafe !

Alors, il vient sur moi. Il a retiré son caleçon, et son érection est pressée contre le bas de mon ventre tandis que j'incline les hanches vers l'arrière tout en écartant les jambes pour lui offrir un meilleur angle. Il se recule en jurant.

— Merde !

Mes yeux s'écarquillent.

— Qu'est-ce qu'il y a ?

Il s'éloigne encore de moi en se passant une main dans les cheveux. L'humiliation me traverse de part en part tandis que je me rassieds, en enroulant mes bras autour de ma poitrine pour me couvrir.

— Préservatif, grogne-t-il.

Il m'observe alors, son regard s'assombrissant.

— Qu'est-ce que tu fais ?

— Je...

Le rouge me monte aux joues alors qu'il se tient là dans toute sa glorieuse nudité.

— Je... ah...

Je ne trouve pas mes mots. Il s'approche et se penche vers moi, m'embrassant intensément avant de mordre ma lèvre inférieure et de la caresser de son pouce. Mes mains retombent à mes côtés tandis que je pousse un gémissement contre sa bouche. Il s'écarte en souriant.

— Je vais chercher un préservatif, puis je baiserai ta petite chatte serrée. Aucun de nous n'a besoin de la présence d'un chiot qui court dans tous les sens.

Je déglutis fortement.

— O… OK.

Je déteste la manière dont je parais aussi incertaine en cet instant. J'écarte mes cheveux de devant mon visage, tandis que ses paroles me percutent. Un préservatif. Oh, mon Dieu ! J'ai presque couché avec lui sans.

À quoi est-ce que je pensais ?

Les métamorphes ne peuvent pas attraper de MST, et nous sommes immunisés contre la plupart des maladies, mais ce n'est absolument pas le moment de tomber enceinte. Et je sais que j'ai cinq fois plus de risques que cela se produise si j'entretiens des relations sexuelles avec un autre métamorphe, et encore plus si celui-ci est de la même race que la mienne…

Il sort de la pièce complètement nu, pour revenir quelques secondes plus tard avec un sachet carré en aluminium dans les mains. Il le déchire avec ses dents, déroule le préservatif sur sa longueur épaisse et dure, puis se poste à nouveau devant moi. Il m'embrasse une fois encore, avant de me plaquer contre le matelas.

— Es-tu prête pour moi ?

Il me pose cette question en alignant son sexe avec l'entrée de mon corps. Son loup me contemple à travers ses yeux, l'expression grave.

— Oui, dis-je.

Parce qu'à l'heure actuelle, l'idée de le savoir n'importe où sauf à l'intérieur de moi nous fait paniquer avec ma louve.

Lorsque son gland se fraie un chemin dans mon intimité, il ancre son regard au mien. Je ne détecte pourtant pas le moindre défi venant de son animal.

— Je ne me montrerai pas gentil. Ni doux.

J'opine du chef et, avec ce petit avertissement, il me pénètre d'un seul coup. Des étoiles explosent derrière mes paupières tandis que je soulève mes hanches pour rencontrer les siennes, en gémissant de me sentir aussi bien rassasiée. Il laisse échapper une série de jurons. Sa main se serre sur ma taille et me plaque contre le matelas, tandis que l'autre repose juste à côté de ma tête, amenant ainsi son corps au-dessus du mien.

— C'est tellement bon, Vanille.

Je gémis son nom et embrasse son cou. Il glisse hors de moi lentement et délicatement, avant de s'enfoncer de nouveau, cette fois encore plus fortement. Plus profondément. Je m'agrippe à ses biceps, comme si ma vie en dépendait. Ses geignements causent ma perte.

Il saisit ma mâchoire entre ses doigts et plaque sa bouche sur la mienne, me dévorant comme s'il avait faim de ma saveur. Il embrasse mes lèvres, mon cou, mon épaule et s'immisce vigoureusement et rapidement en moi, sans même me donner la chance de reprendre mon souffle. Ses baisers deviennent de plus en plus agressifs, il meurtrit mon corps ce faisant. Son emprise sur moi est si brutale que je sais que le Lyc-V dans mon organisme va devoir travailler dur pour guérir les bleus qu'il engendre sur ma peau. Mais je m'en contrefiche.

Je suis en feu. Chaque cellule de mon corps bourdonne d'un besoin avide. Je peux sentir un autre orgasme monter en moi, et je ne lui offre aucune résistance.

Un gémissement nécessiteux s'élève de ma gorge, tandis que mon corps se crispe de plus en plus. Oh, putain !

— Je vais jouir, m'écrié-je.

Rafael sort de moi, et je geins face à cette perte de contact, juste avant qu'il ne me plaque sur le ventre et ne soulève mes hanches pour m'inciter à lever les fesses. Il s'enfonce alors en moi. Cet angle lui permet de pénétrer profondément presque jusqu'à la douleur. Mais celle-ci est merveilleuse.

— Viens pour moi, Isa.

Il emmêle une main dans mes cheveux, tire ma tête aussi loin que possible, me fait cambrer le dos et exposer ma poitrine. Mes parois internes se contractent autour de lui, et mon orgasme se répand. Des étincelles explosent comme des feux d'artifice derrière mes paupières closes. C'est merveilleux. C'est vraiment très bon.

Il commence à plonger plus loin en moi, en grinçant des dents à chaque ruée sauvage.

— À moi, grogne-t-il en me mordant l'épaule.

Ses dents humaines se fichent dans ma chair. Ma louve hurle en signe d'approbation.

Il me baise violemment et presque avec colère, s'enfonçant sans pitié comme s'il exorcisait ses démons. Mes mains brûlent de le toucher, d'errer sur son corps musclé. Mais j'en suis incapable dans cette position. Tout ce que je peux faire, c'est m'accrocher au peu de santé mentale qu'il me reste alors qu'il me saute comme je ne l'ai jamais été auparavant, me ruinant pour quiconque passerait après lui.

Je braille de nouveau son nom alors que mon corps s'élève pour la troisième fois, mes parois internes le comprimant encore fermement. Je m'effondre face contre le matelas, les sensations étant trop intenses pour que je puisse les supporter. Ses mains s'agrippent à mes hanches tandis qu'il se crispe derrière moi, son corps frissonnant contre le mien devant sa propre jouissance. Puis il se retire, me laissant vide et meurtrie.

Ses lèvres se posent sur mon oreille tandis qu'il murmure :

— C'est ma chatte. Compris ? Tant que je la désirerai !

J'ai envie de nier. De lui dire d'aller se faire foutre parce que je ne lui appartiens pas, mais sur le moment, tout ce dont je suis capable, c'est de laisser échapper un grognement, et je ne sais même pas si c'est pour marquer mon accord ou mon désaccord.

Il m'attire dans ses bras, niche ma tête sous son menton alors que nous luttons tous les deux pour reprendre notre souffle, et, quand je parviens enfin à reprendre le contrôle de ma respiration, je décide de ne pas parler de sa déclaration. Je ne parviens pas à former les mots, et encore moins à digérer ce que cela implique.

C'est possessif à l'extrême. Et sans avoir besoin de le lui demander, j'ai conscience que ses paroles ont été prononcées par son loup, ce qui me rend d'autant plus confuse.

Après quelques minutes, il se lève, quitte la pièce encore glorieusement nu et dispose du préservatif. Il revient avec un gant de toilette chaud et humide et, avec un soin surprenant, il essuie le reste de sa libération sur mes cuisses avant de jeter le gant dans un coin de la pièce.

J'envisage alors de me lever et de partir. De trouver mes vêtements et de me diriger vers la cabane de Zheng. Je sais que je ne devrais pas rester ici.

Cela enverrait un mauvais message.

C'était seulement pour nous amuser. Pas d'attaches. Pas d'émotions.

Mais lorsqu'il m'attire à lui et m'aide à me glisser sous les couvertures, je me résigne quant au fait que je n'ai pas la force en moi pour le combattre.

Aucun de nous ne prononce quoi que ce soit. Rafael s'enroule autour de moi jusqu'à ce que je me retrouve étalée sur son torse, mon oreille pressée contre son cœur. Mon corps glisse le premier dans un sommeil réparateur, pour la première fois depuis que ma mère m'a été enlevée.

CHAPITRE 14
RAFAEL

Je me réveille en percevant un vacarme de tous les diables au niveau de la porte d'entrée.

C'est quoi ce bordel ?

Isa dort à côté de moi. Ses cheveux représentent un enchevêtrement de vagues brunes, et son expression est détendue. Je l'observe pendant un moment tandis que sa poitrine s'élève et retombe, le drap couvrant à peine ses seins.

Alors que je suis sur le point de me pencher vers elle pour les suçoter et de la faire rouler sur le dos pour pouvoir me glisser dans sa chaleur humide, je me souviens de ce qui m'a sorti du sommeil en premier lieu. D'autant plus que le boucan résonne de nouveau, bien plus fort cette fois, et plus proche encore.

Quelqu'un va mourir parce que Des et Jordy savent pertinemment qu'il ne faut pas venir m'embêter aussi tôt le matin.

Je grogne et jette mes jambes par-dessus le bord du lit, en me frottant les yeux pour en chasser les dernières traces de léthargie. En récupérant mon caleçon, je l'enfile et ouvre la porte de ma chambre avec un air renfrogné.

— Quoi ?

Desmond se tient de l'autre côté, une expression amusée plaquée sur le visage tandis que son regard erre jusqu'à mon lit où se trouve Isa. Je me place sur le côté, bloquant ainsi sa vision en croisant mes bras devant mon torse et en fronçant les sourcils.

— *Cabrón*, j'espère que tu as une bonne raison de me réveiller.

Il incline sa tête vers l'avant de la cabane.

— Liu est en train de la chercher. Je me suis dit que tu voudrais régler ce problème.

Peu importe la bonne humeur avec laquelle je me suis levé, entendre son prénom me donne des aigreurs d'estomac instantanément.

— Qu'est-ce qu'il veut, putain ?!

Des hausse les épaules.

— Ce que tu as dans ton lit, je suppose.

Je le bouscule.

— Baisse d'un ton. Tu vas la réveiller.

Il opine du chef, tandis que j'enfile à la hâte le sweat à capuche arborant le logo de Hellbound High.

Enfin habillé, je me dirige vers l'entrée et trouve ce connard sur le porche. Ses sourcils sont froncés alors qu'il se passe une main dans les cheveux. Cet abruti ressemble à un chanteur de K-Pop.

Lorsqu'il remarque ma présence, ses yeux en amande se rétrécissent pour ne former plus que des fentes, et ses poings se serrent à ses côtés. Il me contemple de haut en bas, sa haine clairement évidente dans son regard. J'attends. Comme si cet enfoiré pouvait m'effrayer. Il va devoir faire bien mieux que ça.

Nous savons tous les deux qui est le plus dominant, et ce n'est pas lui.

Il observe ma tenue comme s'il cherchait des preuves de ce qui s'est passé hier soir. Je renifle. Est-ce qu'il s'attend à me retrouver avec le préservatif encore déployé autour de la queue ? Pour être certain qu'il comprenne pertinemment les événements de cette nuit, je me rapproche, conscient que l'odeur du sexe s'accroche encore ma peau. Ses narines s'enflamment.

— Où est-elle ? crache-t-il.

— Elle dort.

J'apprécie de voir la colère jaillir de lui. Il a envie de me frapper. Je suis en mesure de l'affirmer grâce au tic nerveux présent dans sa mâchoire et à sa façon de serrer et de desserrer les poings sans cesse. Mais Zheng Liu n'est pas un idiot fini. Il est conscient qu'il ne peut pas m'atteindre.

Je suis plus fort, plus rapide et bien meilleur qu'il ne le sera jamais. C'est exactement pour cette raison que je suis en lice pour prendre la tête de notre meute lorsque mon père se retirera. Liu n'a pas la moindre chance contre moi et il le sait.

— Qu'est-ce que tu lui as fait ?

Je lève les yeux au ciel, sans même prendre la peine de prétendre que je ne l'ai pas baisée. Mieux vaut que ce trou du cul apprenne de ma bouche qu'elle m'appartient. Que je peux disposer d'elle. Qu'il n'y a que moi qui puisse la sauter. Il a perdu le match avant même d'avoir eu la chance de jouer.

— Rien qu'elle ne désirait pas.

Il avance d'un pas en adoptant un air menaçant.

— Je veux la voir, grogne-t-il à quelques centimètres à peine de mon visage.

Je m'appuie contre l'embrasure de la porte en lui adressant une expression ennuyée.

— Pourquoi ? Peut-être pour t'excuser d'avoir couché avec

la fille qui s'est comportée comme une connasse avec elle ? Tu pensais qu'agir ainsi t'offrirait un accès privilégié à sa petite chatte serrée ?

Il paraît surpris lorsqu'il croise mon regard.

— Elle a vu ça ?

Je croise mes bras devant mon torse. Ce n'est pas mon boulot de lui expliquer toute cette merde. Je refuse qu'il croie qu'Isa est seulement venue ici avec moi parce qu'il s'est comporté comme un con. Je ne suis pas son second choix. Elle m'a rejoint avec empressement et bonne volonté. Ça n'avait rien à voir avec ce connard.

Il détourne les yeux, secoue la tête et marmonne pour lui-même, mais je ne me donne pas la peine d'essayer de comprendre.

— Qu'est-ce que tu veux, Liu ? Il est tôt et je n'ai pas encore mangé, alors, si tu en as terminé, dégage de mon putain de porche.

Il tire sur ses cheveux noirs, les faisant rebiquer dans toutes les directions.

— Je voulais simplement vérifier qu'elle allait bien. Assure-toi que ce soit le cas. Elle n'est pas revenue au chalet la nuit dernière...

Je lui coupe la parole.

— Si cela te préoccupait vraiment, tu l'aurais cherchée hier soir. Pas ce matin.

La culpabilité transparaît sur son visage, confirmant ainsi ce que je soupçonnais. Liu a trempé sa queue et n'a pas pensé une seule fois à Isa avant d'avoir obtenu ce qu'il souhaitait.

— Heureusement pour toi, j'ai pris soin d'elle. Je l'ai baisée toute la nuit.

Je m'approche de lui en utilisant ma taille pour le dominer.

— Et putain, Liu, tu ne sais pas ce que tu rates. Elle est si serrée... et elle m'a tellement supplié...

J'agrippe mon entrejambe d'une manière subjective.

— C'était une putain de merveilleuse mélodie à mes oreilles.

J'ignore complètement pourquoi je dis ça. Pourquoi j'ai envie, et non pas besoin, que lui et tous les autres connards de notre école sachent qu'Isa Romero est hors d'atteinte jusqu'à ce que j'en juge autrement. Nous étions d'accord pour nous amuser. Sans condition. Sans engagement. Je ne suis pas du genre à avoir une relation exclusive, alors entendre ça de sa part hier soir aurait dû me plaire.

À la place, ça a fait bouillir mon sang et a empli mes oreilles du rugissement de mon loup, alors j'ai abattu ma colère sur son petit corps sexy. J'étais celui qui dominait la scène. J'ai décidé de ce qui allait se passer entre nous.

Je devrais la réveiller et l'envoyer paître dès que cet enfoiré sera parti. C'est comme cela que j'agirais avec n'importe quelle autre nana. Mais cette idée me pousse à grincer des dents.

Si je fais ça, je suis sûr que Liu tentera à nouveau sa chance avec elle. Je vais la garder avec moi durant tout le week-end pour mettre ce trou du cul sur la touche. Pour lui rappeler que je peux disposer de toutes les filles dont j'ai envie, quand j'en ai envie. Ouais, c'est une putain d'idée géniale.

Je rentre et je lui claque la porte au nez, sans lui offrir une chance de répliquer.

Je ne supporte pas les connards comme lui.

De retour à l'intérieur, Des me tend une tasse de café.

— Plus tard, dis-je.

Parce qu'en cet instant, il y a une louve nue dans mon lit, et j'ai des plans pour infliger des choses méchantes, très méchantes à son corps.

CHAPITRE 15
ISABELLA

Je me réveille dans un environnement inconnu. Une lumière vive passe à travers la fenêtre. Je ferme les yeux face aux rayons de soleil matinaux tandis que l'odeur du chorizo et des œufs atteint mes sens. Hmmm. En tendant les bras au-dessus de ma tête, mon visage toujours plaqué contre le matelas, je ressens quelques courbatures persistantes dans mon corps.

Qui est en train de cuisiner ? Maman ?

Je fronce les sourcils, la figure encore nichée dans mon oreiller.

Ça ne peut pas être vrai. Quel jour sommes-nous… samedi ? Elle serait dans l'enceinte… je me rappelle alors que c'est impossible, parce qu'elle n'est plus là. Parce qu'elle a été tuée par un troll en rentrant à la maison.

Je suis immédiatement frappée par une vague écrasante de tristesse. Je m'étouffe, mais avant que mon chagrin ne puisse me consumer, je sens une caresse se poser sur mon dos. Une mâchoire râpeuse frotte contre ma peau. Des souvenirs d'hier soir et de la personne avec qui je les ai partagés se précipitent au premier plan de mon esprit. Et lorsque Rafael me fait rouler sur le dos, en m'écartant les jambes et en taquinant l'entrée de mon intimité de ses doigts habiles. Je me cambre vers lui, m'immergeant dans les sensations de sa peau en repoussant la douleur qui a émergé dans ma poitrine.

Il adore mon corps et je me noie en lui. Je me gorge de son goût, de ses caresses. J'inspire l'odeur du soleil, de la coriandre et du musc qui lui est propre. J'ai l'impression que je pourrais mourir si j'étais privée de cet effluve. Lorsque les émotions menacent de m'envahir, je le supplie d'aller plus vite. Plus fort.

Et il semble bien trop heureux de s'y conformer. Il me baise au bord de l'orgasme encore et encore sans me laisser l'atteindre. Je m'accroche à lui en ayant presque peur de tomber. Chaque fois que je m'approche du précipice, il me le refuse, jusqu'à ce que je ne sois plus qu'une masse de désir, incapable de penser à autre chose qu'au besoin qui fait rage en moi.

Il se montre aussi rude avec moi ce matin qu'il ne l'a été la veille, seulement cette fois il ne masque pas sa faim. Son envie profonde de me consommer. Cela devrait m'effrayer. Mais ce n'est pas le cas. Je le requiers autant que lui.

Mon orgasme est juste là, si proche et pourtant si loin, lorsque Rafael ralentit encore ses mouvements de hanches. Je crie de frustration, désespérée d'enfin atteindre ma libération.

— Tu veux jouir, Vanille ?

J'opine du chef, puisque je suis incapable de former des paroles cohérentes.

— Supplie. Supplie-moi et je te laisserai peut-être venir.

Ses paroles sont dures, son ton moqueur. Je lui montre les dents, en haïssant qu'il ait ce pouvoir sur moi. Je secoue la tête, en refusant de prononcer ce qu'il me demande. Je dois jouir, mais pas ainsi. Je connais ce jeu et je refuse de m'y soumettre.

Son regard s'assombrit, sa mâchoire se crispe alors qu'un

éclat argenté brille dans ses prunelles. Son loup réapparaît. Il ralentit une fois encore le mouvement de ses hanches.

— Implore-moi.

Il me caresse le cou, me mord la mâchoire.

— Donne-moi ce que je souhaite. Soumets-toi ou je te laisserai comme ça.

— Non.

Je force ce mot à franchir la barrière de mes lèvres malgré les protestations de ma louve. Quelque chose au fond de moi se révolte contre sa domination. J'ai envie de lui prouver qu'il n'est pas le seul à avoir le contrôle ici. Je sais qu'il me désire. Qu'il veut ça. Peu importe ce que c'est. Autant que moi. Je sens son besoin. Il en tremble.

Avec un grognement, il plaque sa bouche contre la mienne, nos lèvres se rencontrant dans un baiser furieux. Nos langues et nos dents s'entremêlent avant qu'il ne morde ma lèvre inférieure suffisamment fort pour me faire saigner.

— Ne dis pas que je ne t'avais pas prévenue.

J'ouvre la mâchoire pour protester, mais avant d'avoir pu prononcer un seul mot, il change notre position jusqu'à ce que je me retrouve sur lui. Il me force ainsi à chevaucher sa queue. Pendant une fraction de seconde, j'en suis soulagée. Je peux imposer le rythme que je veux, et je le fais. Je remue des hanches contre son bassin, et il se rue vers moi, en s'enfonçant profondément. Il frissonne et s'immobilise en mon sein. J'accélère encore tout en sachant qu'il a joui, parce que je suis incapable de m'arrêter. Je grince des dents tandis qu'il replie ses bras derrière sa tête pour admirer le spectacle. Mais rien ne va se passer puisque sa queue commence déjà à ramollir.

Putain ! Je n'ai toujours pas joui.

La colère me gagne. Je serre sa mâchoire et enfonce mes ongles dans son torse alors que je m'écarte de lui.

Il est presque parvenu à dissimuler son tressaillement.

— Tu aurais dû me supplier, taquine-t-il.

— Tu es un connard.

— Je n'ai jamais prétendu ne pas en être un, me rappelle-t-il alors que je rassemble mes vêtements pour m'habiller.

C'est invraisemblable.

— Oh ! et en passant, Liu est venu te chercher ce matin.

Je me fige et, avant de pouvoir lui demander quoi que ce soit, il poursuit :

— Ne t'inquiète pas. Je lui ai annoncé que je prenais bien soin de toi.

***

Jordy m'offre un burrito en guise de petit-déjeuner, mais je décline, puisque je n'ai pas du tout faim. Je n'ai pas beaucoup mangé depuis la mort de Maman. Je sais que j'en ai besoin. Mon estomac me le réclame. Mais après ce qui vient de se passer avec Rafael, je n'ai absolument aucun appétit. Je fulmine en pensant qu'il a pris son plaisir avant de me refuser le mien.

Pour qui se prend-il ? Stupide loup !

Je pars en quête de Zheng, incertaine de l'accueil que je vais recevoir. Je ne peux pas croire que Rafael lui a dit ça.

Trou du cul.

Je marche à travers la clairière, énervée contre moi-même d'avoir permis à Rafael de se glisser sous ma peau. Je suis déterminée à arranger les choses avec Zheng. Je ne peux pas me permettre de gâcher une des rares amitiés que j'ai dans cette ville.

Je le trouve assez facilement. Il est assis sur le porche de quelqu'un, à boire une bière et à plaisanter avec un groupe de types habillés de la même manière que lui. Quelques-uns sont des métamorphes, mais d'autres ne le sont pas. Deux d'entre eux ont la peau pâle. Sans la présence du soleil et leurs yeux violets, je les prendrais pour des vampires. Mais ça ne peut pas être vrai, donc si je devais supposer, je dirais qu'ils sont des faes, bien que je n'aie aucune envie de savoir de quel genre.

Lorsqu'il me voit avancer vers lui, il pose sa bière et se relève. Je ne peux pas apercevoir ses yeux dissimulés derrière une paire de lunettes, mais au vu de la crispation de ses lèvres, je sais que je ne vais pas obtenir un accueil chaleureux.

— Hé ! lancé-je en le saluant.

Vraiment, Isa ? Un salut de la main ?

Ce n'est pas gênant du tout.

— Hé !

Je reste là à me dandiner d'un pied sur l'autre. Il ne dit rien, et les trois autres me regardent maintenant comme si j'avais trois têtes et que je portais un tutu.

— Est-ce qu'on peut discuter ?

Il hausse les épaules.

— Bien sûr. Parle.

D'accord. Je suppose que j'aurais dû m'y attendre. Je me lèche les lèvres, en espérant apercevoir ses yeux, afin d'être en mesure de jauger à quel point il est en colère contre moi.

— Zheng, insisté-je.

Il pousse un soupir exaspéré.

— Peu importe. D'accord.

Il se dirige vers sa cabane et s'immobilise juste devant le porche afin de s'appuyer contre la rambarde.

— Que puis-je pour toi ?

— Tu n'as pas besoin d'agir comme un connard, murmuré-je en croisant mes bras devant ma poitrine.

Il demeure silencieux pendant un moment, et je comprends qu'il ne va rien dire. Génial. C'est maintenant à mon tour de souffler.

— Écoute, je voulais simplement m'excuser de t'avoir laissé tomber hier soir. J'ai vu cette fille sur tes genoux près du feu et j'ai pensé que tu voudrais la chambre pour toi.

Je hausse les épaules en m'efforçant de m'excuser.

— Je n'essayais pas de te faire du mal.

Silence.

— Si tu ne veux plus de moi ici, je vais prendre mes affaires et rentrer en ville.

Toujours rien. Merveilleux.

— Peu importe.

J'entre pour récupérer mes effets personnels lorsque, venue de nulle part, sa main se pose sur mon coude et m'immobilise. Je marque un temps d'arrêt, sans pour autant me retourner. Le gravier craque sous ses pieds alors qu'il s'approche et passe devant moi pour que nous soyons face à face. Il se frotte la nuque dans un geste presque nerveux, mais que je dois mal interpréter.

— Je suis désolé. Je me suis comporté comme un con.

Il tente d'afficher un sourire d'excuse. Vraiment ?

— Je suis navrée, moi aussi. Je n'essayais pas vraiment d'être une garce et de me comporter comme un fantôme.

C'est vrai. Certes, je ne tentais pas non plus de rester à l'écart, mais je ne comptais pas pour autant être un obstacle. Toutefois, il n'a pas besoin de le savoir. Ni d'apprendre que j'ai été subjuguée par un beau gosse et ses tatouages. Ce n'est pas la première fois que je prends de mauvaises décisions, et ça ne sera probablement pas la dernière.

D'abord, Oliver. Maintenant, Rafael. Argh !

— On est cool ?

Je lui pose la question afin de faire taire mon monologue intérieur. Je pourrai m'en prendre à moi-même et à mes mauvais choix plus tard.

— Parce que j'aime vraiment traîner avec toi. Je n'ai pas beaucoup d'amis ici, et ce serait bien de ne pas te perdre.

Il soupire brusquement.

— Oui. Je sais que j'exagère. C'est simplement…

Il marque une pause.

— J'ai une mauvaise histoire avec Rafe et les autres loups du lycée. C'est dur de voir que tu t'entends aussi bien avec eux, tu comprends ?

C'est drôle, parce que non, je ne le conçois pas. Je n'ai pas la moindre idée de ce qui peut les séparer. Seulement que cela semble être réciproque et que leur horde laisse cette querelle perdurer sans intervenir.

— Ce sont des connards. Surtout Rafael. Je refuse que tu sois blessée. Rafe s'est servi de sa domination et de sa position dans notre meute pour obtenir ce qu'il souhaitait. Il le fait toujours. J'ai simplement...

Il croise mon regard.

— Je ne veux pas que tu en souffres.

Je ne peux pas arrêter le sentiment de chaleur qui, je le sais, se répand sur mes joues, alors je détourne les yeux.

— Je ne suis pas une soumise, lui dis-je entre gêne et agacement.

Je ne suis pas du genre à me plier aux caprices d'un homme. Et d'ailleurs, je ne cherche aucune relation ici. J'ai trop de bagages pour quelque chose comme ça en ce moment. J'ai seulement envie de m'amuser, et hier soir je l'ai compris. Bien sûr, ce matin, c'était nul, et Rafael s'est comporté comme un trou du cul, mais ce n'est pas non plus la fin du monde.

Zheng tend la main et glisse une mèche de cheveux qui a échappé à ma tresse derrière mon oreille. Je ne distingue toujours pas son regard, et je n'ai pas la moindre idée de ce à quoi il pense, alors je décide de me fier à mon instinct.

— Tu n'as pas à t'inquiéter. Nous sommes venus ici pour nous amuser, pas vrai ? Tu as baisé. J'ai baisé. Aucun de nous n'a besoin de s'énerver. Ce sont simplement des privilèges de peau. C'est quoi le nom de celle que tu as abordée ?

Il renifle.

— C'est bien ce que je pensais. Ne faisons pas de montagne pour rien. Que dirais-tu de rester ensemble aujourd'hui ? Rien que toi et moi, et tous les amis que tu as ici et que tu apprécies vraiment. Aucun loup n'est autorisé à venir, à part moi.

Son sourire s'élargit, me donnant un aperçu de fossettes que je n'avais pas remarquées jusqu'à maintenant.

— Ça te va ?

— Oui.

CHAPITRE 16
RAFAEL

Elle ne me calcule pas durant tout le reste du week-end. J'aurais dû m'y attendre. Mesurer le risque. Je sais qu'elle n'est pas une gentille petite louve soumise, peu importe qu'elle prétende parfois l'être. Elle me punit de l'avoir laissée en plan, et ça fonctionne. Ce qui était censé être une sanction pour elle, un rappel de qui avait le contrôle, a fini par se retourner contre moi, et maintenant je la contemple comme un chien amoureux qui a perdu son os.

J'oublie souvent qu'elle n'est pas comme les autres filles de Hellbound High. Elle se fiche pertinemment de qui je suis et elle me le dit très clairement. Elle reste proche de Liu toute la journée du samedi, sans me laisser l'opportunité de l'approcher. Pas à moins que je veuille me donner en spectacle, ce qui n'arrivera pas. Alors, je la laisse rire avec cet enfoiré, boire avec lui, l'autoriser à la toucher. Ça n'a rien de romantique. Ou plutôt, je ne pense pas que ce soit le cas pour elle. Pourtant, à chaque fois que ce connard jette un bras autour de ses épaules, mon loup plante ses griffes dans mon esprit, et j'ai envie de lui casser la gueule.

Isa Romero est à moi. C'est moi qui peux la baiser. Moi qui ai le droit de la blesser. Moi qui suis en mesure de l'apaiser si je le décide. Ça me démange de la toucher et me fait ressentir des choses que je n'aime pas. Mon animal est agité. Je n'ai jamais été si proche de perdre le contrôle.

— Rafe, c'est quoi ton problème, mec ? me demande Des.

Je suis actuellement sur le porche de notre cabane en train de siroter un verre d'eau.

— Je me suis dit que la baiser aiderait à te la sortir de la tête et que tu passerais à autre chose. Qu'est-ce que ça donne ?

Je grogne.

— Peut-être que j'ai besoin de la sauter encore un peu avant de pouvoir avancer.

Il secoue la tête.

— Non. Je t'ai vu avec d'autres filles. Celle-ci n'est pas pareille. Je comprends habituellement toutes les conneries que tu aimes leur infliger, mais même ça, c'est différent avec elle. Tu as cuisiné hier soir, et n'essaye pas de me faire croire que c'était pour moi ou pour Jordy. C'était pour elle. Pourquoi ?

Jordy l'interrompt lorsqu'il sort de la cabane en portant toujours son stupide bikini.

— J'adore Isa. Pouvons-nous la garder ?

Des et moi tournons nos visages dans sa direction d'un même ensemble.

— Quoi ?

Lorsque je pose cette question, je suis surpris de la colère qui résonne dans ma voix.

— J'ai dit : pouvons-nous la garder ?

— Ce n'est pas un chiot, réplique Des, toutefois je le vois froncer les sourcils comme s'il se demandait la même chose.

— Pourquoi ? insisté-je.

Jordy lève les yeux au ciel.

— Parce que je viens de te déclarer que je l'aime bien. C'est une louve badass. Est-ce que tu écoutes ? Qu'est-ce qui t'arrive aujourd'hui ?

Je me tourne vers Des, mais il se contente de hausser les épaules et de froncer les sourcils comme pour me faire comprendre de me démerder. C'est dingue ce qu'il m'aide. Je ne comprends pas cette facette de la personnalité de Jordy. Bien sûr, il est gentil avec à peu près tout le monde, mais seulement à première vue. Il n'aime pas vraiment les gens en réalité. Je ne pense même pas qu'il se soucie sincèrement de Des et de moi, et encore moins du fait que nous soyons ses meilleurs amis.

— Qu'est-il arrivé aux deux enculés qui prétendaient que je devais me concentrer sur les affaires de la meute ?

— J'ai changé d'avis. Je veux la garder. Si tu ne l'aimes plus maintenant que tu t'es amusé avec elle, ça ne me dérange pas. D'après les sons que j'ai entendus en provenance de ta chambre hier soir, cette nana en vaut la peine.

Je me lève et avance d'un pas menaçant dans sa direction, ma peau brûlant du besoin de me transformer. Je suis seulement à deux doigts de cueillir le visage de ce trou du cul de mon poing au moment où Des se place entre nous.

— Qu'est-ce que tu comptes faire ?

— Effacer ce regard suffisant de son visage.

Je pointe ma bouteille d'eau droit sur Jordy, et ce connard me sourit. Des secoue la tête.

— Je ne te parle pas de cet abruti. Qu'as-tu prévu avec Isa ?

Je grince des dents en l'observant fixement.

— Rien du tout, râlé-je. Pourquoi êtes-vous tous les deux en train de me sauter à la gorge à son propos ?

— Elle n'est pas comme les autres filles, dit-il. C'est une louve. Elle est l'une des nôtres.

— Je sais qu'elle n'a rien à voir avec les autres nanas. Mais non, elle n'est pas l'une des nôtres. Si c'était le cas, elle serait ici à embrasser mes bottes au lieu de traîner avec Liu toute la journée. Qu'est-ce que vous voulez de moi ?

Jordy se glisse entre nous et nous observe tour à tour.

— Je souhaite que tu exposes tes intentions, Rafe. Nous le requérons tous les deux.

Et pour une fois, il affiche une expression sérieuse. Je fulmine.

— Pourquoi êtes-vous si intéressés par la personne que je baise tout à coup ?

Des grogne.

— Parce que Jordy a raison. On l'apprécie. Aucun de nous ne veut que tu foutes tout en l'air pour nous.

J'ouvre la bouche sur le coup de la surprise.

— Pour vous ?

Jordy hoche la tête et me frappe le torse avec légèreté.

— Oui, enfoiré. Pour nous. Je me répète, nous l'adorons. Elle fait partie de notre équipe. Elle ne convoite pas le pouvoir lorsqu'elle nous contemple, contrairement à toutes les autres filles de cette putain de ville. Nous pourrions aimer avoir une présence féminine dans nos rangs. Il y a bien trop de testostérone lorsque vous vous comportez tous les deux comme des abrutis, et ta queue va tout gâcher, alors c'est à nous de t'exhorter à te contenir. *¿ Lo entiendes ?*

Est-ce que je comprends ? Est-ce qu'il se fout de ma gueule ?

— J'ai besoin de savoir ce que tu lui as dit. Tu as dû tout faire foirer ce matin, sinon elle ne traînerait pas avec ce connard et tu ne serais pas là à la surveiller.

Je grince des dents.

— Ce n'est pas ainsi que les choses fonctionnent entre nous.

Ma domination se perçoit dans mon intonation, une attitude que je réserve habituellement à tous les autres, à l'exception des deux personnes à côté de moi. Desmond et Jordy sont comme mes frères. Ils font partie de ma famille.

Toutefois je ne reçois d'ordres de personne, mis à part mon Alpha, et je n'ai pas à m'expliquer.

Jordy croise mon regard en assombrissant le sien, et j'y distingue quelque chose dont je n'ai pas l'habitude.

— Elle est du genre relation à long terme.

Je me renfrogne.

— Et c'est important pour toi, parce que...

— Ce n'est pas ton cas.

— Je n'ai jamais prétendu le contraire avec elle, lui rappelé-je.

Puis j'ajoute pour faire bonne mesure :

— Elle m'a également d'abord montré ses cartes. Elle veut seulement s'amuser. Sans condition. Ne me sautez pas à la gorge pour lui avoir offert exactement ce qu'elle me demandait.

Ils m'observent tous les deux pendant un moment, afin de déceler d'éventuels mensonges. Des me questionne finalement :

— Elle a vraiment dit ça ?

Il n'a pas l'air convaincu, la preuve en est qu'il renifle l'air, à la recherche de n'importe quelle odeur de tromperie de ma part.

— Oui, enfoiré. C'est le cas. Alors, calme-toi.

— Très bien, supposons que nous te croyons. Qu'est-ce que tu as fait pour l'énerver ?

Mes épaules s'affaissent, je serre les dents.

— Allez, enculé ! Raconte-nous tout.

Jordy sautille à côté de moi. Il est survolté ce matin. Il faut que je me souvienne de planquer le café. Il a dû en consommer une cafetière entière.

— Je l'ai baisée.

— Et ?

Je soupire.

— Et j'ai retenu son orgasme lorsqu'elle a refusé de me supplier.

Desmond siffle et Jordy hurle, avant d'ajouter :

— J'ai toujours su que tu étais un trou du cul en matière de contrôle, mais merde, mec, même pour toi, c'est mauvais. Et laisse-moi deviner, tu as joui, toi ?

Je hoche la tête en grinçant des dents.

— Mon loup souhaitait obtenir sa soumission.

Jordy craque en se redressant. Des larmes brillent au coin de ses yeux.

— Et ton humain était trop en retrait pour le lui refuser. Idiot. Si tu veux de nouveau pouvoir posséder cette chatte, attends-toi à devoir ramper.

Ça n'arrivera pas. Putain !

CHAPITRE 17
ISABELLA

Le couloir bourdonne d'activités lorsque je m'avance vers ma première salle de cours le lundi matin. J'ignore les regards qui se portent dans ma direction. C'est le cas depuis que j'ai été transférée ici, mais quelque chose au sujet de certains d'entre eux fait se dresser les cheveux à la base de ma nuque et me force à rester sur le qui-vive.

Il y a plus d'hostilité en eux désormais. Et non plus seulement l'indifférence habituelle à laquelle je m'étais habituée la semaine dernière.

Je ne gagnerai pas de concours de popularité cette année. Non pas que je m'y attendais, mais j'ai l'impression que ce week-end au camping est la raison pour laquelle j'ai soudainement attiré l'attention, en particulier de la part des filles de cette école. Si des regards pouvaient tuer... Laissez-moi vous le dire, c'est comme si je venais d'arriver sur le plateau de tournage du film *Lolita malgré moi*, parce que chaque jeune femme qui passe devant moi est semblable à Regina George, en rivant ses yeux sur moi et en me marquant comme une proie.

Merde ! Je suis une louve. Je ne suis la proie de personne.

Je me redresse, ignore leurs regards et me dirige vers mon cours d'anglais. Quelques étudiants s'amusent avec leurs poignards ou leurs épées, mais c'est une menace futile. Rien de plus pour ma part, je ne suis pas facilement effrayée. En apercevant Sabrina et son groupe d'amies, je me pousse sur le côté pour les éviter, mais bien sûr, elle m'aperçoit et, avant que je puisse me glisser dans ma première salle, elle se dirige droit sur moi.

Je grimace en sachant que ça ne va pas bien se terminer.

Ma louve affleure à la surface de mon esprit, et je m'efforce de réduire son intérêt. Elle adorerait se battre à cet instant précis. Je me doutais que j'allais devoir subir une confrontation à Shadle Creek et j'ai été soulagée que ça ne soit pas le cas, mais on dirait bien que Sabrina attend son heure. Et il semblerait que maintenant soit l'occasion en or de me remettre à ma place. Elle n'a pas la moindre idée de l'erreur qu'elle est sur le point de commettre.

Elle laisse échapper un ricanement tandis que quatre autres filles se rapprochent d'elle. Elles sentent toute la sauge, la rose et la lavande, m'indiquant non seulement qu'elles sont toutes des sorcières, mais également qu'elles appartiennent au même clan.

Je me prépare pour les coups de fouet verbaux qu'elle va me lancer, consciente que ça aura probablement tout à voir avec le fait d'avoir été expulsée de la cabane de Rafe durant la première nuit. J'essaie de tempérer ma louve, en lui rappelant que nous ne sommes pas là pour nous battre. Que de meurtrir des gens qui ne peuvent pas nous blesser en retour est mal, mais la prochaine chose que je sais, c'est qu'une main s'abat sur mon visage.

Je l'attrape en plein vol, l'empêchant d'entrer en contact avec ma joue. Mes lèvres s'ouvrent pour laisser échapper un grognement.

Putain de merde !

Ma vision devient rouge. Ma louve se précipite vers l'avant, et je dois lutter comme une forcenée pour ne pas bouger et ne pas arracher la gorge de cette connasse. Le désir de goûter son sang emplit ma bouche. À quoi pensait-elle ?

Je crispe mes muscles, me forçant à rester immobile alors que mon emprise se resserre et que je sens les os de sa main bouger entre les miens. Elle tire et serre son bras, mais je ne lâche pas pour autant. Si je fais le moindre pas dans sa direction, je sais que je vais craquer. Ça ne peut pas se produire ici.

— Tu es tellement stupide, putain ! hurle-t-elle en me postillonnant au visage.

Tous les yeux se braquent sur nous, le silence dans le couloir précédemment bruyant est assourdissant. Merde ! Mes griffes me picotent le bout des doigts, et je suis pleinement consciente que mon regard est argenté. Ses amies s'avancent en formant un demi-cercle autour de moi, alors qu'un grondement menaçant m'échappe.

Lâche-la, Isa. Laisse-la partir. Tu es au-dessus de tout ça.

Je me répète ces paroles dans mon esprit comme un mantra tandis que je prends des inspirations profondes dans un vain espoir de tempérer ma louve. J'écarte mes doigts de sa peau, et elle recule en pressant son bras contre sa poitrine et en frottant son poignet.

— Une agression à l'encontre de notre clan ne restera pas impunie, murmure-t-elle.

J'avance d'un pas menaçant dans sa direction.

— Je ne t'ai pas agressée. Est-ce que tu es conne ? Tu as essayé de me gifler. Tout ce que j'ai fait, c'est t'arrêter.

— Menteuse ! s'écrie-t-elle en s'assurant bien que tout le monde nous entend. Tu m'as attaquée. Regarde mon bras !

Elle agite son membre meurtri dans les airs, et je grince des dents. Mon Dieu, j'ai envie de la frapper. Elle joue la victime alors que c'est elle qui a tout initié. Malheureusement, nous avons désormais un auditoire. Je ne peux pas toucher à un seul cheveu de sa tête. Il y aurait des répercussions. Je risquerais d'être expulsée. Je pourrais avoir des problèmes avec le clan de sorcières locales. Les engrenages commencent à tourner sous mon crâne. Tout ceci était prévu. Elle est consciente que je suis impuissante contre elle. Non pas que je me raccroche à ma moralité en refusant de lui faire du mal, mais parce que je suis une louve solitaire qui n'a pas la moindre protection dans cette ville.

Je n'ai pas de meute. Ni de système de soutien. Brian est humain. Il n'a aucun moyen de gérer les retombées potentielles de ce genre de confrontations si son clan décide que je l'ai agressée.

Je m'écarte sur le côté, déterminée à m'éloigner d'elle, mais elle me pousse contre les casiers. Mon dos heurte la surface métallique froide, un de ses doigts manucurés s'avance de manière arrogante vers mon visage. Elle pense qu'elle a le pouvoir ici. Qu'elle est intouchable maintenant que nous avons un public.

Je grince des dents et incline le menton, en plongeant mon regard dans le sien. Sabrina est l'une des étudiantes populaires. Aux yeux des autres, elle est au sommet. Alors que je suis tout en bas. Peu importe qu'elle soit une sorcière ou moi une louve. Étant donné que je suis solitaire, je ne m'attends pas à ce que quiconque me vienne en aide.

Je suis surprise lorsque la foule se sépare brusquement et que Jordy s'avance face à moi, un sourire plaqué sur le visage. Pourtant, je ne manque pas la fureur qui brille dans ses yeux ni l'argent liquide qui y coule. Il évalue la situation qui se trouve face à lui en serrant les dents, et, en moins d'une seconde, je peux affirmer qu'il est parvenu à une sorte de conclusion.

Une lueur d'inquiétude traverse le visage de Sabrina lorsqu'elle le repère avant même d'essayer de le masquer avec une indifférence froide. Les mains plaquées sur ses hanches, elle pince ses lèvres sans pour autant arrêter de me fixer. Je croise ses yeux et affiche un rictus lorsqu'elle est forcée de détourner le sien. Elle est pathétique.

Jordy se racle la gorge pour attirer son attention avant de claquer des doigts comme s'il venait de se rendre compte de quelque chose d'intéressant.

— Tu étais au camping ce week-end, n'est-ce pas ? lui demande-t-il en se rapprochant de nous.

Lorsqu'il ne se trouve plus qu'à un mètre, il s'adosse contre les casiers à mes côtés et lève une main pour se frotter la lèvre inférieure tandis qu'il lance un regard à Sabrina comme s'il tentait de la resituer. Elle prend cela pour de l'intérêt et tourne toute son attention vers lui. Son air renfrogné s'est désormais transformé en un sourire séduisant. À tel point que je crois presque qu'elle m'a oubliée.

— Oui.

Elle répond cela dans un souffle. Elle repousse ses épaules en arrière, en s'assurant que sa poitrine pointe dans sa direction avant d'abaisser le menton pour pouvoir l'observer entre ses cils. Je lève les yeux au ciel. Son attitude séductrice est tellement évidente que je ne peux pas imaginer quelqu'un tomber réellement dans le panneau.

Jordy s'écarte du casier, ses yeux s'assombrissent alors qu'il réduit la distance entre eux. Pauvre petite chose. Elle n'a pas encore compris que son regard ne reflète pas la moindre convoitise. Il déborde au contraire d'une fureur à peine contenue.

— Oui, je me souviens de toi. Je t'ai presque baisée.

Ses paroles sont rudes et emplies d'arrogance. Lorsqu'il se trouve à quelques centimètres à peine d'elle, il lève la main pour la poser sur le côté de sa nuque, son pouce reposant au centre de son cou.

— Nous aurions pu réparer cette erreur.

Elle se penche vers lui alors qu'il baisse la tête pour pouvoir chuchoter à ses oreilles :

— Je passe mon tour. Tu dois être aveugle ou stupide, parce que si tu avais été attentive, tu te serais rendu compte qu'Isa est avec nous. Elle est la propriété des loups, et nous n'aimons pas que les gens s'en prennent à nos semblables.

Son doigt appuie fermement contre sa gorge, et elle soupire. Elle écarquille les yeux, alors que la peur la remplit de part en part. Les griffes de Jordy sortent au bout de ses phalanges, effleurant sa chair. Elle pousse un gémissement. Puis il la relâche et fait comme si de rien n'était. Il sourit de nouveau et lance son bras autour de mes épaules, m'attirant à ses côtés.

— Tu devrais consulter un médecin, dit-il en désignant son cou. Il pourrait te préparer un baume ou un remède pour que la situation ne s'aggrave pas.

Elle s'agrippe la gorge, ses doigts se retrouvant recouverts d'une traînée de sang. Les larmes remplissent ses yeux, et je dois avouer que je me sens presque mal pour elle. Toutefois, ce n'est pas une stupide humaine ignorante. C'est une sorcière. Elle sait pertinemment de quoi nous sommes capables, et elle connaissait les risques lorsqu'elle a décidé de m'affronter. J'aurais pu lui infliger bien pire que les minuscules entailles qu'elle a reçues de la part de Jordy. Ce n'était qu'un avertissement.

— Tu cherches les problèmes, Sabrina ?

Elle serre les dents tandis que le rouge lui monte aux joues.

— Elle n'appartient même pas à votre meute, crache une des filles à côté de Sabrina.

Ce n'était pas la bonne réponse à opposer à Jordy. Ses poings se serrent.

— C'est une putain de louve ! Ou êtes-vous tous trop stupides pour vous en rendre compte ?

Il jette un regard circulaire dans le couloir, tous les yeux sont braqués sur nous.

— Ne l'oubliez pas, dit-il à personne en particulier, même si tout le monde autour de nous hoche la tête. Et tirez tous un trait sur Sabrina.

Cette dernière soupire alors que ses quatre amies reculent précipitamment, mettant ainsi de la distance entre elles.

— Tu ne peux pas agir comme ça.

Il ricane dangereusement.

— Je peux faire tout ce que je veux. Tu as merdé avec un loup. Tu pensais qu'elle était une cible facile. Mais devine quoi ? Elle ne l'est pas. Je te suggère d'apprendre de ton énorme erreur.

Elle ouvre la bouche pour répondre, mais une autre voix s'élève brusquement.

— Que se passe-t-il ici ?

Il s'agit d'un homme.

— Séparez-vous. Que tout le monde aille en classe.

Le couloir se vide alors que la première sonnerie retentit et que tout le monde se dirige vers sa première salle de cours. Sabrina attend un battement de cœur avant de s'en aller, elle aussi, mais pas avant que je n'aperçoive son regard empli de haine qui m'affirme que les choses entre nous sont loin d'être terminées. Jordy n'a fait que mettre de l'huile sur le feu. Si elle ne me détestait pas avant, c'est très certainement le cas maintenant. Génial. Je vais devoir m'occuper d'elle. Le plus tôt sera le mieux, sinon la situation continuera à empirer.

M. Chavez, le directeur du lycée, nous observe, Jordy et moi, avec méfiance.

— Monsieur Salgado, madame Romero, allez en classe.

Il tape des mains, j'obéis, pourtant la prise de Jordy sur mon poignet m'empêche de m'échapper. Ses yeux brun foncé rencontrent les miens.

— Si cette merde devait se reproduire, viens me trouver. Compris ?

— Pourquoi ?

Je ne comprends même pas pourquoi il m'a aidée. Est-ce parce que j'ai couché avec son ami ? Jordy apparaît toujours comme un gentil garçon. Il me rappelle beaucoup Kai. C'est pour ça que je sais qu'il ne fait jamais rien qui n'est pas calculé à l'avance, et que je suis parfaitement consciente qu'il n'avait aucune raison d'intervenir en cet instant pour m'aider. Je suis une louve solitaire. Les sorcières ont raison. Je ne suis pas un membre de la meute. Je ne vois pas la raison pour laquelle il s'inquiète pour moi.

Il fronce les sourcils.

— C'est une question stupide, Vanille.

Je hausse les épaules et, plutôt que de répliquer, je réponds :

— Très bien. Je viendrai te chercher.

Satisfait, il me libère, et nous partons tous les deux vers notre première salle de classe. J'aperçois Rafael qui m'attend devant la porte menant à mon cours d'anglais. Il ne dit rien. Ses yeux marron foncé croisent les miens, mais je ne parviens pas à lire en eux. Je sais qu'il a aperçu ce qui vient de se passer, mais j'ignore s'il s'en soucie ou non. Ça reste un total mystère. J'aimerais pouvoir éclater sa coquille. Je lui en veux toujours. Cependant, je m'attendais à ce qu'il me parle de nouveau, mais rien. Pas même un au revoir dimanche lorsque tout le monde est retourné à sa voiture pour retourner en ville.

Sans un mot, il entre dans la pièce. Je soupire. Je n'ai pas l'énergie nécessaire pour supporter les conneries de Sabrina et de Rafael aujourd'hui.

Au déjeuner, toute l'école raconte que les loups m'ont

réclamée. Et pas qu'un seul d'entre eux. Non, même si ça aurait été plus que suffisant, Jordy s'est assuré de déclarer qu'il parlait pour eux tous, ce qui fait de moi la propriété non pas d'un connard, mais de trois. Je ne suis pas totalement certaine de savoir ce que cela signifie. Si un canidé essayait de me revendiquer dans ma meute, il me poursuivrait d'abord. Afin de m'indiquer qu'il a l'intention de me prendre pour compagne un jour. Ici, c'est différent. Personne n'essaie de me séduire, et je n'ai pas l'intention d'appartenir à quelqu'un, encore moins à trois méchants loups.

Les regards et les murmures à mon égard ont très certainement décuplé. Si je pensais que ce matin était mauvais, l'après-midi est encore pire. Tant pis pour mon idée de voler sous le radar jusqu'à la remise des diplômes.

Je projette d'avaler mon repas le plus rapidement possible, avec l'intention d'aller me cacher dans la bibliothèque, mais Desmond met fin à ce projet lorsqu'il prend mon plateau dans ses mains et l'apporte à la table dans le coin, me forçant à le suivre si j'ai envie de déjeuner. J'envisage presque d'abandonner. Ce n'est pas comme si j'avais dans l'idée de manger beaucoup de toute manière.

J'ai perdu presque trois kilos depuis que Maman est morte. Ce qui est beaucoup étant donné que mon corps était déjà très maigre et n'avait pas grand-chose à perdre. Je devrais me nourrir davantage. Mon loup a très certainement besoin d'énergie, mais je ne parviens pas à digérer. Bien que je n'aie eu aucun problème à engloutir les *albondigas* que Rafael a préparés pour nous.

Des pose mon plateau sur la table à côté de Rafael avant de s'asseoir lui-même à côté de Jordy. Personne ne dit rien à propos de mon arrivée. Ils se lancent dans une conversation comme si rien de tout ceci n'était bizarre.

Très bien. Dans ce cas.

Je picore mon déjeuner, une galette de poulet avec de la purée de pommes de terre et de la sauce sur le côté. La dame de la cantine m'a annoncé que c'était le jour du steak frites, mais rien n'y ressemble. Pourtant, je m'efforce d'avaler une bouchée avant d'utiliser ma fourchette pour déplacer les aliments afin de donner l'illusion que j'ai mangé quelque chose.

J'aperçois Zheng à quelques tables de là, le regard fixé sur moi. Lorsqu'il se rend compte que je l'observe, il tapote ses lunettes et pivote vers le type à qui il parlait. Je me dégonfle et me détourne également, seulement pour apercevoir Rafael dont l'attention est portée sur moi. Il pince ses lèvres tandis que ses yeux sondent les miens.

— Est-ce qu'il se passe quelque chose entre Liu et toi ?

Je lève les yeux au ciel.

— C'est mon ami, et il ne semble pas vous apprécier tous les trois. Cela répond-il à ta question ?

Rafael opine du chef avant de jeter un bras autour de mes épaules et d'adresser un putain de sourire à Zheng. Mon Dieu. Les mecs peuvent être de tels connards parfois. Je hausse les épaules sous son emprise.

— Arrête d'essayer de semer la pagaille, lui dis-je en frappant son bras.

Il saisit mon menton et tourne mon visage dans sa direction dans un mouvement possessif. Je me lèche les lèvres, et ses yeux suivent le mouvement. Son désir est impossible à manquer.

— Isa, n'as-tu pas encore compris que j'adore m'attirer des ennuis ?

Il penche la tête et pose sa bouche sur la mienne. Au début, la pression est douce, mais ensuite ses dents mordillent ma lèvre inférieure, me poussant à m'ouvrir pour lui. J'obéis, et sa langue s'enfonce en moi pour un baiser rapide qui me laisse chancelante sur ma chaise. Il recule, et son arrogance est clairement visible sur son visage juste avant que je ne le surprenne à jeter un coup d'œil par-dessus mon épaule. Je n'ai pas besoin de pivoter pour deviner que Zheng et lui se jaugent du regard.

Mes joues rougissent.

— Lorsque tu décideras de ne plus te comporter comme un imbécile, préviens-moi.

Je me lève de table, mais sa main se pose sur ma cuisse et m'en empêche.

— Assieds-toi.

C'est un ordre.

Je renifle et fais un pas pour m'écarter, mais son emprise se contente de se raffermir.

— Isa…

Je perçois l'avertissement dans sa voix, que je choisis d'ignorer à 100 %.

— Je vous retrouverai plus tard.

Je m'éloigne et me dirige vers la table de mon ami, en considérant que Rafael ne me suivra pas. Les hommes comme lui ne peuvent pas être vus à pourchasser une fille, encore moins une louve solitaire comme moi. Lorsque j'arrive au niveau de Zheng, ses lunettes sont toujours en place, alors je les glisse sur le sommet de sa tête.

— Hé !

Je marque un temps d'arrêt, soudainement incertaine de ce qu'il faut lui dire. Le retour de Shadle Creek s'est très bien passé. Je croyais que l'on avait tout arrangé, mais au vu de l'expression de son visage, je constate qu'il est toujours énervé. Il incline le menton en direction de Rafael et des autres.

— Tu semblais très bien.

Je croise les bras devant ma poitrine.

— Et toi, tu as l'air d'un crétin.

Il branle du chef.

— Non. Je suis simplement déçu. Mais je n'ai pas de raison de l'être, pas vrai ?

— Excuse-moi ?!

Il se redresse et se rapproche de moi, sa bouche est si proche que je sens ses lèvres effleurer mon lobe d'oreille.

— Toutes les filles de cette putain d'école désirent écarter les jambes pour Rafael Castillo. Il est le meneur de Hellbound High et le prince des loups de la meute Southwest. Je suppose que je pensais que tu ne serais pas l'une d'entre elles. C'est ma faute. D'après ce que j'ai entendu, on dirait que tu les baises tous les trois. Tu n'es qu'une petite louve avide.

CHAPITRE 18

ISABELLA

Je suis encore ébranlée par les paroles de Zheng lorsque je rentre de l'école. Je ne parviens pas à croire à son culot. Je ne suis pas une pute. Je ne couche même pas, et, même si c'était le cas, les privilèges de peau au sein des métamorphes n'ont jamais été quelque chose de honteux. Personne au sein de ma meute ne m'aurait balancé ce qu'il m'a dit.

Je fais les cent pas dans ma chambre, créant un sillon dans le tapis beige pâle, et je décide finalement que trop, c'est trop. Je ne peux pas laisser son opinion me submerger. Je sais qui je suis. S'il veut agir comme un connard, je ne dois pas l'en empêcher. Je n'ai pas besoin de lui.

En allumant mon ordinateur portable, je rattrape mes devoirs avant de modifier mon CV et de l'envoyer à au moins une douzaine d'entreprises locales. Il faut que je décroche un emploi. Tout ce temps libre nous rend folles ma louve et moi. Je dois trouver un moyen de rester occupée. Je repère les baskets que j'ai achetées chez Target, et une idée germe sous mon crâne.

Après avoir quitté le jean skinny blanc et le chemisier lavande que je portais aujourd'hui, j'enfile un legging, un t-shirt et mes nouvelles baskets. Je jure en me rendant compte que je n'ai pas de soutien-gorge de sport, mais je suppose que ce que je porte actuellement conviendra. J'attache mes cheveux dans un chignon, puis je glisse mon portable dans la poche de mon pantalon et m'empare de mes écouteurs sans fil et d'une bouteille d'eau. Si je ne peux pas courir sous ma forme de louve, le faire lorsque je suis humaine sera équivalent.

Natalia m'a envoyé un message plus tôt pour m'indiquer que Brian souhaite ma présence au repas de ce soir. J'ai confirmé que je serais là, bien que je ne sois pas encore informée du lieu exact puisqu'il a simplement déterminé l'heure. Elle a prévu un dîner pour 18 heures, donc il me reste un peu plus d'une heure avant de devoir revenir afin d'avoir suffisamment de temps pour me doucher et me préparer.

En dévalant les escaliers, je mets mes écouteurs en place et balance dans mes oreilles du bon vieux Linkin Park. L'engourdissement noie mes pensées alors que je sors et me laisse aspirer dans le tempo rapide de la musique. Je m'installe dans un jogging facile et libérateur. Il fait encore assez chaud, même si nous sommes en novembre, et les premiers signes de sueur coulent le long de ma colonne vertébrale trente minutes après le début de ma course. Ma respiration est stable alors que je me force à aller plus vite. Ce ne sont peut-être pas les bois, mais l'odeur de l'air pur et la légère brise sur ma peau font des merveilles pour tempérer mon agitation précédente.

Je finis par ralentir. Je pose mes mains sur mes genoux et inspire à la recherche de mon souffle. Le soleil se couche, les lampadaires de banlieue illuminent les rues. Une voiture s'approche au loin, mais je ne me donne pas la peine de lever les yeux jusqu'à ce que mes sens accrus de louve captent que cette dernière s'arrête à mon niveau. Je suis dans un quartier humain. Le risque que cela soit quelqu'un de plus prédateur que moi est mince.

Je me redresse, les mains sur les hanches en reprenant ma respiration. Je reste bien campée sur mes pieds, prête à m'enfuir si le besoin s'en fait sentir. Je dois également m'apprêter à me battre si nécessaire. J'aperçois alors Zheng dans sa WRX, et la tension disparaît de mes épaules.

Il me contemple de haut en bas.

— Tu ne ressembles à rien.

Je ne m'ombrage même pas de son manque de civilité à ce stade. Il se penche et ouvre la portière côté passager.

— Allez, viens, je te raccompagne chez toi.

— Je ne suis qu'à quelques pâtés de maisons.

Il fronce les sourcils comme pour exprimer « et alors ? ».

— Très bien.

Je grimpe dans le véhicule, me plongeant immédiatement dans le siège en cuir. La climatisation me fouette le visage. Je pousse un soupir de contentement en fermant les yeux.

— J'ignorais que tu aimais courir.

Je lui jette un coup d'œil.

— Sous forme humaine, précise-t-il.

Je renifle.

— Je n'aime pas ça. Je devais seulement... me vider l'esprit, et je n'avais nulle part où me transformer en toute sécurité.

Il reste silencieux, alors j'ouvre les paupières pour pouvoir le regarder. Il s'arrête devant la maison de Brian.

— Merci pour la balade.

Avant que je ne puisse sortir, il pose une main sur mon bras.

— Attends.

Je m'immobilise et me retourne pour lui faire face, en laissant la portière ouverte. Il se frotte le visage des deux mains avant de croiser mon regard.

— Je déteste les loups.

Ma colère se ranime en songeant à ce qu'il m'a dit plus tôt et à la raison pour laquelle je suis en colère contre lui.

— J'avais compris.

Je sors et m'éloigne de sa voiture, en claquant la portière derrière moi. Il coupe le moteur, le côté conducteur s'ouvre et se referme, pourtant je me dirige déjà vers l'entrée.

— Isa, attends.

Je ne m'interromps pas. Je suis presque arrivée au niveau de la porte lorsqu'elle s'ouvre et que le visage sévère de Brian apparaît, me forçant à m'arrêter.

— Isabella, est-ce que c'est toi qui viens de crier ?

Ses yeux pâles passent de moi au garçon qui, je le sais, se tient à quelques pas derrière moi. Je me crispe.

— Désolée.

Je soupire.

— Nous ne voulions pas te déranger.

— Comporte-toi correctement. Nous avons des voisins.

Mon visage s'effondre tandis que je hoche la tête.

— Navrée, murmuré-je.

Je déteste cet homme que je connais à peine et qui détient le pouvoir de me faire sentir aussi petite. Je suis sur le point de le dépasser lorsque je sens Zheng se poster à mes côtés.

— Je m'appelle Zheng Liu, monsieur. Je vais au lycée avec Isa. C'est un plaisir de vous rencontrer.

Il tend alors sa main dans un geste étonnamment humain, et, plus surprenant encore, Brian s'en empare, la secouant fermement tout en évaluant le jeune homme.

— Tu es le fils de Jin ?

Zheng hoche la tête.

— Oui, monsieur.

D'accord, attendez. Il se passe quoi exactement ?

— Je suis heureux de voir que ma fille fréquente des amis

respectables. J'étais inquiet lorsque j'ai accepté de l'envoyer à Hellbound High, mais c'est ton père qui m'a rappelé qu'il avait pris une décision similaire avec toi. Merci de prendre soin d'elle.

Zheng opine du chef. Je lui adresse un regard interrogateur, mais soit il ne le remarque pas, soit il choisit de l'ignorer.

— Eh bien, merci pour la balade.

Je salue vaguement Zheng qui se tortille face à cette situation pour le moins étrange lorsque Brian commet l'impensable et lui propose d'entrer.

— Isa, pourquoi n'irais-tu pas te préparer pour le dîner ? Zheng et moi serons dans mon bureau lorsque tu auras terminé.

Quoi ?!

L'expression de Zheng s'éclaire face à cette invitation, et, lorsque Brian recule, ouvrant plus largement la porte pour nous permettre de la franchir tous les deux, mon ami pénètre chez moi comme s'il était déjà venu une demi-douzaine de fois.

— Euh...

Il croise mon regard avant de m'adresser un petit signe de tête.

— Je vais prendre une douche.

Ni l'un ni l'autre ne me répondent. Brian saisit son épaule dans une étreinte presque paternelle alors qu'il le conduit loin de moi en direction de son bureau. Je cours dans les escaliers, retire mes vêtements trempés de sueur dès que la porte de ma chambre se ferme derrière moi. Pourquoi Brian voudrait-il lui parler en privé ? De toute évidence, il connaît son père, mais...

Je me dépêche de me laver les cheveux et le corps, en prenant la douche la plus rapide de toute ma vie. Laisser Zheng et Brian seuls déclenche une alarme sous mon crâne. Pourquoi songe-t-il brusquement à s'occuper de moi ? Pourquoi Zheng n'a-t-il pas mentionné que nos pères se connaissaient ? Je veux dire... mon esprit revient au moment où il a mentionné le sien pour la première fois. Il est humain lui aussi. Pas vrai ?

Je me sèche en quatrième vitesse avant de relever mes cheveux dans un chignon. Je suppose que le dîner se déroulera ici puisque Brian vient d'inviter Zheng à se joindre à nous. J'enfile une robe à manches longues arrivant à mes genoux, de couleur bleue, glisse une ceinture autour de ma taille et passe mes pieds dans une paire de sandales à lanières. Ça n'a rien de pratique, mais Natalia s'est démenée pour me rappeler de m'habiller convenablement pour soirée, donc je fais des efforts.

Je ne me maquille pas pour autant avant de me diriger vers le bureau de Brian.

Des paroles murmurées atteignent mes oreilles lorsque j'approche, mais je ne parviens pas à les distinguer à travers les murs bien isolés. Je ne me suis jamais rendue dans cette pièce auparavant. Il m'a toujours donné l'impression que c'était interdit, et je n'ai jamais voulu lui imposer ma présence. Après avoir frappé trois coups, je m'empare de la poignée et ouvre la porte.

Brian est assis derrière son bureau, un cigare dans une main et un verre d'un liquide ambré dans l'autre. Il sourit. Je ne l'ai jamais vu ainsi, mais peu importe ce que Zheng a pu lui dire, ça l'a clairement amusé. Ce dernier est installé dans un fauteuil en cuir en face de Brian, un verre d'alcool assorti dans sa main.

— Hum...

— Isabella, entre, me lance Brian de sa voix de baryton. Zheng me racontait votre sortie camping.

Je fronce les sourcils, j'ai peur que Brian ait une mauvaise impression et de finir dans le pétrin. Il m'avait donné la permission de partir, mais j'avais intentionnellement omis le fait que j'étais accompagnée par un garçon, sans parler d'un autre métamorphe, lui permettant de penser que j'y allais avec une amie. Toutefois, il semble heureux, pas choqué ni bouleversé comme je m'y attendais. Maman m'aurait tuée. Je n'avais même pas le droit de recevoir Josué sans laisser la porte de ma chambre grande ouverte. Elle parlait toujours des hormones métamorphes et ajoutait qu'elle était trop jeune pour être grand-mère.

— Oh !

C'est tout ce que j'arrive à prononcer avant d'aller m'asseoir à côté de Zheng. Il m'adresse un sourire rassurant. Je ne sais pas trop quoi en penser. Il me semble très certainement à l'aise. Comme si cet événement était quotidien pour lui. Il porte son jean noir habituel et un t-shirt à manches longues. Son style décontracté est en totale contradiction avec celui de Brian qui porte un costume sur mesure, une chemise blanche et une cravate bordeaux. Pourtant, ils bavardent tous les deux comme s'ils étaient de vieux amis. Zheng s'efforce même de se tenir bien droit, feignant de n'être pas seulement un lycéen moyen. Et pendant un moment, j'ai l'impression qu'il s'évertue à masquer la présence de son tigre.

J'ai la tête qui tourne. Je m'installe et pose mes mains sur mes genoux, mes sens aiguisés par le comportement de ces deux hommes. Le regard de Brian se concentre sur mes mouvements avant de scruter mon apparence.

— Je vois que Natalia t'a fourni des vêtements adéquats.

J'opine du chef.

— Même s'il semble qu'un passage au salon de coiffure te soit encore nécessaire.

Je redresse la tête.

— Excuse-moi ?

Il se tourne vers mon ami.

— Les femmes ont souvent besoin d'aide pour savoir se rendre présentables. Ne juge pas ma fille trop durement. Elle n'a pas bénéficié de l'éducation qu'elle aurait dû avoir. Mais ce projet peut s'avérer gratifiant. Isabella est un diamant à l'état brut.

Le rouge me monte aux joues. Je n'arrive pas à croire qu'il est en train de me critiquer aussi ouvertement. Devant Zheng. D'ailleurs, cet abruti ricane, quand bien même je perçois la tension dans sa voix.

— C'est une des choses que j'apprécie chez elle, monsieur. Elle n'est pas comme les autres jeunes femmes avec qui j'ai grandi. Elle est à l'aise dans sa peau.

Brian donne l'impression d'avoir mordu dans un citron.

— Hmmm. Oui. Eh bien, elle a encore quelques efforts à fournir. Vraiment, Isabella. On dirait que tu as été élevée par des loups en voyant ta coiffure.

Je grince des dents. J'ai bel et bien grandi au milieu des loups. J'ai envie de me retenir, je me force même à garder mes mains sur mes genoux au lieu de les comprimer en poings. Je me fiche bien de ce qu'il pense de moi. Il n'est personne à mes yeux. C'est un simple donneur de sperme qui a décidé bien trop tard d'intégrer la partie. Je serre les dents et incline le menton.

— Je n'avais pas compris que je devais impressionner mon propre père lorsque je suis chez moi.

Je garde un ton égal, mais ce n'est pas ma maison. C'est un lieu de transition jusqu'à ce que je parvienne à atteindre la remise des diplômes.

— Tu dois être présentable en tout temps, même ici. Tu ne sais jamais ce qui peut arriver. Regarde-toi. Et tu as un invité, que tu connais bien.

Il secoue la tête, son expression frisant le dégoût.

— Si j'avais su pour toi plus tôt, nous aurions pu maîtriser la situation, mais au rythme où vont les choses, tu vas finir comme ta mère.

Il aurait tout aussi bien pu me gifler vu la manière dont il en parle, comme si être comme elle était une insulte. Ce n'est pas le cas. Ma mère était une femme fière et bosseuse. Elle était compatissante et aimante, et elle m'accordait toujours du temps malgré ses autres obligations envers notre clan. Ce qui est bien plus que ce que je peux raconter au sujet de l'homme assis face à moi. Il a raté dix-sept ans de ma vie, et je peux compter le nombre de fois où je l'ai aperçu depuis que je suis arrivée au Texas.

Je n'ai pas honte de ma mère. J'aspire à devenir comme elle.

Je me mords l'intérieur de la joue jusqu'à ce que la saveur du sang frappe mes papilles. Ma colère grimpe, et avec elle vient une envie fracassante de laisser échapper la rage de mon loup. Ma peau frémit tandis que je me lève.

— Vous allez devoir m'excuser. J'avais oublié que j'ai des devoirs.

Brian ne prend même pas la peine de me regarder partir, trop absorbé par le sujet de discussion qu'il a choisi. Je me précipite dans ma chambre et me mets à faire les cent pas.

Respire, Isa. Respire.

J'ouvre mon ordinateur portable pour envoyer une autre douzaine de CV. J'ai besoin de trouver un emploi. Je ne me laisserai pas piéger ici plus longtemps que nécessaire. Je dois simplement économiser suffisamment pour pouvoir retourner en Arizona. Emmett me cachera de Brian si je le lui demande.

Je l'espère en tout cas. Il le doit. Je ne peux plus supporter ça.

Vingt minutes plus tard, on frappe à ma porte. Mais avant que je ne puisse dire à qui que ce soit de s'en aller, elle s'ouvre et Zheng entre. Le regard peiné sur son visage est la seule chose qui m'empêche de lui casser la gueule.

Il s'avance vers moi, réclamant la place à mes côtés sur le lit alors que je me roule sur le dos et observe le plafond. Il se tait un instant avant de pousser un long soupir.

— Je suis désolé, souffle-t-il.

Je garde les yeux rivés sur la lampe au-dessus de moi. Un lustre stupidement féminin avec des roses en fer forgé et des cristaux qui pendent.

— Pourquoi ? As-tu peur que je finisse comme ma mère morte ? Méprises-tu ta propre espèce ? Est-ce pour cela que tu ne t'entends pas avec les loups ?

Je ricane. Il se passe une main sur le visage.

— Quoi ? Non. Ce n'est pas...

Il secoue la tête.

— C'est compliqué. Je t'ai raconté que mon père était humain.

Je tourne mon regard dans sa direction.

— Et c'est la raison pour laquelle tu es si proche de Brian.

Il soupire.

— Mon père travaille avec le tien. Ils jouent au golf ensemble. Il est venu chez moi pour les vacances.

Il hausse les épaules.

— Il ignore que je suis un métamorphe moi aussi. Je suis le secret le mieux gardé de mon père, tu te souviens ?

Il souffle de nouveau et se penche sur ses coudes.

— Brian est un connard. Il a des préjugés contre quiconque n'est pas humain. Il n'aurait pas dû dire tout ça et... j'aurais dû venir à ton secours. Je suis désolé. J'ai été stupide.

Je m'assieds. Il semble sincère, mais...

— Alors, pourquoi ne l'as-tu pas fait ?

Ses yeux noirs sondent les miens, sans doute pour essayer de saisir ce qui se passe à l'intérieur de mon crâne.

— Parce que je suis un idiot. Mon père a certaines attentes. Je suppose que je suis tombé dans le rôle confortable de ne pas vouloir semer le trouble. Mon père ressemble beaucoup à Brian. Il déteste ce que je suis. Et en grandissant, j'ai tellement eu envie de lui plaire. J'ai appris à réprimer mon animal. À force d'être allé à l'encontre de mon instinct, je ne m'en rends même plus compte.

Je hoche la tête parce que, oui, ça craint, mais je comprends. Je perçois le rejet de Brian depuis des semaines. Zheng a dû lui faire face toute sa vie.

— Est-ce que tu as faim ? s'enquiert-il lorsque mon estomac gronde.

Nous ricanons tous les deux.

— Oui. On pourrait dire ça. Je devais dîner avec mon père, mais je pense que je préfère éviter après ce qui vient de se passer.

Il se lève et me tend la main.

— Viens. Je connais l'endroit parfait. Un restaurant tenu par des métamorphes juste à l'extérieur de la zone neutre. Ils préparent les meilleurs burgers de la ville.

J'hésite.

— Zheng, je...

— Isa, lance-t-il en me coupant la parole. J'ai agi comme un con. Je suis désolé. Pas seulement pour ce qui vient d'arriver, mais aussi pour plus tôt. Au lycée. Je n'aurais pas dû te dire tout ça. Je me suis comporté comme un trou du cul parce que j'étais jaloux. Ça ne se reproduira plus. Je te le promets. Donne-moi une autre chance d'être ton ami. Je ne vais pas la gâcher cette fois-ci.

Je mords ma lèvre inférieure, l'indécision me traversant de part en part. Encore une fois, ce n'est pas comme si d'autres personnes allaient se précipiter pour frapper à ma porte en me suppliant d'être leur amie.

— D'accord. Mais pouvons-nous ne pas parler de mon père ? Des loups ? Ou de quoi que ce soit qui pourrait nous bouleverser l'un ou l'autre ?

Il rit.

— Deal.

CHAPITRE 19

ISABELLA

Nous roulons avec Zheng jusqu'à chez Suzy, un restaurant local aux portes de la ville, en périphérie du territoire métamorphe. La cloche au-dessus de la porte sonne, annonçant notre arrivée. L'une des serveuses fait signe à Zheng avec une attitude familière avant de retourner son attention vers son client.

En entrant, je suis immédiatement prise par l'ambiance démodée de l'endroit. Le plancher constitué de carreaux noirs et blancs est associé à des cabines en vinyle rouge et blanc, et le comptoir est recouvert de Formica noir. L'endroit sent la graisse et le sel. C'est le paradis absolu. Mon estomac se manifeste.

Zheng se dirige tout droit vers le bar, en empruntant l'un des tabourets rouges tandis que je grimpe sur celui à côté du sien. Un garçon que je ne reconnais pas se dirige vers nous et dit quelque chose à mon ami, mais je ne l'entends pas, car je suis trop occupée à tout observer. Ce restaurant me rappelle presque un Johnny Rockets, même si c'est un petit peu moins propret. Je me tourne juste à temps pour apercevoir Zheng qui glisse quelque chose dans la main du type en un geste discret.

Je ne parviens pas à distinguer ce que c'est avant que ce dernier ne fourre sa main dans sa poche et n'effectue une retraite précipitée après un signe de remerciement rapide.

— Qui était-ce ?

Je ne peux m'empêcher de poser cette question lorsque ma curiosité prend le dessus. S'il était humain, je penserais qu'il s'agissait là d'un deal de drogue, mais les métamorphes n'en prennent pas d'habitude vu le peu d'effets que ça a sur nous.

— Seulement un gars du lycée.

Il hausse les épaules et, comme je n'ajoute rien, il poursuit :

— Je lui ai emprunté vingt dollars la semaine dernière après avoir perdu mon portefeuille. C'était stupide.

Il m'offre un sourire penaud.

— Je le connais à peine, mais il m'a aidé. Je voulais simplement le rembourser.

Oh ! Je suppose que c'est logique. J'inspire profondément, puis m'immobilise. Tout à coup, je me considère comme une imbécile. Je n'ai pas besoin de l'interroger. Je ne devrais pas ressentir le besoin de humer l'air à la recherche d'un mensonge. Ce n'est pas comme ça que fonctionne l'amitié. Et, quoi qu'il arrive, ce qu'il fait ne me regarde pas.

Une serveuse s'avance vers nous, sa queue de cheval se balançant derrière elle.

— Hé, Liu, tu es de repos ce soir ?

Zheng lui sourit, ses fossettes apparaissant soudainement.

— Oui. J'ai le reste de la semaine pour moi.

Ses yeux brillent de malice.

— Chanceux. Qui est ton rendez-vous sexy ?

Ses narines gonflent. Je me dresse sur mon tabouret.

— Une petite louve ?

Sa tête s'incline sur le côté et son rictus s'élargit.

— J'ai pensé que tu ferais une percée sur quelqu'un du clan des félins. Tu me blesses.

Zheng lève les yeux au ciel, en lui rendant son sourire.

— Maman Liu sait-elle que tu courtises déjà les dames ? Laisse-moi le lui apprendre. S'il te plaît !

Je suis sur le point de la corriger lorsqu'un groupe de voix masculines familières s'élève dans le restaurant.

— Rafe, Des, réservez la table du fond. Je vais pisser.

Il s'agit de Jordy. Je l'aperçois du coin de l'œil, il se dirige vers un petit couloir à ma droite. Je sens mes épaules se crisper, mais la serveuse décide d'attirer son attention.

— Hé, beau gosse ! Est-ce que je peux te servir à boire ?

Jordy secoue sa main. C'est là qu'il m'aperçoit et qu'il voit à côté de qui je suis assise. Il s'arrête brusquement et fronce les sourcils.

— Eh bien, eh bien, qu'avons-nous ici ?

Il s'approche, et mon estomac se tord.

— Yo, Rafe. Ta meuf est là.

Mes joues rougissent alors que je souhaite plus que tout pouvoir disparaître derrière le comptoir. C'est presque comique la manière dont je passe rapidement de détendue et à l'aise à terriblement nerveuse, et Zheng s'en rend compte. Sa mâchoire se crispe, tandis qu'une veine se contracte dans sa nuque. Le regard de la serveuse s'assombrit de confusion alors qu'elle observe Zheng puis Rafael qui, je dois l'ajouter, semble royalement énervé.

Ça va mal finir.

— Je vais vous laisser vous disputer, ricane Jordy en se dirigeant vers les toilettes.

Je grince des dents.

Connard.

Rafael s'avance à côté de Zheng et agrippe son avant-bras sur le bar, sans jamais me quitter du regard. Je ne manque pas la faim qui brille dans ses yeux ni la fureur contenue juste derrière. Je jette un coup d'œil en direction de Desmond qui s'est installé à la table avec un sourire amusé plaqué sur le visage comme s'il s'asseyait pour assister à un spectacle.

Rafael s'éclaircit la gorge, attirant mon attention vers lui.

— Est-ce que tu veux t'expliquer ?

Il se pince les lèvres. J'ignore pourquoi je l'observe. Oubliez ça. Je le sais parfaitement, et c'est uniquement parce qu'il m'a embrassée au réfectoire aujourd'hui. Je suis toujours énervée contre lui à ce propos. Pourquoi continue-t-il à agir comme le salaud qui montre qu'il possède la fille alors qu'il ne veut même pas de moi ?

— Elle n'a rien à raconter, mec.

Zheng repousse son tabouret, mais une main ferme sur son épaule le rassied sur son siège. Rafael ne le considère même pas. Ses yeux restent fixés sur les miens, alors que sa mâchoire se crispe.

— Isabella...

Il prononce mon nom d'une voix basse et séduisante, initiant un feu ravageur dans mes veines. Il utilise la même intonation que lorsque nous étions au lit, et, mon Dieu, ça me fait ressentir des choses que je ne devrais pas autoriser.

Je prends une profonde inspiration.

Allez, Isa. Sois forte.

Je carre les épaules.

— Je dîne avec un ami, dis-je, fière que ma voix ne tremble pas. Y a-t-il un problème ?

Ses prunelles brillent d'argent lorsqu'il se redresse.

— Oui, réplique-t-il. Il y en a un.

— Euh...

Notre serveuse ouvre la bouche, puis la referme. Elle ressemble à un poisson rouge, ce qui me fait presque rire.

— Tout va bien, Penny. Merci.

Zheng lui adresse un signe, et nous l'observons tous tandis

qu'elle s'enfuit pour servir d'autres clients avant que Zheng ne se retourne pour affronter Rafael.

— Écoute, mec. Je comprends que tu ne m'aimes pas ou que tu n'aies pas confiance en moi... le sentiment est mutuel, soit dit en passant... mais Isa est mon amie. Je me fiche de ce que vous faites, c'est votre affaire, seulement arrête d'agir comme un connard sans raison. Pourquoi n'essaies-tu pas de te comporter comme un type normal et, je ne sais pas, de l'appeler pour lui demander de sortir avec toi un jour ?

L'envie d'acquiescer à son sarcasme me tenaille. Je me retiens en attendant la réaction de Rafael. Avec une lenteur exagérée, il tourne la tête pour accorder à Zheng sa pleine et entière concentration. Je déglutis.

Ses yeux brillent d'argent. De chaleur. De rage. Si j'avais été debout, j'aurais sans doute reculé de plusieurs pas, et je ne suis même pas celle qu'il fixe ainsi. La pomme d'Adam de Zheng tressaute, mais il parvient à soutenir le regard de Rafael pendant trois secondes avant de se détourner vers son épaule. C'est impressionnant.

Quels que soient les problèmes qu'ils ont entre eux, Zheng est loin d'être un lâche.

L'hostilité entre les deux jeunes hommes est palpable alors que Rafael le regarde, immobile, sans prononcer le moindre mot. La tension grimpe dans l'air. C'est étouffant. Je me passe les mains sur les genoux en me demandant si je dois intervenir ou non, lorsque Jordy sort enfin des toilettes, inconscient du conflit en cours.

— Hé, enfoirés ! Vous bavardez encore ?

Comme une bulle qui éclate, la pression se relâche et je soupire bruyamment.

— Non.

Je me tourne vers Jordy en affichant un faux sourire.

— Rafael agit comme Rafael. Vous devriez probablement retourner avec Des. Il a l'air de se sentir seul là-bas.

Jordy jette un coup d'œil par-dessus mon épaule, et son rictus s'élargit.

— Il n'a pas l'air si seul que ça.

Je me retourne et aperçois notre serveuse – Penny – penchée dans sa direction, sa poitrine intimement proche de son visage. Des se lèche les lèvres. Je souffle. C'est à ce moment-là que mon estomac commet l'impensable et grogne comme un ours.

— Allez, Vanille. Nous devons mettre un peu de viande sur tes os.

Jordy me tire de mon siège et me conduit vers la table où Des est assis. Je recule. Il s'arrête et grimace à mon intention.

— Qu'est-ce qu'il y a ?

J'incline la tête en direction de Zheng. Il renifle.

— Tu comptes choisir Liu plutôt que nous ?

Il me pose cette question comme si cette simple idée lui semblait impensable.

— Euh, oui. Je suis venue avec lui. Je ne vais pas le laisser tomber simplement parce que vous vous êtes pointés.

Il fronce les sourcils comme s'il n'avait jamais vu les choses sous cet angle, et je me force à ravaler mon rire. Ces trois-là sont vraiment habitués à toujours obtenir ce qu'ils veulent. Ça doit être sympa. Je m'écarte de sa prise et retourne vers le bar, mais plutôt que de me laisser m'installer sur mon tabouret, Jordy s'y assied, et Rafael opte pour le siège vide à côté de Zheng, qui n'a pas l'air très heureux de cette situation.

Dès qu'il a attrapé un menu, Des se dirige vers nous et occupe la dernière place vide près de Rafael. Zheng a les poings serrés. Je pose ma main sur son genou et articule « désolée ». Rafael me voit le toucher et grogne, alors je m'écarte rapidement.

— On peut y aller, murmuré-je. On trouvera quelque chose sur le chemin du retour.

— Non. Ne sois pas comme ça.

Jordy bouge pour s'insérer entre Zheng et moi. Il enroule un bras autour de nos épaules et nous attire vers lui dans une étreinte bizarre.

— Restez. Tu as envie que nous nous entendions, pas vrai ? Que nous soyons amicaux et toute cette merde ?

J'opine du chef.

— Très bien, alors. Nous faisons notre part.

Il croise le regard frustré de Zheng.

— Liu, ça ne te dérange pas, n'est-ce pas ? Ce sera comme au bon vieux temps. Tous les quatre ensemble. Comme une famille à nouveau. Comme une meute.

Zheng se lève de son siège, forçant Jordy à reculer.

— Hors de question.

Son torse gonfle et s'abaisse rapidement tandis qu'il montre les dents. Rafael et Des se redressent à leur tour, les bras croisés devant leur torse. Je saute sur mes pieds, les yeux grands ouverts.

— Ça va. On peut...

— Non. Ça ne va pas.

Je tremble face à la fureur de Zheng.

— Ne lui parle pas comme ça.

Rafael prend ma défense, en avançant d'un pas d'un air menaçant. Toute cette situation s'aggrave beaucoup trop rapidement.

— Hé !

Je tente d'attirer l'attention de tout le monde sur moi.

— Qu'est-ce que j'ai raté ?

— Rien, réplique rapidement Zheng.

Jordy ricane.

— Tu gardes des secrets, Liu ? Encore une fois, ça ne m'étonne pas, c'est ton mode opératoire après tout, n'est-ce pas ?

— Va au diable. Je ne me mêlerai pas de vos merdes. Tu n'es pas mon Alpha, Rafael.

Zheng passe devant lui et se dirige vers la porte avant de se retourner vers moi.

— Viens, Isa.

Je m'avance pour le suivre, mais une main sur mon coude m'immobilise.

— Ça n'arrivera pas. Tu peux t'en aller. Mais elle n'ira nulle part avec toi comme ça. Calme-toi ou je le ferai pour toi.

Avant que je ne puisse argumenter, parce que, oui, Zheng est en colère, mais ce n'est pas comme s'il allait me blesser... il m'insulte en me laissant derrière. C'est invraisemblable. J'envisage de le pourchasser. Il m'a véhiculée jusqu'ici après tout. Pourtant, un mouvement de la tête de Rafael me pousse à changer d'avis.

Était-ce trop demander d'avoir une journée normale pour une fois ? Sans conneries de gamine, père trou du cul ou mecs stupides pour venir la ruiner ?

Mon estomac gronde de nouveau.

— Allez, Vanille.

Rafael me dirige vers une table.

— Il faut que tu manges. Je te ramènerai après.

CHAPITRE 20
RAFAEL

Quelque chose d'étrangement proche de la jalousie s'éveille dans ma poitrine à la pensée qu'Isa a eu un rendez-vous avec ce putain de Zheng Liu. Non. Je ne dois pas raisonner comme ça. Je ne suis pas jaloux. Je suis simplement énervé. Pour qui se prend ce connard ?

Je lui ai dit de rester loin d'elle. Jordy a indiqué publiquement qu'elle appartenait aux loups. Il nous a vus ensemble à Shadle Creek. Il sait qu'elle est à moi. Et voilà qu'il est encore en train de chasser sur mon territoire. C'est comme s'il désirait mourir. Après ce qui s'est passé cet été-là avant notre première année au lycée – quand ce connard a failli nous faire tuer tous les quatre –, j'aurais cru qu'il aurait agi différemment. Je ne peux pas croire que j'ai été ami avec ce salaud. Il a beau être un membre de mon clan, il n'appartient pas à ma meute. Pas de la manière qui compte. Pas après ce qu'il a fait.

J'attire Isa plus près de moi, conscient de ma colère croissante. Mon bras s'enroule autour de sa taille étroite tandis que je la conduis à notre endroit habituel. La convoitise monte en moi, et ma queue tressaute alors que j'observe ses jambes minces et sa taille étroite, que j'inspire l'odeur de fraise de son shampooing. Elle ne porte pas une once de maquillage, exposant son léger soupçon de taches de rousseur sur le dessus de son nez.

Mon Dieu, elle est tellement belle !

Et elle était ici avec lui. La tenue qu'elle porte était entièrement pour lui.

Je grince des dents pendant que nous nous asseyons. Penny revient, prend nos commandes de boissons et pose quelques menus sur la table avant de se retirer derrière le comptoir. Elle n'essaie plus de flirter avec Des, ce qui me convient. Toutes les filles ici sont dans l'équipe de Liu. Même en sachant ce qu'il a fait. Et où réside sa loyauté. Sa tante est propriétaire de l'endroit, donc je ne devrais pas en être surpris. Mais ni l'homme ni le loup en moi ne comprennent comment une telle chose a pu arriver.

Pendant un moment, nous avons arrêté de venir chez Suzy, mais mon père n'est pas un grand fan de disputes au sein de notre meute. Il ne veut pas que nous refusions de nous rendre dans l'une des rares entreprises dirigées par des métamorphes, alors, une fois par semaine, nous y apparaissons.

Nous honorons notre part. Pour le bien du clan. Mais je n'ai pas confiance en Zheng. Il a fait passer les désirs de son père avant les besoins de la meute. Et je ne doute aucunement qu'il recommencerait.

Isa demeure silencieuse lorsque les gars se précipitent pour parler du bal à Hellbound High. C'est le plus grand événement de l'année pour notre lycée, et on est tous un peu à cran à ce sujet. Tous les chefs de meutes, de clans et du coven seront présents, ainsi que des membres éminents de la communauté humaine.

C'est une manière pour les adultes de se mêler à nous. D'avoir une idée de la façon dont cette petite expérience se déroule. C'est risqué comme l'enfer. Mettre autant de personnes de puissance dans la même pièce à la fois. Mais c'est également une chance pour moi de montrer à mon père que, quand viendra le temps pour lui de se retirer, je serai prêt. Les étudiants ne sont autorisés à assister à cette soirée qu'au cours de leur dernière année, donc ça sera ma première occasion de lui prouver que je suis capable de naviguer dans la politique paranormale. Que je suis à même de garder la tête froide dans un environnement stressant. Il a des doutes à ce sujet. Il ne les a peut-être pas exprimés, mais je sais qu'il s'interroge.

Je me demande si je suis paré, et si je peux réduire mes impulsions de loup. Je suis l'un des plus dominants de notre meute. Plus que la plupart de nos bêtas, mais il refuse de me laisser les défier en prétendant que je suis encore trop jeune. Trop colérique.

Il désire que je change de horde durant quelques années. Il est courant pour les métamorphes de prendre le temps de se trouver et de tester leur force contre les autres. Afin de voir à quel point ils sont en mesure de gravir les échelons avant de rentrer chez eux. Cependant, je n'ai pas besoin d'agir ainsi. Ni de me découvrir. Je suis parfaitement conscient de qui je suis et de ce que je suis censé accomplir.

Toute ma vie se trouve ici. Je suis né pour diriger notre meute. Et devenir le bêta du clan des loups est une étape de plus qui me rapprochera de cet objectif.

Maman opère systématiquement en prétendant qu'elle refuse que je me blesse, mais finalement, elle est d'accord avec mon père. Elle ne pense pas que je suis prêt. Je serai toujours un chiot à ses yeux, tout le temps à faire des bêtises.

Il m'est difficile d'aller à l'encontre des souhaits de mes parents. Surtout dans la mesure où mon père est l'Alpha. Mais il ne sait pas toujours tout mieux que moi. Pas en ce qui concerne mon existence. Je l'aime, mais il ignore qui je suis vraiment. Il est marié à la horde. Il ne cesse de travailler. Et je le conçois. En tant qu'Alpha de la meute Southwest, il n'a le temps pour rien d'autre avec tous les clans en lice pour attirer son attention. La parentalité passe forcément au second plan. Je ne lui en veux aucunement.

Toutefois, il doit comprendre qu'il ne me connaît pas comme il le pense. Et cette soirée reste ma chance de lui prouver à quel point je suis prêt à attendre la prochaine étape. Combien j'ai grandi. C'est une chance de lui démontrer que c'est pour cette raison que je suis né.

Isa reste calme pendant que mes potes parlent, jusqu'à ce que Jordy pose la question à laquelle nous avons tous secrètement songé.

— Alors, Liu et toi, vous vivez un truc ?

Elle renifle avant de tourner la tête dans sa direction et de froncer les sourcils. Elle a plutôt intérêt à ne pas dire ce que je pense qu'elle est sur le point de répondre parce que non, il n'est pas question qu'elle sorte avec ce connard. Elle est trop bien pour un déchet tel que lui.

Je me prépare, non pas que mon avis compte. Isa Romero est à moi. Elle peut apprécier Liu autant qu'elle le souhaite, je m'interposerai au milieu s'il le faut. Pourtant, au lieu de confirmer leur relation, elle déclare :

— Nous ne sommes que des amis.

Je fronce les sourcils, et elle soupire en secouant la tête.

— Pourquoi est-ce si difficile à croire ?

Notre serveuse dépose nos commandes avant de s'en aller précipitamment. Jordy glisse une frite entre ses lèvres et clame avec un sourire :

— Parce que Zheng veut te baiser.

Il la mâche, l'avale, puis en mange une autre.

— Non pas que je l'en blâme. Tu es sexy, Isa.

Elle rougit.

— Je sais à qui tu appartiens. Liu aussi, pourtant il agit toujours comme un con.

Il tapote sa tempe avec son index.

— Ce n'est pas très intelligent de sa part, mais après tout, il n'a pas inventé le fil à couper le beurre.

— Je n'appartiens à personne.

Je ricane, m'adosse contre ma banquette et écarte mes jambes pour me mettre à l'aise.

— Bien sûr que si.

Elle fronce les sourcils, en nous dévisageant alternativement Jordy et moi.

— Il est temps de suivre le programme, Vanille. Admets que tu es à moi. Ce n'est pas agréable de jouer avec les émotions d'un loup comme ça. Tu sais comment nous sommes, nous, les métamorphes. Laisser Liu croire qu'il a une chance, c'est cruel.

— Ce n'est pas ce que je fais, réplique-t-elle.

— Si. Admets-le.

Elle se moque avant de renifler :

— Tu ne me possèdes pas. Je ne t'appartiens pas. Je suis ma propre patronne avec ma propre autonomie.

— Continue à le penser, mais regarde où je suis et où tu es. Il y a une chose entre nous, et je ne partage pas pour autant.

Elle grince des dents et se détourne de moi. En lui agrippant le menton, je la force à croiser mon regard, pleinement conscient des coups d'œil intéressés de Desmond et Jordy.

— Tu es à moi. Compris ?

Elle grogne, ce qui fait sursauter mon loup. Ce bâtard aime lorsqu'elle se montre fougueuse. Si elle n'était pas coincée à côté de moi sur la banquette, je suis sûr et certain qu'elle serait déjà partie en trombe et qu'il serait heureux de la prendre en chasse.

— Tu le sais. Et je prendrais un malin plaisir à recommencer.

Elle laisse échapper un bruit de dégoût, mais n'ajoute rien de plus. Je peux sentir son avidité, et elle me file une trique d'enfer.

— Ne prétends pas être flattée. Tu ne veux pas de Liu. Tu ne désires personne d'autre. Commence déjà par le reconnaître. Je te veux. Tu me veux. Cesse de te comporter comme une gamine, et nous pourrons tous passer à autre chose.

En déglutissant, elle soutient mon regard. Le sien s'assombrit, tout comme l'expression de son visage, avant qu'elle ne fende l'air et ne crache :

— D'accord.

— Waouh.

— D'accord ?

Elle hausse les épaules.

— Oui, d'accord. Je te désire. Tu es très sexy, et notre première partie de jambes en l'air était bonne.

Elle fronce le nez.

— La seconde, pas tellement, mais nous avons tous nos moments de faiblesse.

— Putain ! laisse échapper Desmond dans un rire.

— Droit dans les *cojones*, ajoute Jordy. Ce n'était pas très gentil.

— Tu ne m'as pas offert d'orgasme. Et simplement pour que tu le saches, je suis pour les deuxièmes chances dans la vie, mais ne t'attends pas en obtenir une troisième.

Son rictus est cruel, et, tandis qu'il se transforme en avertissement, sa lèvre supérieure se recourbe pour mettre en valeur ses dents. Un feu ravageur brûle en elle. Je lui renvoie son sourire.

— D'accord. Je vais tâcher de m'en souvenir.

— Assure-t'en, oui.

J'avale ma nourriture. Le métabolisme des métamorphes brûle plus rapidement les calories. En quelques minutes à peine, Des, Jordy et moi avons englouti nos repas. C'est alors que je remarque qu'Isa a à peine touché au sien. Elle a peut-être mangé la moitié d'un morceau de poulet et quelques frites. Elle me surprend à l'observer fixement et détourne le regard.

— Je croyais que tu avais faim ?

Elle hausse les épaules.

— J'avais faim. Mais ça ne me convient pas vraiment.

Ça me semble faux, et je flaire son mensonge. Elle n'essaie même pas de le dissimuler. Je ne la connais pas depuis très longtemps, cependant j'ai conscience qu'elle est plus mince que lorsqu'elle est arrivée au lycée. Je ne suis pas sa mère et je ne suis très certainement pas son Alpha. Elle peut très bien prendre soin d'elle-même, bien que je pense que mon loup hurle sous mon crâne en se mettant en colère puisque je ne m'assure pas qu'elle se nourrisse correctement.

— Alors, Isa, tu viens au match de football ce week-end ? lui demande Jordy.

Elle se redresse sur la banquette, et, lorsque Penny revient pour récupérer nos assiettes, Isa lui tend son plat presque intact sans un regard. Je fronce les sourcils, mais ne dit rien. Elle a besoin de se nourrir, mais peut-être qu'elle le fera lorsqu'elle sera de retour chez elle ? C'est sans doute une de ces filles qui n'aiment pas manger devant les autres. D'habitude, les métamorphes se fichent très bien de ce genre de choses, mais je ne sais pas, peut-être qu'elle est différente.

— Ce n'est pas dans mes projets...

— Tu dois y aller. Si tu es l'une des nôtres, alors tu dois être présente. Tu n'as pas d'excuses. Le match aura lieu vendredi soir à 19 heures. Prévois d'y être.

Elle se mord la lèvre inférieure, puis se fige lorsque mon pouce tire dessus. Je plonge mon regard dans le sien.

— Viens au match.

— Est-ce que c'est un ordre ?

Je me lèche les lèvres.

— Et si c'est le cas ?

Elle hausse les épaules, en déchirant sa serviette en petits carrés.

— J'ai peut-être quelque chose de programmé.

Je grogne et l'attire contre moi. J'ignore pourquoi il m'est soudainement important qu'elle soit présente, mais c'est le cas.

— Tu n'as pas d'autre projet. Tu vas y aller. Fin de la discussion.

Elle n'ajoute rien, mais j'aperçois le petit sourire qui naît sur ses lèvres, et un sentiment de triomphe m'envahit.

Elle sera là.

CHAPITRE 21
ISABELLA

Je pénètre dans ma classe d'anglais avec quelques secondes d'avance, lorsqu'un visage inconnu s'arrête devant ma place.

— Hum... tu es Isabella, n'est-ce pas ? me questionne une fille.

— Isa, la corrigé-je.

Elle se glisse sur la chaise à côté de la mienne. Je comprends immédiatement qu'elle est une métamorphe. Une sorte de félin.

— Je suis Meiying.

Je fronce les sourcils. Elle me semble familière, pourtant je ne parviens pas vraiment à la situer.

— Euh, d'accord.

La cloche sonne et le dernier des élèves prend place, néanmoins il n'y a pas le moindre signe de Mme Brookes. Dès que le reste de la classe se rend compte qu'elle n'est pas présente, tout le monde commence à bavarder, à se déplacer dans la pièce et à lancer des boulettes de papier froissé.

Mon regard croise celui de Rafael. Je jure qu'il brûle à

travers moi. Un sentiment de chaleur prend vie dans ma poitrine, tandis que Meiying tente d'attirer mon attention d'un vague geste de la main.

— Alors, oui. Bonjour.

Je la dévisage avec interrogation.

— Bonjour.

— Je sais que nous ne nous sommes jamais parlé auparavant. J'avais envie de me présenter, mais tu me semblais légèrement indifférente et...

Ses yeux parcourent la salle.

— Peu importe. Je me demandais si tu avais un faible pour Zheng Liu.

Elle est sérieuse ?

— Pourquoi ? C'est ton cas ?

Je n'ai pas besoin de me retourner pour savoir que le regard de Rafael est toujours posé sur moi, toutefois je décide de l'ignorer, en accordant toute mon attention à ma camarade de classe. Elle étouffe un rire, ses boucles noires rebondissant autour de son visage en forme de cœur tandis qu'elle pose une main sur sa bouche.

— Quoi ? Non ! C'est mon frère.

— Ton frère ?

J'en perds le souffle. Elle ne sent pas du tout comme lui. Il y a bien quelques similitudes, mais c'est parce qu'ils viennent du même clan. Ce sont tous les deux des félins. Ils n'exhalent pas comme deux frères et sœurs. Elle ricane.

— Oui, désolée. Je n'aurais probablement pas dû commencer comme ça. J'ai cru que tu étais au courant.

Je secoue la tête.

— Non. Il n'a jamais mentionné qu'il avait une petite sœur, et tu n'es pas...

Je n'ai pas envie de l'offenser. Elle soupire.

— Zheng et moi ne sommes pas très proches. Il y a quatre

ans de différence entre nous, et nous avons deux pères différents. Maman est un tigre blanc, donc nous tenons ça d'elle. Mon père, lui, est un Bengale. Celui de Zheng est humain. C'est pour cette raison que nos odeurs sont si différentes. C'est un bon grand frère. Un peu absent, mais à quoi puis-je m'attendre ? Tu sais ?

Non. Je l'ignore. Je n'ai ni frère ni sœur.

— Cela fait donc de toi une...

— Première année. Oui.

— Et tu es dans ma classe parce que... ?

— Oh ! Je n'avais pas cours en première heure. D'habitude, je traîne à la bibliothèque puisque Zheng m'amène à l'école tous les matins, mais Mme Brookes m'a demandé de récupérer quelque chose pour elle afin de la seconder cette semaine, alors me voilà.

— Oh ! D'accord.

— Quoi qu'il en soit, alors... hum... c'est vrai ?

Je penche la tête sur le côté avant que sa question précédente ne me revienne.

— Oh ! non.

Je branle du chef.

— Nous ne sommes que des amis.

Son rictus se fane.

— Oh !

Pourquoi est-ce qu'elle s'en soucie ? Je tends la main et touche son avant-bras en lui offrant ce que j'espère être un geste rassurant.

— Ce n'est pas comme ça entre nous. De chaque côté. Tu n'as pas à t'inquiéter à propos de quoi que ce soit. Il est au courant que je ne cherche que de l'amitié.

Elle hoche la tête sans pour autant paraître convaincue.

— Est-ce que c'est à cause de...

Elle oriente son visage vers Rafael, et ses yeux en amande

se rétrécissent juste au moment où la porte de la classe s'ouvre. Je suis sauvée en n'ayant pas besoin de répondre.

— Bonjour à tous. Désolée pour le retard. Veuillez ouvrir vos livres à...

Le cours se déroule comme d'habitude. Meiying aide Mme Brookes en tant que son assistante cette semaine. Nous devons présenter un essai persuasif d'une dizaine de pages sur la manière dont les problèmes résultant de l'Éveil auraient pu être évités. Ce devrait être assez facile. Puis, avant même que je ne m'en rende compte, la cloche sonne, signalant la fin de la classe, et chacun se précipite en direction de la porte.

Je prends mon temps pour fourrer mes livres dans mon sac lorsqu'un sentiment familier provoque de la chair de poule à la surface de ma peau. Je lève les yeux et j'aperçois Rafael qui m'attend près de la porte avec son sourire carnassier plaqué sur le visage, alors même qu'il me contemple de la tête aux pieds en faisant tout pour ne rien masquer de son désir, son loup brillant dans son regard.

Quand je m'en approche, il me prend la main et me traîne derrière lui avant de me pousser dans la première salle de classe vide que nous rencontrons.

— Hé ! Que...

Ses lèvres tombent sur les miennes, et un petit gémissement m'échappe. Il pose une de ses mains sur ma hanche, tandis que l'autre remonte sous mes cheveux, m'attirant plus près de lui. Je me fige et, lorsqu'il pousse un bruissement contre ma bouche, je me fonds en lui. La cloche sonne. Aucun de nous ne s'écarte.

— Qu'est-ce que tu me fais ?

Je me cambre contre lui tandis que ses lèvres effleurent mon cou et que ses dents mordent ma clavicule.

— Tout ce qu'il me plaira.

Le bout de ses doigts glisse dans mon jean, il s'écarte pour croiser mon regard. Sa langue lèche ses lèvres, signe que ses phalanges s'approchent dangereusement de mon intimité.

— Rafael.

Je le contemple à travers mes cils. Puis il est là. Juste là. Ses doigts plongent en moi avant de ressortir rapidement pour tourbillonner autour de mon clitoris à l'aide de ma mouille.

— Je rattrape mes erreurs passées.

Il dit cela en affichant un rictus narquois. Je m'agrippe à lui, les muscles de ses biceps se fléchissant alors qu'il me titille habilement.

— Nous sommes censés être en cours, râlé-je pour la forme.

— Est-ce que tu me demandes d'arrêter ?

Je gémis et me crispe, afin de ralentir la progression de mon orgasme. Mon Dieu, non ! Je ne veux pas qu'il s'interrompe. Comme je ne réponds pas, il doit prendre mon silence pour un acquiescement puisqu'il retire sa main de mon jean. Je laisse échapper un grognement de protestation, et il ricane avant de m'embrasser pendant que ses mains s'activent pour déboutonner mon pantalon et le repousser plus bas sur mes cuisses, me laissant ainsi exposée à ses yeux.

Je laisse ma tête retomber contre le mur lorsqu'il enfonce deux doigts au plus profond de mon intimité. Il les fait alors bouger pour atteindre le bon endroit, et je frissonne entre ses mains. Il m'embrasse la mâchoire avant de faire traîner ses lèvres sur mon cou, sa main libre venant jouer avec ma poitrine. Il repousse le tissu extensible de mon haut, afin de se frayer un meilleur accès pour me pincer le mamelon droit.

Je soupire, mes genoux cèdent.

Il tourne autour de mon clitoris en accélérant ses mouvements. Je crie lorsque, sorti de nulle part, mon orgasme me frappe. Il pose sa paume sur ma bouche pour étouffer mes hurlements tandis que ses doigts prolongent ma jouissance.

— J'ai besoin de te baiser, déclare-t-il en me tirant vers

l'avant afin de me pencher sur le bureau le plus proche, mes fesses nues exposées.

Je frissonne, un geignement m'échappe lorsque j'entends le son révélateur de sa ceinture en train d'être défaite. Son jean glisse sur ses hanches.

— Préservatif ?

Il jure derrière moi.

— Je me retirerai.

Je suis sur le point de m'y opposer, mais il se presse contre moi, et je me laisse aller tandis qu'il glisse sa queue en moi en une seule poussée fluide. Nous gémissons à l'unisson lorsqu'il agrippe mes hanches pour me maintenir en place.

— Mon Dieu, que tu es merveilleuse, lâche-t-il.

Ses mains se resserrent autour de ma taille avec une force meurtrière pendant qu'il se retire et s'enfonce une fois de plus en moi.

— Tellement mouillée.

Je suis déjà haletante, à peine capable de reprendre mon souffle lorsqu'il me pilonne. Chaque poussée est plus forte que la précédente, jusqu'à ce que le bureau glisse sous moi sous la force de ses mouvements et crisse sur le sol. Je m'accroche au bord de celui-ci, tandis qu'il fiche ses ongles dans mes hanches.

Je hurle son nom, me perdant contre lui, oubliant complètement que nous sommes au lycée et que n'importe qui pourrait nous surprendre. Son bassin claque frénétiquement contre moi, et je sais qu'il s'approche de sa propre jouissance lorsque, tout à coup, il recule et que son sperme chaud atterrit sur mes fesses, dégoulinant sur l'arrière de mes cuisses.

Il frotte sa queue sur sa traînée de sperme avant de me frapper légèrement le cul avec. Je gémis en lui jetant un coup d'œil par-dessus mon épaule. Le rictus narquois de Rafael m'accueille alors qu'il observe mes fesses.

— Tu devrais vraiment nettoyer ça, suggère-t-il.

Mon regard s'assombrit. Il ricane.

— Je pourrais être persuadé de t'y aider sous certaines conditions.

Il renfile son pantalon avant de croiser les bras devant son torse, laissant son bouton ouvert, sans rien ajouter.

— Est-ce que tu as envie de recommencer ?

Il sourit.

— Chaque jour de la semaine.

— Alors, donne-moi quelque chose pour m'essuyer ou je ne te laisserai plus m'approcher.

— Tu dis ça maintenant, mais...

Des voix nous parviennent depuis le couloir. Des pas se rapprochent ! Merde ! Tout le monde est censé être en cours.

— Maintenant, Rafael.

Heureusement, il fait ce que je lui demande et trouve un rouleau d'essuie-tout dans un placard, avant de m'aider à me nettoyer et de jeter le tout dans la poubelle. Je remets mon jean et l'ajuste au moment où la porte s'ouvre et où les yeux bruns de Sabrina Hampton croisent les miens.

Elle observe la scène, son regard s'assombrit en découvrant nos vêtements froissés ainsi que mes cheveux indisciplinés. Quand Rafael se rapproche de moi, ils se noircissent davantage et je ne peux m'empêcher de sourire.

— Est-ce que tu as besoin de quelque chose ? s'enquiert-il sans se soucier le moins du monde qu'elle sache exactement ce que nous avons fait. Tu viens de nous interrompre.

— On vous a tous entendus baiser au camp, se moque-t-elle en s'adressant à moi. Tu grognes comme un rhinocéros agonisant.

Ma fougue prend le dessus, consciente que Rafael est à mes côtés. Mes yeux s'obscurcissent, et je laisse mon animal prendre le dessus. Je n'ai pas le temps pour ces conneries aujourd'hui. Je lui adresse un rictus, exposant mes dents, et j'éprouve un immense sentiment de satisfaction lorsque l'odeur de sa peur teintée d'appréhension emplit la pièce. Elle pivote et s'en va aussi rapidement qu'elle est arrivée. Rafael se penche, me frappe les fesses et me lance un regard significatif.

— Si c'est à ça que ressemble un rhinocéros mourant, je suis prêt à l'entendre de nouveau. Bientôt.

Je frissonne en réponse au désir flagrant présent dans ses yeux tandis que Rafael sort de la pièce à son tour. Je décide de faire un arrêt par les toilettes. Un regard sur l'une des horloges dans le couloir m'indique qu'il ne reste que dix minutes avant que la cloche ne sonne pour annoncer l'heure du déjeuner, alors je décide de flâner un peu et de ravaler mon embarras.

Je me lave les mains et asperge mon visage d'eau avant de me passer les doigts dans les cheveux pour pouvoir les lisser. La porte s'ouvre derrière moi, mais je n'y prête pas attention. J'entends deux séries de pas distincts s'approcher. Je penche la tête sur le côté. Trois, en réalité.

J'écoute distraitement, en attendant que les sons se dirigent vers les toilettes. Au lieu de cela, leurs bruits s'intensifient et viennent prudemment dans ma direction. L'instinct me retourne l'estomac tandis que l'adrénaline se répand dans mes veines lorsque mon ventre entre en collision avec l'évier de porcelaine.

Putain !

Je me stabilise avant de me tourner pour faire face à mes agresseurs. Je me demandais quand les hostilités allaient commencer. Alors qu'une tête blonde apparaît devant mes yeux, de l'aconit m'est jetée au visage, me brouillant l'odorat et m'aveuglant momentanément.

Elles doivent se moquer de moi.

Un grognement monte en moi pendant que je me

concentre sur les trois battements de cœur erratiques présents dans la pièce, marquant chaque personne comme une proie éventuelle. En clignant rapidement des yeux, j'ignore la sensation de brûlure et me concentre sur mes autres sens.

— Tiens-la. Dépêche-toi.

Il s'agit d'une voix familière. Deux paires de bras m'agrippent, mais ni l'une ni l'autre ne sont capables d'égaler ma force. Avec un peu d'effort, je parviens à m'échapper de leur étreinte et m'éloigne d'elles. Tandis que je mets de la distance entre nous, ma vision s'éclaircit, et je perçois les deux expressions inquiètes de filles que je ne reconnais même pas. La troisième personne presse un morceau de métal froid sur mon cou par-derrière et se précipite pour prononcer une incantation.

Le métal me brûle. Je tombe au sol. Mon esprit se vide tandis qu'une cacophonie résonne dans mes oreilles. Je ne peux pas bouger. Mes membres refusent de coopérer, comme si la connexion entre mon âme et mon corps avait été rompue.

Un poing s'abat sur mon visage tandis que je relève les genoux. Un autre choc m'atteint et me fait tomber au sol, ma tête heurtant violemment le plancher. Les coups de pied pleuvent ensuite. De trois directions différentes. La douleur explose en moi. Je serre les dents, en forçant la souffrance à refluer dans les confins de mon esprit alors que je lutte contre les liens mentaux de la magie. La panique me retourne l'estomac pendant que je me bats pour libérer ma louve de ce que cette sorcière m'a infligé.

Je sens mes os se briser. Une de mes côtes est très certainement cassée.

Un pied frôle ma gorge, frappant ma peau exposée. Un grognement s'échappe d'entre mes lèvres tandis que je me redresse sur mes jambes, ignorant la torture infernale juste sous ma poitrine. J'attrape la première personne à proximité et enroule ma main autour de sa gorge. Deux grands yeux surpris rencontrent les miens. Je balance l'inconnue dans le mur, sans même prendre la peine de regarder son corps s'effondrer avant d'atteindre ma prochaine victime.

— Espèce de salope stupide, crie Sabrina.

Je l'ignore en repoussant le visage de la seconde fille contre l'évier. Elle pleure en s'effondrant au sol, alors qu'une mince traînée de sang apparaît dans sa chevelure. L'odeur du fer remplit mes narines. C'est enivrant. Ma louve exige que je les fasse souffrir. Que je les fasse regretter de s'en être prises à moi. J'en veux davantage. Plus de sang. Plus de douleur.

Je me retourne pour affronter Sabrina, la cheffe de ce petit trio, et mes doigts me démangent, impatients que mes griffes se libèrent. Je souhaite la mordre, la griffer et lui faire du mal. J'ai envie de me baigner dans son sang et de hurler à la lune pour annoncer sa mort.

Je ravale ma soif d'hémoglobine et tente de calmer mon animal.

Ses yeux scintillent de peur, ses pupilles s'élargissent. Elle tend la main dans son sac, ses doigts tâtonnant pour récupérer un objet qui, peut-être, seulement peut-être, pourra la sauver de ma colère. Je pivote vers l'avant, laissant ma louve inonder mon regard, et elle se fige comme un cerf pris dans les phares d'une voiture.

— Je... tu ne peux pas me blesser, bégaye-t-elle.

Je suis en mesure de percevoir les battements erratiques de son cœur. Je peux pratiquement sentir sa peur comme si c'était une chose tangible. Dans une main, elle tient une fiole d'un produit que je ne peux pas distinguer, mais quoi que ce soit, ça ne suffira pas.

Un sourire vicieux naît sur mes lèvres tandis que je fonce

sur elle et enroule ma main autour de sa gorge avant de la soulever dans les airs. Ses pieds pendent dans le vide, et ses ongles tentent de s'enfoncer dans ma peau.

Sa bouche s'ouvre et se ferme. Une fois. Deux fois. Trois fois. Comme un poisson agonisant qui cherche son air. Les deux filles derrière moi ne bougent pas. L'une d'entre elles est évanouie. L'autre est figée par la peur. J'inspire profondément afin de savourer l'odeur de sa frayeur.

Sabrina continue à lutter contre mon emprise, son visage rougi par la colère.

Je la secoue en avant jusqu'à ce que nos fronts se touchent presque. Je la laisse apercevoir le prédateur qui se cache à l'intérieur de moi. Elle écrase sa fiole contre ma poitrine. Je baisse les yeux. Le liquide bleu foncé se répand. Je marque un temps d'arrêt, en attendant que quelque chose arrive. Comme il ne se passe rien, je resserre mon étreinte et observe sa peau s'assombrir. Ses lèvres prennent une teinte bleuâtre. Son cœur ralentit et ses bras retombent sur ses côtés. Mes narines s'enflamment. L'odeur de son effroi est enivrante, mais je sais que je ne peux pas me concentrer là-dessus. Sa peur appelle mon loup et exige des représailles. Je branle du chef alors que la soif de sang menace de me consumer une fois de plus.

En forçant ma main à s'ouvrir, je la vois s'effondrer sur le sol. Elle soupire, tousse et s'étouffe en essayant désespérément de faire revenir l'air dans ses poumons. J'attends. Quelques secondes, puis quelques minutes. Je me tiens là patiemment, à jeter un coup d'œil vers ses amies qui n'ont toujours pas bougé, même pas pour l'aider, alors que cinq longues minutes se sont écoulées.

Lorsque Sabrina retrouve enfin son sang-froid, elle me dévisage. Je cligne des yeux, mais elle ne bronche pas. Tout est flou. Je prends une profonde inspiration par le nez, et une odeur piquante envahit mes narines.

C'est quoi ce bordel ?!

J'observe ma poitrine et peux à peine apercevoir les taches de couleur sur ma chemise.

Merde ! Je suppose que ça a marché.

Ma tête tourne tandis que je me force à rester debout. Je jette un coup d'œil dans sa direction comme si je pouvais encore distinguer son regard.

— Je ne suis pas une proie facile, crié-je. La prochaine fois que vous déciderez de vous en prendre à moi, je ne me donnerai plus la peine de contenir ma louve. C'est compris ?

Elle ne répond rien, mais opine du chef.

— Des mots, Sabrina. J'ai besoin de mots pour savoir que tu peux m'entendre.

La nausée me gagne. Il faut que je sorte d'ici.

— O... oui.

— Bien.

Je me dirige vers la porte au moment où la cloche sonne. Mes doigts tremblent lorsque je cherche la poignée. En la trouvant, je sors dans la foule du couloir. Ma tête tourne, et je sais que je suis à quelques secondes à peine de m'effondrer. J'inspire par la bouche et serre les mains pour les empêcher de trembler.

Tête baissée, je m'efforce de marcher en ligne droite, en comptant sur mes autres sens pour éviter de m'écraser sur n'importe qui. Merde ! Je crois que je vais vomir. La pièce à ma droite semble déserte, et je passe mes doigts le long du mur en marchant jusqu'à atteindre la poignée de porte. Je trébuche à l'intérieur, tanguant jusqu'à une poubelle que je tiens rapidement contre ma poitrine.

L'acide me brûle la gorge et menace de faire remonter le contenu de mon estomac. Finalement, les larmes remplissent les coins de mes yeux, tandis que je rends mon petit-déjeuner.

La prochaine chose que je constate, c'est qu'un garçon

s'accroupit à mes côtés et qu'une main réconfortante me caresse le dos. Je tressaille à ce contact. Je ne l'ai même pas entendu entrer. Je n'ai pas perçu son arrivée. Rien.

— Qu'est-ce qui se passe, Isa ? Ça va ? s'enquiert Zheng.

Mes épaules se décontractent de soulagement en reconnaissant sa voix. Je tends la main pour le tenir à distance tandis que je soulève la poubelle, mon estomac désirant se décharger un peu plus bien qu'il soit vide. Lorsque mes nausées s'arrêtent, je me laisse tomber sur le sol et me passe les mains sur le visage. Je penche ma tête contre le mur, et j'essaie de maîtriser ma respiration et de calmer la panique qui me traverse. Ce que cette stupide sorcière m'a infligé me donne envie de ramper dans un trou et d'y mourir. J'ai les mains qui tremblent.

— J'ai besoin...

Je branle du chef alors que je me force à former une phrase cohérente.

— J'ai besoin de ça.

Je déboutonne ma chemise, la fais passer par-dessus ma tête. Zheng jure.

— Qu'est-ce que tu fiches ?

Je me griffe la poitrine, en sentant encore la magie sur ma peau.

— Aide-moi à l'enlever.

En comprenant ce que j'insinue, Zheng se précipite brusquement hors de la pièce. Il revient une minute plus tard et presse un chiffon trempé sur mon torse. Je le lui attrape des mains et frotte ma peau jusqu'à avoir l'impression qu'elle va se décoller. Avant que je ne puisse reposer le tissu, il guide ma main vers le bas de ma gorge. Je comprends ce qu'il veut dire.

— Je pense que tu as tout enlevé.

Il reprend le linge et le remplace par un autre. Je l'utilise pour me nettoyer le visage avant de le faire glisser sur mon cou et mon sternum, en m'assurant qu'il ne reste plus la moindre trace de la substance bleue.

Quelques minutes passent, et ma vision s'éclaircit lentement. Le soulagement m'emplit de toutes parts. C'est encore flou, mais plus comme avant. Plutôt que des taches de couleur géantes, je commence à distinguer ce qui m'entoure. La porte s'ouvre et Desmond entre, ses yeux se posant immédiatement sur moi.

— Qu'est-ce qui se passe ici ?

Il se précipite vers moi.

— Qu'est-ce que tu as fait ?

Il tourne son regard vers Zheng qui se relève et recule de plusieurs pas.

— Rien ! Elle est venue se cacher ici en ressentant les effets de la magie. Je l'ai simplement suivie pour voir si elle avait besoin d'aide.

— Où est sa chemise ?

Zheng désigne l'endroit où je l'ai jetée, et Des pousse un juron. Il retire la sienne, exposant son torse bronzé et ses muscles. Si je n'étais pas autant dans le gaz, je prendrais quelques secondes pour apprécier la beauté de son corps, mais je parviens avec peine à garder les yeux ouverts, la lumière ne contribuant qu'à aggraver mon mal de tête.

Il me propose sa chemise, et je l'enfile en murmurant un merci. Une fois qu'elle est sur moi, il me tend la main, mais je branle du chef et me remets toute seule sur mes pieds. J'utilise le bureau pour me stabiliser tandis que mes côtes hurlent en signe de protestation et que ma tête tourne. La nausée monte de nouveau en moi, mais cette fois pas à cause de la sorcellerie. Je grince des dents, sachant que le Lyc-V qui coule dans mes veines travaille déjà pour réparer les dégâts. Toutefois, les os ne se ressoudent pas en quelques minutes comme des égratignures ou des bleus. Ça prendra au moins quelques jours.

La porte s'ouvre une deuxième fois et Jordy entre.

— Yo, Des. Qu'est-ce qui te prend… merde !

Je lève la tête et croise son regard écarquillé.

— Quelqu'un ferait mieux de commencer à parler avant que Rafael n'arrive.

La porte s'ouvre sur ces entrefaites et laisse apparaître Rafael. Jordy renifle.

— Trop tard.

Rafael m'observe et ses yeux s'assombrissent.

— Qu'est-ce qui t'est arrivé ?

— Rien.

Je hausse les épaules, mais ce simple mouvement me pousse à grimacer.

— Rien ?

Il s'approche, la main tendue. Il me caresse la joue et me fait pivoter la tête d'un côté puis de l'autre. Il m'examine ensuite à l'aide de ses doigts. Je siffle lorsque ces derniers atteignent mes côtes.

— Ça n'a pas l'air d'être rien.

Il ouvre ma chemise et observe chacun de mes os jusqu'à trouver celui qui est cassé. La fureur inonde ses yeux, qui se parent d'argent liquide. La colère émane de lui tandis que je peux apercevoir le conflit présent sur son visage. Il combat son loup.

— Putain, Isabella ! s'exclame Jordy.

Et merde, je me rends compte que nous devons prendre cela au sérieux parce qu'il ne m'appelle jamais par mon prénom complet. C'est toujours Isa ou Vanille. Je déglutis en remettant mon haut en place.

— Ce n'est rien.

Quatre paires d'yeux désapprobateurs croisent mon regard.

— Je l'ai maîtrisée.

— Tu t'en es chargée ?

Je dresse le menton en réponse à la question de Desmond.

— Oui.

Rafe n'a toujours pas bougé. Ses mains sont crispées et ses narines gonflent. Tout son corps vibre, et je sais qu'il lutte pour ne pas se transformer.

— Tu ferais mieux de commencer à t'expliquer, m'intime Jordy. Nous avons besoin de savoir qui pensait pouvoir s'en prendre à toi.

Je secoue la tête. Je ne peux pas le leur révéler. Il est clair qu'aucun d'entre eux n'a encore envisagé les ramifications. Mais moi, si. Je suis une louve non-affiliée qui vient d'être attaquée par une sorcière qui, elle, est reliée à beaucoup de gens. Je ne peux pas riposter. Tout ce dont je peux me contenter ici, c'est de survivre.

— Peu importe. C'est une égratignure. Ça guérira.

Je suis moins inquiète pour ma côte cassée que par la substance qu'elle m'a jetée dessus. Cependant, je ne peux pas leur en parler. Sinon, ils perdront complètement l'esprit. Je dois rester calme.

Rafael m'a dit que je lui appartenais, mais cela ne fait pas pour autant de moi un membre de la horde. Il ne peut donc pas me défendre. Pas contre quelque chose de cette ampleur. Je n'ai pas envie d'être la cause d'une guerre entre sorcières et métamorphes, et c'est exactement ce qui arrivera si l'un des loups essaie de se venger.

Sabrina est du genre mesquin et méchant, et je sais qu'elle doit être furieuse de ne pas avoir obtenu ce qu'elle voulait. Je ne m'attendais pas du tout à une attaque comme celle-ci, mais en y réfléchissant, après l'incident du couloir, j'aurais dû la voir venir. Je ne commettrai pas cette erreur de nouveau.

— Donne-moi un nom, m'ordonne Rafael.

Je secoue la tête et m'immobilise lorsque la pièce tourne.

— Non. Ce n'est pas la peine de dramatiser. Tu dois

t'occuper des soucis de la meute, tu te souviens ? Je n'en fais pas partie, donc ce n'est pas ton problème. Je peux gérer ça.

— Tu es l'une des nôtres ! grogne Jordy.

— Peu importe. Je ne fais pas partie de la horde. Vous ne comprenez pas ?

Zheng se racle la gorge. Nous nous tournons tous vers lui.

— Elle vous protège. Si vous vous impliquez, cela deviendra un conflit entre factions. Que penserait ton père, Rafe ? Entrerait-il en guerre pour une louve solitaire ?

Rafe pince les lèvres en poussant un grognement. Zheng lève ses mains face à lui.

— Je ne prétends pas qu'elle n'en vaut pas la peine.

Son regard se braque sur moi pour s'assurer que je comprenne, ce qui est le cas. J'opine du chef et il poursuit :

— Songe seulement à la manière dont cela va se passer. Celui ou celle qui s'en est pris à elle possède de la magie. Sorcière, druide, fae, n'importe lequel d'entre eux aurait pu l'attaquer. Je ne peux rien sentir à part la merde magique avec laquelle elle a été frappée. Est-ce que tu en es capable ?

Le grondement qu'émet Rafael est féroce lorsqu'il se penche vers moi pour inspirer. Il éternue et se frotte le nez.

— Merde ! Non. Je n'inhale rien à part la puanteur dégoûtante de la sorcellerie.

Jordy commence à arpenter la pièce.

— Merde ! Putain ! Il a raison, Rafe !

Une lueur argentée brille dans le regard de Rafael.

— Pour ta gouverne, tu n'es pas n'importe qui, je vais trouver qui t'a infligé ça.

Je hausse les épaules.

— Bonne chance. Ne t'attends pas à ce que je vous aide.

Son air renfrogné s'assombrit tandis qu'un énième grognement remonte de sa gorge.

— Écoute, je viens seulement d'avoir le plaisir de vomir

mon petit-déjeuner et j'aimerais me laver la bouche. Pouvons-nous clôturer ce spectacle ?

Je passe devant eux et me dirige vers la porte, reconnaissante que personne ne se précipite immédiatement pour me suivre.

CHAPITRE 22

RAFAEL

—Elle a été attaquée, déclare Jordy dès qu'Isa a quitté la pièce.

Un reniflement derrière nous nous incite tous trois à tourner la tête en direction de Zheng qui secoue la sienne en serrant les dents.

— C'est une façon de souligner l'évidence. Je me demande qui est responsable de tout ça.

— Qu'est-ce que c'est censé vouloir dire ?!

J'avance vers lui, mais il ne tremble pas, ce qui ne fait qu'énerver mon loup.

— Tu es parfaitement conscient de ce que ça signifie, Rafe. Ou as-tu oublié que nous étions amis ? Je sais comment ça fonctionne sous ton crâne. Tu crois que j'ignore que tu voulais qu'elle soit visée lorsqu'elle est arrivée ici ? Que vous avez semé de petites graines dans l'école afin de lui rendre la vie difficile ?

Il lève brièvement les yeux vers le plafond en ricanant de manière moqueuse. Puis il enfonce un doigt dans mon torse en grognant.

— Et c'est toi qui as placé une cible sur son dos.

Il secoue la tête.

— J'ai peut-être mes démons, mais au moins, je ne suis pas un connard égoïste comme toi.

Il sort de la salle de classe, me laissant chancelant après sa dernière déclaration.

— Merde ! hurlé-je ensuite.

Mes deux amis croisent mon regard.

— Nous n'avons pas vraiment réfléchi à la façon dont les filles réagiraient lorsque tu l'as revendiquée.

Desmond essaie de me rassurer, mais nous savons tous que ce que Zheng vient de raconter est vrai. Je suis responsable. C'est ma faute. Celle de personne d'autre. J'étais conscient de ce qui allait se passer et je l'ai quand même fait. J'ignorais peut-être que des filles s'abaisseraient à une agression magique, mais j'aurais dû me douter que c'était une éventualité.

Stupide. Je suis tellement stupide.

— Je dois m'occuper de ce problème.

Personne ne conteste mon choix. La question est maintenant de déterminer comment. Jordy se frotte la nuque.

— Je n'ai très certainement pas arrangé la situation lorsque j'ai exhorté tout le lycée à s'en prendre à Sabrina. Ça pourrait être des représailles de sa part. Elle ne peut rien contre nous, mais...

— Mais elle peut s'en prendre à Isa parce qu'elle n'est pas un membre de la meute. Putain ! Et maintenant, voilà qu'elle nous protège comme j'aurais dû le faire dès le début.

Je secoue la tête. J'ai merdé.

— Nous avons besoin de plus d'informations. Si Sabrina l'a attaquée, je m'en chargerai, mais nous devons en être sûrs à 100 %. Nous ne pouvons pas risquer de soucis entre factions. Il faut garder tout ça secret.

Jordy fronce les sourcils.

— L'un de nous devra rester avec Isa à chaque instant.

— Comment sommes-nous censés gérer cette situation ?

Je lui demande ça alors que la colère grimpe en moi. Elle a été blessée. Quelqu'un a posé sa main sur ma copine pour lui faire du mal. Le responsable va payer.

— Isa ne va pas nous être d'une très grande aide sur ce point, ajoute Jordy.

Je ne peux pas m'empêcher d'être d'accord avec lui.

— Rafe, sommes-nous certains de vouloir nous engager dans cette voie ? m'interroge Des.

Je lui lance un regard noir, l'homme comme le loup en moi sont surpris par sa question :

— Tu te fous de ma gueule ?!

Il lève les deux mains en un geste d'apaisement.

— Écoute-moi, reprend-il, sa voix dénuée d'émotions. Elle ne fait pas partie de la meute.

— Que...

— Je t'ai dit de m'écouter, grogne-t-il.

Je ravale ma colère et j'attends. Il soupire.

— Isa ne fait pas partie de la meute.

L'entendre le répéter me pousse à grincer des dents. J'ai envie de découvrir qui lui a infligé ça et je vais m'assurer que ça n'arrive plus. Tout le monde dans ce lycée doit savoir que s'en prendre à ma copine ne peut pas rester impuni.

Isa Romero est à moi.

— Nous n'avons aucun motif officiel de représailles. Nous devons la jouer intelligemment.

— Alors, qu'est-ce que tu proposes ?

La colère de Jordy est presque similaire à la mienne. Sa peau ondule de son besoin de se transformer, et ses yeux brillent d'argent liquide. Il tient à peine debout.

— Garde ton loup sous contrôle, aboyé-je.

Il serre les dents, mais finit par acquiescer après avoir pris une grande inspiration. Il crispe tous ses muscles pour se maîtriser.

— Ça va ?

— Oui. Ça va.

Nous nous tournons tous les deux vers Des et lui intimons en silence de poursuivre. Il souffle, mais obéit.

— Nous devons être certains à 100 % de l'identité de la personne qui l'a attaquée avant de tenter quoi que ce soit.

Je hoche la tête, plus que conscient des conséquences qu'une erreur pourrait nous coûter. Mon Dieu, il y aura forcément des répercussions, même si nous agissons correctement.

— Et nous devons la convaincre de se joindre à la meute.

Je me fige en entendant les paroles de Des. Mon loup, quant à lui, se redresse avec un intérêt plus que flamboyant. Jusqu'à présent, je n'avais jamais imaginé qu'Isa puisse intégrer la horde Southwest. Et maintenant, je n'ai pas la moindre idée de la raison pour laquelle je n'y ai pas pensé avant.

— Oui. Bien sûr, murmure Jordy. Si Isa rejoint la meute, cela résoudra notre plus gros problème. Ça la rendra intouchable. Personne n'osera s'en prendre à elle si elle est vraiment des nôtres.

Des opine du chef, mais il semble toujours crispé.

— Connais-tu sa situation ? Pourquoi a-t-elle quitté sa meute et s'est-elle retrouvée ici ?

Je hausse les épaules.

— Seulement quelques bribes.

Je suçote ma lèvre inférieure en me demandant ce que je peux leur avouer. Une partie viscérale en moi souhaite garder la confiance d'Isa, mais mon côté le plus primitif est prêt à tout mettre à nu si c'est ce qu'il faut faire pour la garder en sécurité.

— Tout ce que je sais, c'est que sa mère est morte.

Jordy pousse un juron.

— Et que son père est Brian Kline.

— Le trou du cul de l'alliance humaine ? s'enquiert Des.

Je hoche la tête.

— Oui. Quand sa mère est décédée, je suppose qu'il a été appelé. On ignore totalement pourquoi ou qui l'a contacté, mais il l'a réclamée et voilà. Je ne sais pas pour quelle raison, ou même si sa meute a voulu la laisser tomber. Je sais cependant qu'elle connaît à peine son père. Il n'était pas présent pour elle durant son enfance.

Desmond et Jordy réfléchissent tous les deux, et c'est finalement Des qui prend la parole.

— Kline ne la laissera jamais intégrer la meute. Pas tant qu'elle est encore mineure. Il déteste bien trop notre espèce.

Il branle du chef.

— Putain ! C'est logique maintenant !

— De quoi tu parles ?

— De la raison pour laquelle ton père feint de ne pas être informé pour elle, pourquoi il n'a pas exigé qu'elle se présente à la meute ou, à tout le moins, au clan des loups. Ça doit être une sorte d'accord entre lui et Kline. Tu connais ton père. Il n'aurait jamais laissé un loup non affilié si proche de son territoire. Elle est déjà allée chez Suzy. Tu sais qu'il est au courant. Cet homme a des yeux et des oreilles partout. C'est pourquoi il est un si bon Alpha.

Il n'a pas tort. Je me suis demandé pourquoi mon père ne parlait pas d'elle, mais j'ai été si préoccupé ces derniers temps que je n'ai même pas pris la peine de lui poser la question.

— Alors, que faisons-nous ? s'intéresse Jordy.

— Nous attendons, indiqué-je, ma détermination s'installant en moi. Elle aura 18 ans dans quelques mois. La convaincre qu'elle doit rester au lieu de retourner dans sa meute va être assez compliqué. Nous devons utiliser notre temps jusqu'à son anniversaire pour découvrir qui lui a causé du mal, et pour lui donner suffisamment de raisons de ne pas partir.

Nous sommes des loups et nous pouvons agir comme des chasseurs très patients lorsque c'est nécessaire.

— Une fois que nous aurons découvert le coupable, nous commencerons à planifier notre prochaine action. Mais nous devons d'abord la mettre dans notre giron. Elle doit être sous la protection de la horde, sinon tout cela nous explosera au visage.

Ils hochent tous les deux la tête.

— Est-il possible que ton père lui accorde le statut d'amie de la meute ? suggère Des.

Je grimace. Il est fort douteux qu'il ignore volontairement son existence, même sur son propre territoire.

— Aucune idée. Je vais le questionner avant le match, et nous partirons de là.

Nous nous en allons ensuite à la recherche d'Isa, mais elle est introuvable. Elle n'est pas dans le réfectoire ni dans sa prochaine salle de classe. Après avoir exploré pendant vingt minutes d'affilée, j'apprends par la réception qu'elle s'est absentée pour le reste de la journée. Une partie de ma tension s'échappe. Au moins, chez elle, je n'ai pas à m'inquiéter que quelqu'un s'en prenne à elle.

J'en informe mes potes lorsqu'on se retrouve après le lycée, et nous mettons un plan au point pour la suivre le lendemain. Je me chargerai d'elle avant l'école et pendant la première période. Je l'accompagnerai en attendant la deuxième, et Des s'en occupera jusqu'à la troisième. Jordy étudie juste à côté de son dernier cours à elle, donc il aura les yeux dessus le temps qu'elle entre dans sa salle, et j'irai la chercher ensuite.

Nous ne devrions pas avoir à nous préoccuper de ce qui lui arrive en classe. Personne n'est aussi stupide. Et durant la dernière période, je sais que Zheng sera avec elle. Je n'aime pas l'idée de devoir compter sur cet enfoiré, mais, quel que soit son motif, il semble se soucier d'elle et, heureusement, il n'y a pas de sorcière dans ce cours.

C'est un plan solide, et je devrai m'en contenter, bien que je ne puisse pas me chasser de la tête l'image de son corps blessé. Chaque fois que je ferme les yeux, j'aperçois son visage. Ses yeux injectés de sang. Sa lèvre inférieure qui tremble. Son lourd sentiment de détermination. C'est comme une dague qu'on m'enfonce dans l'estomac, lorsque je pense à sa côte cassée. Quelqu'un lui a fait du mal. Si elle n'était pas une métamorphe, si elle ne possédait pas le virus de la lycanthropie, elle aurait pu finir gravement blessée ou pire. Et même si du Lyc-V coule dans ses veines pour guérir sa blessure, je sais par expérience que ça engendre toutefois une putain de souffrance. Nos gènes métamorphes ne permettent aucunement d'atténuer la douleur.

Dès que j'arrive dans le complexe de notre meute, je gare ma voiture, je me déshabille et je me transforme. Mon dos se cambre et mes os craquent, pourtant je savoure la souffrance, puisque ma colère et ma frustration m'aident à accélérer la métamorphose. Lorsqu'elle est effective, je suis hors d'haleine, et mes membres tremblent de ce changement trop rapide, mais je ne m'accorde même pas un moment pour reprendre mon souffle avant de m'élancer à travers les bois entourant ma maison.

Je cours rapidement et implacablement, me perdant face aux bas instincts de mon loup et permettant ainsi à mon esprit animal de prendre les rênes. Je file jusqu'à ce que mon corps soit épuisé et que mon esprit se vide, en sachant que je ne peux pas entrer dans l'enceinte jusqu'à ce que je me sois calmé. Ma rage n'atteint plus des sommets.

Ma mère me connaît trop bien, et je sais qu'elle me posera des questions. Je ne suis pas prêt à y répondre. Mon âme est en guerre contre elle-même. Contre le besoin de protéger Isa. J'ai conscience que tenter quoi que ce soit pour l'aider serait un mauvais geste. Elle ne fait pas partie de la meute, et cette dernière doit toujours passer en premier.

Entreprendre quoi que ce soit en réponse à l'attaque mettra en péril les relations avec les autres métamorphes. Et pour quoi ? Une étrangère ?

Mais peu importe combien de fois je me le répète. Combien de fois je rappelle à mon loup qu'elle ne nous appartient pas. Qu'elle n'est pas de la meute. Ni l'homme ni l'animal ne semblent s'en soucier. La seule chose dont nous nous préoccupons, c'est de la faire nôtre. Le besoin viscéral de la voir, de savoir qu'elle est en sécurité me pousse à m'immobiliser. Ma poitrine se soulève à chaque inspiration alors que je force mon corps à reprendre forme humaine. Cette fois, la mutation est bien plus lente. Mes muscles sont douloureux, mes articulations craquent et mes os se réalignent.

Mes doigts s'enfoncent dans le sol tandis que je chasse la souffrance persistante et que je me redresse sur mes pieds. Putain ! Je me passe une main dans les cheveux, en ignorant la saleté que je suis en train d'y mettre.

Mon loup souhaite la réclamer. D'une manière permanente. Ce n'est pas quelque chose d'habituel. Toutefois, ça ne change rien au fait que j'ai besoin de la voir, et le reconnaître me conduit à éprouver toutes sortes de choses auxquelles je ne veux même pas penser.

Je sais qu'elle est dans sa maison. Qu'elle est en sécurité. Je dois laisser cette nécessité insatiable de la regarder s'en aller, mais, putain, j'en suis incapable. Je serai distrait jusqu'à ce que je sache sans l'ombre d'un doute qu'elle va bien.

***

Quarante minutes plus tard, j'arrive chez elle... si on peut considérer ce lieu ainsi. J'ai l'adresse grâce à cet enfoiré de Zheng. Il n'a pas été ravi de me la donner, mais ce n'est pas comme si je lui avais laissé le choix. Le domicile d'Isa doit être proche des 100 m² ou plus. Il y a des piliers jumeaux qui flanquent la porte d'entrée et des fenêtres massives du sol au toit de tous les côtés de la bâtisse. La pelouse est parfaitement entretenue, et des rosiers entourent le périmètre. Cet endroit rivalise même avec le complexe de la meute Southwest au niveau de la taille, ce qui n'est pas peu dire, parce que notre bâtiment abrite pas moins de soixante-cinq métamorphes. Il y en a davantage qui vivent dans des maisons de clans environnantes. Ça me paraît complètement dingue. Cette grande demeure pour seulement deux personnes ?

Pendant une minute, je reste comme un con devant, à fixer la porte d'entrée comme si, par la force de mon esprit, je pouvais la faire sortir. J'appuie sur la pédale d'accélération, le bruit de mon moteur résonnant dans la rue, et un mouvement à l'une des fenêtres du deuxième étage attire mon regard.

Isa apparaît entre les rideaux rose pâle, et j'incline la tête. Elle soupire et referme les rideaux.

J'attends. Elle sait que je suis ici. Elle va venir.

Quelques minutes plus tard, elle tire la porte d'entrée derrière elle. Elle porte un jean blanc et un sweat à capuche surdimensionné, elle s'arrête à côté de ma voiture en fronçant les sourcils.

— Qu'est-ce que tu fous ici ?

Elle repousse ses cheveux derrière ses oreilles, ses yeux sont encore rougis, mais la tension présente plus tôt sur son visage semble avoir disparu. Mes épaules se détendent tandis que je penche la tête en direction de la portière passager.

— Monte.

Elle branle du chef.

— Qu'est-ce que tu veux, Rafael ? Tu ne devrais pas te mêler des affaires de la meute ou quelque chose comme ça ?

J'essaie d'atténuer mon irritation face à son refus.

— Non, tout est réglé. S'il te plaît.

Elle ne bouge toujours pas.

— Grimpe dans cette putain de voiture, Isabella.

Le fait de prononcer son prénom entier semble lui soutirer une réaction, et, en poussant un juron, elle ouvre la portière et glisse à l'intérieur de l'habitacle.

— Mets ta ceinture.

Elle obéit. Dieu merci.

Nous roulons en silence pendant les dix premières minutes avant que je ne la conduise vers l'autre côté de la ville, là où les rues de banlieue se transforment en chemin de gravier, tandis que nous avançons en territoire métamorphe.

— Où est-ce que nous allons ?

Elle me pose cette question au moment où je m'arrête devant une maison familière, nichée à l'arrière de la propriété tentaculaire de deux cents acres de la meute.

— Chez moi.

Je ne sais pas vraiment pourquoi je l'amène ici. Elle n'appartient pas à la meute. Elle n'a rien à faire là. Cependant, je veux qu'elle soit à mes côtés. J'ai besoin de savoir qu'elle va bien.

Je m'arrête dans l'allée d'une bâtisse comportant trois chambres, de style ranch, et je gare ma voiture sur le parking.

— Allez.

Isa sort lentement du véhicule. Elle semble très crispée, et je ne manque pas de remarquer qu'elle titube. Merde ! J'ai oublié sa côte. Je dois m'assurer qu'elle soit bien maintenue pendant qu'elle est là. Elle scrute son environnement avec intérêt, ses yeux se posant sur tout ce qui nous entoure.

— C'est là que tu vis ?

Je hoche la tête, guettant la moindre réaction de sa part, mais tout ce que je distingue, c'est une curiosité ouverte. Je laisse échapper un soupir. Il n'y a pas le moindre jugement dans son regard lorsqu'elle découvre le stuc extérieur recouvrant ma maison ou que la porte de garage est grande ouverte, et que ce dernier ressemble à un deuxième salon rempli de canapés dépareillés avec une table de billard au milieu. J'ai conscience qu'elle n'a pas vécu longtemps avec Kline, mais j'ignore toutefois comment était sa vie avant. Je ne sais pas si ce que je possède est comparable à l'environnement dans lequel elle a grandi. Je n'ai pas honte de mon domicile. Il me convient parfaitement. Mais quelque chose me force à m'inquiéter à son sujet. Je me soucie de savoir si je suis suffisant pour elle.

Une voiture arrive derrière nous, le gravier craque tandis qu'elle ralentit jusqu'à s'arrêter. La portière côté conducteur s'ouvre, et une voix s'exclame :

— Qu'est-ce qu'il y a pour le dîner ?

Jordy se dirige droit vers nous. Putain de bâtard bruyant.

— Qu'est-ce que...

— Nous sommes voisins, lui dis-je à mesure qu'il s'approche. Sa maison est juste ici, à travers les arbres.

Je désigne sa demeure partiellement dissimulée sur notre gauche. Si on y regarde de plus près, on peut apercevoir la grande baie vitrée et la porte peinte en jaune. Un rappel constant d'une époque où la mère de Jordy était encore là. Avant qu'elle ne quitte la meute et tous ses enfants avec à peine un regard en arrière.

— Jure-moi que ta mère va me nourrir. Ton père me tue avec ses patrouilles de douze heures, et j'ai besoin de quelques putains de calories avant que mon estomac ne décide de me manger.

— Allons-y, *cabrón*. Voyons ce qu'elle a préparé.

Isa nous suit, et, dès que nous entrons, nous sommes enveloppés par l'odeur grisante de la cuisine de ma maman.

— Mamé ! crié-je.

Je suis persuadé qu'elle ne peut pas être loin, et son ouïe de métamorphe a dû percevoir notre arrivée, mais je ne peux m'empêcher de l'appeler chaque fois que je rentre. Je jette un coup d'œil dans la cuisine, soulève le couvercle d'une grande marmite et découvre des tamales chauds et fumants.

— Hijo, *no toques*.

Ne touche pas, m'avertit-elle en arrivant.

J'ai envie de lui demander ce qui ne va pas, parce que ma mère ne fait que très rarement des tamales. Lors de vacances comme l'Action de grâce ou Noël, ou quand mon père est contrarié à propos de quelque chose... habituellement en ce qui me concerne... et qu'elle essaie d'arranger les choses de la seule manière qu'elle connaisse. Avec de la nourriture. Mais avant que je ne puisse lui poser quelque question que ce soit, elle remarque Isa et son regard s'écarquille de surprise.

— Tu as ramené une fille à la maison ?

Son accent est épais, mais son anglais est parfait tandis qu'elle observe Isa de la tête aux pieds et qu'un large sourire prend vie sur son visage. Putain ! Je n'y avais pas songé.

— *Mija*, laisse-moi te contempler.

Ma mère attire Isa vers elle, sans même prendre la peine de se présenter ou de lui offrir un bonjour avant de la faire tournoyer sur elle-même.

— Une nouvelle louve !

C'est une déclaration, pas une question, alors je ne dis rien.

Isa accepte tout ça comme si c'était parfaitement normal, un rictus hésitant plaqué sur la figure alors qu'elle pivote pour faire face à ma mère. Ma mère est une petite bonne femme, encore plus menue qu'Isa, qui est déjà minuscule par rapport à moi.

— Tu es magnifique, lui lance-t-elle en se penchant pour embrasser sa joue.

Isa lui retourne la politesse.

— Merci. Je suis Isabella.

Sa voix est faible, son sourire authentique.

— Et depuis combien de temps fréquentes-tu mon fils ?

Je gémis, Jordy ricane.

— Mamé !

— Quoi ? Une mère devrait savoir ce genre de choses. Tu ramènes une fille magnifique à la maison, une louve qui plus est, et je n'ai pas le droit de poser des questions ?

Je secoue la tête.

— N'effraie pas la première fille que je te présente.

— Désolé, madame Castillo, Isa est à moi.

Jordy lance son bras autour de ses épaules. Le froncement de sourcils de ma mère est immédiat, ce qui me déclenche un éclat de rire.

— Dis-lui que tu vas le nourrir, si tu veux qu'il te la rende.

Ses yeux, entourés par des rides dues à son âge, brillent de malice tandis qu'elle sourit. Jordy grogne.

— Pas cool, frangin. Pas. Cool.

Je soutire Isa à ses bras en prêtant attention à ses blessures. Elle vient volontiers vers moi, et je la blottis contre mon corps afin de la conduire à notre table. Je meurs tout autant de faim que Jordy. Il ne plaisantait pas lorsqu'il a indiqué que nos patrouilles de douze heures sont meurtrières. Entre cela et les cours, je trouve à peine assez de temps pour manger, dormir et prendre une douche.

Lorsque Isa est de retour auprès de ma mère, les yeux inquiets de cette dernière croisent les miens tandis qu'elle fait un petit geste pour poser silencieusement la question que je sens poindre. Je secoue la tête. Je ne sais pas trop comment répondre. Elle est ravie qu'Isa soit une louve. Nous n'avons pas beaucoup de femelles dans notre clan, c'est pourquoi chacune d'entre elles est fortement protégée. Mais elle est également préoccupée par la manière dont Isa est arrivée ici. Elle s'inquiète de la raison pour laquelle elle ne l'a pas vue auparavant alors que je la fréquente clairement depuis un certain temps. J'aimerais avoir des explications à lui fournir. Et son manque de connaissance signifie que, peu importe l'accord entre mon père et Kline, elle n'est pas au courant. Il n'est pourtant pas du genre à garder des secrets envers sa compagne.

Je branle légèrement du chef en espérant qu'elle laisse tomber. Du moins pour l'instant.

Heureusement, elle choisit de me faire confiance et affiche un hochement de tête satisfait, avant de retourner face à la cuisinière pour préparer trois assiettes, pendant que nous nous asseyons. En quelques minutes, le riz, les haricots et les tamales sont posés devant nous. Je n'hésite pas à me jeter dessus. Jordy mange comme s'il était affamé, ce qui lui vaut un sourire radieux de la part de ma mère ainsi qu'une seconde tournée. Elle ne mangera pas avant que mon père ne soit rentré, donc, après s'être assurée qu'on se soit tout bien installés, elle se retire dans sa chambre.

Le complexe se trouve sur la même étendue de terre, mais comme tous les Alphas de notre clan, il passe plus de temps là-bas que chez lui. Il a essayé de convaincre ma mère d'emménager dans l'enceinte. En prétextant que cela rendrait la vie bien plus commode, mais elle refuse. Elle souhaite qu'il y ait une certaine séparation, ne serait-ce que pour le bien de sa santé mentale. Et je ne peux pas prétendre que je la blâme pour cela. J'ai envie de savoir ce qui s'est passé. Étaient-ils en train de ressasser une vieille dispute ? J'ai pourtant conscience que les affaires de notre famille doivent rester privées et qu'elle serait gênée si j'abordais la question devant nos invités. Alors, j'attendrai pour lui parler.

Durant les premières minutes, nous nous concentrons sur notre nourriture. Les bouchées d'Isa sont petites, sa mastication presque méthodique comme si elle savourait réellement. J'ai remarqué qu'elle ne mange pas beaucoup au lycée, mais elle se rattrape en cet instant, donc il ne me semble pas y avoir de raison de s'inquiéter.

— Tu es un trou du cul tellement chanceux, déclare Jordy, en engloutissant son sixième tamal.

Je souris.

— Estime-toi heureux que je te supporte, sinon tu pourrais passer à côté de tout ça.

Je ricane.

— C'est vraiment délicieux, déclare Isa.

— Meilleur que mes *albondigas* ?

Elle rougit.

— Je ne sais pas. C'est une question difficile. Je ne suis pas certaine de pouvoir trancher.

— Les tamales de la mère de Rafael. Haut la main. Elle n'en prépare que deux fois par an. Je tuerais pour ça.

Je décide de l'ignorer en me penchant vers Isa pour capturer sa bouche en un rapide baiser. Lorsque je recule, ses yeux sont élargis et incertains, tandis que ses doigts touchent ses lèvres.

— Pourquoi ce baiser ?

Je hausse les épaules.

— Parce que j'en avais envie.

Jordy, qui a raté cet échange, parle des plats incroyables de ma mère et du fait que je suis un bâtard avide qui ne partage pas assez souvent. C'est souvent une blague entre nous, mais je sais qu'il y a aussi derrière ses paroles un pan d'honnêteté douloureuse. La mère de Jordy est partie quand il avait 7 ans, laissant derrière elle son mari et quatre enfants. C'est quelque chose de pratiquement inédit chez les métamorphes. Les louves, et même les loups, n'abandonnent pas leurs petits. Pourtant, elle l'a fait. Jordy a deux frères aînés et une petite sœur. Et disons simplement que son père n'est pas du genre domestique.

Mais Jordy a toujours été le bienvenu ici, et ma mère adore nourrir cet enfoiré. Pendant que nous mangeons, Isa se détend, ses sourires apparaissent plus facilement tandis que Jordy et moi parlons en gémissant au sujet des patrouilles. De temps à autre, elle me jette des regards interrogatifs. Je me doute qu'elle s'attend à ce que je lui demande ce qui s'est passé à l'école, mais j'ai envie qu'elle soit à l'aise dans un premier temps. J'attends également que Desmond arrive. J'ai le sentiment que je vais avoir besoin de toute l'aide possible afin d'obtenir ce dont j'ai besoin de la part d'Isa.

Lorsque nous avons terminé notre repas, je conduis Isa jusqu'au garage et l'attire à côté de moi tandis que Jordy prend place sur le canapé opposé, l'expression désormais plus grave. Le soleil se couche, et une brise fraîche flotte à travers l'espace ouvert, apportant l'odeur des pins apaches environnants.

— Comment va ta côte ?

Je pose cette question en soulevant l'ourlet de son pull et en trouvant un bandage serré au milieu de son ventre. C'est bien. Isa redescend son vêtement et fronce les sourcils.

— Ce n'est rien. C'est déjà guéri.

J'accepte son mensonge, en sachant que si je la pousse dans ses retranchements, ça ne conduira qu'à aggraver la situation. Dès que l'Escalade noir de Des se gare dans l'allée, Jordy se déplace pour lui faire de la place. Notre ami sort en portant un pantalon noir et une chemise noire boutonnée avec les manches retroussées. Il se dirige dans notre direction, et Jordy pousse un sifflement.

Des ne réagit même pas. Le voir vêtu ainsi n'est pas si inhabituel. Sa famille est du genre à s'habiller convenablement pour le dîner et à utiliser de la porcelaine chic, alors j'apprécie qu'il soit venu ici tout de suite après et qu'il n'ait pas pris inutilement le temps de se changer. Ses parents ont été transformés, ils ne sont pas nés métamorphes. Et ils semblent s'accrocher à leurs vies humaines avec des griffes finement acérées. Je n'ai jamais compris.

Ils aiment souvent sortir du rang pour agir de manière humaine. Comme si cela allait les absoudre d'être désormais des métamorphes. Des n'a pas les mêmes problèmes de conscience puisqu'il est né loup. Cependant, je sais de source sûre que nous nous efforçons tous d'être à la hauteur des attentes de nos parents.

Il s'assied sur le canapé et me jette un regard qui signifie « et maintenant, quoi ? ».

— Qu'est-ce qui se passe ?

L'intonation d'Isa est empreinte de méfiance. Je glisse mes doigts dans mes cheveux en soupirant.

— Nous devons savoir qui t'a attaquée aujourd'hui.

Elle commence à se lever. Je la force à se rasseoir et à s'approcher de moi.

— Tu ne peux plus t'enfuir. Quelqu'un t'a blessée, et nous voulons découvrir de qui il s'agit.

— Pourquoi est-ce que vous vous en souciez ? murmure-t-elle. Je ne fais pas partie de la meute.

— Est-ce qu'elle se moque de moi ?

— Je m'en préoccupe parce que tu es ma...

— Je ne suis rien pour toi.

En serrant les dents, j'agrippe son visage et la force à croiser mon regard.

— Nous en avons déjà parlé. Tu es à moi. Tu es ma nana. Tu as compris ?

Elle déglutit, sans pour autant me répondre.

— Celui qui t'a fait du mal doit s'attendre à ce que je réplique.

— Que *nous* ripostions, me corrige Des.

— Pourquoi ?

J'ouvre la bouche pour lui répondre, mais elle me coupe la parole.

— Et oui, j'ai saisi. Tu es un trou du cul possessif. Je suis à toi jusqu'à ce que tu décides que je ne le sois plus. Je suis au courant. Mais nous en avons également discuté...

Elle désigne l'espace entre nous en fronçant les sourcils.

— Et nous avons tous les deux convenu que c'était uniquement pour le plaisir. Nous passons simplement du bon temps ensemble. Tu n'as pas besoin de me la jouer Alpha protecteur. Je peux prendre soin de moi. Si vous vous impliquez, cela ne contribuera qu'à créer davantage de problèmes.

Silence.

Personne ne prononce rien lorsque je croise son regard, en prétendant que ça ne me dérange pas le moins du monde de l'entendre dire que ce qui se passe entre nous importe peu. Comme elle l'a précisé, nous nous contentons de nous divertir. Je n'entretiens pas de sentiments pour une fille que je connais à peine, et il en va apparemment de même pour elle. Bien.

Mon loup hurle en signe de protestation. Je l'ignore.

Je relâche mon emprise sur sa mâchoire avant de lui laisser une ecchymose et de lui soutirer un roulement d'yeux exagérés.

— Arrête ça, Vanille. Si je suis incapable de protéger ce qui m'appartient, comment puis-je m'attendre à ce que quiconque me prenne au sérieux ? J'ai une réputation à maintenir. Un futur Alpha n'est certainement pas un lâche.

Jordy ouvre la bouche pour ajouter quelque chose, mais je lui adresse un regard meurtrier, ce qui parvient à lui clouer le bec. Le froncement de sourcils d'Isa est bientôt suivi par un soupir.

— Je peux gérer ça toute seule.

— Évidemment. Puisque tu as déjà effectué un excellent travail à ce sujet.

— Est-ce que vous allez laisser tomber ?

Nous secouons la tête tous les trois.

— Nous le découvrirons d'une manière ou d'une autre. Pourquoi es-tu si inflexible dans ta volonté d'affronter tout cela toute seule ? insiste Desmond.

— Parce que j'en suis capable. C'est mon problème. Vous exagérez. Ce n'est pas parce que trois sorcières ont décidé…

— Trois ?

Jordy saute sur l'occasion, et les yeux d'Isa s'écarquillent lorsqu'elle comprend son erreur.

— Des noms, Isabella, s'obstine-t-il.

— Je ne connais même pas leurs noms à toutes, murmure-t-elle en croisant les bras devant sa poitrine comme une enfant têtue.

— Peut-être pas tous, mais au moins un, n'est-ce pas ?

Elle soutient mon regard. Je souris.

— Peut-être.

Je choisis de demander à mes amis de sortir.

— Pouvez-vous nous accorder une minute ?

Ils opinent du chef et retournent à l'intérieur. Une fois qu'ils sont partis, je fais pivoter Isa vers moi et l'attire plus près jusqu'à ce que sa poitrine soit pressée contre mon corps. Je passe mon pouce sur sa mâchoire avant de le glisser contre sa lèvre inférieure.

— Qui t'a attaquée ?

Son regard me supplie de laisser tomber, alors j'opte pour une autre tactique en écrasant mes lèvres sur les siennes. Elle me rend immédiatement mon baiser tandis que je l'attire sur mes genoux et que ses jambes chevauchent ma taille. Elle bascule contre moi, et je durcis instantanément dans mon pantalon. Je dévore sa bouche en buvant ses doux gémissements. Lorsque je romps enfin le baiser, je pose mon front contre le sien, nos poitrines se soulevant, ses petites mains accrochées au tissu de ma chemise.

— Qui ?

J'essaie de nouveau, en l'embrassant une fois de plus, puis je m'éloigne.

— Dis-le-moi, Isa.

Elle geint et embrasse mes lèvres. Au lieu de cela, je recule et décide de laisser une traînée de baisers sur son cou.

— Isa ?

J'effleure sa peau de mes dents. Elle frissonne.

— Allez, bébé. Un nom. Révèle-moi qui t'a fait ça, et je t'aiderai à tout oublier.

— Sabrina, craque-t-elle.

Je souris triomphalement avant de lui empoigner les fesses. Je me relève, j'enroule ses jambes autour de ma taille tout en me dirigeant vers la porte, et je frappe pour fermer le garage afin de nous offrir un semblant de vie privée. Des et Jordy comprendront ce qui se passe lorsqu'ils entendront le bruit de la porte et s'assureront qu'on ne soit pas interrompus.

CHAPITRE 23
ISABELLA

Il est en train de m'envahir. L'incident de la salle de bain remonte à quelques jours, et l'un des loups est toujours à mes côtés. Je sais qu'ils agissent pour me protéger, mais ça devient agaçant. Je ne peux même pas me rendre aux toilettes sans que l'un d'entre eux essaie de me suivre. La première fois que je suis allée faire pipi, j'ai dû pousser Jordy hors de la pièce, mais pas avant qu'il soit entré en trombe pour virer tout le monde et s'assurer que ce soit sans danger.

C'est une bonne chose que je n'aie pas à m'inquiéter de ma réputation ici, parce qu'un gars qui vide des toilettes avec force ne signifie généralement qu'une seule chose. Même Zheng se montre très attentif et reste dans les parages jusqu'à ce qu'il repère un des loups, puis il s'opère alors une sorte de passage de témoin. Je ne sais pas s'ils ont mis au point les détails de mon baby-sitting ou si c'est un truc de mec tacite, mais j'ai hâte que cela soit terminé. Le point positif dans tout ça, c'est que j'ai réussi à me faire une copine.

Meiying Liu a décidé, puisque Zheng et moi sommes amis, qu'elle et moi devrions l'être aussi. D'autant plus que nous sommes les deux seules métamorphes à Hellbound High. Elle prétend que c'est notre devoir de rester ensemble, et je ne m'en plains pas. Elle est impertinente, pleine de courage et m'aide très certainement à faire passer le temps.

Sa présence me rappelle à quel point Selena me manque, mais ce n'est pas une relation qui a une chance d'être réparée. C'est simplement sympa d'avoir une amie de nouveau.

— Le match de football du lycée a lieu aujourd'hui, et c'est tout ce dont l'école parle.

— Tu viens toujours, n'est-ce pas ? me demande Jordy.

J'opine du chef en m'asseyant à côté de Rafael à la table du déjeuner. Il m'attire à lui. Je penche ma tête sur son épaule, me sentant plus fatiguée que d'habitude. Je picore ma nourriture sans vraiment fournir d'efforts pour manger, avant de repousser mon plateau en direction de Desmond qui a déjà fini le sien.

— Tiens, tu en as plus besoin que moi.

Il sourit et s'empare de mon hamburger, qu'il avale en à peine quatre bouchées. Je ne me soucie pas de masquer mon rire. Des représente pratiquement un broyeur à ordures lorsqu'il s'agit d'aliments. Ils le font tous. Je sais que je devrais probablement essayer de manger un peu, mais cette simple idée me donne envie de vomir.

J'ai perdu encore davantage de poids, et mes vêtements commencent à flotter sur mon corps. Entre le manque d'appétit, mon métabolisme de métamorphe et mon jogging presque quotidien, je m'amincis. J'ai encore des courbes, mais une partie de la graisse que j'avais sur le ventre et au niveau des cuisses a disparu, non pas que je m'en plaigne.

— Pourquoi est-ce que tu n'avales rien ? s'enquiert Rafael.

Je dois reconnaître que sa question me surprend. Meiying m'évite d'y répondre en choisissant ce moment pour se positionner à mes côtés, en posant son plateau sur la table dans un geste brusque.

— Argh, est-ce que tu peux croire ça ? grogne-t-elle
pratiquement.

Je lève la tête pour lui lancer un regard interrogateur. Elle
lève les yeux au ciel.

— Georgia. Elle traîne partout autour de Zheng, c'est
écœurant. Je ne peux pas la supporter.

Je jette un coup d'œil de l'autre côté de la cafétéria et
aperçois effectivement Georgia derrière Zheng. Ses bras sont
enroulés autour de son cou, sa poitrine pressée contre son dos.

— Je suppose que tu n'es pas sa plus grande fan ?

Elle feint le dégoût.

— Certainement pas. C'est une garce, qui n'arrête pas de
rôder autour de lui parce qu'elle pense que ça va le rendre
jaloux.

Elle désigne Jordy du doigt avant d'enfoncer une frite dans
sa bouche, sans jamais quitter son frère des yeux.

— Moi ?

Jordy paraît furieux et horrifié à la fois.

— Je ne souhaite rien de tout ça.

Je lève ma bouteille d'eau pour en avaler une gorgée au
moment où Meiying renifle.

— Tu traînais autour d'elle ce week-end : je ne suis pas
aveugle, et tu n'étais pas très discret. La prochaine fois, ne
sautez peut-être pas tous sur le même os lorsque vous êtes au
Rabble Roll.

Je m'étouffe sur ma gorgée d'eau, et Rafael me tapote le dos
avant que ma toux ne s'apaise.

— Tu as couché avec ce piranha ? lui demandé-je.

Jordy dévisage mon amie avec un air menaçant.

— Pas cool, bébé Liu.

— C'est dégueulasse. Ne m'appelle pas comme ça.

— Attends. Tu as vraiment embrassé Georgia Draven ?

Jordy soupire, et Rafael ne retient plus son sourire.

— Ce que bébé Liu a oublié de mentionner, c'est que le Rabble Roll est un bar. J'étais ivre, elle m'a agité sa putain de poitrine sous les yeux et elle a profité de moi.

Je siffle.

— Puréééée !

À quel point pensent-ils que je suis stupide ? Les métamorphes ne peuvent pas être ivres. Du moins pas le niveau d'ébriété dans lequel on risque d'être exploité.

— Au moins, j'apprends de mes erreurs. Tu couches toujours avec ce connard.

Rafael lui jette un regard noir, et Meiying ricane. J'embrasse Rafael sur la joue, et ses yeux s'adoucissent instantanément.

— Il se trouve que j'aime bien ce connard, riposté-je, et tous ceux présents autour de la table étouffent un bâillement.

Je lève les yeux au ciel avant de voler une frite sur le plateau de Meiying pour la jeter sur Jordy qui réussit à l'attraper dans sa bouche.

— Alors, le match ? me demande Jordy en essayant de détourner l'attention bloquée sur lui. Avec qui vas-tu venir ? Je ne crois pas que ce soit une bonne idée que tu y ailles seule.

Je montre des signes d'agacement, mais je remarque le grognement de Rafael. Je suppose qu'il n'avait pas pensé à cela.

— Ça va aller. Rien ne s'est produit depuis l'incident des toilettes, et rien n'arrivera. Vous êtes devenus comme fous tous les trois avec Sabrina, et elle m'évite depuis.

Toutes les têtes se tournent pour observer l'endroit où elle est actuellement assise, seule, à prendre son déjeuner en ayant l'air miséreuse. Les trois loups m'adressent un rictus suffisant. Dès que Rafael a appris que Sabrina était derrière mon attaque, il s'est comporté comme un homme des cavernes et a pris à part chaque métamorphe du lycée pour que tous répandent son nouveau statut de paria. Il a réussi à mettre les vampires et les faes de son côté, et a même contacté le clan de sorcières locales, les informant de l'attitude de Sabrina et de la manière dont cela allait à l'encontre de ce que Hellbound High est censé représenter. Il leur a fait croire que la foi de son père dans cette petite expérience était remise en cause, et les sorcières lui ont rapidement assuré que de tels agissements ne se reproduiraient pas de la part de leur clan et que Sabrina serait réprimandée pour son rôle dans l'agression.

Elle est désormais un paria social. Je me sens presque mal à ce sujet. Ses propres amies l'ont abandonnée, et le lycée tout entier prétend qu'elle n'existe pas. Les gens passent devant elle sans même lui jeter un coup d'œil. J'ai remarqué que même certains de nos professeurs agissent ainsi. Je ne sais pas comment les loups ont réussi une telle prouesse, mais ils l'ont fait.

— Pas question.

Rafael branle du chef.

— Tu ne peux pas y aller seule. Nous ne serons pas en mesure de...

— Je n'ai pas besoin de protection...

— Je peux t'accompagner, déclare Meiying.

Tous les regards se braquent sur elle.

— Je croyais que tu détestais le football.

Je suis étonnée parce qu'elle s'est plainte au moins quatre fois de la stupidité du match à venir.

— Bien sûr.

Elle se tourne vers Desmond.

— Mais ça ne me dérangerait pas de voir celui-ci manquer une interception épique, afin de pouvoir me moquer de lui pour les prochaines années.

— C'est peu probable, dit-il.

J'ignore ce qui se passe entre ces deux-là. Probablement rien parce que Des aura 18 ans dans quelques mois et que

Meiying est seulement une étudiante de première année. Dès que ce dernier sera diplômé, il ne sera plus considéré comme mineur, ce qui signifie que Meiying sera définitivement hors limites. Mais elle a l'air d'avoir l'intention de courir après lui, bien qu'il l'ignore habituellement.

***

Rafael me fait m'arrêter juste à l'extérieur de la porte menant à mon troisième cours de la journée, et plante un baiser vorace sur mes lèvres qui me coupe le souffle.

— Ne sois pas en retard ce soir, m'intime-t-il.

— As-tu soudainement peur que je ne vienne pas ?

Je lui pose la question en m'agrippant à mon bracelet. Il sourit.

— Non, je sais que tu seras là, mais cela ne nuit jamais d'avoir des certitudes.

J'ignore pourquoi ce match est si important pour lui, pourtant c'est le cas, et je ne compte pas le laisser tomber. Je retire mon bracelet et prends sa main dans la mienne. Je le lui enfile alors.

— Considère cela comme une assurance. Il est précieux à mes yeux. Tu pourras me le rendre lorsque je te retrouverai au stade.

Il m'offre un lent baiser qui me sidère avant de s'écarter.

— À plus tard, bébé.

Vendredi soir arrive bien trop rapidement. Je suis assis dans le vestiaire, et je peux à peine entendre ce que dit le coach tandis qu'il nous offre son petit discours d'encouragement avec quelques avertissements soigneusement formulés, avant que nous nous précipitions sur le terrain. Le match de ce soir est censé démontrer que nous pouvons travailler ensemble sans nous entre-tuer. Que ce petit projet a un réel potentiel.

Dans cet esprit, nous devons agir proprement. Sans faire de coups bas. Chose que je me répète comme un mantra. Et surtout, nous ne devons pas utiliser de forces mortelles. Les deux équipes sont composées de métamorphes, de vampires, de druides, de faes, et d'une poignée d'humains suffisamment courageux pour s'avancer sur le terrain à nos côtés.

Je resserre mes lacets, et mon regard croise celui de Des. Nous hochons la tête de conserve, tous deux prêts à sauter sur le terrain et à veiller l'un sur l'autre. Ce soir est un grand événement. Il y a beaucoup en jeu. Par exemple, si nous vainquons, nous gagnerons le respect de notre Alpha et ramènerons un trophée pour la meute Southwest. Les équipes sont peut-être également divisées et les factions entremêlées, mais notre quart-arrière et Des font de nous une équipe lupine. Celui de notre adversaire est un vampire, ce qui la désigne en tant qu'équipe de vampires. Peu importe comment le lycée essaie de tourner les choses, ça se résumera toujours à des métamorphes contre des vampires, et, pour ma part, je refuse d'être du côté des perdants.

C'est également ce soir que je vais présenter Isa à mon père. C'est la première étape de notre plan pour qu'elle rejoigne la meute. Je n'ai pas encore eu la chance de lui parler d'elle. Pas au vu de la manière dont il a été occupé cette semaine à traiter les affaires du clan. Mais je sais qu'il doit se passer quelque chose. Il y a bien une raison pour laquelle elle est ici, sans pour autant être déjà membre de notre horde. J'ignore ce qu'il a accepté ou la raison pour laquelle il a consenti à quoi que ce soit en premier lieu, mais je suis persuadé qu'une fois qu'il la rencontrera, il comprendra pourquoi elle a besoin de devenir l'une d'entre nous. Il remarquera à quel point elle est vulnérable en tant que louve solitaire et il prendra la bonne décision.

En l'ayant de notre côté, il ne me restera plus qu'à la convaincre, ce qui ne devrait pas être difficile. Pas une fois qu'elle se sera rendu compte qu'elle aura été admise et que son loup pourra reconnaître la présence d'un Alpha. Je me demande si elle se souvient de ce que cela fait. De savoir sans l'ombre d'un doute que l'on est entouré. Que la meute sera toujours là pour assurer nos arrières.

Une fois qu'elle fera partie des nôtres, nous pourrons la protéger. Nous serons à même de garantir que personne ne pensera à la blesser de nouveau. Et peut-être que l'on sera également capables de se venger si on en arrive là. Elle ne craindra plus rien. J'en soupire de soulagement. C'est tout ce que je désire à l'heure actuelle. C'est ce dont j'ai besoin. De savoir qu'Isa Romero est en sécurité.

Notre entraîneur pour la nuit – Rourke – nous parle sans cesse de sa fierté à l'égard de chacun d'entre nous. De la façon dont nous avons travaillé dur pendant le seul entraînement auquel nous avons été forcés de participer. Puis il nous hurle de ne pas merder ce soir et nous menace d'expulsion si nous utilisons notre force particulière. Son discours est accueilli par des ronchonnements et de nombreux yeux levés au ciel, mais il s'efforce de les ignorer.

Jordy m'assène un coup de coude dans les côtes, un sourire plaqué sur le visage alors qu'il suce un Palerindas... quelque chose de vraiment pas très bon. Personnellement, je ne supporte pas cette gourmandise, mais Jordy en est dépendant et en a toujours quelques-uns dans son sac.

J'attends que Rourke se dépêche de finir pour que nous puissions aller sur le terrain.

Depuis qu'Isa a été attaquée, mon loup est déchaîné, et ce soir constitue l'exutoire parfait pour évacuer mon agressivité refoulée. Je vais mettre l'équipe vampire en détresse et profiter de chaque minute de ce match.

Les lumières autour du stade illuminent le terrain tandis que des centaines de personnes dans les gradins nous observent tour à tour. Je jette un coup d'œil à la foule et n'aperçois pas encore Isa, mais je sais qu'elle sera là. Les sièges sont pleins, toutes les personnes de notre côté arborant du rouge et du noir avec des cornes de diable. La tribune de l'équipe adverse comporte encore plus de supporters, tous habillés en blanc et bleu, certains d'entre eux portant de fausses ailes en plumes.

Les capitaines d'équipe ont sélectionné nos mascottes pour ce soir. Des a choisi d'appeler notre équipe les Devils. Celle des vampires, dirigée par Malachi Stone, se nomme les Saints.

C'est amusant, je sais.

Je m'assure que le bracelet d'Isa est caché sous mon gant avant de suivre les autres au centre du terrain. Des agira comme notre capitaine et quart-arrière. Tous les regards seront braqués sur lui, car il devra nous fournir les ordres.

Je suis excité comme une puce et je rebondis sur le sol, prêt à faire mordre la poussière à nos adversaires. Un dernier regard vers les gradins me fait prendre conscience qu'Isa n'est toujours pas là, mais je me débarrasse de mon irritation dès que je vois mon père s'installer dans les tribunes. Je gonfle le torse et, lorsque Des nous demande de nous concentrer, j'obéis. Je sprinte sur la gauche, avant de tourner pour attraper la balle que je sais être dirigée vers moi. Mes mains entrent en contact avec le ballon, et je m'accroche à cette putain de chose comme si ma vie en dépendait avant de décoller directement vers les poteaux de but.

Je suis plaqué à vingt mètres de la zone des buts par un petit enfoiré rapide – un vampire qui, je m'en souviens vaguement, s'appelle Emerson –, mais je souris parce que nous avons pris beaucoup plus de place sur le terrain que nous aurions dû dans cette première période de jeu. On dirait que les vampires ne sont pas si doués au football américain après tout. Je sais que la plupart d'entre eux sont de vieux grands-pères qui n'y ont probablement jamais joué de leur vivant, contrairement au reste d'entre nous, qui avons tous pratiqué un moment ou un autre le football en grandissant. Nous avons donc très certainement l'avantage.

Nous sommes désormais à la fin du deuxième quart-temps et nous avons une avance de sept points. Le stade est bondé, ce qui rend plus difficile encore ma tâche de trouver ma nana parmi la foule, mais tandis que je m'assieds sur un banc, Desmond remarque la présence de la petite sœur de Liu.

— Bébé Liu est là. Isa doit l'être aussi.

J'opine du chef, scrutant la foule environnante à la

recherche de ses cheveux brun foncé. La place à côté de Meiying est vacante. Isa est peut-être allée aux toilettes ? Cette idée à elle seule suffit à me faire serrer les poings.

— Peut-être, est-ce que tu la vois ?

Il secoue la tête.

— Non.

— Moi non plus. Ce qui signifie qu'elle est partie quelque part toute seule.

Putain ! À quoi pensait-elle ? A-t-elle idée à quel point c'est dangereux pour elle en ce moment ? Combien de surnaturels sauteraient sur l'occasion de s'en prendre à une louve non affiliée ?

— Peut-être qu'elle est partie s'acheter un soda ?

— Je me fiche qu'elle ait besoin de chier. Elle connaît le marché. Elle n'est censée aller nulle part toute seule.

Il branle du chef, d'un air renfrogné qui m'apprend qu'il n'aime pas ça plus que moi, mais qu'il n'y a rien que nous puissions entreprendre tant que nous sommes sur le terrain. Rourke nous appelle dans les vestiaires pour notre discours d'encouragement de la mi-temps, et je n'ai pas d'autre choix que de suivre le reste de mon équipe. Les esprits s'échauffent lorsque nous revenons pour le troisième quart-temps.

Nous sommes en tête, et même les vampires de notre équipe prennent leur pied en démontant certains des leurs. La place à côté de Meiying est toujours déserte. Ça m'inquiète, avant de me mettre rapidement en colère lorsque je vois mon père se lever des tribunes, son téléphone à l'oreille, parce que, bien sûr, il ne peut pas rester jusqu'à la fin du match !

Je suis ses mouvements du regard tandis qu'il se dirige vers l'entrée fermée, et je rate les paroles de Des. Merde ! Je pars en espérant aller dans la bonne direction. Lorsque mon meilleur pote lance, je me rends compte que je me suis complètement trompé et que je dois faire preuve de vitesse pour atteindre ma cible. En usant de mon rythme de métamorphe, j'atteins le ballon. Mes doigts frôlent ce dernier, mais je le laisse tomber. Fort heureusement, un de mes coéquipiers fae est suffisamment proche pour le récupérer. Je m'écroule sur le terrain, arrachant un morceau d'herbe, tandis que je jure en courant vers la ligne de démarrage.

Le reste du match se passe de la même manière, mais je ne suis plus le seul à être affecté désormais. C'est comme si tout allait mal. Des rate une interception, et nous manquons le but. Jordy laisse passer deux coureurs, permettant aux Saints de marquer. Nous sommes toujours en tête, mais si on n'augmente pas notre score, il y a de bonnes chances pour que nos adversaires le fassent et que nous perdions. Il n'y a plus assez de temps pour que le ballon nous revienne. Je dois marquer maintenant.

Je connais le jeu. Nous avons revu certaines manœuvres un million de fois pendant l'entraînement. Je dois utiliser notre technique de salut. Celle que nous réservons aux situations désespérées, en sachant que nous ne pouvons l'employer qu'une seule fois.

Je me concentre sur ma respiration, en recourant à ma vision de loup pour rétrécir mon champ de vision et me focaliser sur l'endroit où je dois aller et sur la façon d'y arriver le plus rapidement possible. Il y a deux vampires et un fae qui m'observent, en essayant de déterminer si Des va me jeter la balle ou opter pour l'un de nos autres récepteurs.

Nous avons mis en place le jeu dans une formation de diffusion, en plaçant ainsi cinq récepteurs sur le terrain dans l'espoir de diviser l'attention de nos ennemis. Des lance le ballon à Sebban au moment où je cours à gauche pour intercepter la passe. Ce n'est pas infaillible, mais c'est la dernière chance que nous avons.

Mon père n'est toujours pas revenu, et je n'ai pas non plus aperçu ma copine.

En concentrant toute ma colère et ma frustration dans notre dernière opportunité, je sprinte sur le terrain, l'adrénaline se répandant dans mes veines. Mes mains touchent la balle tandis que je cours le long de la ligne.

Deux joueurs sont sur mes talons, et je n'ai personne de ma propre équipe, nulle part, pour me porter secours. L'un des trous du cul – un fae aux longs cheveux blonds – gagne de l'avance sur moi, mais avec le ballon glissé sous mon bras droit, je le pousse de ma route avec mon bras gauche, l'éjectant avec ma force de métamorphe, puis je marque un touchdown !

Mon équipe se presse autour de moi. Leurs casques frappent dans le mien, et leurs poings s'abattent sur mon épaule. Il reste moins d'une minute, et l'autre équipe n'aura plus de temps mort. J'encourage mes partenaires. Nous avons gagné. Nous allons manquer de temps, mais mon travail sur le terrain est terminé.

Je souris comme un idiot jusqu'à jeter un coup d'œil vers les tribunes. Meiying n'est plus là, et Isa non plus.

Mon rictus se crispe, mon loup grogne de frustration. Je me retourne vers les gars, en acceptant leurs félicitations, tout en me demandant : *Où est-elle ?*

Je suis en retard pour le match. Meiying devait me retrouver chez moi pour que nous y allions ensemble, mais quelque chose est arrivé, alors elle m'a envoyé un texto m'informant qu'elle me rejoindrait à l'école.

J'appelle une Ridez et j'opte pour la grand-mère la plus âgée de l'histoire des conducteurs de cette appli, qui roule le plus lentement du monde durant tout le trajet. J'arrive finalement sur place juste au moment où le premier quart-temps se termine, et je me rends dans les gradins là où Meiying m'a indiqué qu'elle m'attendait.

— Hé ! Désolée, je suis en retard.

Je m'installe dans le siège vide à ses côtés.

— Salut, Isa. Tu as l'air en forme, lance-t-elle, en jetant un coup d'œil à mon jean noir et à mon haut rouge sur lequel j'ai peint le numéro de maillot de Rafe, le quatre.

Je rougis.

— Ce n'était pas prévu, mais puisque ma côte a finalement guéri, je me suis dit, pourquoi pas ? Tu penses qu'il aimera ?

Elle agite les sourcils.

— Je pense qu'il va adorer.

Elle sourit avant de m'adresser un clin d'œil.

— C'est un trou du cul possessif, alors le fait que tu te sois marquée comme lui appartenant rendra son stupide loup heureux.

Je lève les yeux au ciel.

— Je ne me considère pas comme sienne, rétorqué-je. Je lui offre simplement mon soutien.

— Bien sûr que oui.

Nous ricanons toutes les deux, parce que, oui, je suppose que je m'affiche comme étant sienne, mais j'aime lui appartenir. Rafael me donne l'impression d'être désirée. Il me fait me sentir en sécurité.

— Oh ! ne me déteste pas, mais je vais peut-être devoir quitter le match un peu plus tôt.

Je jette un coup d'œil autour de moi, en comprenant instantanément que je n'ai personne d'autre avec qui traîner ici, si elle s'en va, mais j'ai promis aux garçons que je serais là, donc je vais m'y tenir.

— Ma tante a un problème personnel chez Suzy, m'explique-t-elle. Je n'y bosse habituellement pas, mais elle est dans le pétrin. C'est la raison pour laquelle j'étais en retard. J'ai remplacé après l'école une des filles dont la sœur est entrée en travail. Je peux rester pendant la majeure partie du match, mais je dois partir avant la fin du dernier quart-temps afin de pouvoir m'y présenter avant la foule. Elle attend plusieurs des joueurs après la rencontre.

— Oh ! je comprends tout à fait.

C'est génial, en réalité. Je ne serai pas seule pendant toute la durée du match. Simplement le temps d'une partie de la quatrième période. Pas de problème. Je jette un coup d'œil sur le terrain et je trouve immédiatement Rafael, le numéro quatre. Mon cœur s'accélère tandis que je le regarde courir sur le terrain, marquant pour les Devils. Le stade tout entier l'acclame, moi y compris. Je saute sur place comme une crétine en hurlant son nom dans l'espoir qu'il me verra. C'est complètement fou de les observer sur le terrain. Les humains et les druides restent la plupart du temps là à essayer de ne pas se faire écraser. Ce sont les métamorphes, les vampires et les faes qui dominent sur la pelouse.

Chacun utilise sa force et sa vitesse pour inscrire un but.

— Oh, tiens ! Je nous ai apporté ça pour rendre le jeu plus intéressant.

Meiying ouvre son sac à main pour me montrer des mini-bouteilles d'alcool cachées à l'intérieur.

— Tu as introduit de l'alcool dans le stade d'une école ?

Elle sourit.

— Comment étais-je censée agir autrement ?

Elle en sort deux et m'en tend une. Un mini-rhum Malibu. Je lève les yeux au ciel, mais l'accepte.

— À Desmond, pour qu'il rate une interception.

— Je ne peux pas trinquer à ça.

Elle hausse les épaules.

— Moi, si. Tu peux porter un toast à Rafael pour qu'il marque le touchdown gagnant.

Je ris, mais finis par y consentir.

— D'accord. Je lèverai mon verre à cela.

J'ouvre la mignonette, renverse la tête en arrière et en vide la moitié avant de la remettre dans ma poche.

— C'est tout ce que j'ai pu trouver en un aussi court laps de temps. Zheng en garde une réserve dans le tiroir du bas de sa commode.

— Pourquoi ? Ce n'est pas comme si les métamorphes pouvaient se saouler.

— Je sais. N'est-ce pas ?

Elle ricane.

— Honnêtement, je pense qu'il continue ainsi à jouer à l'humain avec son père. Qui sait ?

Elle hausse les épaules. Avant que je ne puisse demander de quoi elle veut parler, mon téléphone sonne dans ma poche. Je jette un coup d'œil et reconnais le numéro de Josué. Je souris.

— Allô ?

— Hé...

Malgré mon ouïe améliorée, il m'est difficile de distinguer ses paroles parmi le bruit retentissant de la foule.

— Donne-moi une seconde pour me rendre dans un endroit plus tranquille, crié-je. Je reviens. Je dois prendre cet appel.

Meiying me fait signe, son attention se concentrant sur son propre portable alors que ses doigts survolent son clavier. En me relevant, je me fraie un chemin dans les tribunes, glissant à travers les gradins et me dirigeant vers la porte du parking. La mi-temps commence, et tout le monde se met à danser sur n'importe quelle chanson de l'équipe de pom-pom girls.

— Excusez-moi. Désolée.

Je frôle un groupe d'humains avant de finalement sortir. C'est encore fort par ici, mais le niveau n'est plus aussi assourdissant.

— Alors, comment vas-tu ?

Je pose cette question en me dirigeant vers le lycée. Les lumières éclairent à peine l'espace, mais mes sens de métamorphes me permettent d'y voir suffisamment bien, donc je ne m'inquiète pas qu'il fasse noir.

— Ça va. Maintenant, parle-moi de ce type que tu as dit que tu fréquentais.

Je ricane en entendant le ton protecteur dans sa voix.

— Détends-toi avec tes vibrations de grand frère. Il ne se passe rien de très important.

Il renifle.

— Isa, tu ne sors pas avec des garçons. Oliver était l'exception, et nous avons vu comment ça s'est terminé.

Je gémis.

— Ne me le rappelle pas.

Je rêverais de pouvoir oublier Oliver.

— Je suis sérieux. Est-il gentil avec toi ?

Un rictus prend vie sur mon visage lorsque je pense à Rafael. Il reste un connard vis-à-vis de la majorité des étudiants, pourtant lorsque l'on se retrouve seuls tous les deux, il est différent. Il est toujours arrogant et possessif, mais il est également gentil, attentionné et étonnamment drôle. Penser à la semaine que nous venons de passer ensemble suffit à éveiller des milliers de papillons dans mon ventre.

— Oui, Josué. Il l'est. J'ignore ce qu'il y a chez lui, mais...

Je m'éloigne et ferme les yeux en apercevant deux hommes à dix mètres de moi. Ils ne font rien, ils se contentent de demeurer là à me regarder, mais je sens quand même la chair de poule parcourir mes bras. J'essaie de les distinguer, mais ils sont immobiles. Ils m'observent fixement. C'est alors que je comprends que c'est leur calme apparent qui me place soudainement en état d'alerte. Seul un vampire peut se tenir si étrangement figé.

— Tu es toujours là ? s'enquiert Josué.

— Oui. Je suis là. Désolée. Hum, qu'est-ce que je disais ?

Je me détourne des deux types et décide de me rendre de l'autre côté du parking. Par inadvertance, je me suis éloignée de la sécurité relative de la foule. Je n'ai aucune raison de penser qu'il s'agit d'une menace. Le match de ce soir est censé rassembler les factions. C'était inévitable qu'il y ait des vampires ici. Toutefois, tout me semble différent. Plus sombre, plus sinistre. Mon cœur bat la chamade, et je parviens à peine à distinguer les paroles de Josué tandis que la panique grimpe en moi. Mon loup me presse de me transformer, mais je l'ignore.

Si je me métamorphose ici, en terrain neutre, je risque d'être expulsée ou pire.

La mutation en tant que telle est un signe d'agression. Les vampires pourraient le percevoir comme une raison de devoir me mettre à terre. Je scanne la zone et aperçois Sabrina à l'opposé, mais il n'y a pas moyen que je me dirige vers elle pour obtenir une protection. Je ne suis pas si stupide. Je ne vois personne d'autre à proximité. Je jette un regard derrière mon épaule, et, tandis que je me tourne, on m'arrache mon téléphone des mains. On met fin à l'appel et mon portable est jeté par terre avec insouciance.

— Hé !

L'homme qui me l'a pris me saisit par la gorge et me frappe contre le mur de briques du lycée avec une force surnaturelle. Ma tête claque sur la surface dure et ma vision s'estompe, tandis qu'un cri étranglé jaillit d'entre mes lèvres.

— C'est elle ? demande une autre voix.

Mon agresseur sourit.

— Oui. C'est elle.

J'appelle ma louve, mais avant que ma transformation ne débute, une forte prise sur mon bras m'attrape par le coude et le fait pivoter. Mon os se brise. J'ouvre la bouche pour hurler, mais aucun son ne sort, la main serrant ma gorge m'en empêchant. Ma vue se trouble face à la douleur. Je suis incapable de respirer. Les deux types ricanent de manière sinistre. Je griffe la main qui s'agrippe à moi avec mon autre bras, mais ça ne sert à rien. Il est trop fort.

— Allez, on va l'emmener ici.

Celui qui me tient toujours par la gorge me retourne. Il me cingle sous la poitrine, épingle mes bras sur les côtés tandis que son autre main serre toujours mon cou. Sa peau est froide là où elle rencontre la mienne, son corps dur comme du granite.

Mon bras cassé pend inutilement sur mon flanc, la douleur

est presque aveuglante à chaque pas qu'il me pousse à accomplir pour m'éloigner plus loin de la sécurité de l'établissement. Je lui donne des coups de pied en vain.

— On dirait que c'est notre nuit de chance. Qu'est-ce qu'on devrait infliger à cette salope pour commencer ?

— Tais-toi, Elliot.

Il parle au vampire qui m'agrippe. Je décide de m'accrocher à cette miette d'information.

— Toutes mes excuses, Samuel. Je suis simplement excité. Ce n'est pas souvent que nous avons le champ libre avec un métamorphe.

J'assène un coup de pied dans le tibia du vampire et Samuel grogne, son emprise sur ma gorge se relâchant légèrement. J'inspire profondément et essaie de hurler, mais tout ce que je parviens à libérer, c'est un sifflement avant que son étreinte ne se resserre de nouveau et que le second vampire, Elliot, me gifle le visage avec force. La peau de ma joue se brise sous l'impact, mais je ne laisse pas le moindre cri de douleur m'échapper.

Ma tête me fait un mal de chien à cause du manque d'oxygène, et mes dernières forces semblent m'abandonner lentement. Le vampire me jette au sol, et je fais appel à mon animal. Toutefois, un coup de pied rapide dans ma poitrine me coupe le souffle. Tout l'air que je venais d'inspirer s'extrait dans une expiration douloureuse.

Putain...

Un des vampires s'accroupit à côté de moi, celui qui me tenait, Samuel. Ses doigts s'entremêlent dans mes cheveux tandis qu'il me soulève du sol pour venir abattre son poing dans mon visage. Le sang jaillit de mon nez. Je regarde avec horreur les yeux des deux hommes briller d'une lueur pourpre. Leurs regards se verrouillent sur la traînée de sang qui s'écoule de ma figure.

— Maintiens-la à terre, ordonne Samuel.

Je m'empresse de me remettre debout, mais avec un seul bras fonctionnel, mes mouvements sont lents, et Elliot parvient à me maîtriser facilement. Il agrippe mon mauvais membre. Je hurle. Sa paume étouffe mon bruit. Son regard cramoisi rencontre le mien tandis que je me tords sur le sol. Un large sourire naît sur son visage trop parfait, exposant ses canines.

Mon estomac se tord. Ça ne peut pas arriver.

Je tente désespérément de faire appel à ma louve, à sa force. Mes griffes traversent la peau de mes doigts, alors je les jette sur son visage que je parviens à entailler. Il crie de douleur, trébuche en arrière pendant que du sang noirâtre coule sur sa joue. Je me redresse et titube loin d'eux, en étreignant mon bras cassé sur le côté.

— Éloignez-vous de moi !

Dans un mouvement flou, l'un des vampires se poste derrière moi, emmêle une main dans mes cheveux, tandis que l'autre agrippe mon menton par-derrière. Il se penche sur moi, son nez frôlant ma gorge.

— Pourquoi ferions-nous une chose pareille ?

Je lutte contre sa poigne.

— Ah, ah, ah. J'éviterais si j'étais toi. Un seul faux mouvement, et ton joli cou se brisera en deux. Dis-moi...

Il marque un temps d'arrêt, et tout en moi me supplie de m'enfuir.

— Un loup peut-il guérir d'une fracture du cou ?

Il sait pertinemment que c'est impossible. Les deux vampires ricanent. Celui derrière moi se penche de nouveau vers l'avant et introduit ses crocs dans ma carotide. Je grogne et tente de m'écarter de lui, en enfonçant mon coude dans son torse aussi fort que possible tandis que l'odeur de mon propre sang attaque mes narines.

Il me libère, toutefois mon élan ne contribue qu'à me

pousser dans les bras de l'autre vampire... Elliot. J'en profite et claque ma main acérée de griffes dans son torse, insinuant mes doigts dans sa peau et entre ses os. Il siffle et saisit mon épaule, en serrant jusqu'à ce que mes os grincent contre eux-mêmes. Une intense douleur me traverse alors que mon os se brise sous sa poigne. Mon esprit se vide, je suis incapable de penser à autre chose qu'à mon agonie, cependant je parviens à serrer mon poing autour de l'organe vital dans sa poitrine, mes griffes perçant son cœur avant que plus aucune sensation ne soit perceptible entre mes doigts.

Il se fige et relâche son emprise alors que ses yeux pourpres écarquillés rencontrent les miens. Il déglutit, en un geste très humain qui me fait savoir que j'ai frappé juste. Un sourire prend vie à la commissure de mes lèvres.

— Tu n'es plus aussi fort maintenant, n'est-ce pas ?

J'ai du cran. Il montre les dents, mais il a peur de bouger ne serait-ce que d'un centimètre, par crainte que je lui arrache le cœur.

— Qu'est-ce que...

Je ne me donne même pas la peine de me retourner.

— Dis-lui de ne pas se rapprocher.

Il ne pipe mot, donc je force mon corps à balancer vers l'arrière. Il tend sa seconde main vers moi, enveloppant les deux autour de mes bras pour me maintenir en place pendant que ses yeux paniqués se posent par-dessus mon épaule.

— Reste là où tu es.

Sa voix est crispée, et je prends plaisir à me rendre compte que je le tiens par les couilles. Mon esprit met en place un million de scénarios différents. Je dois m'enfuir, mais j'ai maintenant deux bras inutiles et j'ignore combien de temps mon étreinte résistera sur le cœur du vampire.

Si je tue Elliot, son acolyte derrière moi me rendra la

pareille. Mais si je le libère, ils m'élimineront probablement quand même.

Je dois me transformer si je veux avoir une chance de guérir de mes blessures, ou tout du moins de me protéger. Mais aucune de ces deux options ne me fournira suffisamment de temps pour muter en louve puis redevenir humaine.

Merde !

Je croise le regard du vampire devant moi pendant une fraction de seconde.

— Pourquoi moi ?

Heureusement, il ne se donne pas la peine de prétendre qu'il ne sait pas de quoi je parle.

— Parce que nous le pouvons. Tu es...

Il renifle.

— Tu n'es pas protégée. Tu es une proie facile.

Je jette un coup d'œil par-dessus mon épaule en direction du type qui se tient quelques mètres derrière moi.

— Viens ici. Garde tes distances, mais je te veux dans ma ligne de mire.

Il serre les dents en s'exécutant et se déplace à ma droite, me permettant ainsi de les observer tous les deux. Ils ont les cheveux brun foncé et des traits aristocratiques. Celui avec ma main enterrée au centre de sa poitrine porte ses cheveux jusqu'à ses épaules et attachés au niveau de sa nuque. L'autre les a plus courts, à peine assez longs pour que leurs extrémités atteignent ses oreilles. Ils sont tous les deux habillés comme des connards arrogants en chemise noire boutonnée et en pantalon tout aussi noir.

— Laissez-moi comprendre. Vous avez décidé tous les deux que la saison était ouverte pour chasser une jeune fille de 17 ans parce qu'elle n'appartient pas à une meute. Est-ce que c'est exact ?

Aucune réponse. Je recule et le premier vampire siffle, me plaquant contre son torse si brusquement que je tressaille.

— Parle, ou je glisserai ma main dans ton sternum en emportant ton cœur noir dans le processus.

Il relâche son emprise, et je penche la tête en arrière.

— Alors, quel était le plan, connard ? Parce que de la manière dont je vois les choses, je ne peux pas lâcher prise.

— Libère-moi et nous partirons. Personne n'a besoin de mourir aujourd'hui. Tu as ma parole.

Je ricane. Comme si j'allais le croire.

— Tu n'as pas la moindre idée de l'erreur que tu es en train de commettre, louve, me prévient l'autre vampire.

Il est clairement le meneur de ce petit duo.

— Ah non ? grogné-je. Vous aviez tous les deux l'intention de me tuer ! Je ne vous ai jamais rien fait. Ni à personne d'autre. Je suis une putain d'adolescente. Et vous avez décidé de...

Dans un mouvement flou, le second vampire m'agrippe et me repousse loin du premier. Mon dos claque sur le pavé, tandis que je tire mon esprit pour appeler ma louve. Mes os se brisent et mes bras s'allongent pour atteindre une transformation partielle que je n'avais même pas conscience de pouvoir atteindre. La douleur irradie dans mes bras, mais la métamorphose en atténue une partie, en refermant mes os cassés pour arborer ma forme animale. En roulant sur mes pieds en une posture guerrière, un mélange de fille et de loup, je fais face aux deux vampires. Ce n'est qu'à ce moment-là que je me rends compte que le premier s'est effondré au sol.

Je recule de quelques pas alors que l'homme restant braque son regard sur ma main. Je suis ce dernier et repère le cœur du mort-vivant entre mes doigts.

C'est dégoûtant !

Je le laisse tomber, et il atteint le sol dans un bruit écœurant. Mon estomac se retourne.

Qu'est-ce que je viens de faire ?

— Je devrais te remercier, déclare le vampire en avançant vers moi. Tu as géré un inconvénient à ma place. Mais...

Il sourit tandis que ses yeux s'illuminent. Dans un mouvement rapide, il se retrouve à quelques centimètres de moi et enroule ses longs doigts autour de ma gorge maintenant recouverte de fourrure.

— Je devrais quand même te tuer. J'ai des gens à qui rendre des comptes. Tu sais ce que c'est.

Comme si je ne pesais rien, il me jette à travers le parking. Je m'écrase contre une voiture garée à proximité, mon corps déformant le métal. Je gémis, mais me force tout de même à me remettre sur pieds alors qu'il vient s'abattre contre moi.

— Tu sais...

Il ricane lorsque j'enfonce mes griffes dans ses bras, mais il ne bronche même pas en me repoussant sur le trottoir.

— Je me suis toujours demandé combien de dommages un métamorphe pouvait subir avant d'être forcé de retourner sous forme humaine. Allons-nous le découvrir ce soir ?

Il s'écarte et balance son poing dans ma bouche, mes dents de loups effleurant sa peau sans pour autant lui infliger quoi que ce soit. Il recule et me frappe encore. Ma tête bascule sur le côté tandis que je crache une énorme gorgée de sang. Il faut que je me débarrasse de lui.

Je soulève mes pieds vers le haut, les presse contre son torse et tente de l'éjecter de toutes mes forces. Il atterrit en position accroupie, branle du chef en affichant un sourire victorieux avant de foncer de nouveau sur moi comme si c'était une sorte de jeu. Il est tellement rapide que son corps devient flou.

Je dois laisser mes autres sens prendre le dessus. Je le tape, mais putain, c'est comme heurter du béton. Je pivote et lui assène un coup de pied, toutefois il parvient à capturer ma jambe et à me jeter sur le dos. Je me replie sur moi-même et je roule, en me levant tandis qu'il tend son poing vers moi. J'esquive le choc, et sa main entre en collision avec la voiture derrière moi, déclenchant l'alarme.

Ma respiration est laborieuse, mais que ce soit en raison de l'adrénaline ou de l'effort, je n'en ai pas la moindre idée. Il me lance des yeux noirs.

— Ce sera plus amusant que je ne le pensais.

Il sort une arme de derrière lui. Le bord de la lame brille sous l'éclat de la lune. Dans un mouvement d'une vitesse aveuglante, il se précipite dans ma direction. Le poignard s'enfonce dans mon ventre, et une douleur cuisante me traverse les intestins. Il retire la lame, la jette dans son autre main et se prépare de nouveau, la plongeant cette fois profondément sous mes côtes.

Je m'étouffe en hurlant tandis que mon sang se transforme en un feu liquide.

— Ça brûle, n'est-ce pas ? murmure-t-il à mon oreille.

Je combats l'agonie qui me traverse et arrive à lui balancer mon genou dans les couilles. Il tombe, je chancelle en arrière. Je déchire le tissu de ma chemise, exposant mes deux blessures. La peau autour est noire et du sang sombre suinte des deux plaies, épaisses et putrides.

Putain !

Il gémit au sol, puis se relève, le regard meurtrier.

— Tu vas payer pour ça.

J'observe son arme avec lassitude. C'est de l'argent, et ça tue le virus dans mon organisme, ce qui atténue mon aptitude à récupérer. Je peux le sentir résister à ma force. Je dois partir d'ici. Je me tourne pour courir, mais je trébuche, et il s'écrase sur moi, ses bras encerclant ma taille et me maintenant sur le sol. Ma joue s'ouvre contre le trottoir. Un coup de poignard dans le dos me fait hurler. Ma voix résonne à travers tout le parking.

Il traîne un doigt sur le côté de mon visage avant de palper mon pouls.

— Transforme-toi. J'ai envie de voir ton joli visage.

Il fait pivoter la lame toujours enfoncée dans mon dos. Je braille.

— Métamorphose-toi, petite louve.

Je geins lorsqu'il retire l'arme, seulement pour qu'elle soit de nouveau enfoncée, encore et encore.

— Transforme-toi.

Des taches noires parsèment ma vision. Le sang emplit ma bouche. Il fait courir la lame le long de mon dos, en forme de croix.

— S'il te plaît…

— Voilà. Supplie-moi.

La colère m'envahit, et, en usant de mes forces résiduelles, je tente de me débarrasser de lui. Ça ne fonctionne pas.

— Dernière chance, petite louve.

Je déglutis fortement et secoue la tête.

— Va te faire foutre.

Il ricane, ses jambes chevauchent mon dos et l'odeur d'argent attaque mes narines juste avant qu'il ne jette quelque chose sur mes plaies. Un nuage de poudre remplit l'air autour de moi et je m'égosille.

Je hurle, mais je ne produis aucun son. La souffrance est trop intense. Je n'entends plus rien. Je ne sens plus mon dos. Tout ce que j'éprouve, c'est une agonie qui met à mal l'ensemble des nerfs de mon corps.

Je ne suis pas en mesure de bouger. Je suis incapable de réfléchir. Je me cambre et je ne peux qu'endurer cette douleur qui ne semble pas prendre fin.

— Oh, mon Dieu ! s'écrie une voix.

Je suis partie trop loin pour me soucier de la personne qui vient d'arriver. J'ai seulement envie que ça s'arrête. La folie trouve une brèche dans les confins de ma conscience alors que mon sang emplit ma bouche. Mes os craquent.

— Non.

La voix est maintenant à mes côtés.

— Calme-toi. Tu m'entends ?

Ces paroles pèsent sur moi comme un poids, et, malgré tous mes efforts, je ne peux pas me transformer en louve. Je braille, frustrée au-delà du possible. Je souhaite simplement que ça cesse. Je me fiche de perdre mon humanité. Je me fous des conséquences. J'ai besoin que ça prenne fin.

Une main lisse mes cheveux tandis que mon corps s'affaisse et que mes os se reforment pour arborer ma forme humaine.

— C'est bien. Tu es en sécurité maintenant. Reviens.

— Ça fait mal, dis-je.

Rien que prononcer ce mot est une torture, même à mes propres oreilles.

— Je sais. Tiens bon encore un peu. Les secours arrivent.

Je ne me donne même pas la peine de répondre. C'est trop tard. J'en suis persuadée. Et je n'arrive même pas à me sentir concernée. J'ai seulement envie que la douleur disparaisse.

Des pneus crissent sur la chaussée, et des pas précipités s'approchent. Des voix s'élèvent au-dessus de moi, mais je ne parviens pas à les distinguer. Je suis trop perdue dans ma souffrance. C'est alors qu'une main se pose sur ma joue.

— Je m'appelle Ricardo. Je suis le soigneur de la meute Southwest. Je suis ici pour vous aider, m'apprend-il.

Je perçois ses mains qui se posent sur mes épaules. Je me débats.

— Tout va bien. Vous êtes en sécurité. Personne ne vous fera de mal.

Ses paroles devraient me rassurer, mais ce n'est pas le cas.

Ma respiration est rapide et superficielle tandis que je lutte pour reprendre mon souffle. Ma peau se rafraîchit et les battements de mon cœur se font erratiques, comme si un poids invisible m'écrasait.

— Que se passe-t-il ?

— Je crois qu'elle fait une crise de panique.

Je les entends, pourtant je suis incapable d'interpréter ce qu'ils disent.

L'obscurité se répand devant ma vision, et je m'en réjouis.

CHAPITRE 26
ISABELLA

Natalia fait irruption dans la chambre stérile où je me trouve en prenant une attitude absurde, et, pour une raison étrange, mes épaules se détendent en l'apercevant. J'ai été amenée dans un bâtiment appartenant à la meute. Ce n'est pas le complexe, mais une sorte de planque comportant une salle médicale entièrement équipée au bord de la zone neutre d'El Paso. J'ai été inconsciente pendant dix-sept heures. Pour être tout à fait honnête, j'aimerais l'être encore. Mais quand je suis enfin revenue à moi, le guérisseur de la horde a réussi à obtenir un nom et un numéro de ma part, voilà tout.

— Oh, mon Dieu !

Elle se précipite à mon chevet et tend la main avant de s'éloigner rapidement, effrayée à l'idée même de me toucher. Je ne peux pas dire que je la blâme pour cela. Ma peau est couverte de taches noires et bleues. Certaines à cause de contusions, d'autres à cause du Lyc-V présent dans mon organisme qui a été malmené par mon empoisonnement à l'argent. Et les parties visibles qui ne sont pas sombres arborent un gris cendré. J'ai l'impression d'avoir frôlé la mort.

Elle observe Ricardo, qui est à mes côtés depuis que je me suis réveillée, et elle demande :

— Pouvons-nous avoir un moment ? Seules ?

Il m'adresse un regard compatissant, avant d'ajouter :

— Je vais vous donner, à toi et à ta... tutrice, quelques minutes. Reste tranquille, me rappelle-t-il.

Je hoche la tête. Je sais qu'il m'exhorte ainsi à ne pas me transformer. Mon instinct me pousse à m'appuyer sur ma louve, mais la douleur m'a emmenée trop loin. Une métamorphose de plus, et je pourrais basculer dans la folie. Ce n'est certainement pas prudent de tenter un changement de forme maintenant. Pas tant que mon niveau de douleur n'est pas gérable. Actuellement, je le considère difficilement supportable, mais il n'y a pas grand-chose que je puisse faire à ce sujet.

— Mon Alpha voudra te parler dès que tu seras prête. Tu es d'accord avec ça, Isa ?

Je déglutis et feins un sourire alors que la terreur monte en moi. Je ne suis pas en condition pour faire face à l'Alpha de la meute Southwest pour le moment. Le peu d'aide que j'ai apporté en me transformant a été ruiné par la suite du combat. La horde possède dans ses rangs quelqu'un qui a pu prendre soin de mon humérus brisé et de ma clavicule fracturée. Mon bras avait été sorti de son emplacement, et l'os de mon épaule est désormais seulement fracturé plutôt que d'être réduit en poussière. Le membre est rentré dans son axe et est maintenu immobile, mais je ne peux rien tenter de plus avec mes capacités pour apaiser mes douleurs.

Ma jambe gauche est plâtrée pour plusieurs jours, sinon une semaine. Le pire de mes blessures reste malgré tout l'empoisonnement à l'argent.

Ricardo m'a prescrit des saignées jusqu'à ce que mon sang

redevienne rouge au lieu de noir. Fort heureusement, j'étais inconsciente la plupart du temps. Je me sens faible et groggy, et c'est probablement la seule raison pour laquelle je parviens à gérer la douleur. C'est un peu biaisé lorsque le Lyc-V de mon organisme a presque été drainé, ce qui ralentit ma régénération, mais il m'en reste suffisamment pour rendre les médicaments contre la douleur pratiquement inutiles.

— Comment est-ce que tu te sens ? s'enquiert Natalia.

— Comme si on m'avait poignardée une vingtaine de fois dans le dos.

Je lui adresse un faible rictus. Je l'ai été sept fois, mais est-ce que ça compte ?

— Tu es en vie. C'est ça qui est important.

Je grimace en me redressant du mieux que je peux dans le lit tandis que les pensées du père de Rafe affleurent dans mon esprit. Il est l'Alpha de la meute, et c'est dans ces conditions que je vais le rencontrer pour la première fois. Mon Dieu, comme c'est humiliant. L'inquiétude se glisse dans mes pensées.

Est-ce que je vais avoir des ennuis ? Ricardo s'est montré gentil avec moi, mais c'est un guérisseur. Je suis certaine qu'il agit ainsi avec tout le monde. Je suis désormais sur le territoire de la meute. Je me suis battue avec un vampire. Peu importe que ça ne soit pas moi qui ai provoqué le combat. Si les vampires décident de tenir la horde responsable de mes actions, d'avoir tué un des leurs, il pourrait y avoir des répercussions.

Putain !

La chose la plus facile pour la meute serait de me livrer au clan de vampires local. Ils n'ont aucune raison ou motivation pour me protéger. Je ne suis pas l'une d'entre eux.

J'observe mes mains. Ma louve est anxieuse. Elle n'est pas plus heureuse de ce qui va arriver que moi-même. Dois-je appeler Rafe ? Voir s'il peut m'aider ? Non. Je ne peux pas. Il me poserait des questions. Il voudrait savoir ce qui s'est passé, et pire, il ferait très certainement quelque chose d'imprudent comme s'en prendre à celui qui m'a attaquée. Je ne peux pas le laisser agir ainsi. C'est bien trop dangereux pour lui.

Je me mords la lèvre inférieure sous le coup de l'inquiétude. D'accord. Je ne vais pas contacter Rafe. J'observe fixement les marques persistantes sur ma peau. Les larmes sanglantes sur mes ongles. Ricardo a dit que cela guérira, mais que mon corps a d'abord besoin de remplacer l'hémoglobine qu'il a perdue. Le virus de la lycanthropie doit se reconstruire dans mon organisme. Alors, je vais ressembler à une femme brisée et battue pendant quelques jours de plus.

Natalia approche une chaise près de moi. En s'asseyant dessus, elle tend la main, mais je me crispe et m'éloigne, ne souhaitant pas être touchée. Elle branle du chef et inspire profondément, tandis que je garde les yeux fixés sur mes mains. Je devine ce qu'elle va dire.

— Ton père ne pouvait pas...

— Je sais, murmuré-je.

Je n'ai pas besoin qu'elle termine sa phrase. Brian devait avoir une réunion plus importante. Il n'a pas pu s'en échapper. J'ai déjà entendu ce genre d'excuses. Je n'aurais dû m'attendre à rien d'autre de sa part.

Alors, pourquoi mon estomac se retourne-t-il ?

J'écarte une larme de mon visage en haïssant cette démonstration de faiblesse. Je reste toujours sa fille. On est censé se soucier de son enfant, non ? Lorsqu'elle est attaquée par des vampires assoiffés de sang, on est supposé être présent. Maman aurait été là. Elle m'aurait tenu la main et aurait caressé mes cheveux. Elle m'aurait expliqué que tout allait s'arranger. Elle m'aurait prise dans ses bras et m'aurait promis que rien de tel ne se reproduirait. Elle m'aurait protégée.

Brian n'est pas là. Il ne peut pas me protéger.

Une autre larme m'échappe, je la chasse furieusement. Je ne suis plus une enfant. Je n'ai besoin de personne pour me prendre dans ses bras lorsque l'envie de pleurer se fait ressentir. Bien sûr, quelqu'un a essayé de me tuer. Mais je vais bien. Je suis forte. J'ai survécu. Tant que la meute ne...

Natalia soupire. C'est un soupir de résignation.

— Je suis désolée que cela te soit arrivé, Isa. Terriblement navrée. Nous vivons dans un monde compliqué.

Je peux pratiquement entendre le grincement de ses dents quand elle crache les prochains mots :

— Les créatures s'attaquent toujours aux plus faibles. Aux innocents. C'est pourquoi...

Je lève la main pour l'interrompre. Que suis-je censée dire à ce sujet ? Dois-je m'excuser d'être une métamorphe ? Être d'accord avec elle en prétendant que les paranormaux sont des créatures. Son parti pris est-il supposé m'aider à me sentir mieux ? Est-il censé réparer ce qui m'a été infligé ?

— Je n'ai pas envie d'en parler, lui rétorqué-je.

Elle demeure silencieuse ensuite, mais son mutisme ne dure qu'une minute ou deux, avant qu'elle ne demande :

— Sais-tu qui s'en est pris à toi ?

Un sentiment acide recouvre ma langue.

— Un vampire. Deux, corrigé-je.

— Est-ce que tu as vu leurs visages ?

Je branle du chef et ignore la sensation de malaise qui me gagne et la bile qui remonte. Ricardo pense que je souffre d'une commotion cérébrale. Sans doute due au heurt de mon crâne contre le mur de brique de l'école. Mais c'est la moindre de mes blessures.

— Peu importe. Enfin, je n'ai pas de meute.

— L'agression était-elle strictement physique ou ont-ils...

Elle recule et penche la tête vers mes cuisses, une expression douloureuse plaquée sur le visage. Mon pantalon est déchiré. Sa section supérieure est déchiquetée. Une partie de cela est due à ma transformation partielle, mais l'autre non.

— Non, lui révélé-je, reconnaissante de pouvoir au moins la rassurer sur ce point. Ils n'ont pas...

Je déglutis.

— Je n'ai pas été violée.

— D'accord.

Elle opine du chef.

— D'accord. C'est bien.

Elle semble avoir pris une décision. Comprenez-moi bien, je suis heureuse de ne pas avoir été victime de ce genre d'abus. Je ne suis pas sûre que j'aurais pu survivre à quelque chose comme ça. Mais avoir été brutalisée comme je l'ai été me fait penser que je ne vais pas pouvoir oublier ce que j'ai subi pendant très longtemps. Mon sang brûle encore. Mes nerfs semblent toujours à vif. Pourtant, je fais face. Je sais que ça va devenir plus facile. J'ai simplement besoin de plus de temps.

Mon esprit revient à la charge. Il me montre des images de celui qui me maintenait à terre. Des coups de couteau dans mon dos avec la lame d'argent, et puis...

Mon souffle devient artificiel et, brusquement, Natalia se redresse. Mon champ de vision diminue, je m'agrippe la poitrine.

— Isa. Isa.

Elle claque des doigts devant moi.

Je ne peux pas respirer. Je me serre la gorge, j'ai besoin d'air.

Natalia saisit l'arrière de mon cou et me force à plonger ma tête entre mes jambes.

Je grogne face à ce mouvement soudain, la douleur brûlant mes épaules et mes bras. Mais je ne la combats pas. Je ne peux pas. Je suis toujours incapable de retrouver mon souffle. Pourtant, je suis assez consciente pour savoir que j'ai besoin de me ressaisir. Je ne peux pas me transformer. Je grince des dents afin de surfer sur la vague de mes blessures.

— Respire, ma chérie. Respire.

Sa poigne se resserre sur ma nuque, et, à l'intérieur de moi, je lui hurle de lâcher prise. De ne pas me toucher. Mais je n'arrive pas à formuler les mots. Quelques secondes s'écoulent. Puis quelques minutes alors que je lutte pour reprendre le contrôle de moi-même. Lorsque ma respiration ralentit enfin, elle se laisse aller et recule.

— C'était seulement une crise de panique, dit-elle en relevant la tête.

Ma vision s'estompe pendant un moment, puis redevient normale.

— Reprends ton souffle.

Je m'exécute et, lorsque je n'ai plus l'impression que mes poumons vont éclater, j'enroule mon bras autour de moi.

— Merci.

Ma voix est faible.

— As-tu envie de parler à quelqu'un ? Un professionnel ? Je peux trouver quelque chose...

— Non. Ça va aller.

Elle sort son téléphone, et ses doigts tapent frénétiquement sur son clavier avant qu'elle ne le remette dans son sac à main. Ensuite, elle se penche et soulève un petit cabas que je n'avais pas remarqué lorsqu'elle est entrée.

— Habille-toi, je te ramène à la maison.

Je hoche la tête, accepte le sac et m'immobilise.

— Qu'en est-il... ?

Je désigne la pièce autour de moi avec mon bras. Je suis censée attendre l'Alpha. Le père de Rafe. Un frisson se répand le long de ma colonne vertébrale.

Natalia fait un pas de plus dans ma direction et fait refluer ma crise de panique.

— Tu n'as pas à t'inquiéter de cela aujourd'hui. Ton père va s'en charger.

Je lui adresse un sourire soulagé et mitigé. Au moins, il est doué pour quelque chose.

— Vraiment ?

Elle opine du chef.

— Vraiment. Tu n'es pas sous leur juridiction. L'Alpha et ton père ont conclu une entente avec des lignes directrices très claires. Tu n'as aucune obligation de lui parler. S'il conteste la manière dont tu as géré les événements de ce soir, il peut en discuter avec lui.

Le soulagement me traverse de part en part avant que la réalité ne s'installe en moi.

— Mais j'ai tué un vampire.

Elle se pince les lèvres.

— Tu dois laisser les adultes s'en soucier. En plus, il l'avait mérité.

Je ne peux pas retenir le petit rictus qui prend vie sur mes lèvres. Parce que, oui. Il l'a mérité.

J'accepte son sac et me dirige vers la salle de bain pour pouvoir m'habiller. Mes gestes sont maladroits. J'ai une béquille sous le bras, et je ne peux pas tenir l'autre avec mon attelle. Heureusement, je parviens à m'en sortir.

En apercevant mon reflet dans le miroir alors que je retire mes vêtements, je me fige et essaie d'enfermer toutes mes émotions en moi. Je vais guérir. Je n'ai simplement pas l'habitude de me voir comme ça. Je me sens... brisée. Vulnérable. Faible.

Je n'aime pas ça. Je me force tout de même à me redresser. Une partie de moi a l'impression que si je ne le fais pas, je vais m'effondrer. Lorsque je reviens dans la chambre, Natalia et Ricardo sont face à face. Ils se tournent ensuite vers moi.

— Isa. J'essaie d'expliquer à ta... commence Ricardo.

— Elle est mineure et elle n'est pas affiliée à votre meute. La décision est prise. Nous partons.

Je baisse la tête et décide de suivre le conseil de Natalia. Je vais laisser les adultes s'en occuper. Je glisse mes pieds dans les pantoufles qu'elle a apportées, et j'entends le bruit distinct d'un portable pendant que Natalia argumente avec le guérisseur de la horde.

Je n'écoute pas leur conversation.

Je repère mon téléphone sur la table de chevet, reconnaissante qu'il ait été récupéré sur les lieux. Je déverrouille l'écran à tâtons. Mon mouvement est maladroit avec mon écharpe et ma béquille.

Cinq messages non lus.

Rafael : Où es-tu ?

Bordel, Isa !

Tu as juré que tu serais là !

Rafael : Après tout ce qui s'est passé,
tu pourrais au moins me dire si tout va bien.

Rafael : J'ai retrouvé Meiying.

Elle m'a expliqué que tu avais reçu un coup de fil.

Où es-tu ?

Je regarde l'heure. Il est midi. Il devait être sorti des vestiaires, en s'attendant à ce que je l'y attende, mais je n'étais pas là. Combien de temps a-t-il patienté ? Mon Dieu, il doit être tellement inquiet. Avant que je ne puisse taper une réponse, je jette un coup d'œil aux messages restants.

Jordy : Putain de façon de soutenir ton mec.

Et le dernier.

Rafael : Tu sais quoi, laisse tomber. Fais comme tu veux.

Des larmes m'échappent, je cligne des paupières pour les ravaler. Natalia m'appelle par mon prénom et je me tourne vers elle, en enfonçant mon portable dans la poche du pantalon qu'elle a apporté pour moi, puis je la suis jusqu'à la porte. En partant, Ricardo me tend une petite carte de visite.

— Au cas où tu aurais besoin de quoi que ce soit.

Elle est simple. Elle comporte le nom de la meute, sous un contour triangulaire rempli de pins apaches, et étalés au-dessus des arbres se trouvent les cinq phases de la lune. Sous le blason, je peux lire un numéro de téléphone. Rien d'autre. Je hoche la tête en signe de reconnaissance et glisse la carte dans ma poche arrière, tout en sachant que je ne vais pas appeler.

Natalia observe notre échange avec un froncement de sourcils, mais elle ne dit rien. Plusieurs métamorphes ainsi que l'homme qui m'a trouvée nous rejoignent au milieu du couloir. Je ne reconnais pas les deux types présents avec lui, mais je sais que l'un deux est une hyène comme Josué et que l'autre est un lion. Et l'homme qui m'a porté assistance est un loup. Un loup dominant.

J'ai envie de le remercier. Il m'a sauvée. Mais je ne parviens pas à trouver les mots. Mon cœur bat à tout rompre dans ma poitrine. Je ferme les yeux dans une vaine tentative de me concentrer sur ma respiration.

Qu'est-ce qui m'arrive ?

Quand j'ouvre de nouveau les paupières, l'homme me scrute, la confusion pouvant se lire sur son visage. Je recule de plusieurs pas en arrière.

Natalia tourne la tête pour m'observer, mais je ne croise pas son regard. Un poids appuie sur ma poitrine, et un pic d'adrénaline me frappe de plein fouet. Mon corps me pousse à combattre ou à prendre la fuite. J'opte pour ce second choix.

Du calme. Il ne t'arrivera rien.

J'en suis persuadée. Mon esprit le sait. Mais mon cœur bat bien trop rapidement parce que trois mâles dominants que je n'ai jamais vus se tiennent debout devant moi. Le loup qui m'a sauvée fait un pas dans ma direction, ses iris marron foncé brillant d'une lueur argentée, et mes muscles se crispent.

Je lève la tête pour pouvoir le regarder dans les yeux pendant une seconde avant que les instincts de ma louve ne me poussent à la baisser. La dominance coule dans ses veines.

— Mademoiselle ?

Sa voix est forte. Profonde. Et je ne manque pas le sentiment dans son regard. Il avance d'un pas mesuré, et ma poitrine se soulève. Il s'approche de moi comme si j'étais un animal enragé.

J'ai besoin... j'ai besoin...

Natalia se décale de deux pas vers la gauche et le cache de ma vue. Elle prononce quelque chose, mais je n'entends pas. Je n'entends rien.

Il ne va pas nous attaquer.

Je me le répète encore et encore comme un mantra qui pourrait en quelque sorte tout améliorer. J'essaie de penser à autre chose. À tout le reste. Mon esprit se fixe sur Rafael et à quel point il doit être en colère contre moi en cet instant. Combien ils doivent tous être déçus.

J'ai promis que je serais là. Ils voulaient tous les trois que je sois présente. Et je ne l'étais pas.

Natalia tire sur ma manche. Je lève les yeux dans sa direction. Elle me pousse à contourner les métamorphes, cependant j'aperçois leur pitié tandis qu'elle me fait sortir du bâtiment.

Lorsque nous arrivons dehors, je commence à me calmer. Je m'appuie sur ma béquille, en prenant soin de marcher à pas mesurés afin de ne pas aggraver davantage mes blessures. Je ravale ma douleur et suis prête à sentir mon corps s'engourdir.

Je suis une louve. Je vais guérir.

Et finalement, ce sera comme si rien de tout ça n'était jamais arrivé.

CHAPITRE 27
ISABELLA

Je me réveille en sursaut. Mon cœur bat la chamade, j'ouvre les yeux. La lumière du jour s'infiltre à travers les rideaux de ma chambre, m'indiquant que c'est le matin. Ou peut-être l'après-midi. Peu importe.

J'observe fixement le plafond, j'ai envie de me rendormir. Je ne veux pas être éveillée. Ça fait trop mal. Tout me fait souffrir.

On frappe à ma porte. Je décide de l'ignorer.

Un autre coup.

Je tremble en essayant de me mettre en position assise. Quoi que le mage Ricardo ait entrepris dans la planque de la meute pour atténuer la douleur, tout s'est clairement dissipé, et aucune quantité d'analgésiques normaux ne me soulage.

— Isa.

Natalia se glisse à l'intérieur et s'avance vers moi. Mon matelas tangue sous son poids alors qu'elle s'assied sur le bord. Je me crispe quand elle me touche la jambe.

— Isa, tu dois manger quelque chose. Pourquoi est-ce que tu ne descends pas ? Ton père a commandé le petit-déjeuner. Ce serait bon pour toi de sortir du lit.

— Ça va. Je n'ai pas très faim.

La souffrance me donne la nausée et l'idée même d'ingurgiter de la nourriture suffit à me retourner l'estomac. Son sourire est crispé, mais elle hoche la tête.

— Des amis à toi sont venus te rendre visite.

C'est vrai ? Une partie de moi a envie de découvrir de qui il s'agit. Je veux savoir si c'est Rafael. S'il est toujours en colère contre moi. Il ne m'a pas envoyé de messages depuis cette nuit-là, et il me manque, mais... je n'ai pas envie qu'il me voie comme ça. Si je trouvais sa réaction après l'attaque de Sabrina mauvaise, je ne peux qu'imaginer la manière dont il réagirait cette fois-ci. Non. Rafe ne peut certainement pas me trouver dans cet état. Mieux vaut pour moi l'éviter jusqu'à ce que je me rétablisse.

Brian a engagé des médecins pour me surveiller. J'ignore toujours pourquoi. Il n'y a rien qu'ils puissent faire pour m'aider à guérir, et lire la confusion sur leurs visages face à mon manque de régénération est ennuyeux. J'aurais pu leur expliquer les choses, mais ce n'est pas mon travail de les éduquer, et mes leçons de vie quant au fait de protéger les secrets des métamorphes sont bien trop ancrées en moi.

Natalia a fourni à Brian un rapport complet lorsque je suis rentrée à la maison, ou au moins ce qu'elle a réussi à apprendre. Mon père n'avait pas la moindre idée que je pouvais l'entendre lorsqu'il lui a demandé s'il y avait une chance que je sois désormais humaine. Si l'empoisonnement à l'argent avait tué suffisamment du virus pour me rendre normale.

Il avait l'air plein d'espoir. C'était comme un autre coup de couteau dans le ventre. Alors, quand les médecins m'ont prélevé des fioles de sang pour me tester, je savais exactement ce qu'ils cherchaient. J'avais également conscience qu'il n'obtiendrait jamais ce qu'il espérait. J'ignore combien de temps il faudra pour que le Lyc-V présent dans mon organisme se réapprovisionne complètement, mais je sais que ce moment arrivera. On ne peut pas se défaire des caractéristiques de métamorphe.

— Qui était-ce ?

Elle tangue sur ses pieds.

— Des garçons. Deux latino-américains et un jeune homme ombrageux. Ils ont dit qu'ils étaient tes amis.

J'opine du chef.

— Que leur as-tu répondu ?

— Que tu ne peux pas recevoir de visiteurs pour le moment.

Je soupire. C'est mieux que de leur expliquer que je suis convalescente.

— Autre chose ?

Elle demeure silencieuse pendant un moment, et je retiens mon souffle.

— Je ne leur ai pas raconté ce qui s'est passé. Je sais que tu préfères que personne ne le sache, mais... l'un d'eux s'est mis en colère lorsque j'ai refusé de le laisser entrer. Il a commencé à hurler. Je lui ai peut-être crié dessus en retour.

Elle grince des dents.

— Je lui ai certainement aussi indiqué que tu ne voulais voir personne. Même lui.

Elle s'excuse en tapotant ma jambe non blessée.

— Il n'avait vraiment pas l'air heureux. Je suis désolée, ma chérie. Je ne savais pas comment le faire partir autrement.

— C'est bon. Je m'assurerai d'arranger la situation lorsque j'irai mieux.

Elle soupire et s'apprête à partir.

— Penses-tu au moins venir manger ?

Je hoche la tête, quand bien même je sais que je mens. Je n'ai pas quitté mon lit depuis cette nuit-là sauf pour me rendre aux toilettes. J'ai besoin de me nourrir. Mon estomac grogne, mais la seule fois où j'ai essayé, j'ai tout vomi et je n'ai pas envie que l'expérience se répète.

***

Les journées passent entre fièvre et douleur. Qui savait que le virus de la lycanthropie était une telle saloperie à reconstruire. Je transpire une minute et frissonne celle d'après. Je perds le compte des jours. J'aimerais savoir quand tout cela finira. Je suis tentée de sortir la carte et d'appeler Ricardo pour lui demander s'il y a quelque chose que je puisse tenter pour atténuer mes symptômes, mais je m'abstiens. Non seulement parce que je ne veux pas être redevable à la meute, même si j'ai l'impression de perdre la raison, mais aussi parce que je ne pense pas pouvoir me rendre jusqu'à l'endroit où se trouve mon pantalon. Je suis trop faible. Mes os me font un mal de chien.

Natalia est la seule à venir me rendre visite au cours de la semaine. Elle m'apporte de la nourriture et de l'eau et essaie de m'inciter à descendre, mais je ne m'y résous jamais. Les quelques fois où je me suis levée du lit, je me suis pratiquement effondrée sur le sol, où elle m'a retrouvée plus tard pour m'aider à me recoucher. C'est humiliant.

Mon corps ne m'appartient plus.

Je n'ai pas jeté un coup d'œil à mon téléphone depuis des jours, mais je suis certaine que Rafael ne m'a pas envoyé de message.

Jordy et Desmond non plus. Mon portable demeure muet.

Je me réveille en entendant des voix dans le couloir devant l'entrée de ma chambre. En chassant le sommeil de mes yeux, j'essaie de m'intéresser à ce qu'elles se disent à travers mon esprit embrouillé. J'observe la porte fermée, je soulève mes couvertures autour de moi comme si c'était suffisant pour me tenir chaud. Mais ce n'est pas le cas. Tout ce que je ressens, c'est un frisson douloureux.

— Quelque chose ne va pas. Nous devons parler à un...

— Nous ne demanderons rien à ces animaux.

— Que veux-tu que je fasse alors ?

— Accorde-lui plus de temps. Elle s'en sortira, et si ce n'est pas le cas...

Les pas de Brian s'estompent. Je bloque sur ce qu'ils se racontent ensuite, sans vouloir laisser ces mots m'affecter. J'observe le réveil sur ma table de chevet. Il est à peu après 7 heures du matin. J'inspire profondément.

Tout va bien.

Tu vas t'en sortir.

Tu es forte, Isa.

Je prends une autre inspiration profonde.

Tu es robuste comme Maman.

Maman est morte. Mon petit ami m'a trompée. Il m'a larguée. Ma meilleure amie m'a tourné le dos. J'ai perdu ma maison. J'ai dû aller dans une nouvelle école, dans une nouvelle ville. J'ai été évincée de ma meute. Mon père n'a jamais de temps pour moi. J'ai été attaquée au lycée. J'étais presque...

Je me force à aller au bout de ma pensée.

J'ai failli mourir.

J'ai traversé énormément d'épreuves en très peu de temps. Mais c'est fait. C'est terminé. Rien de plus ne peut m'atteindre. Je n'ai pas survécu à tout cela pour abandonner maintenant.

La voix de Natalia s'élève de nouveau. Elle parle de la meute. Je ne sais pas ce que Brian lui répond, mais l'intonation de Natalia m'indique qu'elle n'est pas d'accord avec lui.

Tout va bien. Tout va bien.

Ou du moins, ça ira. Le temps guérit toutes les blessures, pas vrai ? C'est ce qu'indiquent toutes les citations et les mèmes inspirants.

Le jour où je suis arrivée à Hellbound High, je me suis dit que tout ce qu'il fallait, c'était survivre à cette année, obtenir mon diplôme, pour pouvoir ensuite rentrer à la maison.

Retourner dans ma horde. C'est toujours mon plan. Les choses iront mieux une fois que je serai de retour à Star Valley, en Arizona. Il n'y aura pas un lycée plein de personnes qui me détesteront. Il n'y aura plus de vampires qui rôderont dans les coins pour me faire du mal uniquement parce qu'ils en sont capables. Je serai protégée là-bas. En sécurité. Je dois seulement survivre un peu plus longtemps.

En laissant cette résolution s'installer en moi, je me force à sortir du lit. Mes pieds vacillent, mais je parviens à rester debout. Je passe sous la douche, laissant ma béquille à côté de mon lit parce qu'elle n'est pas très utile. Je pose mon poids sur mon plâtre et, lorsqu'une intense douleur survient, je laisse échapper un soupir.

À l'intérieur de la salle de bain, je m'assieds sur le bord de la baignoire et contemple mon plâtre. Je suis fatiguée de me sentir inférieure. En fléchissant la jambe, je la tords d'un côté et de l'autre avant de prendre une décision. Mon épaule est guérie. Ma jambe l'est probablement elle aussi.

En transformant ma main, je glisse mes doigts aux griffes acérées sur le côté du plâtre afin de l'ouvrir. Il tombe sur le sol dans un bruit sourd. J'observe mon membre.

Il semble encore meurtri, mais... je parviens à bouger ma cheville et à contracter le muscle de mon mollet. Je me sens mieux.

En me remettant sur mes pieds, j'appuie précautionneusement sur ma jambe blessée. Une douleur me lance au niveau de la hanche, mais mon membre inférieur tient le coup. J'ouvre l'eau, combattant mes vertiges tandis que je me glisse dans la baignoire et m'appuie contre le mur de carrelage frais, en laissant ce dernier apaiser ma fièvre.

Je passe trente minutes sous le jet d'eau avant de sortir et de me sécher. Je ne pense pas que quelque chose soit encore cassé. Je m'estime entière. Battue et meurtrie, je peux vivre avec ça. Mes os craquent comme ceux d'une femme de 90 ans, mais la douche a fait des merveilles. J'ai presque l'impression d'être comme une nouvelle personne. Ma fièvre a baissé. Je ne suis très certainement pas à 100 % de mes capacités, pourtant je me sens mieux, ma tête ne tourne plus, et la douleur a diminué pour n'être plus qu'un battement sourd.

On frappe à ma porte et, avant que je ne puisse répondre, elle s'ouvre. Natalia entre et me trouve assise sur le bord du lit, enveloppée dans une serviette.

— Tu es debout ? me demande-t-elle en paraissant surprise.

— Oui.

Je me lève pour récupérer des vêtements. Un jogging et le sweat à capuche surdimensionné que j'ai acheté lors de ma séance de shopping avec Zheng.

— Oh, hum... murmure-t-elle avant de se détourner.

Je lève les yeux au ciel, et j'enfile mes vêtements délicatement avant d'envelopper mes longs cheveux bruns dans la serviette et de retourner m'asseoir.

— Tu peux te retourner maintenant, lui dis-je.

Natalia fronce les sourcils en apercevant ma tenue, mais fort heureusement, elle ne formule pas de commentaire à ce sujet.

— Est-ce que tu vas au lycée aujourd'hui ? me questionne-t-elle.

Je secoue la tête. Je n'ai pas la moindre idée du temps que j'ai manqué. Mon esprit est un peu embrouillé, mais je sais que je ne suis pas encore en état de survivre à l'école.

— Non. Je ne crois pas être prête pour ça, mais...

Je me tourne vers la fenêtre.

— J'ai envie d'aller dehors. De respirer l'air frais. Tu comprends ?

Elle opine du chef, un petit rictus au bout des lèvres.

— Ça me semble être une excellente idée. Je suis heureuse que tu te sentes mieux. Tu m'as inquiétée...

J'étouffe un rire. D'accord. Elle s'est souciée de moi. Mais très certainement pas mon père. Elle m'aide à descendre l'escalier et à traverser le couloir. Je n'ai besoin que d'une seule pause pour pouvoir reprendre mon souffle, et, fort heureusement, Natalia ne le relève pas. Dehors, une voiture familière est garée dans l'allée. Je me fige.

Desmond se tient là, appuyé contre le capot de son Escalade noir, les bras croisés devant son torse.

— Isa, me salue-t-il en inclinant la tête. Je te dépose. Viens.

Mon rythme cardiaque s'accélère, et mon regard se tourne vers Natalia, la suppliant de dire quelque chose. N'importe quoi. Des fait un pas en avant, en paraissant inquiet.

— Isa ?

Je retiens mon souffle. J'inspire profondément. Et encore une fois, ma respiration devient erratique.

Non. Non. Non.

La compréhension semble apparaître sur le visage de Natalia, qui m'adresse un signe de tête à peine perceptible avant de se tourner vers lui.

— Je suis désolée, jeune homme, mais vous devez partir.

Des soupire.

— Je vais aller droit au but. Je m'en irai dès qu'Isa sera dans la voiture.

Il lui adresse un sourire carnassier.

— Je suis un de ses amis du lycée. Je lui ai déjà fait faire quelques promenades. Elle sera en sécurité avec moi, madame.

Il essaie d'attirer mon regard, mais je suis incapable de le considérer. Je ne peux pas... respirer.

Mes mains sont moites, et de la sueur froide coule le long de ma colonne vertébrale. Mon cœur martèle dans ma poitrine. Plus vite. Plus fort. Je suis consciente qu'une crise de panique est en train de m'assaillir, et je déteste ça. L'envie de me transformer est forte, mais je me retiens, incertaine de pouvoir supporter une métamorphose dans mon état.

Est-ce que je dois passer à l'offensive et attaquer ? Est-ce que je dois m'enfuir ? Mes pensées sont embrouillées tandis que je vois ma peau onduler de manière révélatrice.

Merde ! Je vais muter. Je ne peux pas. Pas encore.

Mes tempes me font mal, un mal de tête m'assaille, me frappant comme un bélier alors que je me bats pour garder forme humaine.

— Isa ? murmure Natalia.

Je ne peux pas m'y résoudre. Je sais que je suis en sécurité avec Des. C'est mon ami. Il représente la sécurité. J'en suis persuadée. Pourtant, être près de lui en cet instant envoie mon esprit dans une sorte de spirale infernale.

C'est un dominant. Il représente une menace.

Mes griffes transpercent le bout de mes doigts, et ma mâchoire commence à s'allonger, ma bouche se remplissant de crocs. Je me retourne et me précipite à l'intérieur de la maison, en ignorant leurs appels.

Je ne peux pas. Je ne suis pas prête. Je ne peux pas.

Je monte les escaliers menant à ma chambre aussi rapidement que mes blessures me le permettent, et je claque la porte derrière moi avant de la verrouiller, alors que ma louve me force à me transformer. Je me laisse tomber à quatre pattes, ma colonne vertébrale se cambrant et mes os se brisant. Je déchire mes vêtements, désespérée à l'idée de les enlever. La fourrure recouvre mon corps tandis que je m'écrase sur le sol, la métamorphose accomplie. Mon corps et mon esprit sont épuisés.

Je ferme les yeux, bloque les cris de Natalia qui se précipite dans la maison, et je m'endors.

Le temps passe, mais cette fois, je reste sous ma forme de louve. Je connais les dangers de persister sous cette apparence lorsque mon esprit est sens dessus dessous, mais je n'arrive pas à me convaincre de faire machine arrière. Tout semble plus facile lorsque je suis un animal.

On frappe à ma chambre, et je soupire sans même prendre la peine de lever la tête de mes pattes. Je suis consciente qu'il s'agit de Natalia. Son parfum floral s'élève même à travers la porte. Comme je ne réponds pas, elle réessaie.

— Isa ?

Je ferme les yeux. Pourquoi ne me laisse-t-elle pas tranquille ?

Une nouvelle odeur m'atteint. Celle-ci m'est familière. Sol du désert, odeur boisée et musc. Mes oreilles se redressent. Ça ne peut pas être lui. C'est impossible.

La poignée de la porte tremble, et je sens sa frustration comme si elle était palpable.

— Pouvez-vous...

Elle ne termine pas sa phrase avant que la poignée ne soit

tordue, que la serrure ne soit brisée et que la porte ne s'ouvre. Josué entre, Natalia à sa suite.

— Isa, dit-elle.

Je me redresse en position assise, et mes griffes s'enfoncent dans le tapis.

— Quoi ?

Ses yeux sont écarquillés comme des soucoupes tandis qu'elle recule involontairement.

— Je vais m'en occuper à partir de maintenant, lui assure Josué.

Son regard brun s'adoucit lorsqu'il fait un pas dans ma direction. Je me braque à ce simple mouvement. Il s'arrête et se tourne vers Natalia avec un regard interrogatif.

— Elle a du mal avec les hommes en ce moment.

Il hoche la tête. Il recule d'un pas, s'appuie contre le mur avant de se laisser glisser jusqu'au sol et de poser ses mains sur ses genoux.

— Hé, déclare-t-il.

Je griffe le sol avant de mettre quelques centimètres de plus entre nous. Un autre gémissement remonte dans ma gorge. Natalia se replie jusqu'à la porte, et je peux sentir sa peur lorsqu'elle pose son regard sur ma louve. C'est la première fois. Ce qui ne contribue qu'à aggraver ma colère.

— Vous voulez que je reste ? demande-t-elle à Josué.

Je grogne. Elle blanchit.

— Non. Ça ira. Merci.

Elle acquiesce et se retourne pour partir, en refermant derrière elle. Josué et moi nous observons pendant plusieurs secondes, nos yeux ne cessant d'afficher un certain défi.

— Est-ce que tu peux changer de forme ?

C'est une question qui me fait ouvrir les lèvres. Je suis faible dans ma peau humaine. Je suis sans défense. Je n'ai pas envie de muter. Je ne veux plus être chétive.

— Merde, Isa !

Josué penche la tête sur le côté, sa poitrine se soulevant en de lourdes inspirations.

— Je...

Il m'observe, sans masquer sa douleur.

— Je n'ai pas envie de faire ça. Transforme-toi. S'il te plaît. Ne m'oblige pas à t'imposer une métamorphose.

Je gronde en lui montrant les dents. Il branle du chef, avec résignation.

— Pardonne-moi.

En plongeant son regard dans le mien, il m'impose sa domination. Mon loup se lève et nos yeux s'ancrent. Un éclat rougi passe dans les siens, sa bête prenant le dessus, et mon cœur se serre dans ma poitrine lorsque je remarque cette couleur si semblable aux yeux pourpres du vampire.

Mon corps tremble.

L'expression de mon ami s'assombrit, ses lèvres s'écartent pour exposer ses dents.

— Transforme-toi ! m'ordonne-t-il.

Son hégémonie m'entoure de part en part. Elle fait pression sur mon loup, lui ordonnant d'obéir. J'essaie de le combattre, mais j'en suis incapable. Je ne suis pas assez forte. Mes os craquent de nouveau, et ma fourrure recule alors que mon corps redevient humain, me laissant trempée de sueur et haletante, nue sur le sol.

Mon corps tremble d'avoir été sous ma forme de louve pendant plusieurs jours.

— Isa. Putain ! Est-ce que ça va ?

Je m'étouffe dans un souffle.

— Elle te l'a dit ?

Il hoche la tête.

— J'ai essayé de t'appeler à quelques reprises, mais je tombais à chaque fois sur ta messagerie.

Mon portable a dû s'éteindre. Non pas que je me sois donné la peine de m'assurer de le garder chargé.

— Alors, voilà que cette nana me téléphone de nulle part en me demandant si je serais prêt à venir ici pour quelques jours. Pour voir si je pouvais t'aider.

Il hausse les épaules.

— Isa, quand elle m'a expliqué ce qui t'est arrivé. Ce que tu as vécu...

Mes yeux me brûlent tandis que la honte s'élève dans ma poitrine. Je me pince les lèvres, je tremble de partout pendant que je m'assieds pour récupérer la couette sur le lit et l'enrouler autour de moi. Josué a déjà vu mon corps nu plus de fois que je ne peux les compter. C'est ce qui arrive lorsqu'on est une métamorphe. Donc ce n'est pas ce qui me gêne, mais c'est la peur et la honte qui me traversent de part en part. Elles me font savoir que je suis faible. Sale. Inutile.

— Hé !

Je ne lève pas les yeux.

— Isa !

Je branle du chef. Je n'ai pas envie d'apercevoir sa pitié ou son dégoût qui, j'en suis sûre, doivent être présents dans son regard.

Si Josué me voit différemment... je ne le supporterai pas.

— Isa. Bébé. Je t'aime. Tu es ma meilleure amie. Laisse-moi être là pour toi.

Une larme glisse sur ma joue.

— Tu ne devrais pas être ici, lui dis-je.

— Isabella. Por favor. Dejame ayudarte.

Laisse-moi t'aider.

J'ai besoin d'aide. Oui. Mais...

— Comment... comment le peux-tu ? Josué, j'ai l'impression de mourir à l'intérieur, et j'aimerais que ce soit également le cas à l'extérieur. Je n'ai pas envie d'être ici. Je ne veux pas ressentir tout ça. Je ne veux rien éprouver. J'en suis incapable. Je ne peux plus. Je veux simplement…

Il se lève, mais reste au niveau de la porte. Un sanglot mêlé à un gémissement s'échappe d'entre mes lèvres. Il se fige. Les mains crispées, ses yeux me supplient, mais j'ignore ce qu'il veut. Je le vois serrer les dents tandis qu'il se passe une main sur le visage, laissant apparaître une expression fatiguée.

— J'ai envie de te tenir dans mes bras. Pouvons-nous… penses-tu que nous pouvons essayer ?

Je n'en ai pas la moindre idée. En fermant les yeux, je m'efforce de ralentir ma respiration tandis que mon esprit tente de rationaliser sa requête. La seule personne qui m'a touchée jusqu'à maintenant, c'est Natalia. Josué est mon ami.

Je lui fais confiance. Je le connais. Je…

— Puis-je examiner tes mains ?

Il fronce les sourcils avec confusion, mais il obtempère. Je hoche la tête.

— Tourne-les.

Il m'obéit sans poser de questions. J'observe ses mains en sachant ce que je vais y trouver. Ses tatouages, l'un arborant un grand crâne avec des roses rouges de chaque côté. L'autre un chapelet et une croix reposant entre son pouce et son index. La peau d'un métamorphe dans des circonstances normales rejette l'encre, mais j'étais avec lui lorsqu'il s'est fait tatouer. Un alliage d'argent dilué a été ajouté à l'encre, suffisant pour tuer le Lyc-V à l'endroit où le marquage a été réalisé. Puis une sorcière a tout scellé avec sa magie. C'est douloureux, même pour les métamorphes.

Je me concentre sur ces dessins et en retrace les lignes de mon regard. Je me force à reconnaître les différences entre ses mains et celles de mes agresseurs. Au-delà des tatouages, j'aperçois la bague en or qu'il porte sur son majeur droit. La couleur bronze de sa peau. Ma respiration ralentit et mes épaules se détendent. Josué se montre patient avec moi et laisse mes yeux l'étudier. Plusieurs minutes passent avant que je ne me sente suffisamment confiante pour le laisser approcher.

Avec une lenteur exagérée, il s'avance vers moi. Lorsqu'il n'est plus qu'à quelques centimètres, il retire lentement son t-shirt, exposant ses larges épaules et son ventre musclé. Il s'accroupit et me l'offre. Je l'accepte en serrant sa main. Je l'enfile et j'inspire son odeur. Un sentiment familier de paix m'enveloppe.

Il est désormais à côté de moi, et nous attendons tous les deux. Lorsque je me rends compte que je ne souffre pas d'une autre crise de panique, il se rapproche et se penche vers l'avant pour me prendre dans ses bras. Bercée, il me porte jusqu'à mon matelas et s'assied, en s'appuyant contre la tête de lit tandis que je me retrouve blottie entre ses jambes, ses bras enroulés autour de moi.

Je ferme les yeux et me tiens parfaitement immobile alors qu'il enfouit son nez dans mon cou. Aucun de nous ne bouge. Ma respiration est bruyante, mais il ne semble pas s'y opposer. Nous restons assis là pendant que les minutes passent, et peu à peu je me détends.

En m'inclinant légèrement, je presse mon oreille contre son torse afin d'écouter les battements de son cœur. Je me gorge de la chaleur de son corps, qui marque un contraste frappant avec la peau froide d'un vampire. Son emprise autour de moi se resserre. Je parviens enfin à respirer calmement.

Il lève une de ses mains pour me caresser les cheveux.

— Je suis tellement désolé, Isa.

Je hoche la tête contre son torse.

— Moi aussi, murmuré-je, presque effrayée de briser le silence. Mais je suis heureuse que tu sois là.

***

Je passe la matinée avec Josué et, pour la première fois

depuis l'attaque, j'ai l'impression de pouvoir souffler de nouveau. Il m'apprend qu'il reste toute la semaine. Plus longtemps si j'en ai besoin. Il a déjà tout préparé avec ses parents et la meute, et il va séjourner dans la chambre d'ami qui se trouve dans le pool house.

Il y a beaucoup de pièces vides dans la maison principale pour lui, mais il semble heureux à l'idée de séjourner là-bas, donc je ne remets pas en question sa décision. C'est probablement à cause de qui est Brian. Je suis surprise qu'il ait permis à Josué de venir puisqu'il appartient à mon ancienne meute, mais je ne tenterai rien qui pourrait compromettre ça.

Je suis contente qu'il soit ici. Il me manquait énormément. Je n'avais pas compris à quel point jusqu'à ce qu'il arrive, mais le simple fait de l'avoir près de moi, c'est comme un baume sur mes nerfs effilochés. Ma louve est tout aussi ravie d'avoir un compagnon de meute à proximité. Elle a confiance en lui. Elle sait qu'il est notre ami. Et cette assurance maintient mon anxiété à distance.

Josué m'informe des détails de son séjour. Il viendra au lycée avec moi. J'ignore comment, mais Natalia a veillé à ce qu'il soit considéré comme un étudiant invité. Je suppose que son plan est qu'il assiste à tous mes cours avec moi pendant une semaine pour que je n'aie pas à affronter les autres étudiants toute seule.

Je ne sais toujours pas si retourner à l'école est une bonne idée. Mais lorsque j'ai abordé le sujet, Natalia m'a indiqué que ça ne valait même pas la peine d'essayer d'en parler à mon père. Il dirait que je n'ai pas besoin d'aller dans cet établissement en particulier si je ne le veux pas. Il me permettrait très certainement d'être transférée. Mais la perspective d'entrer dans un nouveau lycée entièrement humain ne sonne pas mieux que celle de retourner à Hellbound High. Je me suis donc résignée.

Le lendemain matin, lorsque mon réveil sonne, je me force à sortir du lit. La lourdeur que je sens peser sur ma poitrine depuis l'attaque me semble plus légère. Elle est toujours là, mais aujourd'hui, je la trouve supportable.

J'ai eu assez de temps pour me vautrer dans ma propre misère. Plus que je ne m'en suis accordé après la mort de Maman. Ça doit être suffisant. La souffrance a reculé pour n'être qu'une douleur sourde, et tous les signes physiques de l'agression ont disparu. Je suis encore faible. Mes réflexes sont ralentis. Mais à moins que l'on ne m'observe réellement, ça ne se remarque pas.

Après avoir passé la journée d'hier avec Josué, je suis convaincue que tout ira bien. Nous n'avons pas parlé de l'affrontement. Il est au courant de ce qui s'est passé et je n'ai quant à moi aucun désir de revivre ces souvenirs simplement pour qu'il puisse entendre l'histoire de ma propre bouche. Fort heureusement, il ne me pousse pas dans cette direction. Non pas que je m'y attendais venant de lui. Josué est une force tranquille et silencieuse. Il est comme une montagne qui refuse de bouger, même si le vent s'abat sur elle. En grandissant, il a été mon rocher. Le grand frère que je n'ai jamais eu.

Il me comprend. Il sait ce dont j'ai besoin.

Savoir que je suis en sécurité dans ses bras, que le monde ne peut pas m'atteindre tant qu'il est là, m'offre le sursis qu'il me faut pour me ressaisir.

Nous avons passé la majeure partie de la journée à rattraper le temps perdu et à manger n'importe quoi. Du moins lui, car je n'ai toujours rien avalé.

Je suis consciente que Josué l'a remarqué. Mais il n'a rien dit, et je lui en suis reconnaissante. Mes côtes ressortent désormais en net relief sous ma poitrine. Je peux les compter lorsque je suis sous la douche. Ça n'a rien de sain, mais j'ignore comment me forcer à avaler quoi que ce soit. Parfois, la simple odeur de la nourriture me donne envie de régurgiter.

Lorsque je descends, je m'attends à trouver Natalia pour nous conduire au lycée, mais à la place, elle me tend un jeu de clés et m'adresse un petit sourire.

— Ton père a sorti ceci du garage pour toi à la suite de ma suggestion. De cette façon, si tu as besoin de partir, tu le pourras.

J'observe le trousseau qui se trouve dans sa main. Je n'ai jamais pensé pouvoir être si soulagée d'avoir accès à une voiture. Avant tout ça, j'aurais refusé. Je ne voulais pas profiter de l'argent de Brian. Je n'en avais pas besoin, j'aime gagner ma vie par moi-même. C'est la raison pour laquelle j'ai postulé pour avoir un emploi. Mais je ne peux pas me permettre de me payer un véhicule toute seule pour le moment. Et voilà que ça, ça me fournirait une échappatoire si je devais me retrouver dans une position vulnérable.

— Merci.

Son rictus s'élargit un peu.

— Si jamais tu as envie de parler...

Je secoue la tête.

— D'accord, dans ce cas. Je t'ai laissé un petit quelque chose sur le siège avant. Seulement au cas où.

J'ai l'intention de lui demander de quoi il est question lorsque Josué entre dans la cuisine.

— Hé !

Il lève sa main pour la saluer avant de me suivre en silence. Je ne pense même pas que ce soit un effort conscient. Il est simplement tellement en accord avec son animal qu'il se déplace ainsi. Mon estomac se serre à mesure qu'il s'approche, j'agis de la même manière que la veille lorsque mon corps a réagi à sa proximité. J'observe ses mains, j'inspire son odeur, et mon anxiété reflue.

Dehors, nous trouvons une voiture de sport dans l'allée. J'appuie sur un bouton du porte-clés, et je suis surprise qu'elle s'ouvre. Il me laisse conduire un tel bolide ? Pourquoi ne peut-il pas agir comme un père normal ?

— Putain ! s'exclame Josué. Ça dépote.

Je lève les yeux au ciel.

— Oui, oui. Tu as le droit de baver. Allez, nous allons être en retard.

J'ouvre la portière et découvre le cadeau de Natalia à l'intérieur. Un sabre niché dans un fourreau est posé sur le siège conducteur. Josué siffle.

— Un sabre ?

Je le tire de son fourreau, exposant la lame. Elle chante tandis qu'elle est dégainée, et chacun de mes sens entre en état d'alerte. Une décharge électrique s'abat sur mon bras, et ma main se resserre sur la poignée lorsque je tourne la lame entre mes doigts.

— C'est vraiment magique, commente Josué.

Je suis d'accord. Ce n'est très certainement pas un sabre ordinaire. Il est très léger entre mes mains. La poignée est simple et efficace, enveloppée dans du cuir noir. La lame est ce qui attire mon œil. Elle brille sous les rayons du soleil, éclairant une série de runes gravées à sa surface. Je passe mon doigt sur chacune d'entre elles.

— J'ignore ce que cela signifie, lui dis-je.

Il contourne la voiture et je lui tends mon arme.

— Ce sont des symboles faes.

Nous nous renfrognons tous les deux face à ces motifs complexes. Je ne sais presque rien sur les faes, et encore moins sur la manière dont leur magie fonctionne.

— Je l'aime bien, ajouté-je en souriant, en me rendant compte que je bénéficie d'une autre protection aujourd'hui.

CHAPITRE 29
RAFAEL

Jordy se glisse à côté de moi.

— Elle est de retour, murmure-t-il.

Je serre les dents, et toutes nos têtes se tournent pour la voir sortir d'une voiture argentée à quelques rangées de nous.

— Est-ce que c'est… commence Jordy.

— Une Audi RS5 flambant neuve ? Oui, termine Des.

Un seul coup d'œil dans sa direction me prouve qu'il n'est pas très heureux de la voir lui non plus. Je suppose qu'elle mène encore la belle vie, ou peut-être qu'elle est désormais simplement heureuse de l'embrasser. Elle porte ses vêtements de petite fille parfaite, les mêmes qu'elle avait lors de sa première semaine de classe. Je suppose qu'on en revient au point de départ. Je hausse les épaules en contemplant mes deux amis.

— Peu importe ce qu'elle conduit. Elle est ici. Je veux des réponses.

Je souhaite savoir pourquoi cette nana qui a choisi le camp de son père nous a laissé tomber lorsque l'on est allés chez elle, parce que je ne crois pas du tout à toute cette merde que l'autre nous a balancée quant au fait qu'elle n'a pas envie de me voir. Il doit y avoir autre chose. J'ai essayé d'attendre qu'Isa quitte la maison, en espérant la coincer quelque part pour qu'elle me parle, mais elle n'est jamais sortie. Pas une seule fois. Ou en tout cas, je ne l'ai jamais vue faire. Alors que j'étais là, chaque putain de jour. Pendant huit jours d'affilée. Je suis devenu un harceleur à part entière et je m'en contrefous.

Je m'écarte du capot de ma voiture, avec l'intention de lui parler, lorsque j'aperçois un type sortir du côté passager du même véhicule.

— C'est quoi ce bordel ?!

Jordy se gratte l'arrière du crâne.

— Ça, c'est nouveau.

— Oui, grogné-je.

Je l'observe alors qu'il se déplace autour de l'Audi jusqu'à se poster à ses côtés. Il lève une main dans sa direction. Comme une tentative, comme s'il n'était pas certain qu'elle accepte son contact, et, pendant une seconde, mon cœur bat la chamade. Elle va l'écarter. J'en suis persuadé. Sinon, il n'aurait pas l'air si hésitant à l'idée de la toucher. Je souris. Cet enfoiré n'a pas la moindre idée de ce qu'il essaie de faire.

Isa est à moi.

Elle a beaucoup de comptes à me rendre, et je suis furieux contre elle, mais elle est toujours mienne.

Je fais un pas dans leur direction, et mes potes me suivent. C'est là que je la vois adresser un rictus à l'autre type et accepter sa main. Elle entremêle ses doigts aux siens, et ils nous tournent le dos pour se diriger vers l'entrée principale du lycée. Je me fige sur place, mes yeux fixés sur leurs mains. Leurs putains de doigts enlacés comme s'ils étaient au collège ou quelque chose comme ça.

Putain de merde !

Desmond pose une main sur mon épaule et la serre.

— Tu grognes, frangin.

Je ravale mon loup alors que mon regard reste bloqué sur leurs dos, mon instinct me hurlant d'aller près d'elle. Afin de reprendre ce qui m'appartient. Jordy jure à côté de moi.

— C'est qui, ce mec ?

Je grince des dents.

— Nous avons encore besoin de réponses, déclare Des auprès de moi. Tu ne l'as pas vue la semaine dernière. Il a dû se passer quelque chose.

— Je m'en fiche.

La colère bouillonne en moi. Elle se défile, me hante pendant plus d'une semaine, puis se pointe avec ce connard. Je ne compte pas la laisser me ridiculiser. Je l'emmerde. Je les emmerde tous les deux.

— Elle est à court de temps. Je n'ai pas le loisir de m'occuper de petites salopes et de leurs jeux stupides. Ce n'est pas ainsi que nous fonctionnons.

Ils hochent la tête tous les deux, quand bien même Jordy semble hésitant.

— Il doit bien y avoir une explication, déclare-t-il.

Je lui jette un regard, il lève les bras en signe de reddition, les paumes en avant.

— Quoi que tu dises, mec. Nous allons la surveiller.

J'opine du chef et observe le gars à ses côtés. Je ne le connais pas. Je ne reconnais même pas son visage. Je ne l'ai jamais vu près d'elle auparavant. Mais force est de constater qu'elle m'a laissé tomber pour ce type. Et maintenant, main dans la main, elle s'assure que toute l'école sache qu'elle m'a lâché.

Elle n'a même pas eu la décence de m'appeler. Mon père s'est rendu au match. Il ne se pointe jamais à des merdes comme ça. Il n'a jamais le temps. Pourtant, il est venu me voir jouer et j'avais tout prévu. Il allait rencontrer ma copine. J'ai parlé d'elle à mes putains de parents. Ma mère savait qu'Isa était censée être là, et elle ne s'est jamais pointée. Elle s'est tirée. Sans un coup de fil. Sans un SMS. Rien.

Je la regarde reculer en grinçant des dents. Comme si elle pouvait sentir mon attention, elle tourne la tête pour m'observer, et ses yeux se verrouillent aux miens. Elle tremble. J'espère qu'elle comprend combien je suis énervé. À quel point j'en ai fini avec elle.

Le gars avec elle ralentit l'allure. Je l'observe alors qu'elle écarte sa main de la sienne et qu'il fronce les sourcils. Elle lui dit quelque chose. Elle hoche la tête et me considère encore une fois. Il lui répond, puis ils se disputent un moment avant qu'elle prenne une décision.

Elle se retourne et se dirige vers moi, le nouveau venu sur ses talons. Elle mordille sa lèvre inférieure, l'angoisse s'accroissant sur son visage à chaque pas qu'elle fait. Bien. Elle devrait être inquiète. Si elle s'attend à recevoir un accueil chaleureux de ma part, elle se fourvoie.

Le gars n'arbore pas la moindre expression. Je ne peux pas lire en lui, mais il reste proche d'elle. Presque comme s'il désirait la protéger. Ses mains sont tatouées. Il est vêtu d'un jean foncé et d'un pull à capuche noire comportant les mots Star Valley, Arizona, sur son dos.

Ça fait tilt.

Ce mec appartient à son ancienne meute. C'est clairement un métamorphe au vu de la manière dont il se déplace, mais il n'est pas un loup. Est-ce que c'est son ex ? L'ex qui ne ressemble plus à un ex ?

Ils sont presque à notre niveau, lorsque Des me demande :

— Quel est le plan ?

Je hausse les épaules. Je n'en ai pas la moindre foutue idée. Elle vient nous voir, mais avec lui. Ils entretiennent clairement une sorte de relation l'un avec l'autre, et j'ignore totalement ce qui est en train de se passer. Étais-je une pièce rapportée pour elle ? Elle m'a déclaré au début qu'elle ne souhaitait rien de sérieux. Nous ne nous sommes pas mis d'étiquettes. Je ne l'ai jamais appelée ma petite amie, mais putain, c'était ma nana. C'était ma petite amie. Rien de tout cela n'a d'importance désormais.

— Respectez le plan. On l'oublie. J'en ai terminé avec elle.

Ils hochent la tête alors que nous récupérons nos sacs pour avancer dans leur direction. Isa vacille et sa peau pâlit, mettant en évidence les angles aigus de ses pommettes. Et ce qu'elle a perdu encore plus de poids ?

Lorsque nous arrivons à leur niveau, elle m'interpelle :

— Rafe ?

Mon prénom sur ses lèvres est prononcé de manière douce. Ce qui fait quelque chose à mon loup, me tord les entrailles. Pourtant, je ne réponds pas. Je ne réagis pas. Au lieu de cela, je passe entre elle et son nouveau copain pour me diriger directement vers les portes. Sans jamais ralentir l'allure.

Elle soupire, avant d'ajouter un peu plus fortement :

— Rafael ?

Je ne m'arrête pas pour autant. Le trou du cul me questionne alors :

— Mec, c'est quoi ton problème ?

Je pivote vers lui. Je laisse tomber mon sac à dos sur le trottoir, je mets un terme à la distance entre nous et fonce droit sur son visage. Il campe sur ses positions tandis que sa fureur brille dans ses yeux et qu'un éclat rouge s'illumine. Putain ! Génial. Un coyote.

Isa retient son souffle et recule de plusieurs pas. Elle est aussi blanche qu'un drap. Toutefois, je ne peux pas trouver en moi la force de vouloir la consoler.

— J'ignore qui tu crois être, mais c'est mon lycée. Mon territoire. Ne m'adresse plus la parole. Plus jamais. On se casse.

Il ouvre la bouche, exposant ses dents, mais il ne me répond pas. Pendant ce temps, Isa entre en hyperventilation à côté de nous en observant notre échange. Lentement, terriblement lentement, je tourne la tête pour la regarder.

— Ça vaut aussi pour toi. Ne me parle plus. Nous ne sommes pas amis. Nous ne sommes rien. Je ne fraternise pas avec les putes.

Elle recule comme si je venais de la gifler, et la prochaine chose que je sais, c'est qu'un poing atterrit sur mon visage et que je trébuche de quelques pas en arrière. Des et Jordy se précipitent à mes côtés. Je branle du chef en clignant des yeux. Je croise alors le regard rougi du type en colère avec qui elle est venue.

Ses narines gonflent, et ses mains sont serrées en poings sur ses flancs comme s'il tentait de s'empêcher de se transformer et de se précipiter vers ma gorge. J'aimerais bien voir ce connard essayer. Je crache mon sang sur le trottoir.

— Tu vas le regretter.

— Ne lui parle plus jamais comme ça. Est-ce que c'est bien clair ?

Son intonation est implacable, son regard meurtrier. Je ne peux pas m'en empêcher. Je ricane.

— Quoi que tu dises, *cabrón*, sache seulement qu'elle était sous moi il y a deux semaines de cela. Ne te sens pas spécial.

— Tu ne vaux rien, fils de pute. As-tu la moindre idée de ce qu'elle...

— Josué, ne fais pas ça ! s'écrie-t-elle.

Nous nous tournons tous les deux pour apercevoir son regard empli de larmes.

— S'il te plaît. Arrête.

La culpabilité m'inonde à la vue de ses sanglots, mais je la repousse. Il n'est pas question que je me sente désolé pour elle. Elle a ce connard à ses côtés désormais. Josué. Voilà le nom de cet enfoiré. Donc ce n'est pas son ex. Son regard s'adoucit tandis qu'il le pose sur elle. Il met une main sur son cou et attire son visage vers son torse. Elle obtempère volontiers et enroule ses bras autour de sa taille.

Putain, c'est comme un coup de poignard dans mon ventre. Assister à ça, la voir dans ses bras me fait bien plus de mal que le coup de poing que cet enculé m'a balancé au visage. Je ne dis rien. Je ne trouve pas les mots. Je me retourne en direction de l'entrée, en refusant de leur jeter un coup d'œil.

— Surveille tes arrières, le prévient Des en venant se poster à mes côtés.

— Qu'est-ce que c'était que ça ? murmure Jordy lorsque nous atteignons la porte.

Je ne lui réponds pas. Lorsque Sabrina passe devant moi, plutôt que de l'ignorer comme d'habitude, je l'appelle. Son regard est hésitant, toutefois il brille lorsque je lui adresse un sourire. Elle ralentit, m'attend.

— Hé, Rafe ! ronronne-t-elle.

J'aperçois la confusion dans le regard de mes potes. Je décide de les ignorer.

— Prête à sortir du caniveau ?

Elle se renfrogne.

— C'était vraiment méchant de ta part.

— Oui. Je me rattraperai plus tard. Qu'en dis-tu ?

La convoitise assombrit ses yeux. Elle opine du chef.

— Hmmm. J'adorerais.

Elle s'installe à mes côtés.

— Tu vas agir comme un petit bienfaiteur ?

Je secoue la tête, puis l'observe en lui lançant un regard carnassier.

— Je n'ai rien oublié, lui dis-je.

CHAPITRE 30
ISABELLA

Si Josué n'avait pas été avec moi, je n'aurais pas survécu aujourd'hui. Il me suit dans toutes mes classes. Quelques filles lui jettent des regards intéressés, mais il les ignore, toute son attention étant focalisée sur moi.

Rafael ne se montre pas durant le premier cours. Une partie de moi se demande s'il est en train de baiser Sabrina dans les vestiaires ou quelque chose du genre. Je sais qu'il est en colère, mais... je soupire. J'ai envie de lui parler, de lui expliquer les raisons pour lesquelles je ne l'ai pas appelé ou que je n'ai pas envoyé de SMS. Je sais que s'il les connaissait, s'il apprenait tout ce qui s'est passé, il comprendrait. Du moins, je l'espère. Mais je ne peux pas me convaincre de m'exposer ainsi à lui. Ses paroles m'ont profondément heurtée. Il voulait me blesser et il a réussi.

Et s'il ne saisit pas ?

Je ne suis pas certaine de pouvoir supporter un autre rejet en ce moment. Josué essaie de me réconforter tout au long de la journée. Chaque fois que j'aperçois Rafael, Desmond ou Jordy, il me distrait avec une question ou une blague stupide. Parfois, ça fonctionne. Mais la plupart du temps, ce n'est pas le cas.

— Hé !

Il incline mon menton vers le haut, me forçant à croiser son regard.

— Tu n'as pas besoin d'eux. Il te reste sept mois à tenir avant de rentrer avec moi.

Je hoche la tête. J'ai l'impression que cela va durer pour toujours, mais en réalité, ça n'est plus si loin. Me mettre à dos les loups fait mal, mais c'est peut-être mieux ainsi. Nous déjeunons sans incident dans la bibliothèque. Ou en tout cas, Josué y arrive. J'ingurgite deux bouchées de pizza avant d'écarter mon plateau, incapable d'avaler la nourriture.

Le cours d'espagnol se passe sans accrocs. Lorsque j'arrive en histoire, Josué attire un peu plus l'attention que dans mes cours précédents, mais cette fois, puisque c'est une salle pleine de garçons, il décide de ne pas les ignorer.

— C'est ton nouveau copain ? me demande Zheng, un sourire plaqué sur le visage.

Il est forcé, mais ça reste un rictus tout de même. Je me crispe à mesure qu'il s'approche, mais Josué se positionne entre nous, atténuant une partie de la tension qui me gagne, avant de répondre à ma place.

— Non, mec. Isa est comme ma petite sœur. Je suis un ami de chez elle.

Son sourire devient plus authentique, car il donne une fois de plus une chance à Josué.

— Une sœur, hein ? Vous n'en donnez pas l'air tous les deux.

Je sais qu'il a envie de me poser des questions, mais il s'abstient. Josué et moi nous comportons de manière affectueuse l'un envers l'autre depuis son arrivée. Je ne sais pas exactement pourquoi. Mais si je devais deviner, je dirais que c'est parce que ma louve a besoin de contact. Et que son animal le ressent et a envie de me réconforter. Josué s'est toujours comporté comme le grand frère que je n'ai jamais eu. À la maison, on ne se tenait jamais vraiment par la main, mais on se câlinait en regardant des films, et aucun de nous n'a jamais évité le contact physique. Ça a toujours été platonique.

— Je connais J depuis l'école primaire. Nous avons grandi ensemble.

Je hausse les épaules.

— Je pense que nous n'avons pas compris comment les gens pourraient l'interpréter.

Josué renifle.

— Il faut dire qu'on s'en fiche.

Zheng semble y réfléchir.

— Alors... comment Rafael a réagi ? Je l'ai vu tout à l'heure avec...

Il s'interrompt en détournant le regard. Il se passe une main sur la nuque et m'adresse un coup d'œil empli d'excuses.

— Désolé. Je suis conscient que ça ne me concerne pas, mais je pense que tu mérites de savoir.

Il marque un temps d'arrêt.

— Rafael n'a pas arrêté de traîner avec Sabrina aujourd'hui.

Mon estomac se tord.

— Il n'a pas mis longtemps à aller de l'avant.

Zheng grimace.

— Est-ce qu'il s'est passé quelque chose ? Tous les loups agissent bizarrement. Je suis au courant que lui et toi...

— Il ne s'est rien passé. Les choses ont suivi leur cours, c'est tout.

Josué vibre de colère à côté de moi. Je me doute qu'il veut ajouter un truc. Probablement ce qu'il pense clairement de

Rafael, mais heureusement, il s'abstient. Il est ici en tant qu'invité, et Natalia a dû demander à la meute de lui permettre de rester. Il ne fera rien d'autre qui pourrait compromettre sa capacité à me soutenir en ce moment. Frapper Rafael était déjà suffisamment mauvais en soi.

— Pour ce que ça vaut, j'espère que tu vas bien. Rafael est un trou du cul. Tu mérites bien mieux.

Josué siffle, et le prof jette un œil dans notre direction. Sur un ton plus calme, il ajoute :

— Je suis d'accord. C'est un trou du cul de première classe.

Zheng frappe son poing contre le sien, tandis que j'étouffe un gémissement. Les deux entrent dans une conversation qui vise à dire du mal de Rafael. C'est génial. Alors que notre cours se termine, Zheng reçoit un message. Il sort son portable et grogne.

— Merde !

— Quelque chose ne va pas ?

Il se passe une main dans les cheveux avant de glisser son portable dans la poche arrière de son pantalon et de saisir son skateboard.

— Je suis de corvée. Ce soir, ça va être pourri.

— Tu bosses en dehors de la meute ? lui demande Josué.

Il hoche la tête.

— Oui. Ma tante possède un restaurant... Chez Suzy. J'y travaille parfois après les cours pour l'aider.

Il hausse les épaules.

— Je n'ai pas vraiment besoin d'argent, mais ça me permet de sortir de chez moi.

Une idée se forme dans mon esprit, et, avant d'avoir pu m'en empêcher, je déclare :

— Je peux aider. Je veux dire, si tu penses qu'elle cherche quelqu'un. Je suis à la recherche d'un emploi.

Il fronce les sourcils.

— C'est vrai ?

J'opine du chef avec enthousiasme.

— Isa, tu es certaine que c'est une bonne idée ? murmure Josué.

Je lui offre un signe de tête affirmatif. C'est une excellente idée. Exactement ce dont j'ai besoin.

— Oui, j'ai envoyé plusieurs CV en ville. Mais je n'ai pas reçu d'appel.

— J'ai vu ta maison et ta nouvelle voiture. Tu n'as pas besoin d'argent. Pourquoi voudrais-tu faire la vaisselle dans un restaurant ?

— Parce que je ne veux pas avoir à compter sur mon père biologique pour tout. Je le connais à peine. Tu sais comment il est. Tu accepterais quelque chose de lui ?

Il branle du chef avec une grimace, en se souvenant probablement des paroles de Brian la dernière fois qu'il était là.

— Si tu m'aides à obtenir ce poste, tu me rendras un grand service.

Il semble considérer les choses.

— Tu pourrais travailler ce soir ?

Je hoche la tête.

— D'accord. Je vais lui parler. Je ne te promets rien. Elle devra obtenir l'accord de notre Alpha puisque tu ne fais pas partie de la meute, mais tu ne serais pas la seule.

— Merci. Tu n'as pas la moindre idée d'à quel point j'apprécie.

La cloche retentit, signalant la fin du cours. Nous nous levons tous pour récupérer nos affaires. Zheng sourit et s'avance. Ses bras s'ouvrent comme pour m'enlacer, et je me crispe instantanément. Josué intercepte le contact, en tendant sa main à mon ami tout en l'attirant dans une étreinte fraternelle. Les yeux de Zheng s'écarquillent de confusion.

— Merci d'avoir aidé ma copine, mec. Je suis heureux de savoir qu'elle a un ami ici.

— Oui, bien sûr.

Josué s'éloigne et me tire vers la porte.

— On se voit ce soir, lui lancé-je avant de me précipiter pour sortir.

Je m'assieds sur le capot de ma voiture, les jambes écartées avec Sabrina qui se tient debout entre elles. Ses mains manucurées reposent sur mon pantalon tandis qu'elle se penche vers moi en essayant d'être séduisante. Son parfum me hérisse les poils, il est bien trop superficiel. L'arôme piquant de son odeur agresse mes sens aigus, me brûle les yeux, mais je ne laisse pas échapper une once de dégoût dans mon regard.

J'ignore Sabrina qui fait courir ses doigts sur ma jambe. Elle pense que je reste ainsi parce que je veux être en sa putain de présence alors qu'en réalité, c'est tout l'inverse. La garder proche de moi aujourd'hui m'énerve déjà à un point inimaginable. La bagnole d'Isa se trouve à proximité, et je veux qu'elle aperçoive Sabrina entre mes cuisses.

J'ai envie qu'elle remarque à quel point je suis allé de l'avant, alors j'attends.

— Yo ! On s'en va ? demande Jordy en jetant son sac sur la banquette arrière.

— Oui, on y va.

Il me jette un coup d'œil en biais jusqu'à ce qu'il aperçoive Isa et le connard qui marche à ses côtés. Le visage de Jordy témoigne qu'il prend brusquement conscience de la situation. Des sort juste derrière eux.

— Allez, enfoiré. On va être en retard, s'écrie Jordy, attirant l'attention de ma nana.

Putain ! Ce n'est plus ma nana, je dois m'efforcer de me le rappeler quand bien même ma partie animale n'est pas de cet avis. Mon loup a envie de réclamer ce qui nous appartient.

Isa tourne la tête dans notre direction en entendant la voix de Jordy. Elle me repère alors à ses côtés. Une lueur douloureuse brille dans ses yeux, mais elle la masque rapidement. Qu'est-ce qui lui prend ? Je ne l'admettrai peut-être à personne, mais c'est elle qui m'a laissé tomber. Elle s'est pointée au hasard avec ce type, l'a tenu par la main, et maintenant elle veut prétendre que tout est ma faute ?

Ça n'arrivera pas.

J'agrippe les hanches de Sabrina et la rapproche de moi. Je caresse son cou, en gardant les yeux rivés sur ceux d'Isa pendant que je pose mon autre main sur les fesses de Sabrina. Elle gémit contre moi et se rapproche.

— Rafael, tu sens tellement bon.

Je ravale ma réponse cinglante, détestant la sensation de son corps pressé contre le mien alors que c'est celui d'Isa qui devrait s'y trouver. Je fais courir mes dents le long de son cou. Elle tremble. C'est tellement dramatique, mais ça joue en ma faveur.

Isa se tient là, à quelques mètres de sa voiture, et nous observe. C'est comme si elle s'était figée, et je décide d'en profiter pleinement. Lorsque la main de Sabrina se déplace pour caresser ma queue à travers mon pantalon, je bouge pour m'assurer qu'Isa n'en rate pas une miette.

Son visage rougit, un joli fard colore ses joues, mais que ce soit sous le coup de la colère ou de l'embarras, je n'en ai pas la moindre idée.

Josué l'appelle. Comme elle ne répond pas, il prend sa main et l'attire jusqu'à sa voiture. Mon loup griffe les confins de mon esprit, voulant l'éloigner de ce qui nous appartient.

Son regard reste ancré au mien, une lueur argentée brille à l'intérieur, jusqu'à ce qu'elle détourne finalement la tête, qu'elle grimpe dans son véhicule et que ses vitres teintées la fassent disparaître. Dès qu'elle quitte le parking, je repousse Sabrina et me redresse.

— Hé ! couine-t-elle.

— Je dois y aller.

Je contourne déjà ma bagnole et ouvre la portière côté conducteur.

— Oh, d'accord ! Appelle-moi plus tard.

Je grogne. Je ne lui téléphonerai pas, pourtant je sais pertinemment qu'elle m'attendra demain lorsque j'arriverai au lycée. Elle est tellement prévisible.

CHAPITRE 32
ISABELLA

J'ai eu le poste.

Au moment où Josué et moi passons le seuil de la porte, je reçois un texto de Zheng.

Zheng : Ma tante a dit que tu pouvais travailler ce soir pour un essai. Si ça te convient, le job est à toi. Tu feras la fermeture trois fois par semaine.

Moi : Merci énormément !

— Tu as l'air heureuse, déclare Josué alors que nous posons nos sacs à côté de l'îlot central de la cuisine.

Je récupère deux verres dans l'armoire et les remplis d'eau avant de lui en tendre un.

— Merci.

— Je le suis. Zheng vient de m'annoncer que j'ai obtenu le poste. Il m'arrive enfin quelque chose de bien. Tu comprends ?

Il hoche la tête, mais fronce toujours les sourcils en contemplant son verre.

— Es-tu certaine que ce soit une bonne idée ?

Je renifle.

— Pourquoi pas ?

Il se passe une main dans les cheveux et croise mon regard.

— Isa, tu as traversé énormément de choses.

— Je le sais mieux que quiconque, craqué-je en détestant la direction que prend cette conversation.

Il y a deux minutes de cela, j'étais ravie. Il vient de faire éclater ma bulle de bonheur sans raison. Je me mordille l'ongle.

— Ça va aller, lui indiqué-je, déterminée à veiller à ce que ça marche.

— Aujourd'hui, c'était une bonne journée. Pas de crise de panique. Travailler sera facile.

Il n'a pas l'air convaincu, pourtant il décide de laisser tomber. Je vérifie l'heure et remarque qu'il ne me reste que quarante minutes pour me préparer et arriver au restaurant.

— Je dois me dépêcher. Tu veux me déposer afin de pouvoir garder la voiture au cas où tu aurais envie de sortir ?

Il secoue la tête.

— Non. Quelqu'un du clan des félins vient me chercher. Je voulais remettre à plus tard, mais puisque tu vas travailler, je lui ai dit que j'étais libre. Es-tu certaine que tout ira bien ?

J'opine du chef.

— Oui.

Il ne semble toujours pas persuadé. Il ne prononce rien tandis que je cours à l'étage pour me changer.

***

Le restaurant est complet même en semaine. Presque chaque table est remplie, et seulement deux tabourets de bar sont vides. Je reconnais quelques étudiants du lycée, mais, heureusement, je n'aperçois pas les Devils. Je ne pense pas être capable d'affronter Rafael pour le moment.

Zheng me fait signe dès que je franchis la porte.

— Hé, suis-moi.

Il attire l'attention de l'une des serveuses et lui dit :

— Je reviens tout de suite.

Elle acquiesce, et il me conduit à travers un ensemble de portes battantes et dans un couloir privé qui mène à un bureau. Il frappe deux fois sur la porte avant de l'ouvrir.

— Tante Su, voici Isa.

Une Chinoise d'âge moyen aux cheveux noir de jais lève son regard de son bureau. Les traits de son visage sont sévères. Elle a le nez pointu, les pommettes hautes, les yeux inclinés et les lèvres fines. Mais lorsqu'elle aperçoit son neveu, elle sourit, et tout son visage s'adoucit.

— Tu vas au lycée avec mon neveu ? me demande-t-elle avec un léger accent.

— Oui, madame.

— Ah, de très bonnes manières, remarque-t-elle en se tournant vers moi. As-tu des antécédents professionnels ?

— J'ai travaillé au sein de ma meute. Mais non, je n'ai pas d'expérience de travail formelle. Cependant, j'apprends vite.

Elle hoche la tête en se penchant dans son fauteuil pour pouvoir mieux m'évaluer.

— Zheng t'a-t-il fourni tous les détails ? C'est de la plonge. Ça n'a rien de glamour. Tu ne seras pas serveuse et tu ne gagneras pas de pourboire. De temps à autre, tu pourras avoir à faire le tour des tables si les filles ont besoin d'aide, mais la plupart du temps, tu seras à l'arrière. Est-ce que tu es d'accord ?

Elle m'examine attentivement.

— Ça me semble parfait.

— D'accord, dans ce cas. Zheng va te donner un tablier et te conduire à ton poste. Si tu t'en sors aujourd'hui, le job t'appartient. Il s'agit du salaire minimum, mais tu obtiendras une augmentation une fois que tu auras tenu six mois. L'emploi du temps change chaque semaine.

J'opine du chef.

— Merci.

Zheng me fait parcourir le chemin inverse et m'amène

jusqu'en cuisine. Je suis accueillie par deux cuisiniers qui, je le devine, sont humains. Ils sont coude-à-coude pour travailler, donc ils ne m'offrent qu'un vague sourire. Je me crispe quand je me rends compte qu'il n'y aura que nous trois ici, mais mes épaules se détendent lorsque Zheng m'entraîne vers la station de lavage.

Elle se trouve à l'écart de la cuisine, dans un petit coin.

— Les serveuses empileront la vaisselle ici, expose-t-il en désignant un comptoir où se trouvent déjà des assiettes empilées et des verres. Quand tu en auras fini avec, tu les poseras ici. Les couverts et les verres sont tous placés dans la glissière automatique afin d'être désinfectés, mais tu dois laver les assiettes et les bols à la main.

— Ça me semble assez facile.

Je lui adresse un rictus.

— Je crois que j'ai compris.

— D'accord, et si tu as besoin d'aide, je serai devant.

Il pose une main sur mon épaule, et je me crispe instantanément. La panique afflue en moi, et Zheng ne manque rien de ma réaction. Il retire immédiatement sa main et recule de deux pas.

— Que s'est-il passé ?

J'ouvre la bouche pour répondre, mais rien ne sort.

— Isa, tu es vraiment très pâle.

J'enroule mes bras autour de moi et détourne les yeux. Josué avait raison. C'était une idée de merde. À quoi est-ce que j'ai pensé ?

Je me mords la lèvre inférieure, en ayant du mal à expliquer mon comportement à mon ami, lorsque celui-ci demande :

— Est-ce que quelque chose t'est arrivé au cours de ton absence ?

Je croise son regard inquiet, en sachant que le mien doit

être vitreux à cause de mes larmes contenues, et j'opine du chef.

— Putain !

Il se frotte la nuque.

— C'est pour ça que ton ami s'est interposé aujourd'hui lorsque j'ai voulu te prendre dans mes bras ?

Un autre hochement de tête.

— J'ai été attaquée au match.

— Merde !

Il avance d'un pas en comprenant l'étendue de tout ce que je m'apprête à lui avouer.

— Donc tu n'étais pas en vacances ou quelque chose du genre, mais tu étais en train de te rétablir ?

— Oui. J'ai de la difficulté à accepter le contact en ce moment.

— Je me souviens que tu as été absente pendant près de deux semaines. Qu'est-il arrivé pour que tu aies besoin de tout ce temps pour te remettre ?

J'ouvre la bouche, puis la ferme avant que Zheng n'ajoute précipitamment :

— En réalité, je n'ai pas besoin de le savoir. Je suis vraiment désolé. Ça ne me regarde pas. Si tu décides de me le dire à un moment donné, tu le pourras, d'accord ? Je suis là, pour tout ce dont tu as besoin.

Mon cœur fond face à ses aveux. J'étais sûre que Zheng était quelqu'un de bien.

— Mais...

Il soupire.

— D'accord. Aucun contact indésirable. Je peux gérer ça.

— Merci.

— Est-ce la raison pour laquelle ton ami est ici en ville ? Pour t'aider avec tout ce que tu dois affronter ?

— Oui. Je n'ai pas de meute, alors… Josué représente à peu près tout ce que j'ai.

— Je t'épaulerai moi aussi. Pour tout ce qu'il te faut. J'ai conscience qu'il ne peut pas être avec toi vingt-quatre heures sur vingt-quatre et sept jours sur sept. Quand tu seras ici, j'assurerai tes arrières. D'accord ?

Je fais un pas vers lui en tendant la main, je saisis la sienne entre mes doigts et la presse rapidement avant de la libérer.

— Merci.

CHAPITRE 33
RAFAEL

Elle ne se nourrit pas. J'ignore pourquoi je m'en soucie, mais elle ne mange jamais. Pas au lycée en tout cas. Ses pommettes sont plus aiguisées. Ses vêtements sont plus amples. Et elle porte toujours cette étrange épée sur le dos. Je ne l'ai pas vue de près. Au début, je n'y ai même pas prêté attention. Beaucoup d'étudiants portent des armes à Hellbound High. Pas les métamorphes. Nous sommes nos propres défenses.

Il se passe quelque chose, et j'ignore quoi.

Je sais que mes potes l'ont remarqué eux aussi. Ils lui jettent les mêmes regards inquiets que moi lorsqu'ils pensent que je ne les vois pas. L'envie de la forcer à m'avouer ce qui ne va pas est forte, mais elle est toujours avec cet enfoiré, Josué. Et le pire dans tout ça, c'est qu'elle traîne de nouveau avec Liu. L'un d'entre eux est toujours avec elle. Elle n'est jamais seule. Pas pendant ses cours. Pas au déjeuner. Même quand elle va pisser, un de ces connards reste toujours devant la porte.

Je suis tenté de trouver un moyen de les distraire afin de pouvoir l'attirer au loin, mais pour quelle raison ? Je ne devrais pas me soucier qu'elle perde du poids. Quelle différence cela fait-il pour moi ? Elle ne mangeait pas énormément auparavant. Ça doit être la même chose. Peut-être est-elle encore bouleversée par la mort de sa mère. C'est probablement ça. Je ne peux pas dire que je l'en blâme, mais ce n'est plus mon problème. Plus maintenant.

À ce moment-là, Sabrina se pavane dans ma direction. Je gémis. Elle est terriblement collante, putain !

— Yo, Rafe ! m'appelle Jordy. Ta femme arrive.

J'ignore le désagrément que la présence de Sabrina m'apporte. Georgia est juste à côté d'elle, elle fait des yeux doux stupides à l'intention de Jordy. Il dresse le menton dans sa direction, et elle manque de s'évanouir. Elle est pathétique. Meiying passe devant nous en ricanant.

— Je suis désespérée, les garçons, dit-elle avant de se rendre à la table où Isa est assise.

J'ignore son commentaire et passe mon bras autour des épaules de Sabrina. Comme prévu, elle se colle contre moi, ses seins ainsi que le rembourrage épais de son soutien-gorge se pressant contre mon torse.

— Est-ce que nous allons passer du temps ensemble pour la fin de semaine, Rafe ?

Elle agite ses sourcils de manière séduisante. Je hausse les épaules.

— Aucune idée. J'ai des choses à faire. On verra.

Je sais qu'elle n'est pas heureuse de cette réponse. Elle a essayé de me baiser toute la semaine. Je l'ai embrassée, mais c'est tout ce qui s'est passé entre nous et uniquement en public. Si je dois abaisser mes normes à une fille comme elle, c'est pour de bonnes raisons, et m'assurer que l'information parvienne aux oreilles d'Isa en est une. Sabrina désire plus. Elle a envie de niquer. Mais l'idée de m'enfoncer en elle rend ma queue plus molle qu'une nouille.

J'arrive à peine à lui fourrer ma langue dans la bouche.

Avant l'arrivée d'Isa, j'aurais cédé et je l'aurais sautée sans même y penser. Sabrina a un beau cul, des courbes alléchantes. Son sourire est droit, et elle a de longs cheveux lisses que j'aimerais normalement enrouler autour de mon poing. Mais désormais, tout ce que je vois lorsque je la regarde, c'est une gonzesse pathétique qui ne semble pas comprendre à quel point je suis désintéressé d'elle.

Elle est simplement pour moi un moyen d'arriver à mes fins. Une façon de me divertir. Alors même que je passe mon temps à chercher des idées créatives pour me taper la fille qui a décidé de piétiner mon putain de cœur.

Lorsqu'Isa se tourne dans ma direction, je me penche vers Sabrina pour l'embrasser. Elle gémit dramatiquement contre mes lèvres, et je me force à fermer les yeux, en imaginant que c'est Isa que j'embrasse. Isa que je goûte.

Sabrina geint une fois encore, pas du tout ennuyée que nous soyons en plein milieu de la cafétéria alors même qu'elle agit comme une star du porno. J'aimerais qu'elle la ferme. Lorsqu'elle couine pour la troisième fois, je m'éloigne. Ses pupilles sont dilatées et son rictus est très large alors qu'elle peine à reprendre son souffle. Je tourne mon regard vers la table d'Isa, mais elle est vide désormais.

Elle est partie.

CHAPITRE 34
ISABELLA

La semaine file et, avant que je m'en rende compte, nous sommes samedi soir. Je travaille encore jusqu'à la fermeture chez Suzy, mais cette fois, Zheng a pris sa soirée pour dîner avec Meiying et leur mère. À l'origine, on m'a donné congé à moi aussi, et Zheng m'a invitée à venir, mais je ne suis pas prête à être avec de nouvelles personnes et à prétendre que tout va bien. Je traîne constamment, presque comme si j'étais amnésique, et je n'ai pas l'énergie de faire face à des gens aujourd'hui.

Chez Suzy, je garde ça pour moi. Le restaurant est calme pendant les premières heures de mon service, mais je sais que ça va changer au cours de la nuit, alors je profite du sursis pour m'assurer que tous les plats sont propres et empilés en prévision du rush. Je suis prête.

Josué a dû rentrer ce matin. J'étais déçue de le voir partir, mais je suis consciente que notre Alpha a besoin de lui et je comprends. J'ai apprécié la semaine qu'il m'a offerte. Je n'ai eu qu'une seule crise de panique depuis lundi et, fidèle à sa parole, lorsque Josué n'était pas là, Zheng s'est efforcé d'intervenir et de m'aider à me mettre à l'aise. Ce n'est pas tout à fait la même chose. Je ne me sens pas à 100 % en sécurité comme c'est le cas lorsque je suis avec J, mais ça y contribue quand même.

La fréquentation du restaurant augmente, et je jette un coup d'œil à l'horloge, en notant qu'il est 9 heures. Moins de deux heures avant la fermeture.

Je me tiens occupée à faire la vaisselle pendant que j'écoute des chansons anciennes de My Chemical Romance. Je sautille sur *Black Parade* un peu plus d'une heure plus tard, lorsque Su arrive dans mon dos et m'annonce :

— Je dois partir tôt. C'est Julie qui fermera avec toi ce soir.

Je hoche la tête. Julie est l'une des serveuses qui travaillent à plein temps ici. Elle est humaine, et, d'après ce que j'ai compris, c'est une amie de la famille, donc elle possède une clé et ferme le restaurant de temps à autre. Les cuisiniers de ce soir, Rodrick et Ben, m'apprennent qu'ils partent après avoir honoré la dernière commande de la nuit, et je leur dis au revoir. Ils gardent leurs distances depuis que j'ai commencé à travailler ici, et une partie de moi se demande si Zheng leur a raconté quelque chose à mon sujet. Je lave le restant de la vaisselle au moment où les doubles portes s'ouvrent, laissant apparaître Julie.

— Est-ce que tu as presque terminé ?

Je hoche la tête.

— Oui, il en reste un tout petit peu.

Elle observe ma pile de vaisselle avec un froncement de sourcils. Elle n'est pas si grande, ça devrait me prendre à peu près dix minutes.

— Je suis censée retrouver des amis à une fête et je suis déjà en retard. Est-ce que ça te convient si je m'en vais ? Les portes sont déjà verrouillées et la caisse a été vidée. Tout ce que tu auras à faire, c'est t'assurer que la porte soit fermée jusqu'au bout lorsque tu partiras.

Je hausse les épaules, en posant l'assiette sur le séchoir se trouvant juste à côté de moi.

— Oui, ça ira.

Elle couine.

— Merci beaucoup. Tu es adorable. À la semaine prochaine.

Et sur ce, elle s'en va. Je termine la vaisselle, je ne suis plus pressée. Je récupère mon sac, mon épée et mon pull. J'ai pris l'habitude de garder ma lame avec moi en toutes circonstances, son léger poids sur mon dos me rappelant que je ne suis pas sans protection.

J'éteins les lumières et je suis sur le point d'ouvrir la porte lorsque j'aperçois un homme de l'autre côté de la rue. Toutes les lumières sont éteintes dans le restaurant, et lui se tient loin du lampadaire, ce qui le rend difficile à distinguer, mais les poils à l'arrière de ma nuque se dressent. J'ai l'impression qu'il me fixe droit dans les yeux. J'aperçois une lueur carmin dans son regard.

La peur me fige avant que je ne trébuche de quelques pas en arrière. L'homme ne bouge pas. Je jette un coup d'œil en direction du parking, je repère ma voiture là où je l'ai laissée. À l'endroit le plus éloigné du restaurant parce que je ne voulais pas être garée près de qui que ce soit. Il doit y avoir cinquante mètres entre elle et moi.

Puis-je me rendre à mon véhicule avant lui ? Je suis rapide. Mais je sais que les vampires le sont plus encore. Je jure. Pourquoi se tient-il là sans broncher ?

— Allez, Isa. Ressaisis-toi, murmuré-je.

Après tout, ce n'est pas comme si tous les vampires désiraient me tuer. Ça ne signifie pas que ce qui m'est arrivé va se reproduire. Pourtant, les paroles de mon agresseur résonnent encore dans mon esprit : « parce que nous le pouvons », m'a-t-il dit. Et si c'était lui, ou un autre comme lui ? Quelqu'un qui déteste mon espèce au point de m'attaquer sans autre raison que celle d'en être capable, sans craindre de répercussions ?

Oh, mon Dieu ! J'ai été si stupide.

Je pensais pouvoir continuer ma vie comme si de rien n'était.

Je m'enfonce dans l'une des cabines vers l'arrière, à l'écart des fenêtres, et sors mon téléphone en tremblant. Je compose le numéro de Josué avant de me rappeler qu'il ne peut pas m'aider et de raccrocher. D'accord. Plan B. Je vais essayer Zheng.

J'appelle et j'attends. Ça sonne une fois, deux fois, quatre fois. Répondeur.

Merde !

Je réessaie. Je tombe de nouveau sur son répondeur.

J'essuie mes mains moites sur mes genoux et observe l'écran de mon portable. Je ne sais pas qui d'autre contacter. Désespérée, je pense à Natalia. Elle ne décroche pas. Je vais tenter d'appeler Brian : « Vous êtes sur la messagerie vocale de... »

Je raccroche. Mon cœur rate un battement tandis que l'envie de me transformer s'empare de moi, mais je la combats. Ma louve ne sait pas ouvrir les portes, et elle ne peut très certainement pas utiliser un téléphone. Je jette un nouveau coup d'œil à travers la fenêtre.

Il est toujours là. Qu'est-ce qu'il attend ? La terreur se répand dans ma poitrine. Elle rampe à travers moi, et mon corps tout entier commence à trembler. Je ferme les yeux. Je dois me ressaisir. Je ne pourrai pas réfléchir si je suis morte de peur.

Je respire comme si je venais de courir un marathon. Ma poitrine monte et descend à un rythme effrayant. Je presse mon front sur la surface fraîche de la table et me force à ralentir mon souffle.

Réfléchis, Isa. Réfléchis. Ne panique pas.

L'idée d'appeler Rafael me quitte aussi rapidement qu'elle m'est venue. Je déglutis durement et mordille ma lèvre inférieure jusqu'à être certaine d'atteindre mon sang.

Desmond.

Il répond à la deuxième tonalité.

— Isa ?

— Dieu merci, éclaté-je en sanglots.

— Qu'est-ce qui se passe ?

Sa voix est implacable, et un sentiment d'urgence me pousse à dire :

— Je viens de terminer mon boulot, et il y a un vampire à l'extérieur. Je crois qu'il m'attend. Je suis seule et ma voiture est loin...

— Respire, Isa. Respire.

J'essaie de suivre ses instructions, mais je suis incapable de me calmer.

— Où est-ce que tu es ?

— Chez Suzy.

— D'accord. Je suis en route. Je viens te chercher. Nous pourrons passer prendre ta voiture demain matin.

Je hoche la tête quand bien même il ne peut pas me voir.

— Merci.

— Accroche-toi. Va à l'arrière. Je serai là dans dix minutes.

CHAPITRE 35
ISABELLA

Je suis blottie sur le sol de la cuisine, cachée derrière un des postes de cuisine. Mes genoux sont relevés contre ma poitrine, et mes bras sont enroulés autour d'eux comme si, par ma simple volonté, me tenir ainsi m'empêcherait de tomber en morceaux.

Mon téléphone sonne, je le soulève pour observer mon écran.

Des : Je suis là.

— Dieu merci.

Je ferme les yeux une seconde avant de me forcer à les rouvrir. Desmond est ici. Je suis en sécurité. C'est un loup grand et fort, et il est également le chasseur de la meute Southwest. Celui qui est dehors refusera de s'en prendre à lui. On ne peut pas s'attaquer à un loup appartenant à une horde sans en craindre les conséquences. D'ailleurs, il est probablement parti maintenant de toute façon.

Je vais bien. Tout va bien.

Moi : J'arrive.

Je me lève, mes jambes tremblent tandis que je fourre mon

téléphone dans ma poche arrière et que j'essaie de retrouver mes repères. Je prends plusieurs inspirations et presse ma main sur ma poitrine. Mon cœur bat rapidement, mais je n'y peux rien. Je m'assure que ma lame est toujours bien fixée dans mon dos et je me force à me déplacer vers l'avant du restaurant. J'avance lentement, et je continue à vérifier mon environnement pour m'assurer d'être toujours bien seule. Je sais que le vampire n'aurait pas pu entrer. Les portes sont toujours verrouillées. J'aurais entendu quelque chose s'il avait forcé le passage. Je ressens tout de même l'envie de le contrôler encore et encore.

J'aperçois l'Escalade de Desmond garé juste devant, et un petit soupir de soulagement m'échappe. Il me voit et ouvre sa portière, avant de sortir et de se diriger vers moi. Lorsque je franchis la porte et arrive à l'extérieur, l'air change, ce qui m'amène à me rendre compte que nous ne sommes pas seuls. Je me fige. Les yeux marron foncé de Des rencontrent les miens, et la prochaine chose que je sais, c'est qu'il court droit sur moi.

Il est presque à mon niveau lorsque l'assaillant apparaît. Des intercepte le gars avant qu'il ne puisse me rejoindre, ils entrent en collision dans un enchevêtrement de poings et de grognements. Des est prompt à riposter et abat son poing sur le visage de l'homme avec une forte phénoménale, mais ça ne change rien. Au lieu d'être assommé, le type ricane en un son implacable et vaguement familier juste avant de se précipiter vers moi.

Je ne peux que reculer alors que la peur me submerge. Des parvient à l'attraper et à le jeter sur le côté. Il atterrit dans le mur de briques puis se remet sur ses pieds, et ses yeux cramoisis nous fixent. Je déglutis et avance vers Desmond. Le vampire suit mes mouvements du regard, ses lèvres s'ouvrant pour exposer ses canines.

— Samuel, murmuré-je.

Il affiche un rictus.

— Tu commets une erreur stupide, crache Des, attirant ainsi l'attention de l'agresseur sur lui.

Samuel se redresse à sa pleine hauteur.

— C'est toi qui interfères, loup, se moque-t-il.

— Il vaut mieux t'enfuir. Elle ne t'appartient pas.

Il laisse échapper un soupir dramatique.

— Je ne voudrais pas que tu sois blessé, sourit-il, mais ça peut toujours s'arranger.

La menace est limpide, pourtant Des ne renonce pas.

— Je ne me répéterai pas.

Un autre vampire surgit de l'ombre.

Samuel rit de bon cœur. Deux autres apparaissent derrière nous. Nous nous retrouvons brusquement encerclés. Merde ! Des grogne, ce qui rompt le silence. Il tourne son regard vers moi, ses yeux brillent d'un argent liquide. Je comprends ce qu'il me demande implicitement, et je hoche la tête en réponse, me préparant à ce qui, je le sais, sera une rude bataille. Je ravale ma peur et appelle mon loup. Sa vision aiguisée emplit mes yeux, et mes griffes me percent le bout des doigts.

— Ah, tu vas te transformer ? me demande Samuel en penchant la tête sur le côté. Je préfère d'autant plus cette forme à la bête hybride que tu étais lorsque nous nous sommes rencontrés la première fois.

Sa bouche expose de nouveau ses canines.

— J'ai bien aimé provoquer ton changement. Dis-moi, comment va ton dos ?

Les lèvres de Desmond bougent, tandis qu'il murmure à mon oreille :

— Tu peux te métamorphoser à moitié ?

J'opine du chef.

— Alors, n'hésite pas.

J'agrippe le sabre sur mon dos, exposant mon sabre alors que Des saisit un poignard. Est-ce que ce sera suffisant ?

Les vampires affichent un rictus en apercevant nos armes. Je force mon esprit à rester calme. Stable. Habituellement, un vampire contre un métamorphe est une affaire vite réglée, indépendamment de sa race. Les vampires sont rapides, et il n'existe que quelques façons de les tuer. Détruire leur cœur, les décapiter ou les brûler. Alors qu'avec un métamorphe, il suffit d'opérer suffisamment de dégâts pour que le virus de la lycanthropie ne puisse pas survivre. L'argent est notre kryptonite, mais il n'est pas nécessaire pour nous faire tomber.

Un combat à quatre contre deux ne joue vraiment pas en notre faveur.

J'ai conscience que Des pense la même chose lorsque nos regards se croisent une fois de plus. Une communication silencieuse passe entre nous, juste avant qu'il ne fonce sur les deux vampires derrière nous et que je charge vers l'avant pour affronter les deux autres.

Samuel se précipite vers moi à une vitesse inhumaine. J'évite à peine ses mains tendues, en me fiant à ma vitesse de métamorphe pour m'écarter à la dernière seconde possible. Je balance mon épée, frôlant l'arrière de son bras pendant qu'il file devant moi. Bon sang. L'instinct m'incite à pivoter sur la droite juste à temps pour intercepter la deuxième attaque. Ses yeux cramoisis fixés sur les miens avec haine, il fonce sur ma gorge. Pendant un instant, mon esprit cède à la panique avant que je ne repousse mes émotions. L'adrénaline me gagne de part en part, et, alors que sa main est toujours enroulée autour de mon cou, j'enfonce ma lame dans son estomac.

Je refuse d'être faible et de céder à mes peurs. Pas cette fois.

Il se fige, les yeux grands ouverts, et j'utilise sa surprise à mon avantage tout en déplaçant ma lame vers le haut, en direction de son cœur. Avant qu'il ne puisse tenter quoi que ce soit, Samuel enfonce ses crocs dans mon épaule par-derrière. Je hurle. Mon corps se crispe, et je lutte contre mon envie de m'écarter en sachant que je dois m'occuper du vampire empalé sur mon épée. Je n'aurai pas une autre chance comme celle-là.

En luttant contre ma douleur, j'ignore l'odeur de mon propre sang tandis qu'il s'en nourrit.

— J'espère avoir un goût de merde, crié-je en faisant coulisser ma lame vers le haut et en sachant que les vampires n'aiment pas la saveur de notre sang.

Je bande mes muscles, frappe l'os et déplace mon épée sur les derniers centimètres menant au cœur du vampire. À la dernière seconde, il se saisit de mon arme, le sang coulant de ses doigts alors qu'elle tranche sa main. Toutefois, ce n'est pas suffisant pour arrêter mon élan. La lame entre dans ses organes comme dans du beurre.

Le pourpre de ses yeux faiblit et ses jambes lâchent. Mon sabre glisse librement lorsqu'il tombe sur le trottoir et que je me tourne vers Samuel. Ses crocs se détachent de mon épaule, et je grogne alors que la souffrance se répand en moi.

Face à lui désormais, mon souffle est laborieux, mon cou pisse le sang. Toutefois, je prépare mon arme pour ma prochaine attaque. Sa bouche affiche un sourire, tandis qu'il utilise son pouce pour essuyer mon hémoglobine qui coule entre ses lèvres. Son regard ancré au mien, il porte son doigt ensanglanté à sa bouche et le suce de façon provocante. Il gémit.

— Un goût exquis que j'apprécie.

Je frissonne en m'agrippant davantage à ma lame. En lui jetant un regard, je me tourne vers Des. Il est toujours en train de livrer bataille avec les deux autres vampires, tous les deux l'encerclant. Du sang coule d'une blessure sur son flanc, mais il semble tenir le coup.

— Tu voulais une seconde chance. Alors, allons-y, me moqué-je.

Il observe prudemment mon épée, et je tente ma chance. Je tiens mon arme vers l'arrière par la garde, avant de la lancer comme un javelot visant directement sa poitrine. Le sabre le distrait alors que mes os craquent et que la fourrure recouvre mes bras. Mon visage se transforme en celui de ma louve, et, sans hésiter, je fonce vers l'avant.

Il ne me voit pas venir. Je le jette au sol et referme mes dents autour de sa gorge, arrachant sa chair. Le goût du sang des morts-vivants emplit ma bouche, et je déglutis. Je m'éloigne de lui, je titube et je me rends compte que ce trou du cul est toujours vivant. Il agrippe sa gorge, sa peau est déchirée et son œsophage repose à ses côtés. J'aperçois les os de sa colonne vertébrale à travers la blessure que je lui ai infligée, et la révulsion manque de me faire tomber au sol.

Un juron m'incite à pivoter, et j'aperçois Des qui porte un coup mortel à l'un des vampires, qu'il décapite méchamment de sa lame. Le dernier agresseur l'observe prudemment avant de se retourner et de disparaître rapidement.

Des chancèle dans ma direction, le sang trempant sa chemise. Je me précipite pour l'attraper alors que ses genoux fléchissent.

— Il faut seulement... que je reprenne mon souffle.

Samuel laisse échapper un gargouillement.

— Cet enfoiré est toujours...

— Vivant. Je sais. Je vais m'en occuper.

Mes paroles sont déformées, mais elles sont suffisamment cohérentes.

Après avoir aidé Des à s'asseoir contre son SUV, je m'avance vers Samuel et ramasse mon épée. Sa bouche s'ouvre et se ferme, mais puisque la majeure partie de sa gorge a disparu, il ne peut plus parler. Il peut encore guérir, se remettre de ses blessures, mais je refuse de continuer à vivre en scrutant par-dessus mon épaule. Je reprends forme humaine, ma chemise déchirée pendouille sur mes épaules, mais je ne m'en soucie guère.

Il m'a volé quelque chose que je compte bien récupérer.

Je traîne ma lame contre le trottoir en m'approchant de lui, laissant la pointe racler le sol. De petites étincelles scintillent. Je le dévisage, sans la moindre émotion, alors que ses jambes se tordent dans un effort pathétique pour s'enfuir.

Je ne prononce pas un mot. Je n'ai pas besoin de déclamer un long monologue. Je me contente de lever mon sabre une fois que je suis à ses côtés et de l'abattre sur son cou dans un mouvement rapide, en veillant à soutenir son regard tout du long. Je veux qu'il se souvienne de mon visage lorsqu'il pourrira en enfer.

Sa tête roule sur le sol et je me force à opérer un demi-tour et à m'en aller. Je viens de tuer pour la troisième fois. Une partie de moi pense que cela devrait me déranger, mais... ce n'est pas le cas.

Je retrouve Des là où je l'ai quitté, son portable à la main tandis qu'il murmure à quelqu'un l'endroit où il se trouve ainsi que l'étendue de ses blessures. Je m'installe à ses côtés, en sachant que je ne peux pas entreprendre grand-chose jusqu'à l'arrivée des secours.

Heureusement, il n'est pas très pâle. Le virus de la lycanthropie devrait réparer les dommages assez vite. Ça ne signifie pas pour autant que nos blessures ne nous font pas un mal de chien. En raccrochant, il penche la tête vers l'arrière et ferme les yeux. Je sais qu'il est réveillé, malgré les apparences.

— Ce n'était pas la première fois que ce vampire essayait de te tuer, déclare-t-il.

Ce n'est pas une question. Pourtant, je décide de lui répondre.

— La première fois, c'était la nuit du match.

Il opine du chef, ses yeux sont toujours fermés.

— C'est la raison pour laquelle tu n'es jamais venue ?

— Oui. Je suis désolée. Je ne voulais pas vous mêler à tout ça. Je pensais qu'il laisserait tomber une fois qu'un membre de la meute serait arrivé. J'ignorais qu'il allait amener des amis. Je ne t'aurais pas appelé si...

— Tu aurais dû nous expliquer plus tôt. Tu aurais dû nous parler de la menace qui planait sur toi.

Il soupire.

— Merde, Isa ! Pourquoi est-ce que tu n'as rien dit ?

Je renifle.

— J'ai essayé. Tu te souviens ?

— Putain ! Oui, eh bien...

Il s'écarte.

— Tu aurais dû faire plus d'efforts.

Avant qu'il ne puisse terminer sa phrase, je secoue la tête.

— Je ne suis pas l'une des vôtres. Je voulais me justifier pour que vous ne soyez pas en colère contre moi, mais c'est exactement ce qui s'est passé.

— Conneries. Tu es une louve.

Une voix familière nous appelle, et nous pivotons vers la gauche.

— Isa ?

— Tu l'as appelé ?

Je me fige.

— J'ai contacté mon Alpha.

J'aperçois l'homme qui marche à côté de Rafael et je frissonne. Le type qui m'a sauvée au match. C'est son père ? C'est l'Alpha de la meute Southwest ? Je peux remarquer la ressemblance désormais. Ils ont les mêmes cheveux brun foncé. Les mêmes yeux bruns et les mêmes sourcils.

Oh, putain !

Mon cœur bat à tout rompre dans ma poitrine pour une tout autre raison.

L'Alpha Castillo croise mon regard. J'y perçois de l'inquiétude, mais c'est fugace. Il se tourne vers Desmond pour vérifier s'il est blessé. Je distingue Ricardo tout proche, et je décide que ce serait le bon moment pour m'échapper. Seulement, Rafael apparaît et m'attire dans ses bras.

— Qu'est-ce que tu imaginais ? Putain ! Tu essaies de me déclencher une crise cardiaque ? Des m'a dit que les vampires t'avaient attaquée.

L'émotion est palpable dans ses yeux. Il se soucie de moi ?

Il resserre son emprise, et, venue de nulle part, la panique me submerge.

Je m'éloigne tandis qu'il pivote vers Des, complètement inconscient de la rage qui croît en moi.

— Qu'est-ce qui s'est passé ? lui demande Rafael.

Je déglutis plusieurs fois en essayant de faire disparaître la boule qui obstrue ma gorge. J'inspire profondément et tente de m'écarter, mais il ne relâche pas sa poigne. Il grogne et penche la tête sur le côté.

— Lâche-la, mec, déclare Desmond. Isa ? Qu'est-ce qui se passe ?!

Des lutte pour se remettre sur ses pieds.

— Écarte-toi, Rafael. Maintenant.

CHAPITRE 36
RAFAEL

Dès que je lâche Isa, elle s'enfuit. J'essaie de la poursuivre, mais mon meilleur ami me retient.

Même maintenant, je suis tenté de la pourchasser. J'ignore ce qui m'arrive, mais en la voyant comme ça, recouverte de sang et de sueur, j'ai eu la peur de ma vie. Ma nana était en danger.

La mienne.

J'emmerde toutes les conneries qui se sont passées entre elle et Josué. J'emmerde le fait qu'elle m'ait laissé tomber. Elle est à moi. Elle s'est échappée ce soir, mais dès que Des sera hors de ma vue, j'irai la retrouver. Nous devons discuter.

Il n'y a que nous quatre désormais. Des, mon père, le guérisseur de la meute et moi. Nous sommes assis dans l'Escalade de Desmond, et je suis au volant. Pas question que je le laisse rentrer chez lui ce soir. Des raconte à mon père les événements de ce soir, et une chose est sûre, c'est que des têtes vont tomber lundi lorsque mon père s'entretiendra avec le chef du clan vampire. Il certifie à mon ami qu'il y aura des conséquences. Que cela ne se reproduira plus.

Pas encore.

Ce n'était pas la première fois.

— Es-tu certain de ne pas vouloir revenir dans l'enceinte ? s'enquiert mon père.

Des secoue la tête. Il a perdu une grande quantité de sang, mais ses blessures se sont déjà refermées. Ricardo lui a donné le feu vert, et la dernière chose qu'il va faire sera de s'allonger sur un lit. Il va être très agité. Il a besoin de se nourrir et d'aller courir.

— Je vais conduire Des à sa maison et je resterai avec lui, dis-je à mon père avant de me tourner vers mon pote. Comment as-tu atterri là-bas ?

Il branle du chef en affichant une expression fatiguée.

— Isa m'a appelé. Elle était en panique. J'ai simplement cru qu'il y avait un mec dehors et qu'elle ne se sentait pas à l'aise à l'idée de quitter le restaurant toute seule.

Un sentiment de douleur m'écrase lorsque je comprends qu'elle avait peur et qu'elle l'a contacté. Lui. Pas moi. Pourtant, avant que je ne puisse répondre quoi que ce soit, mon père pousse un juron. Je tourne mes yeux vers lui et il demande :

— Est-ce que vous êtes proches d'elle ?

Nous hochons la tête de conserve.

— C'était le cas avant.

Il fronce les sourcils, mais j'ignore totalement pourquoi. Pourquoi se soucie-t-il que je parle ou non à Isa ? Il m'a sommé de laisser la louve solitaire à sa place. Ne s'en souvient-il pas ?

— Qu'est-ce que ça signifie exactement ?

Je hausse les épaules, je n'ai pas envie d'en parler avec lui. Isa et moi en avions fini, mais après ce soir, j'ai bien l'intention de rectifier cela.

— Rien. Ce n'est pas important.

Son plissement de sourcils s'accentue, et ses yeux se parent de déception.

— Cette fille a traversé l'enfer, indique-t-il.

La colère grimpe en moi.

— Comment pourrais-tu le savoir ?

Il se passe une main sur le visage, et j'ai conscience qu'il rechigne à me répondre. Non, pas cette fois. S'il est au courant de quelque chose au sujet de ma nana, je devrais l'être moi aussi.

— Pops, comment connais-tu Isa ?

Il pince les lèvres. Il demeure silencieux pendant une minute, alors je décide de le presser de nouveau.

— Si quoi que ce soit s'est passé, j'ai besoin d'en être informé. Tu dois me le dire.

— Le soir de ton match. Celui où ta mère et moi sommes venus pour te regarder jouer...

Il hésite.

— Oui ?

Je me rappelle qu'il était sorti pour passer un coup de fil et qu'il est parti peu de temps après. Maman m'a raconté qu'un truc était arrivé.

— Elle a été attaquée sur le parking.

Attendez. Quoi ?

Mon cœur se serre et ma bouche s'ouvre.

— Comment ça, attaquée ?

Est-ce la raison pour laquelle elle n'était pas au match ? Parce qu'elle était blessée ? Putain ! Elle a été agressée, et je me suis comporté comme un trou du cul. Pas étonnant qu'elle ne m'ait pas répondu. Son visage s'assombrit.

— Des vampires l'ont affrontée. Je l'ai trouvée sur le parking. Son épaule était brisée. Son bras cassé et déboîté. Ils l'ont poignardée sept fois dans le dos, puis ils ont versé de la poudre d'argent sur ses blessures.

Il se passe les mains sur le visage.

— Je suis étonné qu'elle ait survécu. Ricardo n'était pas
certain qu'elle y parviendrait.

— Tu te fous de moi ?!

Mon père a l'air surpris par ma colère. L'argent brille dans
ses yeux.

— Surveille ton...

— Comment as-tu pu ne pas me le dire ?!

L'effroi me retourne l'estomac. Elle aurait pu mourir. Et je
ne l'aurais jamais su. Comment puis-je ne pas être au courant ?

Mon loup monte en moi, j'ai envie d'exploser, putain ! Je
m'enfonce dans mon siège et commence à accélérer, incapable
de rester immobile. Des et mon père s'en prennent à moi.

— Merde !

Je tire sur mes cheveux.

— Elle devrait faire partie de la meute. Cela n'aurait jamais
dû lui arriver.

— Ce n'est ni à toi ni à moi d'en décider. Elle est mineure.
Son père...

— Putain, ce sont des conneries. C'est une louve. Elle a
besoin d'une horde. Si elle avait été des nôtres, elle n'aurait
jamais été attaquée.

Mon père hausse les épaules et pousse un soupir.

— Nous n'en savons rien, mais quoi qu'il en soit, c'est hors
de mon contrôle. Je ne peux pas kidnapper cette gamine.

— Et pourquoi ?

Il m'observe, et d'accord, oui. Je connais la réponse, mais
quand même.

— Je comptais lui parler après l'agression, mais sa tutrice est
arrivée avant que j'en aie l'occasion.

Il souffle.

— Elle était en état de choc. Elle a décidé de fermer les
yeux. Je ne peux pas dire que je la blâme pour cela.

Il se tourne vers Desmond.

— Est-ce que vous les avez tous eus ?

Mon pote grince des dents.

— Il y en a un qui s'est enfui.

Putain !

CHAPITRE 37
ISABELLA

Samedi matin. Contre mes hésitations initiales, je décide d'aller courir pour me vider la tête. Je n'ai pas réussi à dormir hier soir. J'ai continué à rejouer ce qui s'est déroulé au restaurant encore et encore, en visualisant toutes les manières dont les choses auraient pu mal se passer. C'était déjà assez mauvais en soi. Mais ça aurait pu être mille fois pire avec les chances qui étaient contre nous. Au fond je le sais, et ça m'a terriblement secouée.

Je me demande comment va Desmond. En parlant de…

J'aperçois un Escalade noir familier au coin de ma rue. J'essuie la sueur qui ruisselle sur mon front, mais je ne ralentis pas. Pas avant que la voiture ne se rapproche suffisamment pour que je puisse repérer Desmond à travers le pare-brise. Je laisse échapper un soupir de soulagement. J'étais presque certaine que c'était lui, mais ça aide d'en avoir la confirmation même si mon esprit rationnel est conscient qu'un vampire ne serait pas dehors en plein jour. Je n'en ai même jamais aperçu au lycée. Je sais qu'ils y sont. Mais ils ne quittent jamais le hall nord où toutes les fenêtres et les portes ont été teintées, et, heureusement, je n'ai pas encore eu cours dans cette partie du lycée.

Le SUV se hisse à mon niveau et ralentit, en suivant le rythme de ma course pendant que l'une des vitres s'abaisse et que Rafael passe son bras par la fenêtre côté passager. Mon cœur tressaute dans ma poitrine, malgré tout ce qui s'est passé. J'aperçois Jordy sur la banquette arrière. On dirait que tout le groupe est présent.

— Isa, m'appelle Rafael.

Sa voix est dure, et je frissonne instantanément.

— Monte dans la voiture.

— Non, lui déclaré-je en accélérant le pas.

Je déglutis, en me forçant à ne pas me concentrer sur l'intonation de son timbre. Le désir me traverse, mais je le repousse et garde mes yeux fixés droit devant moi.

— Isa.

Je perçois son avertissement. Il est en colère. Est-ce qu'il me blâme pour ce qui s'est produit hier soir ? Probablement. Après tout, je suis la cause des blessures de son meilleur ami.

— Va-t'en, Rafael.

L'Escalade s'arrête et il en sort. Je gémis, et, en moins d'une seconde, il me fait basculer sur son épaule et me jette sans le moindre ménagement sur la banquette arrière à côté de Jordy, avant de claquer la portière et de reprendre place sur le siège avant.

— Frangin, qu'est-ce que tu fous ? s'écrie Jordy. Je croyais qu'on devait la jouer cool.

— Attache-toi, aboie Rafael en l'ignorant.

Je me dépêche de me redresser et de m'appuyer contre la portière aussi loin de Jordy que possible alors que Des redémarre. Ma respiration est erratique, je perçois tous leurs yeux posés sur moi.

— Laissez-moi sortir.

La peur me gagne de part en part. Je ferme les paupières.

Ce ne sont que les garçons. Tout va bien. Ils ne me feront pas de mal. Même si Rafael est en colère contre moi, il ne m'agressera pas.

Allez, Isa. Ne panique pas.

Cela ne semble pas avoir d'importance. Me répéter que je suis en sécurité n'empêche pas la panique de se répandre dans mes veines. Je suis en hyperventilation désormais.

— Isa, tout va bien. On veut simplement discuter.

Jordy s'avance plus près de moi, et je perds le fil.

— Laissez-moi sortir. Laissez-moi sortir !

Mes doigts s'accrochent à la poignée. Je l'actionne. Desmond freine au moment où je me jette hors de la voiture. Je tombe sur le trottoir, l'asphalte égratignant ma peau. J'entends trois portières s'ouvrir et se refermer. Des noms d'oiseaux suivent rapidement, mais je me relève déjà, insensible à mes blessures. Le sang coule sur mon avant-bras tandis que les trois jeunes hommes se dirigent vers moi.

— Arrêtez ! Ne vous approchez pas.

Je tends une main dans leur direction et les exhorte à rester à l'écart. Mon autre main s'agrippe à mon crâne tandis que je lutte pour retrouver mon souffle. J'ai la tête qui tourne, et j'y perçois un battement incessant et de plus en plus fort à chaque seconde qui passe. Pourquoi est-ce que ça continue ? J'allais bien hier soir.

— Je...

Je pousse un juron. J'avais mon sabre. J'avais cette putain d'épée et je me sentais en sécurité. Maintenant qu'il n'y a plus que moi, je sais par expérience que ce n'est pas suffisant.

— Isa, nous ne nous rapprocherons pas. Respire. Nous ne te ferons pas de mal. Tu en es consciente.

La voix de Desmond m'effraie. Je recule sur le trottoir

jusqu'à ce que mes pieds rencontrent l'herbe, et je m'y effondre en posant ma tête sur mes genoux.

— Je vais bien. Je vais bien. Je vais bien.

Si je le répète assez souvent, ça s'avérera vrai.

— De quoi est-ce que tu as besoin ? me demande Desmond.

Je branle du chef.

— Isa ?

La voix de Jordy est plus aiguë que d'habitude. Je lève les yeux et constate qu'ils sont tous les trois debout face à moi à quelques mètres de distance, paraissant inquiets et confus. Je déglutis fortement.

— Une arme.

Ma voix tremble.

— J'ai besoin de ma putain d'épée.

Trois grognements s'élèvent, Desmond sort une lame et la jette sur le sol devant moi. Je serre la poignée entre mes mains et frotte doucement mon pouce dessus.

— Ça va ?

Il me pose cette question en faisant un pas de plus. Puis un autre. Ma respiration s'accélère, je tremble. Desmond s'accroupit devant moi, les mains levées paumes vers l'avant.

— Personne ne va te blesser.

En sécurité. Des représente la sécurité.

Jordy se rapproche de façon hésitante. Mon souffle s'accélère. Je ferme les yeux.

— Je suis désolée. Je...

Je branle du chef. Des le fait reculer, et, sans que je lui demande, il s'éloigne de moi.

— Que se passe-t-il ?

Je secoue la tête. Je n'ai pas envie d'en parler. Je sais que je suis victime d'une crise de panique et qu'ils veulent obtenir des réponses, mais j'en suis incapable...

— Est-ce que c'est à cause des attaques ?

L'intonation de sa voix est très douce.

— Mon Dieu, c'est embarrassant.

— Bébé...

Je branle du chef en direction de Rafe. Sa voix est emplie de douleur, lorsque son regard hanté croise le mien. Ses mains sont tellement crispées que je peux voir ses jointures blanchir. Il s'approche et je tressaille.

En jurant, il contourne la voiture.

— Merde !

— Tu n'aides pas. Reprends-toi, lui intime Desmond.

Il se tourne alors vers moi.

— Je veux simplement t'aider. Je ne savais pas. Pas avant hier soir...

Hier soir, après que Rafael s'est montré avec son père. Il a dû leur parler de ce qui s'était produit au match. La honte me submerge par vagues, ne me laissant que du dégoût de moi-même. Ils sont au courant. Ils ont conscience tous les trois à quel point je suis faible. J'enfonce mes mains contre mes yeux.

— Isa...

Des tente d'attirer mon attention.

— Accordez-moi une minute.

J'ai le souffle coupé, pourtant je me force à ajouter :

— Je ne peux pas vous parler. Je ne gère pas bien le fait d'avoir des gens proches de moi en qui je n'ai pas confiance. Ma louve est nerveuse. Bon sang, je suis terriblement anxieuse.

Je lui adresse un regard suppliant, l'implorant de me comprendre. Des plisse les yeux et se passe une main dans ses cheveux tressés.

— Ton esprit saisit, mais pas ton corps.

Il hausse les épaules.

— Tout va bien. J'ai pigé.

Je sursaute.

— Tu étais là. Tu assurais mes arrières. Je...

Je soupire.

— Ça m'est plus facile de me convaincre que tu représentes la sécurité puisque tu m'as aidée à survivre.

Il hoche la tête.

— Et qu'en est-il de Rafael et de Jordy ?

Je hausse les épaules.

— Je l'ignore.

— Et ce type qui a été avec toi toute la semaine...

Desmond ne termine pas sa phrase, mais je sais ce qu'il me demande.

— C'est comme un frère pour moi. Je le connais depuis l'école primaire. Il représente ma famille.

Il opine de nouveau du chef.

— D'accord. D'accord. Laisse-moi réfléchir.

Il se lève et retourne vers sa voiture. Il dit quelque chose à Rafael et Jordy, et Rafael explose en levant ses mains en l'air et en poussant un juron. Il tire sur ses cheveux, mais lorsqu'il me regarde, sa colère s'évapore. À la place, il y a un besoin criant et une intense dévastation.

Mon cœur se serre. Il ne me dissimule aucune de ses émotions. Pas cette fois. Il me laisse tout apercevoir. Chaque morceau douloureux de ce qu'il ressent. Et ça me fait chanceler. Je ne sais pas comment interpréter son angoisse. Est-il bouleversé à cause de ce qui s'est passé ? Ou parce que je représente un véritable gâchis ?

Il ne se rapproche pas. Il se contente de m'observer avec une émotion qui n'est plus visible, et c'est soudainement trop à gérer. Le voir ainsi me fait trop de mal. Je déglutis fortement et me force à me remettre sur mes pieds. Mes yeux se fixent sur ses poings serrés, et je remarque brusquement qu'il porte toujours mon bracelet.

Celui que je lui ai donné avant le match.

J'essaie de ne pas l'interpréter, même si j'ai envie de croire que cela signifie...

— Isa, bébé.

Sa voix est rauque.

— Je n'ai jamais...

Il s'interrompt en détournant le regard.

— J'ai cru à des choses qui n'étaient pas réelles, et je n'étais pas là lorsque tu avais besoin de moi.

Il pivote dans ma direction et me permet de distinguer le désespoir présent dans ses yeux.

— J'ai merdé. Mais je suis ici maintenant. Je veux être là pour toi. Tu dois me laisser être présent.

Je secoue la tête. J'en suis incapable pour le moment. En enroulant mes bras autour de moi, je recule d'un pas.

— Je... je ne peux pas. Je suis désolée.

— Isa !

Je marque un temps d'arrêt, je déteste à quel point j'ai l'air faible et pathétique en cet instant précis. Je suis brisée à l'intérieur.

— Je ne te ferai pas de mal. Je ne te ferai jamais de mal.

Il avance d'un pas et s'immobilise en m'adressant un sourire triste.

— Je ne te causerai jamais de tort. Tu dois me croire.

— Ah non ?

Ma propre voix se meurt à mesure que mes mots m'échappent. J'ignore si je l'interroge ou si je conteste. Parce qu'il m'a fait du mal. Il m'a blessée. Son visage s'assombrit. Il se frotte la nuque et détourne le regard.

— Je suis tellement navré. Je ne savais pas. Sinon, je n'aurais jamais... Isa, je ne voulais pas...

— Tu ne m'as jamais posé la question.

Mes larmes coulent librement sur mes joues. Je ne me donne

même pas la peine de les essuyer. Je veux qu'il les voie. Je souhaite qu'il remarque tout ce qu'il y a de brisé en moi et qu'il comprenne qu'il en est en partie responsable. J'ai envie qu'il souffre de la même manière dont il m'a fait souffrir. Parce que, tout comme Oliver, il m'a quittée. Au moment où j'avais le plus besoin de lui.

— J'ai essayé de te parler. Le premier jour, lorsque je suis revenue au lycée. Dès que je t'ai vu, je me suis approchée directement, et tu te souviens de ce que tu m'as balancé ? De la manière dont tu m'as parlé ?

L'angoisse se répand dans son regard, mais c'est trop tard, je ne parviens plus à me retenir.

— Tu m'as traitée de pute.

Je secoue la tête, alors que davantage de larmes silencieuses inondent mes yeux, suffisamment pour que Rafael devienne une forme floue face à moi.

— Je ne peux pas faire ça. Laissez-moi tranquille. Je pense que j'en ai assez subi.

Je me détourne et rentre chez moi en courant.

Heureusement, personne ne me suit.

RAFAEL

Elle refuse de croiser mon regard. J'essaie de lui parler au lycée, mais elle se détourne, et l'enfer sait que je le mérite. Je tente d'attirer son regard lors de notre premier cours, pas une seule fois elle ne pivote dans ma direction. Pour envenimer la situation, Sabrina m'attend devant la salle, et les yeux d'Isa lorsque celle-ci tente de m'embrasser me prouvent à quel point elle est écœurée.

Je repousse Sabrina, mais les dégâts sont déjà faits, et, avant que je ne puisse la forcer à m'attendre, Isa est partie, engloutie par la marée abondante dans le couloir.

— Sabrina, craché-je.

— Oui, bébé ? ronronne-t-elle en me caressant le torse.

Je retire sa main, mes lèvres se retroussant avec dégoût.

— J'ai eu ma dose. Je passe à autre chose. Je te suggère d'en faire autant.

Ses yeux s'écarquillent avant de se rétrécir pour ne former plus que des fentes.

— Laisse-moi deviner, tu retournes vers ta petite princesse à papa ?

J'avance d'un pas menaçant dans sa direction.

— Prononce encore un truc au sujet d'Isa Romero, et je veillerai à ce que tu le regrettes. Tu as déjà eu un avant-goût de ce que c'est que d'être dans mon sillage. Tu veux y retourner ?

Elle déglutit en secouant la tête.

— Bien. Maintenant, dégage. J'ai tourné la page.

Je ne prends pas la peine d'attendre une réponse de sa part avant de partir à la recherche de Jordy. Il est plus doux lorsqu'il s'agit des filles. Il saura peut-être comment réparer les choses avec Isa.

***

Je vois Isa discuter avec Desmond dans les couloirs tandis qu'ils se dirigent vers le réfectoire, mais dès que j'approche, elle s'enfuit et va s'asseoir à la table de Liu. J'essaie d'ignorer à quel point je me sens mal à l'aise lorsqu'elle m'ignore ainsi, mais c'est difficile. Des m'adresse une tape sur l'épaule.

— Elle a simplement besoin de temps, mec.

J'opine du chef, conscient qu'il a raison, mais ça ne signifie pas pour autant que je doive apprécier la situation. J'ai merdé royalement lorsque je l'ai repoussée. Je ne commettrai pas cette erreur de nouveau. Je ne compte pas l'abandonner. Je n'ai jamais ressenti cela pour une fille. Ça n'a jamais été comme avec Isa. C'est pour cette raison que, même lorsque j'étais furieux contre elle, quand je pensais qu'elle avait tourné la page avec Josué, je ne parvenais pas à me la sortir de la tête. Elle s'y est incrustée. Elle prend toute la place et refuse d'en sortir.

À l'heure du déjeuner, j'attrape mon visage entre mes mains en ressassant toutes les manières dont je peux la reconquérir. Lorsque la sonnerie retentit, je la suis du regard, l'observant comme un chiot malade d'amour alors qu'elle quitte la cafétéria, Meiying et Liu sur ses talons.

Je m'éloigne de la table et fonce après eux.

— Qu'est-ce que tu fais ? s'écrie Des quelque part derrière moi.

Je hausse les épaules. Je n'en ai pas la moindre idée, mais je sais que je dois tenter quelque chose. Isa se glisse dans sa troisième salle de cours, et je passe derrière elle. Mes yeux se posent sur Liu, et, juste avant qu'il n'atteigne sa propre classe, je le tire en arrière par le tissu de sa chemise.

— Hé, mec...

Son regard s'écarquille lorsqu'il constate qu'il s'agit de moi.

— Qu'est-ce qu'il y a, Rafael ?

Il s'écarte et rajuste le col de sa chemise.

— Tu as passé beaucoup de temps avec Isa dernièrement.

Je voulais présenter les choses comme une question, mais ça sonne plutôt comme une accusation. Zheng serre les dents.

— Pourquoi ça t'intéresse ? Tu t'es comporté comme un trou du cul avec elle depuis qu'elle est revenue. Rends-lui service et laisse-la tranquille. Elle a suffisamment souffert et n'a pas besoin de tes conneries.

J'abats mon poing dans le casier qui se trouve juste à côté de lui.

— Je n'étais pas au courant !

Quelques personnes présentes dans le couloir se retournent pour nous observer, je leur grogne dessus.

— Allez vous faire foutre.

Ils intègrent tous précipitamment leur salle, laissant le couloir désert, à l'exception de nous deux.

— J'ignorais ce qui lui était arrivé. Je ne l'ai appris que tout récemment.

— Et c'est censé tout arranger ? Va au diable, Rafael.

— Liu...

C'est un avertissement. Il branle du chef.

— Non. Tu as merdé. Je ne sais même pas pourquoi tu es en

train de me parler. Je ne vais pas t'aider à réparer tes erreurs. Je ne te dois rien...

— Si, et tu en as conscience.

Son regard s'assombrit.

— Tu m'es redevable, et tu le sais pertinemment. Tu veux que j'arrête de te détester ? Tu souhaites que les loups du clan cessent de te haïr à cause de ce que tu nous as fait traverser ?

Il pince les lèvres et m'adresse un signe de tête.

— Alors, aide-moi à lui parler. Elle n'est pas à l'aise en ma présence.

Il renifle et l'envie de le frapper au visage est forte, cependant je parviens à l'ignorer.

— Je tiens à elle. Je veux être là pour elle. Aide-moi à discuter avec elle, et j'oublierai ce qui s'est passé. Nous effacerons ton ardoise.

Il semble y réfléchir. Ce n'est un secret pour personne que je le maudis. C'est le cas depuis ma première année. Il était mon ami. Nous étions comme des frères. Nous étions une bande, tous les quatre. Mais il a fallu qu'il foute tout en l'air. Il a rompu ma foi en lui. Ce n'est pas quelque chose que je peux pardonner, mais par l'enfer, les temps désespérés exigent des mesures désespérées.

Pour récupérer Isa, je suis prêt à entreprendre n'importe quoi.

— Vraiment ? Tu tireras un trait sur tout ça ?

Il déglutit.

— Tout ce qu'il me suffit de faire, c'est contribuer à ce qu'Isa te parle ?

Je hoche la tête.

— Je ne peux rien te promettre.

— Je n'ai pas besoin de promesses ou d'assurance. J'ai simplement besoin d'une chance. Une chance d'arranger la situation.

— D'accord.
Je soupire.
— D'accord.

CHAPITRE 39
ISABELLA

Rafael n'arrête pas de me contacter. Ainsi que tous les loups du lycée. Jordy m'envoie une blague par SMS chaque matin. Ou un GIF amusant qu'il a trouvé en ligne. Il souhaite me faire sourire. Et bien que j'apprécie le geste, c'est beaucoup à encaisser. Le changement soudain de leur comportement. Une seconde, ils me détestent. Maintenant, c'est comme s'ils m'étouffaient de leur affection lointaine. Desmond est le seul avec qui je parle au lycée. Il m'accompagne parfois en cours lorsque Zheng n'est pas là. Il s'assure que personne ne s'approche trop de moi. Je ne lui ai pas demandé de jouer au chien de garde, et lorsque je le lui ai indiqué, il s'est contenté de me fixer du regard et de continuer comme si je n'avais rien dit. J'ai appris à ne pas le pousser dans ses retranchements. S'il a envie d'arriver en retard en classe chaque jour, c'est son problème.

Rafael m'envoie des messages chaque matin. Une variation de « bonjour », « tu es magnifique », et il m'appelle tous les soirs. Je ne donne pas suite à ses messages, et je ne décroche jamais. Il ne laisse aucun message sur ma boîte vocale, ce qui est probablement pour le mieux. Entendre sa voix au lycée, c'est suffisant. S'il en déposait, je me connais assez pour savoir que je me les repasserais encore et encore, obsédée par le son de sa voix. J'essaie de découvrir le sens caché derrière tout ça. C'est ce que je fais avec chacun de ses SMS, et je trouve cela suffisant. Parfois, il ajoute un emoji, ce qui m'inonde d'espoir. Pourquoi, je n'en suis pas vraiment certaine.

Mais sans faute, à 21 heures, mon portable s'allume et son nom clignote sur mon écran. Une partie de moi a hâte de recevoir son appel. Lorsque 20 h 45 approche, je commence à compter les minutes, en espérant qu'il téléphonera, tout en m'inquiétant à ce sujet. Parce que tôt ou tard, je sais qu'il va abandonner. Il va cesser de me contacter. Il va arrêter de m'envoyer des messages. Et il passera autre chose. J'ai envie qu'il continue.

Je ne peux pas me permettre d'avoir besoin de quelqu'un d'autre dans ma vie. J'ai déjà trop perdu, et je ne pense pas que mon cœur puisse en supporter davantage. Peu importe qu'il me manque terriblement ou que sa présence fasse battre mon cœur plus vite.

Qu'adviendra-t-il lorsqu'il ne sera plus là ?

Je redoute déjà la fin de ses appels.

Ça fait une semaine qu'il a appris pour les attaques brutales que j'ai subies. Autant de temps à prétendre que je ne veux pas de lui. À essayer de me convaincre que je suis mieux sans lui. Mais je commence à trébucher.

Je me surprends à l'observer lorsqu'il ne me regarde pas. Et je m'accroche à chaque mot que Des m'adresse lorsqu'il cite Rafael. Je veux savoir comment il va. Où il se trouve. Ce qu'il mange pour le déjeuner. C'est à la limite de l'obsession, et j'en ai bien conscience, mais je suis désespérée de connaître chaque petit détail à son sujet.

Zheng l'a mentionné également à quelques reprises, ce qui

a été surprenant au début. Il m'a toujours dit clairement ce qu'il pensait de Rafael. Je suis au courant qu'ils ont une histoire et, bien que je sois curieuse, j'ai également conscience que ça ne me concerne pas. Mais même lui a essayé de me convaincre de parler à Rafael. Ou au moins de l'écouter. Il pense que ce serait cathartique pour moi. Et peut-être qu'il a raison. Mais...

— Hé, Isa ?

Une voix hésitante m'interpelle. Je me détourne de mon casier et découvre Jordy debout à quelques mètres de moi. Il pince les lèvres, ses yeux sont posés sur le sol à mes pieds.

— Est-ce que ça va ?

— Hé ! Euh, oui. Et toi, comment vas-tu ?

Je jette un regard dans le couloir, les cours vont bientôt commencer. Il hausse les épaules et lève la tête en m'adressant un petit sourire.

— Je vais bien. Je, euh...

Il s'éloigne et détourne les yeux.

— Je voulais essayer quelque chose. Si tu es d'accord ?

J'opine du chef en m'y préparant. Jordy fait un pas de plus avant de tomber à genoux. Il penche la tête sur le côté et m'expose son cou.

Quoi ?!

Ma gorge se serre.

— Qu'est-ce que tu fiches ? sifflé-je.

— Je me soumets à toi.

Il se tortille, je vois bien que tout en lui se rebelle à cette idée. Il se résigne comme ça, sans rien me demander, dans un couloir bondé plein de témoins.

— Tu es importante. Si ta louve a besoin de garder le contrôle sur moi pour que tu te sentes en sécurité, je suis d'accord avec ça.

Je pose une main devant ma bouche.

— Jordy...

— Vas-y.

Je déglutis et opine du chef.

— Tu en es certain ?

Il m'adresse un signe de tête. J'invoque ma louve, sa vision remplit mon regard, me rendant bien consciente de mon environnement. Le loup de Jordy y répond, je vois ses yeux briller d'argent. Je fais un pas en avant. Mon cœur bat plus rapidement. J'avance encore.

Les émotions m'obstruent la gorge tandis que je m'approche d'un pas supplémentaire.

Jordy mord sa lèvre supérieure, son regard est anxieux tandis qu'il attend que je réduise la distance entre nous. Lorsque je m'y résous, je pose une main sur son épaule. Il demeure immobile. Ma poigne se resserre, il ne bouge toujours pas, ses yeux sont fixés sur mes pieds.

Nous maintenons cette position pendant plusieurs secondes, jusqu'à ce que mon animal recule, convaincu qu'il ne représente aucune menace.

Je fais un pas en arrière, et il inspire profondément avant de sauter sur ses pieds. Son regard croise le mien pendant quelques secondes. Il m'embrasse la joue. Comme je ne m'y oppose pas, ses bras s'enroulent autour de moi, et j'inspire son odeur. Du cèdre brûlé et du caramel. Son étreinte se resserre pendant une fraction de seconde et je me crispe, mais il me libère rapidement, en reculant d'un pas.

— Tu m'as manqué, Vanille.

— Tu m'as manqué, toi aussi.

Il m'adresse un clin d'œil.

— Alors, euh… tu veux peut-être…

Ses yeux se posent sur quelqu'un qui se trouve derrière moi. Je me tourne pour découvrir Rafael dans l'encadrement de la porte menant à notre première heure de cours.

— Tu lui manques aussi, déclare Jordy.

Je secoue la tête.

— Je ne peux pas réparer ça, Jordy. Rafe et moi.

Je me passe une main dans les cheveux en souriant.

— Nous n'étions qu'une façon de passer du temps l'un avec l'autre. Nous avons mis les choses au clair dès le départ. Un « et ils vécurent heureux pour toujours » n'était pas au programme. Il est temps de tourner la page.

— Le penses-tu sincèrement ?

Je hausse les épaules.

— Oui. Aucune idée. Peut-être. Ce n'est plus important désormais.

Il branle du chef.

— Je connais Rafael depuis presque toujours. Je suis plus proche de lui que de mes propres frères. Il n'est pas le meilleur pour montrer ses émotions, mais il se soucie de toi, Isa. Énormément. Je ne veux pas te pousser. Tu as traversé suffisamment d'épreuves, mais simplement... ne le raye pas de ta vie, d'accord ?

Je me mords la lèvre inférieure et détourne le regard.

— Je ne pense pas pouvoir me permettre de m'occuper de lui plus que je ne le fais déjà. C'est douloureux...

— Je sais, chérie. Je sais. Mais je crois que Rafe peut te rendre heureuse. Tu mérites d'être heureuse.

CHAPITRE 40
RAFAEL

J'aperçois Isa avec Jordy, et la jalousie me percute comme un train en marche. Elle accepte que ses mains se dirigent vers elle, et, plutôt que de reculer, elle l'accoste même. Elle le touche. Desmond pose une main sur mon épaule. Je tourne mon regard dans sa direction.

— Tu dois régler ce problème.

— J'essaie.

— Essaie plus fort.

Je m'éloigne de lui.

— Elle laisse approcher tout le monde sauf moi.

Même moi, je distingue l'amertume dans ma voix. À la seconde où j'aperçois Jordy qui la prend dans ses bras, je vois rouge. Je veux le frapper au visage, peu importe qu'il soit l'un de mes meilleurs amis.

— Je sais que ça fait mal, mec...

— Que ça fait mal ?

Je me tourne vers lui, un sourire narquois plaqué sur les lèvres.

— Tu crois que c'est douloureux ? Va au diable. J'aimerais que ce soit aussi simple. Cette merde-là...

Je lève la main dans leur direction.

— Ça me retourne les tripes. Ma nana refuse de me parler. Elle ne veut pas me regarder. Elle a failli mourir...

Desmond m'agrippe et m'entraîne dans une salle de classe déserte.

— Baisse d'un ton, murmure-t-il.

J'opine du chef, les poings serrés. J'ai besoin de frapper quelque chose. Ou quelqu'un. Je dois canaliser tout ce que je ressens sous peine de perdre la tête. Des me rentre dedans et je dois faire preuve d'un grand contrôle pour ne pas le frapper.

— Ça craint. Tu es énervé parce que tu es conscient que tu as merdé. Elle a été blessée.

J'ouvre la bouche, mais il m'interrompt.

— Mais tu ne saisis toujours pas, Rafe. Elle a été meurtrie. Elle. Pas toi. Tu n'as pas à être énervé contre elle ou quelqu'un d'autre parce que tu es un connard habitué à obtenir ce qu'il désire. Elle mérite mieux.

— Lâche-moi.

Je le repousse. Il recule de quelques pas, les dents serrées et le regard assombri.

— Il ne s'agit pas de toi. Pas de ce que tu veux ou de ce dont tu penses avoir besoin. Si tu souhaites la récupérer, arrête d'être égoïste et accepte de comprendre que tout ceci est à propos d'elle. De ce qu'elle désire et de ce qu'il lui faut. C'est tout ce qui devrait compter en ce moment.

Je grince des dents. Ce trou du cul a raison, et je déteste ça. J'observe le sol et me force à inspirer profondément, avant de me laisser tomber en glissant dos contre le mur. Mes yeux croisent les siens une fois de plus.

— Qu'est-ce que je dois faire ?

Il se frotte l'arrière du cou, une expression fatiguée plaquée sur le visage.

— Je l'ignore, mec.

— Elle refuse de me parler, regretté-je.

Des soupire.

— Tu parles encore de toi. Ce n'est pas qu'elle n'a pas envie de te parler. Elle en est incapable. Tu as vu ce qui s'est produit. Elle a paniqué et a failli avoir une crise d'angoisse.

Merde !

Une idée se forme brusquement dans mon esprit, j'ai besoin de la tester maintenant. Je me relève vers la porte.

— Où est-ce que tu vas ?

— Dehors.

— De quoi tu parles ? C'est l'heure des cours.

Je branle du chef.

— Je vais sécher. J'ai quelque chose à faire. Seulement...

Je m'arrête.

— Prends soin d'elle.

Je me dirige ensuite rapidement vers le parking, en ignorant Mme Ford lorsqu'elle sort la tête de sa classe et me demande où je vais. La saison est terminée. Elle peut me donner toutes les heures de colle qu'elle désire. J'aperçois Liu dans le parc de stationnement en train de sortir de sa Subaru WRX et je prends ma décision en une fraction de seconde.

— Yo, Liu !

Il tourne la tête dans ma direction en grognant.

— Viens, on sèche les cours.

— Quoi ?

Je me dirige vers sa voiture et ouvre la portière côté passager.

— Grimpe, Liu. Allons-y.

Étonnamment, il s'exécute. Je le presse de se rendre au Missing Piece et le force à se garer dans le premier emplacement disponible que nous parvenons à trouver. Il n'hésite même pas. Je n'ai pas besoin de réfléchir. Je sais ce que je fais. Il me suit, l'incertitude visible sur son visage.

La femme derrière le bureau nous observe tous les deux, et son rictus s'illumine. Elle porte un débardeur échancré exposant ses bras, tous deux recouverts d'encre.

— Avez-vous le temps de nous recevoir sans rendez-vous ?

J'ignore le regard sans équivoque qu'elle m'adresse.

— Je vais vérifier, répond-elle en se tournant vers son ordinateur avant que ses yeux ne reviennent vers les miens. Et lui, mon chou ? Vous êtes tous les deux ici pour vous faire tatouer ?

Liu secoue la tête.

— Non, uniquement moi.

— Très bien. Henry a du temps. Que désirez-vous ?

Je lui offre un aperçu de mes attentes, et elle m'assure qu'Henry possède un alliage d'argent et qu'il pourra sceller son œuvre dès qu'il l'aura terminée.

Elle se pince les lèvres.

— Êtes-vous certain de vouloir cela sur vos mains ?

Je hoche la tête. Elle va chercher Henry, et je lui explique de nouveau ce que je souhaite. Il m'observe comme le font certains tatoueurs lorsqu'ils pensent que l'on commet une erreur, mais il ne dit rien parce qu'il sera bien trop heureux de me prendre mon argent. Nous nous installons, et il travaille sur les croquis selon mes instructions. Il appose ensuite les pochoirs sur mes mains, puis nous nous rendons au niveau de la table de tatouage. Il ne prend pas la peine de me réclamer une pièce d'identité. J'ai appris qu'une fois que l'on se rend dans un de ces endroits, personne ne se soucie de grand-chose.

— Dernière chance, mec. Tu es certain ?

J'opine du chef. J'ai expliqué à Henry ce que signifiaient les tatouages. Ce n'est pas tous les jours qu'un loup entre dans son salon pour lui demander ce que j'attends, et mon explication n'a contribué qu'à renforcer sa croyance quant au fait que c'est stupide. Mais ce n'est pas grave. Cette fille est tout pour moi. Elle n'est pas seulement mon début, elle représente également ma fin. J'ai baisé chaque nana dans cette ville jusqu'à ce qu'elle se pointe. Cela a fonctionné ainsi pour moi au cours de ces deux dernières années. Je n'ai jamais voulu passer plus d'une nuit avec l'une d'entre elles. Mais avec Isa, c'est tout le contraire. Il m'en faut plus. J'ai besoin d'elle à mes côtés tous les jours. Pour tous ceux qu'il me reste à vivre.

J'ai bien conscience que nous sommes jeunes, mais je le sais, et mon loup l'a saisi. Tout ce qui compte désormais, c'est qu'elle le comprenne, elle aussi.

Isa est la première personne à qui je pense quand je me réveille le matin et la dernière à laquelle je songe lorsque je ferme les yeux. Ce n'est pas un hasard. Ça n'a jamais été le cas. C'est la bonne. Elle est... ça me frappe.

C'est ma compagne. Putain de merde !

Comme une tonne de briques, cette évidence me tombe dessus. Isabella Romero est ma compagne. Elle a besoin de le savoir. D'un point de vue viscéral. Elle doit être informée que je serais prêt à faire des sacrifices pour elle. Je vais intervenir et prendre mon rôle à cœur. Parce qu'elle le mérite. J'espère que ça lui prouvera ce qu'elle représente pour moi, parce que si ça ne fonctionne pas, je n'ai plus la moindre idée de ce que je pourrai entreprendre d'autre pour tenter de la reconquérir.

Il faut quatre heures à Henry pour terminer, et, comme avec mes autres tatouages, l'argent me brûle la peau, et je manque de hurler lorsqu'il scelle l'encre. Lorsque c'est finalisé, il m'explique comment prendre soin de mon tatouage.

Ça en vaut la peine. Elle en vaut la peine.

Il reste environ une heure de cours et encore une vingtaine de minutes après ça jusqu'à ce qu'elle rentre chez elle. Je dois lui parler dans un endroit où elle se sentira en sécurité. Je ne veux pas la retrouver au lycée. Nous n'avons pas besoin d'audience, et je sais que le parking lui déclenche de mauvais souvenirs, alors je décide d'aller à son domicile. Je refuse de la culpabiliser ou de la mettre mal à l'aise, toutefois je ne vois pas d'autres solutions.

— Je n'arrive pas à croire que tu viens de faire ça, déclare Liu.

Je hausse les épaules comme si ce n'était rien, parce que c'est le cas. Je ferais beaucoup plus pour cette fille qu'un peu d'encre sur ma peau. Il m'adresse un regard en biais alors que je le presse de se diriger vers la maison d'Isa.

— Tu te soucies vraiment d'elle ?

Il paraît surpris. Je grogne parce que je sais que je n'ai pas besoin de justifier mes sentiments pour elle. Surtout pas envers lui. Il se gare en face de chez elle, et je m'installe confortablement pour l'attendre. Un coup d'œil à l'horloge m'indique que nous avons un peu de temps à perdre avant qu'elle n'arrive. Liu éteint le moteur, et le silence entre nous devient gênant.

— Est-ce que nous allons parler de...

Je lui coupe la parole.

— Non. Il n'y a rien à raconter.

Il soupire.

— J'ai merdé.

— C'est le putain d'euphémisme du siècle.

Il pivote vers moi, en reniflant.

— Toi aussi, tu as déconné. Ne feins pas d'être innocent.

— Je n'ai jamais prétendu l'être, lui lancé-je. Cependant, j'apprends de mes erreurs. J'essaie de les réparer. Peux-tu en dire autant ?

Il détourne les yeux.

— J'étais dans une mauvaise situation à l'époque.

J'opine du chef. Je suis au courant. Je ne l'étais alors peut-être pas. Il était doué pour couvrir ses arrières, mais j'ai découvert plus tard ce qu'il avait vécu.

— Nous avons conclu un accord, lui rappelé-je. Tu m'aides, on efface ton ardoise. Mais Liu...

J'attends qu'il croise mon regard, en voulant qu'il comprenne à quel point je suis sérieux.

— Je ne reviendrai pas dessus. Peu importe ce que tu as encore besoin de nettoyer, assure-toi de le faire.

Il hoche la tête, sans même nier qu'il ne se trouve pas dans une position de merde. Tout en sachant que je ne devrais pas lui poser la question, j'ajoute :

— Tu es toujours... ?

Il secoue la tête.

— D'accord. C'est bien. Je ne veux rien de tout cela autour d'elle. Tu comprends ? Elle t'aime bien. Elle n'a pas beaucoup d'amis ici, et elle a vécu énormément de choses terribles. Ne laisse pas ce qui t'intéresse déteindre sur sa vie.

— Je ne le ferai pas. Je ne...

Je renifle.

— Ça a bousillé nos vies, tu te souviens ?

Il s'immobilise et soupire.

— Je remets de l'ordre dans mes affaires. Je... j'ai seulement besoin de temps.

— Ça fait un an et demi.

— J'en suis conscient.

Sa mâchoire se crispe.

— J'ai mes raisons, et j'y travaille.

J'opine du chef en décidant de laisser tomber le sujet. Nous attendons en silence quelques minutes de plus avant que son Audi n'apparaisse.

— Alors, quel est ton plan ?

Je me tourne vers lui en haussant les épaules.

— Je n'en ai pas. J'improvise. Si elle est d'accord pour me parler, disparais. Je trouverai un moyen de rentrer chez moi plus tard. Si elle se débat, reste dans les parages et essaie de ne pas écouter pendant que je vide mon cœur sur le putain de trottoir.

Il fronce les sourcils en se frottant la nuque.

— D'accord. Je pense que je peux accepter ça.

CHAPITRE 41

ISABELLA

J'ai réfléchi à ce que Jordy m'a dit toute la journée. J'ai envie de le croire. De croire que je manque à Rafael. C'est si difficile à accepter lorsqu'il est si facile pour lui de me repousser.

Je gare ma voiture dans l'allée et j'en sors, l'esprit distrait, lorsque j'entends une voix profonde derrière moi.

— Isa ?

Je sursaute et pivote sur moi-même pour voir qui c'est. Rafael et Zheng se tiennent debout à quelques mètres de là. Je pose une main sur ma poitrine.

— Ne me surprenez pas comme ça !

Rafael lève ses deux mains en l'air.

— Ce n'était pas mon intention. J'ai simplement envie de parler avec toi.

Je fronce les sourcils et jette un coup d'œil en direction de Liu qui se tient à quelques pas derrière Rafael. Il m'observe d'un air penaud et hausse les épaules.

— Je ne suis ici qu'en guise de soutien moral.

Mon air renfrogné s'aggrave.

— Pour moi ou pour lui ?

Je pensais qu'ils se détestaient. Rafael répond :

— Il est là pour toi. Nous tentons de rafistoler les choses. Liu peut être un mec bien lorsqu'il veut, même s'il est un félin. Je lui ai demandé de venir avec moi parce que je voulais qu'il soit là pour toi.

Vraiment ?

— Pourquoi ?

Rafael avance d'un pas.

— Parce que je souhaite te parler, et je sais que tu as confiance en lui. Que tu es à l'aise en sa présence.

— Ainsi qu'avec Desmond, qui est ton ami. Pourquoi ne pas lui avoir demandé ?

Il secoue la tête.

— Parce que je n'avais pas envie de me liguer contre toi. Desmond est mon ami. C'est également le tien, mais je ne voulais pas que tu imagines qu'il était de mon côté et que tu n'avais personne du tien. Liu et moi avons notre histoire, mais lorsqu'il s'agit de toi et moi, il te fera toujours passer en premier. Il est dans ton camp. C'est ton ami. Je veux que tu te sentes détendue à l'idée de me parler.

Oh ! C'est... attentionné de sa part.

Il se passe les deux mains sur le visage, et j'y aperçois les bandages jumeaux présents.

— Qu'est-il arrivé à tes mains ?

La crainte me retourne l'estomac.

Est-ce qu'il est blessé ? S'est-il passé quelque chose ?

Rafael lève le regard, ses yeux brun foncé rencontrant les miens.

— C'est en réalité la raison de ma venue ici.

Zheng semble tout à coup nerveux derrière lui et se dandine d'un pied sur l'autre.

— Hum... d'accord.

J'attends qu'il développe, mais il s'abstient. Il se contente de pincer les lèvres et de baisser les yeux. Il joue avec ses bandages, et, par dessous, j'aperçois de l'encre de tatouage. J'en ai le souffle coupé.

— Tu t'es fait tatouer ?

Il opine du chef, mais ne répond rien en retirant les pansements et en les plaçant dans la poche arrière de son pantalon. Je déglutis fortement en avisant les dessins sur ses mains et en luttant contre l'envie d'y regarder de plus près. Ils sont magnifiques. À sa gauche se trouve une ancre entourée par des vagues déferlantes qui recouvrent tout le haut de sa main. Le détail semble incroyable, et, avant que je ne puisse parler, j'avance vers lui, curieuse.

— Tu veux les voir ?

Il me pose cette question en se tenant parfaitement immobile, comme s'il avait peur de respirer et de m'effrayer ce faisant. Je me rends compte alors à quel point je suis proche de lui. Je perçois les battements rapides de mon cœur, mais je m'efforce de passer à travers la vague d'appréhension qui me gagne, et je hoche la tête.

Il tend le bras, et, en secouant les doigts, je trace le dessin sur sa main gauche avant d'avancer encore, et de n'être plus séparée de lui que par un mètre. Une lueur douloureuse passe dans ses yeux avant qu'il ne la dissimule. J'inspire profondément. C'est seulement Rafael.

Je force mon regard à se poser vers ses mains et me donne le temps de prendre connaissance de ses tatouages. J'inspire son parfum et me laisse réconforter par sa familiarité.

— Pourquoi une ancre ?

Je chuchote sans même savoir pourquoi.

— Parce que tu es à la dérive, et que lorsque tu ne parviens pas à trouver ton chemin vers la berge, je veux être celui qui te stabilise.

Mon cœur se serre.

— Tu as fait ça pour moi ?

Je suis stupéfaite. Le sourire qu'il m'offre est rempli d'espoir.

— Je ne saisis pas, dis-je. C'est permanent, Rafael. Tu n'avais pas...

Il me coupe la parole.

— Je l'ai fait, Isa. J'ai besoin que tu comprennes à quel point tu es importante pour moi. Combien tu comptes et à quel point je suis désolé. Je... je souhaite une autre chance. Agir comme il faut. Te traiter comme tu mérites de l'être. Te courtiser correctement.

Me courtiser...

Comme dans...

Une larme coule sur ma joue. Je l'essuie rapidement.

En ravalant le nœud qui obstrue ma gorge, je lui demande :

— Et ça, qu'est-ce que c'est ? Est-ce une orchidée... ou peut-être une jonquille ?

J'examine sa main droite. Le tatouage est plus petit bien qu'il recouvre tout de même la plupart de sa main. Rafael secoue la tête.

— Non. Ce n'est pas une orchidée ni une jonquille.

— Qu'est-ce que c'est alors ?

— *Vanilla planifolia.*

Face à mon expression confuse, il ajoute :

— C'est une variété de vanille mexicaine.

Je détourne le regard, car l'émotion menace de me submerger. C'est comme s'il venait d'enfoncer sa main dans ma poitrine et qu'il serrait mon cœur jusqu'à ce qu'il batte uniquement pour lui. Les murs que j'ai érigés pour me protéger commencent à s'effondrer, et ma louve chante dans mon esprit.

J'aperçois Zheng. Il s'est replié en direction de sa voiture et est assis sur le capot, nous offrant ainsi un semblant d'intimité.

Ses yeux croisent les miens. Il m'adresse un signe de tête à peine perceptible, comme pour me signifier que, oui, tout ceci est bel et bien réel. Je me détourne pour intercepter le regard de Rafael.

— Pourquoi ?

Rien de tout cela n'a de sens.

— Pourquoi essaies-tu de réparer si intensément quelque chose qui n'avait jamais vraiment commencé ?

— Parce que tu en vaux la peine. Tu es digne de tellement de choses. Toutes ces bagarres, cette douleur, ces sentiments. Tu me fais me sentir vivant, Isa.

Il pose une main sur son torse, à l'emplacement exact de son cœur.

— Juste ici. Tu pousses mon loup à chanter. L'homme et l'animal n'ont d'yeux que pour une seule personne. Toi. Seulement toi. Je ne te veux pas. J'ai besoin de toi.

Il s'avance et presse son front contre le mien, en prenant mon visage entre ses mains. Je ferme les yeux, en inspirant son odeur. Je lutte contre ma peur d'être proche d'un garçon en qui je ne suis pas certaine de pouvoir me fier.

— Isabella Romero, j'ai besoin de toi dans ma vie.

Instinctivement, je comprends que Rafael ne me fera jamais de mal. Pas physiquement. Mais la peur de lui offrir mon cœur me coupe le souffle.

— Rafael, je ne peux pas perdre...

— Ce ne sera pas le cas, déclare-t-il avec conviction. Putain, ça n'arrivera pas. Je suis en mesure de te le promettre. J'ignore comment transformer toute cette histoire en relation. J'improvise en venant ici. Mais je ne te tournerai plus jamais le dos comme ça. Plus jamais, Isa. Accorde-moi cette chance. Une autre chance. Je ne gâcherai pas tout.

— Je suis brisée.

J'ai besoin de lui dire cela, parce que c'est la vérité.

— Alors, laisse-moi ramasser toutes les parties anéanties de toi et les remettre ensemble. Permets-moi d'être là quand tu te sens perdue et que tu as l'impression que le monde tourne trop rapidement autour de toi.

Je m'écarte, et mon cœur se serre en apercevant la vulnérabilité sur son visage. Il me prend dans ses bras, et je suis presque surprise de ne pas me crisper.

— Et quand nous aurons obtenu notre diplôme ?

Il appuie son visage contre mes cheveux.

— Nous trouverons une solution. Je ne te laisserai pas partir, Vanille. J'ai bien trop besoin de toi.

Mon cœur fait une chute libre. Je prie pour que, cette fois, il ne le laisse pas tomber sur le sol à ses pieds. Ma confiance est une chose meurtrie et battue.

Toutefois, je pense que je suis amoureuse du loup qui se trouve en face de moi. Et je crois qu'il m'aime lui aussi. Aucun de nous ne sait simplement comment l'exprimer. Les mots ne suffisent parfois pas.

Rafael a dit qu'il avait besoin de moi, alors je décide de faire un acte de foi et de laisser ma vérité s'échapper entre mes lèvres, en chuchotant :

— Peut-être que nous avons besoin l'un de l'autre.

CHAPITRE 42

ISABELLA

QUATRE MOIS PLUS TARD

_J_oyeux anniversaire. Joyeux anniversaire. Joyeux anniversaire, Isa !

Mon sourire brille tandis que je me penche en avant pour souffler les bougies sur le gâteau que Mme Castillo a confectionné pour moi. C'est mon dix-huitième anniversaire, et, bien que je ne me sente pas différente par rapport à hier, je sais qu'à partir d'aujourd'hui, tout va changer.

Ça fait quatre mois que Rafael et moi avons décidé d'être ensemble. Nous avons connu nos hauts et nos bas, et j'apprends encore à affronter mes expériences, bien que j'aie réalisé beaucoup de progrès.

Je ne panique plus lorsque j'aperçois un vampire. Et je ne sursaute pas en apercevant mon ombre ou lorsque quelqu'un me prend par surprise.

Par exemple lorsque Rafael arrive derrière moi en enroulant ses bras autour de ma taille, comme en cet instant, en se penchant pour embrasser mon cou.

— Est-ce que tu as fait un vœu ?

Son souffle est chaud contre ma peau, et sa voix est basse et séduisante.

Un rictus se répand sur mon visage. Je secoue la tête en me retournant pour le fixer dans les yeux.

— Non.

Il fronce les sourcils, et je me mords la lèvre inférieure pour ne pas rire.

— J'ai déjà tout ce que je pouvais demander.

Et c'est la stricte vérité. Tous mes amis sont ici. J'ai le petit ami le plus incroyable au monde, qui fait passer constamment mes besoins avant les siens. Et j'ai le soutien d'une meute. Même si je n'en suis pas un membre officiel.

Je suis heureuse et je guéris. Je ne pouvais rien espérer de plus.

Il affiche un large sourire, puis il m'embrasse dans un tendre baiser. Il me mordille ensuite la lèvre inférieure, et je soupire en ouvrant la bouche, lui accordant ce qu'il me réclame silencieusement.

Des gémissements s'élèvent derrière nous.

— Prenez une chambre, déclare Jordy.

Je m'éloigne en m'efforçant de ne pas rougir.

— Va te faire foutre, réplique Rafael.

Jordy lève les yeux au ciel et me force à sortir de l'étreinte de Rafael.

— Tu auras Isa pour toi tout seul bien assez tôt. Aujourd'hui, tu dois partager.

Je couine alors qu'il me soulève dans les airs, et me jette par-dessus son épaule pour foncer dans le jardin, Rafael sur notre dos. Il est étrange de penser qu'il y a quelques mois, j'étais à la dérive. Perdue dans ma propre douleur et consumée par mon chagrin. Je n'imaginais pas que je retrouverais le bonheur. Pas comme ça. Mais je ne me sens plus engourdie. Je perçois mes émotions comme un kaléidoscope de sensations et je savoure chaque journée.

Tout le monde se déplace à l'extérieur. Les parents de Rafael – Maria et Melchor – Desmond, Zheng, Lila. Même Josué, Damien et Kai ont fait le déplacement depuis Star Valley pour fêter ça avec moi.

Jordy me pose sur mes pieds avant de me prendre la main et de m'entraîner au centre de la cour. De la musique s'élève des haut-parleurs, et il me fait danser. Meiying nous rejoint, et nous chantons tous les trois sans même nous soucier de quoi que ce soit. Parce que c'est ainsi que j'ai choisi de tourner la page.

Il s'est passé tellement d'événements horribles sur lesquels je n'avais pas le moindre contrôle, et la menace de demain est toujours présente. Je dois me concentrer sur l'instant présent et vivre ma vie sans peur. J'ai tellement perdu. Plus que la plupart des gens à 18 ans. Toutefois, je ne veux pas mener une existence remplie de terreur. Ce qui nous amène à aujourd'hui. J'ai 18 ans et je récupère les clés de mon premier appartement cet après-midi. Rafael emménage avec moi, ce dont ses parents ne sont pas ravis, mais nous faisons tous des compromis.

Je ne suis pas membre de la meute Southwest, mais leur Alpha – le père de Rafael – m'a officiellement invitée à me joindre à lui. Il me laisse jusqu'à la remise des diplômes pour prendre ma décision.

Rafael et moi allons vivre juste à l'extérieur de la zone tentaculaire de la horde. Nous sommes toujours sur son territoire, donc ses parents se sentent mieux à l'idée que leur fils quitte la maison, mais nous ne sommes pas non plus entravés dans le complexe, ce qui m'offre une séparation bien nécessaire.

J'aime Rafael. Et je pense que je peux apprendre à apprécier sa meute. Je sollicite simplement du temps pour trancher, parce que la perspective de ne pas retourner à Star Valley est une pilule difficile à avaler.

Fort heureusement, Rafael en a conscience. Il est même allé jusqu'à m'offrir de quitter sa meute pour rejoindre la mienne. Alors, qui sait ce qui va se passer par la suite ? Pour l'instant, nous prenons les choses jour après jour, au moins jusqu'à la remise des diplômes.

J'ai parlé avec Brian plus tôt ce jour-là. Natalia a organisé une rencontre avec lui, et je lui ai expliqué que je déménageais. Je l'ai remercié de m'avoir accueillie après la mort de ma mère, et je lui ai dit que j'avais d'autres projets maintenant que j'étais une adulte légalement. Il n'en avait pas l'air heureux, mais Natalia est parvenue à apaiser la situation.

Il me laisse garder la voiture, comme une sorte de cadeau d'anniversaire. Il m'a également fourni un accès à un fonds de fiducie que je n'ai pas l'intention d'utiliser, mais je suis ravie qu'il soit là. Ça aide à atténuer mon stress et mes problèmes, sachant que je n'ai pas à me fier à quelqu'un d'autre.

Rafael m'adresse un sourire, une bière dans sa main, alors qu'il se tient avec Zheng à sa droite et Des à sa gauche. Meiying est entourée par les membres masculins de ma bande et absorbe toute leur attention. Je lutte contre mon rictus lorsque j'aperçois les yeux meurtriers de Desmond pointer dans leur direction.

Quelque chose me pousse à croire qu'il se passe un truc entre eux, mais ni l'un ni l'autre n'ont mentionné quoi que ce soit, et je n'ai pas posé de question. J'attends avec impatience la suite des événements pour notre petit groupe.

Il suffit de quelques regards pour que Rafael pose sa bière et me rejoigne sur la pelouse, ses hanches se mouvant en harmonie avec les miennes tandis qu'il enroule ses bras autour de moi.

— Tu es si belle, me dit-il.

Je ne peux m'empêcher de sourire.

— Tu es plutôt mignon toi aussi.

Ses yeux brillent.

— Je suis tellement chanceux.

Il m'embrasse de nouveau avant de murmurer :

— Et je t'aime tellement.

Mon Dieu, ce garçon.

— Je t'aime, moi aussi.

J'enroule mes bras autour de son cou et le serre fort contre moi.

Peu importe ce que notre avenir nous réserve, je sais qu'il sera à mes côtés, et je n'en peux plus d'attendre ce que notre prochain chapitre pourrait nous apporter.

Salut ! Merci d'avoir lu "Loups Brutaux". Vous voulez savoir ce qui attend le reste de nos loups ? Découvrez le tome 2, "Loups Sauvages".

PS : Les avis en ligne sont comme offrir un câlin à votre auteur préféré. Et nous adorons les câlins. N'oubliez pas de prendre le temps de laisser un avis sur Amazon !